푸른 그네

푸른 그네

김지수 소설집

문이당

작가의 말

길다면 길고 짧다면 짧다고도 할 수 있는 그간의 해외생활을 곧 마무리한다. 이제 좀더 차분히 내면을 응시하고 성찰할 수 있는 시간이 올 것인가.

무심히 창 밖을 내다보니 테라스를 드리운 처마 아래 낙엽이 한 잎 공중에 떠 있다. 실처럼 가느다란 거미줄에 어디서 날아왔는지 모를 나무 이파리가 걸려든 것이다. 일부가 노랗게 물들고 일부는 스스로 바스러져 나간 그 나뭇잎은 공중에 떠서 바람에 따라 하염없이 휘날리고 있다. 오래도록 바라보고 있자니 그것은 때로 찬란한 작은 깃발처럼도 보이고 자기 의지와 상관없이 멋대로 휘둘리는 가련한 생물체로도 보인다.

이렇게 한 가지 현상에도 뚜렷한 양면성이 있다. 어느쪽이 진실인지 낙엽 그 자신만이 알고 있을 것이다. 그 생은 그의 것이므로. 낙엽은 마지막 땅에 떨어져 사라짐을 유보당해 기쁜 것일까. 아니면 천리에 순응해 빨리 썩어짐을 소원하는 것일까. 환희에 찬 떨림인지 원망의 부대낌인지 알 길 없이 거미줄에 매달린 저 한 잎의 낙엽은 온종일 자신의 전부를 흔들며 출렁인다.

살아가면서 삶의 윤곽이 더 명확해질 줄 알았다. 그러나 아직도 내게 세상은 때로 거대한 혼돈과 부조리의 덩어리이다.

진실과 가식, 선과 악의 흐릿한 경계, 뒤엉키는 가치관, 부유와 침잠, 독선과 화의, 어둠과 청명…….

온갖 이율배반적인 현상들이 교묘하게 얽힌 세상의 질서, 그 기묘한 운행.

늘 미로 같은 내일.

그럼에도 나는 생이 사랑스럽다. 그 따끈함과 말랑거리는 촉감과 애매모호함과 찬란함과 가능성과 긍정과 모험과 환상 들을 사모한다. 때로 무릎을 떨며 한탄하고 때로 많이 곤핍스러워도 어찌 하늘이 주신 이 위대한 생의 아름다움을 소홀히 하랴.

세 번째 소설집을 묶으면서 내가 글을 씀은 그렇도록 사랑스런 생에 대한 진지한 추구와 감사와 열정의 한 표현임을 새삼 깨닫는다.

1999년 4월
프랑크푸르트에서 김지수

푸른 그네

노인의 피부는 오랜 풍화에 방치되어 온 짐승의 낡은 갑피(甲皮)처럼 거칠고 건조했다. 살아 숨쉬고 있음에도 불구하고 윤기와 생명력이라고는 공기중에 완벽하게 휘발되어 버린 듯한, 메마른 살갗의 느낌은 황폐하고 슬펐다. 조금만 손에 힘을 가하면 금방 우두둑 튀어나올 것 같은 앙상한 뼈마디의 느낌도 공연히 허망했다.

정인(貞仁)은 때수건으로 다 닦아낸 노인의 등을 옆으로 돌려앉히고 욕조 속에 바가지를 집어넣었다. 등 언저리에 허옇게 밀려나온 살비듬에 얼른 물을 끼얹었다. 밀어도 밀어도 그렇게 밀려나온 것은 '때'라는 피부의 먼지라기보다 묵은 나이가 서서히 밀어내는 이승의 미련인가. 그래서 그런지 더럽다는 느낌보다 그것조차도 서글픈 애상으로 다가왔다.

아무리 낙천적으로 느끼려고 해도 아름다움이나 기쁨과는 너무도 먼 거리에 있는 늙은 육신의 감각.

정인은 검버섯이 너무 많이 번져 갈색으로 보이는 노인의 등을 다시 돌려 앉혔다. 하반신을 씻기기 위해 손을 대자 노인은 수줍은 듯 두 다리를 오므렸다.

양로원 봉사를 나오게 되면서 안 사실이지만, 남자 노인과 여자 노인의 다른 점은, 대부분의 여자 노인은 아무리 나이가 많아도 본능적으로 성적 수치심을 잃지 않는 대신 대부분의 남자 노인들은 여인의 손길 앞에 당당히 남성을 과시하려 든다는 사실이었다. 발기력을 잃어 이제 조그만 애벌레 같아진 자신의 현실적 무기와는 전혀 상관없이.

정인은 어린아이를 달래듯 노인의 자세를 고치며 들고 있던 때수건으로 아랫도리의 살갗을 부드럽게 밀었다. 생식력을 잃은 앙상한 대퇴골과 역시 뼈만 만져지는 허벅다리에서도 허옇게, 마른 거품 같은 살비듬이 일었다. 거칠게 주름진 뱃가죽살은 낡은 주머니 같았다. 이 육체가 싱싱한 젊음이었을 때 몇 명의 생명을 세상에 품어 내보냈을까. 몇 명의 뜨거운 생명체가 이 힘살과 핏줄을 빌려 태어났을까. 이제는 우수(憂愁)의 껍데기 같은 황폐하고 누추한 허물.

정인은 그 허물 같은 육신을 정성 들여 씻고 또 씻었다. 어느 정도 습관이 된 그녀의 익숙한 손길이 정결한 젊음을 되찾으려는 무모한 시도를 벌이듯 사뭇 억척스러웠다.

「아퍼어.」

노인이 얼굴을 찡그리고 체머리를 흔들었다. 정인은 손길을 멈추고 거의 무의식적으로 움직이던 제 손목을 그제야 문득 내려다보았다. 무엇 때문인가. 잠시 그녀는 현실을 의식하지 않고 있었다. 정신을 차리고 보니 때수건이 너무 많이 닿은 살갗 부분이 벌겋게 부풀어져 있었다. 정인은 시선을 돌려 잠시 망연히 노인을 내려다보았다. 노인도 무르춤하게 그녀를 올려다보았다. 총기 없는 짓무른 눈가에는 고통의 흔적이나 분노조차도 담겨 있지 않았다.

「죄송해요. 여기만 마저 씻고요.」

정인은 허리를 굽히고 노인의 발목 부분에 손을 대었다. 한 인간의 전신(全身)을 떠받치기에는 너무 나약하고 옹색해 보이는 조그만 발이 그녀의 손아귀에 단 한줌으로 들어왔다. 살가죽에 뼈마디만 앙상한 것은 그 발도 마찬가지였다.

이 노인에게도 몇십 년 전엔 피둥피둥한 현재(現在)가 있었을 것이다. 이 여린 발로 힘차게 뛰었을 푸릇푸릇했던 소녀 시절과 열정적인 청춘이 존재했을 것이다.

그때 노인은 어떤 삶을 마련하고자 했을까. 많은 사람이 그러했듯 자신이 준비한 삶의 언저리만 헤매다 이렇게 껍질처럼 늙어버린 것은 아닐까.

바가지에 물을 퍼서 끼얹으며 정인은 알 수 없는 적막감과 노여움을 느꼈다. 늘 이랬다. 일과가 끝날 때쯤 마음 밑바닥에 괴괴히 괴어오는 쓸쓸한 분노.

머릿속이 또 무거웠다. 곧 찌르는 듯한 통증이 오면 그녀는 또 한줌의 두통약을 털어넣어야 할 것이었다.

「베로니카, 다됐어? 욕실을 아주 전세낸 거야?」

문이 비죽이 열리면서 영서명이 수잔나인 장인옥이 얼굴을 내밀었다. 그녀의 잠자리 눈알 같은 안경 위에 금방 희뿌연 물안개가 서렸다.

「네, 다됐어요.」

정인은 맑은 물을 한 바가지 더 노인에게 퍼붓고 천천히 일으켜 세웠다.

「머리 안 감았잖아, 언니이……」

노인은 수건으로 씌워진 제 머리를 가리킨다. 치매라고 불리는

알츠하이머 증세로 조금 전에 머리를 말끔히 감았다는 사실을 그
새 잊은 것이다. 그나마 자꾸 먼저 감겨달래서 서둘러준 거였다.
　「알았어요.」
　정인은 두말없이 수건을 벗기고 머리에 다시 물을 끼얹어주었다.
입씨름하는 것보다 그편이 훨씬 나았다. 머리를 한 번 더 감으면
어차피 훨씬 더 개운할지도 몰랐다.
　「아유, 아주 이뻐지셨어요.」
　장수잔나가 안경을 벗어들고 보이지 않는 눈으로 칭찬하자 노인
은 만족한 듯이 흐물흐물 웃었다.
　정인은 서둘러 물기를 닦아낸 노인을 욕실에서 데리고 나왔다.
바구니에서 마른 새옷을 꺼내 갈아입혔다.
　문이 열려 있는 큰방과 마루의 이곳 저곳에는 먼저 목욕을 끝낸
노인들이 즐비하게 늘어앉아 있었다. 간혹은 팔베개를 하고 드러
누운 이도 있고 앙가슴을 열고 수전증이 심한 손으로 부채질을 하
는 이도 있었다. 의치(義齒)가 바뀌었다고 투덜거리는 이도 있었
고 혼자 무엇인가 끊임없이 웅얼거리는 이도 있었다. 양말을 신었
다가 벗기를 무심히 되풀이하는 이도 있었고 풀린 동공으로 멍하
게 천장을 바라보고 앉아 있는 이도 있었다. 한결같이 쪼글쪼글 주
름진 얼굴에는 희망이라고 이름붙일 신선함이란 기미도 느껴지지
않았다. 무의탁 수용소로 들어오기 전에 그들은 얼마나 많은 희망
의 싹을 버렸을까.
　정인은 다시 한번 그 노인들의 얼굴을 조심스레 훑었다. 아주 어
린아이들이 그러하듯 노인들의 얼굴도 서로 많이 닮았다. 어떤 특
정한 인물을 찾아내기에는 상당한 주의력이 필요했다. 그러나 조
금 전에 한 사람씩 목욕을 시키면서도 유심히 살폈었지만 정인이
찾는 모습은 이곳에서도 눈에 띄지 않았다. 가벼운 실망감과 함께

알 수 없는 안도감이 물살처럼 정인의 가슴을 스쳤다. 하지만 돌아가기 전에 사무실에 비치된 명부 확인을 그녀는 잊지 않을 것이었다.

정인은 옷을 갈아입힌 노인을 창가에 앉히고 살이 성긴 빗으로 머리를 빗겼다. 어린 소녀에게나 어울릴 듯한 귀여운 단발형의 짧은 머리는 형편없는 노안(老顔)을 이따끔 더욱 그로테스크하게 보이게 할 때도 있었다. 그러나 뜨거운 목욕으로 볼이 약간 상기된 지금의 노인은 그 머리형이 매우 단정하게 어울렸다.

「언니, 요기 가르마.」

노인이 정수리를 가리키며 아이처럼 중얼거렸다. 함께 의탁하던 친언니를 잃은 후 더욱 심한 치매 증세를 보이는 노인에게 여자는 모두가 언니였다.

「동생에게 언니가 뭐예요?」

정인이 미소 띠며 그제야 짧게 나무랐다. 노인은 다소 무안한 듯 호호 웃었다.

그러나 곧 노인은 또 채근했다.

「돼지고기 남겨둔 것 어디 있어, 언니?」

기억력은 엉뚱한 부분에 우수할 때도 있는가 보았다. 정인은 세탁하려고 내놓은 옷가지에 들어 있던 노인의 소지품을 잠시 떠올렸다. 점심에 먹고 남은 편육 조각을 노인은 손수건에 돌돌 말아놓았었다. 쓰레기통에 버리지 않은 건 천만다행이었다.

정인은 비닐에 싸인 몇 개의 사탕알과 손수건을 가져다주었다. 노인은 만족한 듯 히 웃었다.

목욕을 마친 노인들이 쓰고 난 젖은 수건들을 챙겨들고 정인은 세탁실로 갔다. 손톱과 발톱 소제는 욕실 청소를 마치고 난 장수잔나가 맡을 것이었다.

바지를 걷어올리고 빨래판에 올린 옷가지를 문질러대던 김아그네스가 그녀를 쳐다보았다.

「베로니카, 우리 노력 봉사도 좋지만 세탁기 하나 기증하자구요, 네?」

안간힘을 쓰느라 벌겋게 열이 오른 그녀가 낮게 속삭였다.

듣는 사람도 없는데 그녀가 주의 깊은 것은 천주교 봉사단원 활동에는 물질적 원조가 금지되어 있기 때문이었다. 정인이 기억하기에 레지오 공인 교본에는 다음과 같은 이유가 씌어 있었다.

- 물질적 원조를 하는 단체로 알려지면 활동 범위가 좁아진다.
- 물질에 대한 기대의 부합 여부에 따라 레지오의 감화력이 받아들여지기 힘들다.
- 물질적 원조를 통하여 영신적인 목적을 달성하려고 해서는 안된다.

단원 중에는 까다로운 규칙들에 온전히 승복하지 못할 사람도 더러 있을 것이었지만 정인은 따로이 물질 봉사를 바칠 능력도 없었다. 그리고 사정이야 평범한 주부인 김아그네스도 크게 다를 바 없을 것이었다.

정인이 별다른 대꾸 없이 헹구는 걸 돕기 위해 물 함지박에 엎드리자 아그네스가 속삭였다.

「베로니카, 여기다 세탁기 들여놓는 건 노인들에 대한 봉사가 아니라 우리 자신에 대한 원조가 아니겠어요? 집에 있는 걸 여기 갖다놔야겠어요. 부자 친구가 기증했다고 하고 말이에요.」

「다달이 전기세 나오는 건 어쩌구? 게다가 할머니들이 또 자꾸 손대봐, 수리비가 만만치 않을걸. 여기서 그걸 어떻게 감당하겠어요?」

정인이 냉정하게 대꾸했다.

어깨숨을 몰아쉬며 아그네스가 고개를 끄덕였다.

「그렇구나. 걸리는 게 한두 가지가 아니네요. 거기까진 생각 못 했네.」

「이리 줘요. 내가 문지를게 아그네스가 헹궈요.」

정인이 빨래판에 손을 내밀자 아그네스는 괜찮다고 하면서도 못 이긴 듯 일어섰다. 허리를 펴면서 아그그 소리를 지르는 그녀는 봉사단원 중에서 나이도 가장 어렸고 신심(信心)도 크게 깊어보이지 않았다. 살림을 친정어머니에게 맡기고 무의탁 노인들을 돌보러 나오는 것은 역시 독실한 천주교 신자인 그 어머니가 등을 떠밀기 때문이라고 했다.

정인은 고무장갑을 끼고 쓱쓱 빨랫감에 비누칠을 했다. 노인들의 냄새는 벗어둔 옷가지에서도 났다. 세상에 대한 체념의 냄새. 긴 세월을 살아오면서 조금씩 다쳐온 상하고 쉰 냄새.

「베로니카는 어쩜 일을 그렇게 잘해요? 함께 봉사 나가면 너무 믿음직해요. 다들 그러던걸요.」

아그네스가 감탄하듯 말했다.

「내가요? 천만에요.」

정인은 그렇게 내뱉고 쓰게 웃으며 무심히 제 팔뚝을 내려다보았다. 파란 힘줄이 불거져나온 가늘고 긴 팔뚝의 억센 움직임은 무엇인가 한풀이의 몸짓 같았다. 아그네스는 옆에 나란히 쭈그리고 앉아 수돗물이 넘치는 함지박에 빨아놓은 옷가지를 헹구어냈다.

「솔직히 처음 봤을 때 너무 쌀쌀맞아보여서 정말 레지오인가 싶었어요. 게다가 아이들 놀이방 원장님이라는 것도 믿어지지 않았구요.」

늘 수다스런 아그네스의 꾸밈 없는 토로에 한참 빨래를 주무르다 말고 정인이 미소 지었다.

「다들 그래요. 그리고 원장은 무슨? 그 놀이방은 나하고 딸의 생계 대책이에요.」

「아녜요. 베로니카는 굉장히 속이 깊을 거예요. 그걸 볼 줄 아는 사람은 드물겠지만 말이에요.」

「여전히 날 잘못 보고 있는 것 같은데요.」

정인이 이번에는 미소도 없이 대꾸했다. 아그네스가 호기심 어린 표정으로 질문을 이었다.

「그런데 베로니카는 왜 꼭 양로원만 골라 다니세요? 행려병자 합숙소, 교도소, 구치소, 정박아 수용소, 미혼모의 집, 고아원 그런 곳도 많은데요.」

손놀림이 갑자기 멈추어지면서 정인의 호흡도 일시에 멈춘 듯했다. 정인은 물결처럼 구불거리는 빨래판의 끄트머리를 잠시 넋없이 내려다보았다.

「그렇군요.」

정인이 중얼거렸다.

「정말 그렇게 됐네요.」

정인의 목소리는 방심한 듯 무심하게 들렸다. 그렇게 던지듯 대꾸하고 그녀는 다시 부지런히 손을 움직였다.

「난 양로원이 싫어요. 늙는 건 너무 지저분하고 초라하고 추악한 일이에요.」

아그네스가 속삭이듯 중얼거렸다.

「아무도 그렇게 되고 싶어 되는 거 아니잖아요.」

정인이 웃었다.

「목숨이 붙었다고 그게 다 사는 걸까요? 난 내가 나중에 늙고 망령이 나면 누군가 총이라도 한 방 쏴주기를 바라겠어요. 글쎄 말이에요, 제 얘기 좀 들어볼래요?」

「…….」

「처음 봉사 나가서 할아버지들만 수용하는 '벧엘의 집'에 갔을 때 얘긴데요, 어떤 할아버지가 아들의 주소를 자나깨나 손에 꼭 쥐고 다니는 게 너무 불쌍해 보이지 뭐예요. 그래서 제가 남몰래 그 가족에게 찾아갔다구요. 어떻게든 설득을 해서 할아버지를 모시게 하려구요. 경제력 문제라면 제가 얼마쯤 몰래 도와줄 호기도 있었구요. 그런데 가서 얘기를 들어보니 기가 막혀서 원.」

「…….」

「글쎄 그 할아버지가 며느리를 겁탈하려고 했다지 뭐예요. 아들은 이혼당하고 그 어머니랑 남부끄러워서 숨어살고 있다는 거예요. 아들보다 그 어머니가 펄펄 뛰더라니까요. 그런 영감쟁이 죽어도 못 보겠다고요.」

「…….」

아그네스의 목소리가 더욱 낮아졌다.

「알고 보면 여기 오신 노인 중에는 그런 식으로 자기 죄값을 치르는 사람들도 꽤 많을 거예요. 어휴, 지금도 그 생각만 하면 내가 제대로 봉사할 만한 일을 하고 있나 싶어 어깨에 맥이 빠진다니까요.」

「인간적인 약점의 차이가 아닐까요? 저렇게 오래도록 살다 보면 어떻게 훌륭한 일만 하고 살 수 있겠어요?」

우물우물 대답하는 정인의 목소리에 설득력이라고는 느껴지지 않았다.

「난 천사가 아니에요.」

정인도 하나의 기억이 뚜렷하게 떠올랐다.

「난 천사가 아니라니까요. 내게 무리한 요구를 하지 말아요.」

여자는 눈물과 고통에 차서 그렇게 소리질렀었다.

봉사 활동의 초기단계 때 정인도 아그네스와 마찬가지로 한 불쌍한 할머니의 가족을 찾아주기 위해 나섰던 적이 있었다. 결국 가정을 이루고 잘살고 있는 사십대의 딸을 찾아냈으나, 그녀는 어머니 모시기를 거부했었다.

「지금도 어머니의 학대를 받는 꿈을 꾸어요. 그 악몽은 평생 나를 따라다니는군요. 그 때문에 난 언제 어디서나 조금도 행복하지 못했어요. 그런 내게 어머니를 책임지라구요? 자식이기 때문에요? 어머니가 나를 잔인하게 학대할 때는 모른 척하던 사람들이 왜 내게는 자식의 의무를 강요하죠? 난 천사가 아니에요. 난 어머니의 무자비했던 학대를 떠올리면 지금도 소름이 돋는다구요. 제발 날 이대로 내버려둬요. 난 천사가 아니라니까요.」

평생을 돌이켜 자기가 살아온 값을 치러야 한다는 것은 육체의 쇠약해짐보다 얼마나 더 무서운 일인가.

맡은 일을 일찍 마무리한 사람이 다른 단원을 거들어 활동이 끝났을 때는 오후가 많이 기울어 있었다. 귀가 준비를 마치고 인사를 하기 위해 담임 수녀를 찾고 있을 때, 수잔나가 마루 구석을 가리켰다.

「저 할머니 꼼짝도 않네. 아까 베로니카가 씻기고 앉혀드린 뒤로 내내 저러고 계셔. 다들 볕바라기하러 밖으로 나가셨는데 끼이지도 않으시고.」

정인이 바라보니 마치 구석에 드리운 그림자처럼 노인 한 사람이 쪼그리고 앉아 있었다. 정인이 마지막으로 목욕을 시킨 할머니였다. 앉아 있는 모습이 어쩐지 어색해 보여 정인과 수잔나가 다가갔다.

노인이 정인을 발견하자 애매하고 수줍게 웃었다.

「언니, 나 생리 있나 봐.」

「아유, 냄새! 뭔가 쌌나 봐.」

수잔나가 낮게 소리지르며 얼굴을 찌푸렸다. 먹다 만 편육 조각이 노인의 손에 들려 있는 걸 보고 정인은 자기도 모르게 한숨을 쉬었다.

「아유, 어떡해. 깨끗이 씻어 갈아입혀놓았는데.」

수잔나가 수선스럽게 떠들었다. 양로원의 담임 수녀가 현관으로 들어서는 게 보였다.

「빨리 씻깁시다. 음식 조절 안 시켰다고 혼나기 전에.」

곁에 있던 수잔나가 노인의 손을 끌어당기자 노인이 고개를 저었다.

「싫어, 언니한테 생리대 달라구 해.」

「지금 몇 살이신데 생리예요? 똥 싸신 거예요.」

이번에는 정인이 노인을 목욕탕으로 이끌면서 냉정히 말하는데 등뒤에서 수잔나가 쿡쿡 웃었다.

「할머닌 기분이라도 젊으셔서 좋으시겠다.」

오후 네시가 다되어서야 봉사원들은 무의탁 노인의 집을 나올 수 있었다. 문밖으로 나서자 이른 봄의 햇살이 훨씬 싱그럽게 느껴졌다. 허름한 그 문 하나를 사이에 두고 세상은 전혀 다른 형태로 존재하고 있는 것이었다. 바랕조차도, 햇빛조차도 노인의 집에서는 무언가 정체되어 있는 듯 괴괴히 괴어 있는 느낌을 주었었다.

가장 늦게야 터벅터벅 걸어나오는 정인을 아그네스가 쳐다보았다.

「사무실로 들어가시던데 뭐 했어요?」

정인은 그녀의 끊임없는 호기심이 주체스러워 그저 웃기만 했다.

　담벽에 주차해 둔 단장의 프레스토 승용차에 모두 다섯 명의 중년여자가 꾸역꾸역 올라탔다.
「꽉꽉 눌러앉아. 여분의 지방이 많은 사람은 좀 접어주고.」
운전대를 잡은 손마리아가 웃으며 뒤돌아보았다.
「나보고 하시는 말씀 같네요. 아니 이렇게 힘들게 일을 해도 살이 안 빠지는 건 무슨 요산지 몰라.」
안젤라가 구석으로 구겨앉듯 하며 말을 받았다.
「살 뺄 셈으루 봉사하는 걸 성모님이 아시나 보지 뭐. 그 시커먼 속셈 없이 일하면 금방 빠질 거야.」
차를 출발시키면서 단장은 여전히 농담을 했다.
「먹는 게 하여튼 웬수라니까. 벌써 배고파지네.」
안젤라는 그렇게 혼자 말하듯 하고 쑥스러운 듯 하하 웃었다.
「우리 냉면 한 그릇 먹구 갈까? 내가 살게.」
「난 생각 없어요. 할머닐 방금 씻겼거든요.」
수잔나가 고개를 흔들었다. 그녀는 정인을 거들어 노인의 엉망인 엉덩이를 손댔었다.
「아직도 적응 못했어?」
단장이 고개를 돌려 걱정스러운 듯 물었다.
「난 아이들 돌보는 일이 생리에 더 맞는 것 같아요. 봉사 활동에 이것저것 가려서는 안되겠지만 아이들을 다루고 돌보는 게 훨씬 즐거워요.」
「그런 걸 보면 아무래도 관점이 다 다른가 보죠. 베로니카는 양로원이 생리에 더 맞는 것 같은 걸 보믄요.」
아그네스가 말하며 옆 자리의 정인을 처다보았다. 정인은 시선을 피했다. 수잔나가 쿡쿡 웃음을 터뜨렸다.
「거 자꾸 생리, 생리 하지 말아요. 아까 할머니가 그 말 했을 때 생각나는 일이 있어서 속으로 얼마나 우스웠는데요.」

「아니, 그 일루 웃을 일이 뭐 있어요?」

단원들이 모두 수잔나를 쳐다보는데 이야기를 듣기도 전에 다들 미리부터 웃음을 조금씩 물었다.

「아니, 우리 애들 아빠 총각 시절 얘긴데, 그때 접착식 생리대가 처음 나왔잖우? 웬 아가씨가 약국으로 그걸 사러 와서 사용법을 꼬치꼬치 묻더래요. 그래 애 아빠가 잘 알지도 못하겠고 부끄럽기도 해서 그냥 접착 종이를 떼어내구 파스처럼 붙이면 된다구 그랬대요. 그랬더니 그 아가씨가 그걸 팬티가 아닌 엉뚱한 데 붙인 거예요. 나중에 떼어내느라 얼마나 아팠는 줄 아느냐구 막 야단을 치는데 우습고 미안하고 쑥스러워서 혼났다잖아요. 우리 부부는 지금도 그 말만 나오견 막 웃어요.」

상황을 상상하고 한바탕 왁자한 웃음이 터졌다.

「그러게. 부끄러움은 우리들 할머니 세대에서 끝난 거 아니겠어요? 요즘 처녀들이야 당당하고 활발하죠. 매사에 신세대 애들하고 사고방식이 얼마나 다른지 깜짝깜짝 놀랄 때가 많아요. 우리들이 늙었을 때 그 애들에게서 제대로 대접이나 받을는지 원.」

우스개 이야기로 시작해서 시내로 접어들기까지 차 안은 온갖 화제가 오고갔다. 사랑과 희생을 바탕으로 하는 종교 기관과 멀어지면서 세상과 점점 더 가까워지는 것을 증거하듯 일상사의 잡다한 이야기가 지배적이었다. 이계 섞여드는 사회에서는 그녀들은 아그네스도 수잔나도 베로니카도 아니었다. 아무도 그렇게 불러주지 않았다. 김종미이고 장인옥이고 이정인일 뿐이었다.

머리의 극히 일부분만 천상에 올려두고 눈길을 예민하게 번득이며 전신으로 헤쳐나가야 할 일상으로의 귀환.

익숙한 세상의 오염을 받아들이는 일은 따스한 물에 저항 없이 몸 담그듯 자연스러웠다.

신호등 앞에서 차가 급정거를 했다. 좌회전 차도에서 달려오던 차가 갑작스레 끼여든 것이었다. 그 승용차는 금방 쏜살같이 달아나버리고 그녀들의 뒤를 바짝 따라오던 영업용 택시가 삑하고 급브레이크를 밟더니 기사가 목을 빼고 내다보며 소리질렀다.

「야, 이 여편네들아, 집구석에서 밥하고 빨래나 할 일이지 왜 기어나와서 난리야?」

가장 젊은 아그네스가 맞장구를 쳤다.

「오냐, 지금 밥하고 빨래하러 간다.」

기사는 일 초도 아까운 듯 곧장 차선을 바꾸어 달려가버렸기 때문에 그 시원스런 응답을 들었는지 말았는지 알 수 없는 노릇이었지만, 차 안에는 폭소가 터졌다.

「신세대 아줌마라 역시 다르네.」

「아유, 살벌한 세상. 아니 여편네들 자가용 타는 걸 왜 아직도 못봐주지? 이 무식한 나라에서 이민을 가든지 해야지 원.」

아그네스는 투덜거리는데 당사자는 물론 아무도 심각한 표정이 아니었다.

「전 저어기 시장 입구에서 세워주세요. 시댁이 이 근천데 들렀다 가게요.」

「나도 옷감 좀 끊어야겠어요, 시내 나온 김에.」

안젤라와 수잔나가 차를 세웠다. 아그네스는 조금 더 가 전철역 앞에서 내렸다.

정인이 버스를 바꿔 타는 정거장은 그보다 한 블록 정도 위였다.

「바쁜 일 있어요?」

두 사람만 남게 되자 단장이 물었다.

「나 지금 안나 자매의 집에 들를까 싶은데, 같이 갈래요?」

정인은 잠깐 규영을 떠올렸다. 이 시간의 놀이방에는 맞벌이하는 부부의 아이들만 한두 명 남아 있을 것이고 규영은 짜증스럽고 권태롭게 서성이고 있을 것이었다. 정인이 봉사 활동을 나가는 목요일 하루만 탁아를 맡은 이 선생을 거들어 아이들을 돌보는 일도 규영은 견디기 힘들어했다.

이혼을 하고 아이조차 시댁에 빼앗기다시피 한 뒤로 규영에게는 짜증과 신경질만 늘어나고 있었다. 비정규직 편집 직원으로 있는 출판사도 제대로 나가는 것 같지 않았다.

「따님 때문에 힘들지요?」

마치 정인의 속내를 들여다보듯 단장이 말했다.

「이혼율이 급증해서 큰일이에요. 조급하고 인내심들이 부족한 게 아니겠어요? 요즘 페미니즘 소설이라는 걸 보면 이혼만이 능사인 것처럼 충동질하던데, 아니 우스운 말로 자기들이야 능력 있으니까 그렇다치더라도 세상에 마땅한 대안 없는 홀로서기처럼 힘든 게 어디 있다고 그렇게 환상적으로들 다루는지 모르겠어요.」

혼자말하듯 중얼거리는 오십대 후반의 단장은 친정언니처럼 푸근한 느낌을 주었다. 신심을 억지로 주입하거나 강요하는 일 없이 작은 실천으로 보여주는 모임의 책임자이면서 세상일에도 대체로 지혜롭고 능동적이었다.

영적인 세계와 물신적인 세계에 두 발을 균형 있게 튼튼히 나누어 딛고서 연륜을 버겁지 않게 지닌 사람들이 정인은 부러웠다. 신앙도 세상의 삶도 정인은 늘 무거운 십자가만큼이나 힘들기만 한 것이었다.

「테레사 자매의 선종이 얼마 남지 않은 것 같아요. 바쁜 일 없으시면 기도하러 함께 갑시다.」

「그렇게 하죠.」

정인이 고개를 끄덕였다.

테레사는 안나의 시어머니였다. 고혈압으로 쓰러진 뒤 식물인간과 비슷한 무의식 상태로 자리를 보전하고 있는 햇수가 삼 년째라고 했다. 작년에 이 동네로 이사 온 후 같은 교구(敎區)의 가족이 되었다.

「그런 효부도 없지요? 솔직히 요즘 세상에 친정부모에게도 그렇게 못할 사람이 많은데.」

이미 소문이 난 며느리의 극진한 간병에 대해 단장은 누구나처럼 한마디 언급했다. 방 두 개 중 겨우 두 사람의 이부자리나 펼 수 있는 좁은 방을 부부가 쓰고 큰방을 어머니에게 내준 것이며, 빈곤한 살림에도 맛있고 좋은 음식을 끊임없이 구해다 드리고 병자의 배설물 시중만 해도 온종일 허리 펼 날이 없다는 것이었다.

「이건 좀 망령된 생각인데…….」

단장이 커브를 꺾으며 소곤거렸다.

「마치 식물처럼 구차하게 생명만을 연장하고 있는 할머니를 뵈면 하느님이 대체로 허약 체질인 여자들에게 더 긴 수명을 주신 건 아담에게 선악과를 먹인 이브에 대한 징벌이 아닐까 싶어져요.」

정인과 단장은 실없이 웃었다. 쓸쓸함이 남는 미소였다.

「엊그제 신문에도 고등학생 손녀랑 한 방을 쓰시는 할머니가 아파트에서 투신 자살한 사건이 실렸잖우? 손녀 공부 방해될까 봐 밤늦도록 밖에서 서성이곤 하셨다던데. 내리사랑이라더니, 자식들은 부모들의 깊은 마음을 모를 거예요.」

단장의 목소리가 가라앉았다.

「며칠 전에는 옛날에 가르침 받던 교수님 댁에 가보고 큰 충격을 받았어요. 난 지금까지 그래도 지식층이나 유복한 가정의 노인 문제는 별로 심각하다고 생각지 않았거든요. 그런데 그분 역시 마찬가지더군요. 자식들은 다 미국에 살고 있고 노부부만 큰 집을 덩그러니 지키시는데 돌봐주는 파출부가 어찌나 함부로 다루는지 정말 민망했어요. 정신이 오락가락하시고 기운도 없으시니 어떻게 하지도 못하시더라구요. 파출부에게 몇 마디 좀 하고 싶었는데 그나마 사람 구하기 힘들다고 사모님이 말리시더군요.」
「요즘엔 시설 좋은 유료양로원도 있다고 들었는데요.」
「남녀 숙소로 나뉘어 부부의 경우는 헤어져야 하는 데다 일반적으로 남부끄럽게 여기거든요. 가문의 체면을 손상시킨다고 생각해요. 아직은 그쪽도 실험단계구요.」
「…….」
「내가 교인이어서 그런지 모르지만 나이 들수록 종교를 가졌다는 게 더욱 다행스럽게 생각되어요. 우선 모든 것을 신에게 맡기게 되잖아요? 그런데 베로니카 자매는 왠지 늘 힘들고 지쳐보여요. 마음이 편안하지 않으신가요?」

붉은 신호로 바뀐 네거리 앞에 멈추어서면서 단장이 정인을 돌아다보았다. 무심한 듯한 시선 속에서도 자상한 관심이 느껴졌다.

정인은 침묵했다. 머릿속이 더욱 무거워지면서 마땅히 대꾸할 말도 생각나지 않았다.

「늘 약을 드시는 것을 보았어요. 고통의 정도야 알 수 없지만 너무 약에 의지하진 마세요. 저는 기도하고 명상하면 늘 효험이 있었어요. MEDICINE이란 '약'이 MEDITATION이란 '명상'과 어원이 같은 걸 보면 육신을 위한 약보다 영혼의 약인 명상이 우리들의 잘못된 과오에서 비롯된 온갖 질병에서 벗어나게 해줄지도 모르잖을까요. 난 그렇게 생각하고 믿고 싶더군요.」

단장이 돌아다보며 미소 지었다.

차는 벌써 시영아파트 단지 입구로 들어서고 있었다.

안나는 집에 있다가 반갑게 그녀들을 맞았다. 이미 손님이 한 명 있었다.

「조금 전에 미국에서 시누이님이 오셨어요.」

안나가 기어들어가는 목소리로 조그맣게 말했다.

큰 가방을 세워두고 거실바닥에 퍼질러앉아 있던 비만한 몸집의 사십대 여자가 손부채질을 하다가 그녀들을 올려다보며 혼자소리처럼 퉁명스럽게 쏘았다.

「죽기 전에 봐얄 것 같아서 들어왔더니, 이게 어디 사람 사는 세상인구?」

외국땅에서 무슨 일을 하며 사는지 바글바글 볶은 머리며 원색의 옷차림에 요란한 화장이 안나의 불건강하고 핼쑥한 얼굴과 퍽 대조적이었다.

「덥기는 왜 이리 환장하게 덥누. 이 집구석은 에어컨두 없어.」

「얼음물이 있는데…….」..

시누이와 손님 사이에서 안나가 어쩔 줄 몰라하며 말했다.

「우린 방에 있을게요.」

단장과 정인은 얼른 환자가 있는 안방으로 들어갔다. 먹고 마시고 배설하는 본능적 기능만 남은 환자는 강보에 싸인 아기처럼 이부자리에 조그맣게 몸을 오그리고 누워 있었다. 단장과 정인은 노쇠하고 병약해서 겨우 목숨만 남아 있는 듯한 노인을 보자마자 자신들도 모르게 성호를 그었다.

「두 팔을 펴려고 하지 않으세요. 그래서 씻겨드리기가 얼마나 어려운지 몰라요.」

따라 들어온 안나는 기도가 끝나고 나자 이부자리를 벗겨 보이며 쉰 목소리로 나지막이 중얼거렸다. 오늘따라 그녀의 좁은 어깨가 더욱 힘들어보였다. 두 팔고 두 다리를 잔뜩 웅크리고 누워 있는 노인의 작은 체구는 마치 태내(胎內)에 든 아기의 형상이었다. 노인의 근원적 의식은 탄생 전의 아득한 세계와 맞닿아 있는가. 말을 끊은 지도 오래이고 감각마저도 희미해 보이는 듯한 노인의 눈은 그저 멀겋게 열려 있을 뿐이었다.

단장이 노인의 두 팔을 조금 벌려보았다. 마른 막대기 같은 두 팔이 한사코 움직임을 거부하고 완강히 굳어 있었다.

「이러시면 욕창이 생기기 쉬울 텐데.」

걱정스럽게 중얼거리며 단장이 조심스럽게 노인의 등을 조금 치켜올렸다. 너무 오래 방바닥을 의지하여 불그죽죽해진 등이 힘없이 올려졌다가 내려졌다. 욕창은 이미 달 표면의 분화구처럼 번져 있었다. 이틀만 목욕과 통풍을 소홀히 해도 무섭게 들어앉는 욕창이고 보면 사실 지금껏 그나마 건강 상태를 유지했다는 것으로도 간병인의 초인적인 정성을 알 수 있었다. 무언가 꾸물거리는 것이 노인의 등 밑으로 기어나왔다. 정인은 무심히 그것을 내려다보았고 그것이 조그만 실과 같은 벌레라는 것을 알았다.

「얼마 전부터 이렇게 구더기가 생겼어요.」

갑자기 안나가 방바닥으로 쓰러지며 꺼억꺽 통곡을 터뜨리기 시작했다. 그녀의 발치에 긴 나무젓가락과 옴폭한 사기그릇이 놓여 있는 것이 보였고 거기에도 몇 마리의 흰 벌레들이 꿈틀거리고 있었다.

「네 이년!」

갑자기 벽력 같은 고함소리가 터지더니 어느새 들어온 시누이의 손에 안나의 조그만 몸뚱이가 종잇장처럼 들려 올려졌다.

「네 이년! 우리 어머닐 이렇게 모셔? 너 시집올 때 해온 것 없다고 우리가 구박 좀 했기로서니, 아니 산 사람 몸에 구더기가 슬게 한단 말이야? 요년!」

안나의 뺨에서 철썩 소리가 났다. 단장과 정인은 황망중에 일어나 성난 황소 같은 여자에게서 안나를 겨우 떼어냈다.

「네 이년, 이제야 원수를 갚는구나. 우리 어머니가 구박한 원수를 늙고 병드니까 갚는다 이거지? 네 요년! 내 그럴 줄 알았다. 이 여우 같은 년.」

다른 사람 때문에 차마 더이상 어쩌지 못하고 굵은 팔다리를 흔들며 펄펄 뛰던 여자가 갑자기 노인에게 달려가 머리맡에 엎드리더니 크게 소리소리 질렀다.

「엄마, 나한테 말 좀 해봐. 아니, 옛날 그 집은 애들이 어디다 팔아먹구 이렇게 콧구멍 같은 방구석에서 병수발도 제대로 못 받구 누워 있수? 내 애들을 고발해 줄까?」

그러자 그 갑작스런 소란스러움 때문에 아까부터 긴 잠에서 깨어나 있는 듯하던 노인의 얼굴 근육에 약간의 변화가 오더니 꼭 다문 입이 기적처럼 희미하게 움직였다.

「뭐라구요?」

모두가 긴장한 채로 노인에게 모여앉아 바짝 귀를 기울였다. 쪼글쪼글 마른 노인의 입이 다시 조그맣게 움직이더니 무슨 말인가가 가늘게 새어나왔다. 낮고 희미했지만 한순간 모두 그 말을 똑똑히 알아들을 수 있었다.

「존경하는 어머님.」

아직 불을 켜지 않아 어스무레한 계단을 오르던 정인은 어둠 속에서 들려오는 난데없는 목소리에 걸음을 멈추었다.

「오늘도 거룩하신 하느님 사업에 동참하고 오시느라고 얼마나 수고가 많으십니까? 오, 지혜로우신 성모님, 천주님, 예수님, 마리아이시여. 엿새 동안 타락하고 하루 봉사함으로써 죄를 씻으려는 이 위선자를 용서하여 주시옵소서. 물론 마땅히 용서하신 줄로 믿고 또 내일부터 열심히 타락하겠습니다. 아멘.」

소리는 지하실 계단에서 올라오고 있었다. 창이 없는 탓에 그쪽은 벌써 나락처럼 컴컴했다. 컴컴한 그 어둠 속에서 혀가 꼬부라지고 비뚤어진 목소리가 보이지 않는 화살처럼 날아와 꽂혔다. 정인은 서너 걸음 올랐던 계단을 도로 내려딛고 지하실 입구를 내려다보았다. 저 아래 검은 어둠의 덩어리처럼 쭈그리고 앉아 있는 규영이 보였다. 손에 희뿌옇게 들린 것은 술병이리라.

정인의 뒷머리가 다시 찌르르 아파왔다. 그녀는 가끔 자신의 심장 일부가 그 뒷머리에도 부착되어 있지 않는가 싶었다. 가슴이 덜컥 내려앉을 때 어김없이 후두부에 통증이 왔다.

층계의 난간을 붙잡는 정인의 귀에 놀이방 쪽에서부터 희미한 울음소리가 들렸다. 정인은 후닥닥 뛰듯이 계단을 거슬러 올라갔다. 현관은 열려 있었고 가지런한 아이의 신발 한 켤레 옆에 아무렇게나 벗어던진 여자의 하이힐이 보였다. 세면기에서 우는 아이를 씻기던 민주엄마가 앙칼진 표정으로 돌아다보았다.

「아니, 무슨 놀이방이 이따위예요? 내가 좀 늦었기로서니 전화로 미리 당부까지 했는데도 아이 혼자 버려두면 어떡해요? 도대체 언제부터 혼자 내버려뒀길래 애가 눈이 퉁퉁 붓도록 울어요? 몇 푼 벌자고 어린앨 떼어놓고 회사 나가는 것도 가슴 아파 죽겠는데, 글쎄 애를 이 모양으로 방치하면 어떡해요? 네? 사고나면 책임질 거예요? 무슨 이따위 놀이방이 다 있어?」

「죄송합니다. 어쩌다 이렇게 되었는지 잘 모르겠네요. 죄송합니다. 민주어머니, 다음부터는 절대로 이런 일 없도록 하겠습니다.」

　정인은 얼른 수건을 꺼내서 아이의 얼굴을 닦아주며 거듭 사과했
다. 혼자 남은 아이가 품었을 공포와 그 아이를 발견한 아이 엄마
의 노여움이 풀릴 수만 있다면 밤새도록이라도 사과해 마땅한 일
이었다. 마음속에서는 사태를 이 지경으로 만들어놓고 태평하게
술주정을 하고 있는 규영에 대한 낭패와 실망과 분노가 뒤범벅이
되고 있었다.

「평소에 잘 돌보아주셨기에망정이지 정말 한 번만 더 이런 일이
　생겼다간 동네에 소문내서 아무도 못 다니게 할 줄 아세요. 네?」

　아직도 분이 덜 풀린 듯한 민주엄마는 이제는 울음을 말끔히 그
친 얼굴로 노란 유치원 가방을 메고 있는 아이의 손을 잡아채듯이
끌고 나갔다.

「선생님, 안녕!」

　아이는 신발을 신고 나서 잊지 않고 꼬박 인사를 했다.

「아유, 내 새끼. 무서웠쪄?」

　민주엄마는 정인은 돌아다보지도 않고 아이를 품에 싸안고 사라
졌다. 정인은 놀이방의 한쪽을 칸막이한 원장실 겸 사무실로 들어
가 의자에 털썩 주저앉았다. 이미 주위가 어두워져 전등불을 밝혀
야 할 시각이었지만 정인은 꼼짝도 하지 않았다.

　어슬렁어슬렁 규영이 들어왔다.

「제길, 되게 시끄럽게 구네. 즈이 아이가 무슨 왕자님이야? 난 밤
　낮없이 혼자 자랐는데, 어쩌다 혼자 있어보는 게 어때서 그 법석
　이야? 모험심도 기르고 좀 좋우? 친애하는 어머님, 그렇게 생각
　안해요?」

　규영의 목소리에는 톡톡 튀는 빈정거림이 묻어 있었다. 정인은
말없이 그런 딸을 바라다보았다. 그 나이 때 나도 그랬을까. 어머

니에 대한 분노와 비난이 말끝마다 독소처럼 묻어났었을까?

어느 여름날, 그녀는 재혼한 어머니의 집을 찾아간 적이 있었다. 아버지와 사별한 뒤 어머니는 3년도 못되어 새 남자에게 시집을 갔다. 얹혀서 살던 친척집에서 수군거리던 소리의 의미를 제대로 인식한 것은 그녀가 고등학교를 졸업하던 해였다. 그때까지 어머니의 존재는 그녀가 다니던 성당의 '하늘나라'에 있었다. 해마다 성(聖) 승천일이나 대림절이 오면 그녀는 성모님 품안에서 영원한 안식을 취하며 지상의 그녀를 온화한 사랑의 눈길로 내려다보는 어머니의 성스러운 모습을 도화지에 그리면서 그리움을 달래곤 했었다. 오히려 그녀에게 동정이나 연민의 눈길을 보내는 일가붙이나 친구들 부모의 때묻은 삶에서 영적 세계를 동경하는 소녀다운 정신적인 우월감을 맛보았었다.

그런데 그 어머니는 정결한 천상이 아닌 그녀와 같은 땅 위에 발붙이고 있었다. 그녀가 보아온 그 누구보다도 추악한 삶의 모습으로.

몇십 년 전, 지금의 규영처럼 정인은 어머니 앞에 서 있었다. 어머니는 갑자기 나타난 딸이 당혹스러워 어찌할 바를 몰라했다.

「식구들에게 네 이야기를 한 적이 없는데.」

그것이 어머니의 첫마디였던가. 정말로 어머니는 버린 지 십 년이 넘는 자식 앞에서 그 자식의 처지보다 자신의 입장을 더 곤혹스러워해야 했을까? 아들을 낳지 못하는 본부인 대신 두 아들을 낳아주고 그 집에서 더부살이하는 어머니의 삶은 정인이 상상조차 해본 적이 없는 이상하고 초라하고 구차한 생활이었다.

「도대체 무엇 때문에 이렇기 사는 거예요? 어머니도 자존심이 있는 사람이에요? 창피하고 더러워요.」

정인은 더듬거렸으나 하고 싶은 말은 다 했다고 생각했다. 그때 정인의 얼굴은 벌겋게 달아올라 있었고 정말로 부끄러움과 절망 때문에 그 자리에서 기절하고 싶었다. 어머니는 무어라고 우물거렸으나 그녀는 듣지 못하였다. 땅바닥에 침을 퉤 내뱉고 그녀는 어머니 곁을 떠나버린 것이었다. 그 뒤로도 몇 년이 더 흘러 정인이 어렵게 자립해서 교사생활을 하고 있을 때 그녀는 어머니를 다시 만났다.

그날따라 혼자 늦은 퇴근을 하는데 어스름이 지는 운동장의 그네에 앉아 있던 웬 중노인이 그녀를 우두커니 쳐다보고 있는 것이 눈에 띄었다. 먼 거리에서 아주 잠깐 시선이 맞부딪쳤는데도 정인은 그녀가 누구인지 금방 알 수 있었다. 마치 섬광 같은 깨달음이 그녀의 가슴을 흐르고 지나갔다. 그녀는 언젠가 어머니와의 재회를 예감하고 있었던가.

「그냥, 네가 이곳에 있다는 걸 우연히 듣고서…….」

정인이 다가가자 어머니는 말리지도 않는 치맛자락을 한 손으로 말아 쥐며 우물쭈물 그네에서 일어났다. 무언지 주눅이 든 듯한 자신 없는 태도와 꾀죄죄한 옷차림은 예전과 다를 바 없었다.

그네에게 전혀 어울리지 않는 어린이들의 놀이터며 칠이 벗겨진 푸른 그네의 배경이 어머니의 모습을 더욱 을씨년스럽게 비추어 정인의 묵은 분노를 돋우었다.

「가세요. 여기서 뭘 하겠다는 거예요?」

정인은 그렇게 내뱉고 있었다. 나이보다 훨씬 겉늙어보이는 어머니의 얼굴이 더더욱 어쩔 줄 모르게 흔들렸다.

「아니다. 다리가 아파서……, 그냥 여기 좀 쉬었다 가려구.」

정인은 그런 어머니를 두고 그곳을 나와버렸다. 놀이터가 보이지 않는 교문을 벗어나기까지 정인은 한 번도 뒤돌아보지 않았다.

어머니가 그녀를 버렸듯 그녀도 그렇게 어머니를 버렸다. 더할 것도 뺄 것도 없는 정확한 계산이었다.

그 뒤로 그녀는 다시는 어머니를 볼 수 없었다. 어머니의 새 남편이 사망하고 자식들도 떠나버려 궁핍하게 혼자 산다더라는 소문만이 확인할 길 없이 어렴풋이 들려왔다.

이따끔 수업을 하다 말고 교정을 내려다보면 바람에 흔들리는 그네가 보였다. 어머니는 왜 그곳에 앉아서 나를 기다렸을까? 때때로 그녀는 골똘히 막연한 생각에 잠기곤 했다.

점차 세월이 흐르면서, 그리하여 그녀도 결혼을 하고, 딸을 낳고, 허다한 갈등 끝에 남편과 헤어지는 과정을 거치는 동안 정인의 생각은 점점 조금씩 변화되어 갔다.

어머니가 그날 무심히 그네에 앉아 있었던 건 단순히 육신의 고통을 쉬려고 했던 것만은 아니지 않았을까. 어머니는 나와의 관계 회복을 그 유아적인 놀이 기구를 통해 무의식적으로 간절히 드러낸 게 아니었을까?

그뒤로 그녀는 가끔 엉뚱한 꿈을 꾸었다. 어린 그녀를 그네에 앉히고 젊고 청순한 어머니가 가만가만 흔들어주는 꿈이었다. 그런 어머니는 천상의 선녀보다도 정결하고 아름다웠다. 그 꿈은 너무도 생생해서 눈을 뜨면 어머니의 다정한 미소와 따뜻한 손길이 곁에서 금방 만져질 듯하였다. 그럴 때 그녀의 눈에서는 왜 소리 없는 눈물이 흘렀던가.

지금 어머니가 생존해 있다면 양로원에 수용된 무의탁 노인들과 엇비슷한 나이일 것이다. 정인이 노인의 집을 전전하며 사무실마다 비치된 명단을 훑어보는 것은 어머니를 다시 만날 수 있기를 진심으로 원해서였다. 어머니를 떠올릴 때마다 가슴을 쓰리게 하는 쓸쓸한 분노와 적막한 죄책감에서 이제 그녀는 어떤 식으로든 헤어나고 싶은 것이다.

규영은 술기운을 이기지 못하겠는지 마침내 바닥에 무너지듯 주저앉았다. 그리고는 빚을 받으러 온 사람처럼 따지기 시작했다.

「엄마가 내게 보여준 게 뭐예요? 난 아무도 사랑할 수 없었어요. 엄마의 삶에서 내가 보고 자란 건 절제된 냉정함뿐이야. 남편이나 자식인 내게까지도 차갑고 계산된 사랑. 그 잘난 자존심으로 아빠도 내게서 빼앗아 가버리고 엄마가 도대체 내게 해준 게 뭐냔 말이에요? 어디 말씀 좀 해봐요. 부모가 화목했어야 나도 남편에게 잘했을 거 아녜요? 난 무조건 자존심만 세우고 계산만 철저하면 될 줄 알았지. 엄마가 그랬으니까. 그런 것만 보고 자랐으니까. 설마 이렇게 이혼당할 줄 알았수? 엄마야 엄마가 잘나고 원해서 그리 됐다지만, 난 이런 거 정말 싫어.」

꼬부라진 목소리로 횡설수설하던 규영은 이윽고 정인의 발 밑에 허리를 무너뜨리고 흐느끼기 시작했다.

「엄마, 혜미가 보고 싶어. 내 딸 혜미. 혜민 지금 혼자 있을 거야. 컴컴한 집에서 혼자 있을 거라구.」

어둠 속에서 정인은 젊은 이혼녀인 딸의 청승을 하염없이 내려다보기만 했다. 서류에 제가 먼저 도장을 찍어놓고 이렇게까지 힘들어할 줄은 몰랐다. 자식 때문인가. 자식이 뭔가. 수용소에는 자식에게서 버림받고 갇혀 있는 노인들이 얼마나들 많은데 이렇게 자식을 못 잊어하는가.

어머니도 그러하였을까. 나이 많은 남자에게 시집을 가면서 어머니도 그렇게 심한 몸살을 앓으셨을까. 정인은 습관처럼 그녀의 어머니를 떠올렸다.

다시 골머리가 쏟아질 듯 아팠다. 정인은 탁자 위에 고여 있는 어둠 속에 고개를 떨구고 깊이 엎드려버렸다. 온몸의 피로가 한꺼번에 쏟아지듯 했다. 가뭇한 의식 속에서 윤곽도 희미한 그녀의 늙은 어머니와 함께 눈에 넣어도 아프지 않을 것 같던 귀여운 손녀딸 혜미가 번갈아 손짓했다.

주위가 고즈넉해서 눈을 떠보니 규영은 땅바닥에 휴지처럼 구겨진 채 어느새 잠들어 있었다. 정인은 늘어져 있는 딸의 어깨를 잡아끌듯이 하여 이층 방에 데려다 뉘었다. 딸의 눈자위에 묻은 얼룩덜룩한 눈물자국이 새삼 그녀의 가슴을 아리게 했다.

사무실로 되돌아온 정인은 다시 탁자 위에 엎드려버렸다. 무엇이 어디서부터 잘못된 것인가. 어머니가 그녀를 버린 것이 정말로 그녀의 삶이 비뚤어지기 시작한 시초였던가. 그날 그네에 앉아서 그녀는 어머니의 변명을 들었어야 했다. 자신을 변호할 수 있는 단 한 번의 기회도 그녀는 주지 못했다. 그래서 이제라도 그 변명을 듣기 위해, 그리하여 스스로의 아픈 삶을 조금이라도 위로받기 위해 그녀는 어머니를 찾고 있는가. 어머니가 아니라, 자신을 위해.

정인은 깊은 혼돈을 느꼈다. 계산은 아직도 덜 끝났다. 정인은 어머니를 사랑한 적도, 사랑하고자 한 적도 없다고 생각했다. 어머니도 마찬가지리라고 믿었다. 그러지 않고서야 처음 본 자식에게 그렇게 쌀쌀하게 제 앞가림에 급급한 말을 뱉을 수 있었겠는가.

「식구들에게 네 이야기를 한 적이 없는데…….」

돌연한 그녀의 출현을 난처해 하는 어머니의 그 중얼거림은 오래도록 그녀의 가슴을 차갑게 후려치곤 했다. 그리고 그 냉랭함은 그녀의 나머지 모든 삶을 지배했었다.

어머니. 당신에게서 이제라도 무언가 해답을 듣고 싶습니다. 어머니. 정인은 빽빽히 고인 어둠에 고개를 묻은 채 중얼거렸다. 잠이 든 듯 만 듯한 그녀의 의식을 깨운 것은 요란한 전화벨소리였다. 눈을 떠보니 새벽의 여명이 창 위에 희미했다. 제대로 정돈되지 않은 아이들의 의자며 집기 들에도 막 떠오른 그 새벽빛이 하얗게 머물러 있었다.

정인이 손을 더듬어 수화기를 드는데 부실한 잠자리 탓인지 온몸에 한기가 돌았다.

「저, 아그네스예요.」

성급한 목소리가 전화선을 타고 흘러 들어왔다.

「조금 전에 테레사 자매가 선종하셨다는군요. 단장님께서 연락 드리고 또 연도 순서를 의논하래서 전화했어요.」

「곧 갈게요.」

잠깐 숨을 끊었다가 이어 정인은 그렇게 대답했다. 수화기를 내려놓고도 한참 그대로 앉아 있었다. 마치 태내에 든 아이처럼, 또는 한 덩어리의 무생물처럼 웅크리고 누워 있던 노인의 모습이 선명하게 떠올랐다. 그러나 어제 저녁까지도 노인은 따뜻한 피가 흘렀고, 입을 움직여 그가 갖고 있던 감정과 의사를 표현했었다. 그런데 밤사이 그 삶이 무생물의 세계로 돌아갔다는 것이다. 하룻밤 새 노인이 바꾸어 간 세상은 정말로 어떤 곳일까?

이 선생이 출근하자마자 바로 계단을 내려오던 정인은 아이의 손을 잡고 올라오는 민주엄마와 부딪쳤다. 그녀는 말끔하게 출근 준비를 갖춘 차림새였고 노란 모자를 정수리에 얹은 아이는 아직 잠이 덜 깨어 그녀의 어깨에 기대어 있었다.

「안녕하세요?」

멋쩍은 듯 인사를 던진 그녀는 정인을 재빠르게 훑어보았다.

「또 일찍부터 나가세요?」

「곧 들어올 겁니다. 안에 이 선생님이 계세요. 어제는 정말로 미안하게 됐습니다.」

정인이 새삼 사과했다.

「아유, 원장님이 자꾸 외출하시면 제가 안심이 안되잖아요.」

민주엄마는 못마땅한 듯이 받고는 아이를 땅에 내려놓았다. 아이는 흐늘흐늘 엄마의 치마폭에 도로 묻혔다.
「얘, 이제 들어가. 엄마가 맛있는 것 사다 줄게.」
「싫어. 엄마, 회사 가는 거 싫어.」
「얜, 아무리 어린애라구 이해심도 없니? 니 애비 돈 조금밖에 못 버는 걸 어떡해?」
민주엄마가 짜증스럽게 중얼거리며 치마폭에서 아이의 손을 떼어내는 걸 정인이 얼른 받아 안았다. 뽀얀 젖 냄새가 풍길 듯 보드랍고 말랑말랑한 아이의 작은 몸이 가슴에 안기자 정인은 문득 자신의 어린 손녀가 생각났다. 살아 있다는 것은 어쨌든 아름다운 것이다. 무엇을 그 죽음의 딱딱하고 막막한 세계와 견주어 비교할 수 있는가.

「안나 자매도 참 대단하죠? 돌아가신 노인의 팔다리를 펴는 데도 아프지 않게 해달라고 같이 주무르면서 안타까워 어쩔 줄을 몰라 하는 걸 보니 참 하늘이 주신 효부다 싶데요. 요즘 그런 며느리가 어딨어요? 게다가 알고 보니 아주 지독한 시집살이를 시켰다던 데…….」
테레사 노인의 위령 기도와 장례 미사를 치르고 돌아오는 길에 정인과 동행이 된 아그네스가 그렇게 중얼거렸다.
「참, 베로니카 자매님도 들으셨다면서요? 할머니가 돌아가시기 전에 며느리에게 '미안하다, 고맙다'고 하시는걸요.」
여름이 빨라 신록 위에 부딪히는 햇살이 유난히 눈부시게 느껴졌다. 계절이 바뀌듯 누더기 같은 인간의 갈등과 증오와 연민도 조금씩 색깔을 달리하는 것일까 죽어가는 노인은 몇십 년 만에 찾아온 딸 대신 며느리의 손을 찾았다. 그리고 혼신의 힘을 다해 미안함과 고마움을 털어놓았었다.

「복수 어쩌고 하는 시누님의 짜증은 한귀로 흘려들으세요.」

그날 저녁 잠깐 문밖으로 전송나온 안나를 단장이 그렇게 위로했을 때, 그녀의 대답은 정인에게도 충격적이었다.

「아니에요. 시누이의 얘기가 맞는 말인지도 모르겠어요. 아까 어머님이 제게 미안하고 고맙다고 하셨을 때 전신에 맥이 쭉 빠지는 것 같았어요. 마치 그 말을 듣기 위해 이때껏 그렇게 최선을 다해왔던 것처럼요. 그리고 나도 모르게 매달렸던 어떤 큰 임무를 마친 것처럼 느껴졌어요. 그리고 보면 전 어쩜 정말로 그런 식의 복수를 하고 있었는지도 모르겠어요.」

천사가 아닌 그녀의 대답이 너무도 솔직했던 것일까. 그 말을 듣던 순간 왜 자신의 몸에 두드러기 같은 소름이 돋았는지를 정인은 알 수 없었다.

어머니를 찾는 것도 내게 복수의 한 방법이었을까. 늙고 쇠약한 어머니가 살아온 죄값을 치르는 노인들의 집에 수용되어 있는 모습을 상상해 보는 복수. 자식을 버린 어머니.

정인은 새삼스럽게 다시 온몸에 소름이 돋는 것 같았다. 오래 동반해 온 두통이 다시 그녀의 이마를 때렸다.

「감기 기운이 있으시나 보군요. 밤새 춥게 주무신 모양이죠?」

아그네스가 콧물을 홀짝이는 정인을 조심스럽게 들여다보고 제 말을 이었다.

「생각이 조금씩 바뀌는 것 같애요. 난 비참하게 늙느니 차라리 죽는 게 낫겠다 싶었는데, 아무리 지저분하게 오래 살다 간들 우리 삶은 너무 짧고 허무하게 느껴져요.」

평소에 경박하게 느껴질 만큼 수다스럽던 아그네스도 오늘따라 무언지 우울해 보였다.

「그러게 철학이나 종교의 필요성이 있는 것 아니겠어.」

정인은 그렇게 대꾸하면서, 그러나 과연 그런 것들이 얼마나 삶의 심층에 닿아 있는가 잠시 알 수 없는 허전함을 느꼈다.

「승소하면 당연히 아이에 대한 면접권을 얻을 가능성이 크죠. 하지만 설령 그렇게 어렵게 권리를 획득한다고 하더라도 당사자가 이행하지 않거나 최악의 경우 아이를 데리고 행방을 감춰버리는 상황에서는 몇 푼의 벌금이나 때릴 뿐 현 실정법으로는 어떻게 할 수 없는 게 현실입니다 실제로 그런 경우가 더러 있거든요.」

레지오 단장의 맏아들인 강 변호사는 어머니의 특별한 부탁을 받아서인지 확실한 의뢰인도 아닌 정인을 성의 있게 대해주었다. 사무실은 크고 번잡해서 주인인 그가 정인에게 따로이 상담 시간을 내주는 것마저 부담스럽게 느껴지는 분위기였다. 보조원 아가씨가 커피가 담긴 종이컵 두 개를 탁자 위에 두고 갔으나 정인은 손도 대지 않은 채 어깨를 움츠리고 변호사만 바라보았다.

변호사가 천천히 말했다.

「물론 저는 수임료만 챙기면 되겠지만 피해자의 입장에서 보다 현실적인 가능성을 얘기허 드리는 것입니다. 또 재판이라는 게 어떤 형태로든 돈과 시간을 많이 소비하게 되는 것이라서 가능한 한 인간적으로 잘 해결되도록 해보시는 게 아무래도 합리적일 것 같아서요. 그게 결국 최선의 방법이기도 하구요.」

전화벨이 울리자 그는 잠시 말을 끊고 수화기를 집어들었다.

「전화 바꿨습니다.」

잠시 상대방의 말을 경청하다가, 그는 사무적인 목소리로 완강하게 말했다.

「네에, 이젠 이쪽에서도 강경하게 나가야죠. 증거보완을 하고 자

료 압류소송을 냅시다. 물론 민사보다는 형사로 나가야죠. 구속
적부심판을 기다릴 순 없어요. 일단 묶읍시다.」

정인은 그의 입모습을 멍하게 바라보았다. 얼마 동안 더 단호한
태도로 직업적인 얘기를 나누던 그는 수화기를 내려놓고 금방 표
정을 바꾸어 그녀들을 바라보았다.

「다시 말씀해 주시겠어요?」

정인이 조심스럽게 말문을 열었다.

「어떻게 하는 게 더 최선이구 합리적이라구요?」

그녀가 덧붙여 물었다.

시늉만의 노크로 문이 열리면서 사무장이 들어와 명함을 내밀며
면회객이 있음을 알렸다. 변호사는 명함과 시계를 거의 동시에 들
여다보며 잠깐 기다려달라고 지시했다. 의뢰인도 아니면서 무슨
긴 용건인가 싶은지 불친절한 시선으로 그녀들을 힐끔힐끔 내려다
보던 사무장이 나갔다.

「인간적으로, 어떻게요?」

정인이 마침내 바보 같은 질문을 더 덧붙였다. 변호사는 딱하다
는 듯 쳐다보았다.

「만나서 서로 말씀을 잘해보세요. 아이 아버지와 말입니다. 제가
권고 드리고 싶은 최선의 방법입니다.」

뭐라고 더 말을 이으려는 정인을 그때까지 무심한 듯한 표정으로
창 밖만 내다보고 있던 규영이 일으켜 세웠다.

「잘 알겠습니다. 상담에 응해주셔서 감사하구요.」

정인은 엉거주춤한 자세로 딸을 바라보았다. 엘리베이터를 타고
내려오는 동안 정인과 규영은 침묵을 지켰다.

높은 건물을 가득 채운 변호사 사무실을 드나드는 많은 사람들을
바라보며, 정인은 마음속으로 얼마간 차고도 쓴 맛이 도는 위안을

받았다. 남들도 다 조금씩은 비인간적인 법을 필요로 하고 사나 보다 하고.

「엄마, 우리 저녁 먹고 가요.」

거리로 나서자 규영이 정인의 팔짱을 끼었다. 화창한 주말이라 길에는 사람들이 빼곡하게 으고갔다.

정인은 이마로 쏟아지는 갑작스런 햇빛이 눈부신 듯 얼굴을 찌푸리며 딸을 바라다보았다. 법을 강행해도 자식을 만나보기 힘들다는데 느닷없이 이른 저녁밥 타령을 하는 딸이 의심스럽고 두려웠다.

「전골이 먹고 싶어. 엄마도 그렇지? 속이 허할 거야. 여름을 타잖아요.」

규영은 정인의 팔짱을 낀 채로 태평하게 중얼거리며 마땅한 음식점을 찾는 듯 주위를 두리번거렸다.

「어머, 저 옷 참 예쁘다. 엄마, 그치? 새옷도 한 벌 사고 싶네.」

갑자기 쇼윈도 앞에서 걸음을 멈추는 딸의 목소리는 여전히 티끌없이 들렸다. 규영은 화사한 의상을 걸친 마네킹 앞에 이마를 들이민 채로 한참을 들여다보고 서 있었다.

정인은 엉거주춤 그 옆에 섰다. 그늘진 유리창에 딸의 얼굴이 되비쳤다. 골똘히 시선을 내리간 딸의 매끄러운 얼굴 윤곽이 조각의 선처럼 아름다웠다.

딸이 대학 4년 동안 열렬히 구애해 온 동창생과 결혼하기 전까지만 해도 정인은 그 애가 엄마인 자신에게 가지고 있는 감정을 전혀 알지 못했다. 규영은 어려서부터 말이 적고 이성적인 타입이었다. 엄마의 어떤 점을 비난한다거나 까다로운 요구 조건도 없었다. 차갑고 이기적인 성격의 자신에게 넌덜머리를 낸 남편과 서로 티격태격을 할 때도 규영은 전혀 정인에게 내색을 하지 않았었다.

그런데 별거를 거듭하다가 시댁과 남편에게 아이까지 빼앗긴 최후의 상황으로 자신을 몰아넣은 뒤, 딸은 이제야 정인에게 토로하고 있는 것이다. 모든 것이 엄마 때문이었노라고.

정인은 딸이 두려웠다. 처음에는 마시지도 못하는 술에 취해 있는 딸이 두려웠으나 오늘은 이토록 멀쩡한 딸이 더욱 두려웠다.

얼마 전 주부 관객을 끌어모은다는 영화를 함께 보고 난 친구가 하던 말이 생각났다.

「모든 딸들은 엄마를 두려워하고 본능적으로 항상 의식한다는 대사가 나오던데, 우리 엄마들은 안 그러냐? 난 젤 무서운 게 영감도 아니고 딸녀석이다. 요게 어떻게 살아갈지 움직이는 시한폭탄 같거든.」

다른 친구가 말을 받았다.

「정말 그래. 날 닮아도 겁이 나고 안 닮아도 겁이 나. 덜덜 떨면서 시집갈 만큼 키워놓으니까 이제 일찍 들어와도 겁이 나고 늦게 들어와도 겁이 나더구나.」

정말로 겁에 질린 듯한 그 친구의 과장된 표정에 모두 와그르 웃었다. 한바탕 웃음이 지나간 뒤 누군가 한숨처럼 말했다.

「우리들의 엄마들도 그랬겠지? 처녀 때 천방지축인 우리가 얼마나들 위태해 보였을까?」

다들 다시 웃음을 베어물었으나 정인의 표정은 자기도 몰래 딱딱하게 굳어졌었다. 그녀에게만은 진한 애정에 사로잡혀 장래를 걱정해 줄 만큼 가까운 존재가 너무 멀리 있었던 것이다. 너무 멀리 있는 건 없는 것과 마찬가지였다. 아니 없는 것보다 더더욱 고독하고 쓸쓸한 일이었다. 그리고 그것은 그녀에게 차가운 분노를 키웠었다.

규영이 쇼윈도 앞에서 돌아섰다. 얼핏 맞부딪치는 그 눈빛에는 조금 전 마음에 드는 옷을 발견했을 때의 반짝거림이란 일찍이 사라지고 없었다. 터져버린 시한폭탄은 어떻게 수습해야 하나. 정인은 딸에게 아무런 지혜도 보일 수 없었다. 그래서 더더욱 두려운지도 모른다. 딸은 한두 발짝 앞서 걸었다. 정인이 총총히 따라잡았다. 바람이 일어 치맛자락을 날렸다.

「이 선생은 섬에 놀러 간다던데 풍랑이나 안 일려나 몰라.」

큰 걱정을 앞세우듯 정인이 중얼거렸다. 그러나 인천 앞바다에 무슨 대단한 바람이 불랴. 공연한 제 중얼거림이 정인은 스스로도 열없었다.

아담하고 깔끔해 보이는 한 한식집 앞에서 규영이 걸음을 멈추고 정인을 돌아다보았다. 딸은 정말로 시장기를 느끼고 있었던가. 정인은 제가 먼저 음식점의 문지방을 넘어섰다.

음식이 나오는 동안 딸은 한마디도 없었다. 정인은 비닐 봉지에 싸인 물수건을 꺼내어 손등을 닦고 또 닦았다. 냉장고에서 갓 꺼낸 차가운 한기가 그 손등을 타고 폐부까지 침투해 오는 듯했다. 그녀는 이내 미지근하게 열기를 받은 물수건을 탁자 모서리에 올려놓고 뜻없이 딸의 이마를 쳐다보았다.

「얘기가 좀 될 것 같으냐?」

딸도 엄마를 쳐다보았다.

「무슨 얘기?」

갑자기 웬 엉뚱한 소리냐는 듯 규영이 천연덕스레 묻고 있었다.

「이 서방 말이다.」

정인은 뒤통수를 지그시 눌러오는 익숙한 어떤 악령의 힘을 느끼며 자신이 아주 어려운 질문을 꺼냈음을 깨달았다. 그러나 어차피 내친김이었다. 정인은 통증과 타협하기 위해 뒤통수를 한 손으로 가볍게 주무르며 말을 계속했다.

「변호사가 그랬잖니? 법에 의존하기보다…… 인간적으로 해보라
　고 말이다.」
　인간적으로……. 어떤 방법이 인간에게 고루 어울리는 인간다운
해결책인가.
　정인은 갑자기 무책임한 변호사가 야속했다. 그는 알고 있는가.
처음부터 법조문 이외의 방법을 구하지 못해서 찾아갔음을.
「으응.」
　규영은 고작 그 얘기였었냐는 듯 신통찮은 표정을 식탁 위에 묻
었다.
「아아, 졸려. 어디 가서 늘어지게 잤음.」
　입술을 가리고 자그맣게 하품을 터뜨리는 규영을 정인은 가만히
외면했다.
　음식 타령에 옷 타령에 이제 느닷없는 잠 타령이라니. 딸의 속셈
을 정인은 알 길이 없었다. 아직 저녁 준비가 이른 탓인지 주방에
서는 종업원만 들락거릴 뿐 음식은 나오는 기척이 없었다.
　지루한 듯 한 손에 턱을 괴고 있던 규영이 습관적으로 피아노를
치듯이 나머지 한 손가락으로 가볍게 탁자를 두드렸다. 혜미가 즐
겨 듣던 ‘엘리제를 위하여’의 리듬이다. 정인은 외로 고개를 꼬고
한지(韓紙)로 꾸민 문살을 무심한 척 바라보았다.
　그때 규영이 갑자기 고개를 들고 물었다.
「요즘은 봉사 활동 왜 안 나가세요?」
　정인이 딸을 쳐다보고 샐쭉한 얼굴로 대꾸했다.
「네가 그랬잖니? 위선자 노릇 그만하라고.」
「엄마도 참.」
　규영이 호호 웃었다. 규영의 웃는 얼굴은 정인이 보아도 아름다
웠다. 예민하고 날카로워보이는 턱의 선과 차갑고 지적인 눈빛이

44

부드럽게 풀려 전혀 다른 인상을 주었다.

이 서방은 저 모습을 알고 있었는지나 몰라. 정인은 낮게 한숨이 쉬어졌다.

「외할머니 찾는 거 포기하셨어요?」

정인은 깜짝 놀란 얼굴로 규영을 쳐다보았다. 느닷없이 가슴이 화르르 떨렸다.

「왜 그렇게 놀라세요? 누가 그걸 모를까 봐서요.」

웃음이 지워져 다시 냉랭하게 보이는 표정으로 되돌아온 규영이 대수롭지 않게 말했다. 음식 쟁반을 든 종업원이 나타나 탁자 위에 접시들을 늘어놓기 시작했다.

식탁 가운데 놓인 레인지 우에 불을 댕기자 푸른 불꽃이 올랐다. 전골 쟁반에 수북이 담긴 싱싱한 생야채들이 그 불꽃과 전혀 상관 없다는 얼굴로 파랗게 누워 있었다.

탁자가 여럿 갖추어진 방에는 아직 그들 모녀뿐이었다. 손님이 적어서인지 그다지 크지도 않은 방이 썰렁하게 보였다.

「너하고 상관없는 일이야.」

육수가 끓기 시작하면서 몸을 뒤치는 야채들을 덤덤히 내려다보면서 정인이 중얼거렸다.

「그래요. 나하곤 상관없죠. 혜미의 일이 엄마하고 상관없듯이
요.」

젓가락을 들어 고기를 뒤적이며 규영이 대꾸했다. 얘가 또 시비를 거는 건가. 정인이 바라보니 뜻밖에도 규영은 입술 끝에 미소를 물고 있었다.

「엄마, 정말 나 때문에 속 끓이지 말아요. 혜미 일은 잘될 거예
요.」

어떻게, 어떻게 잘된단 말이냐? 정인의 시선이 딸을 좇아갔으나

규영은 속눈썹을 내리깔고 익힌 고기를 양념장에 얌전히 버무려서 입으로 가져가고 있었다.

「다 익었어요, 어서 드세요. 맛있어요.」

규영은 팔을 뻗어 정인의 접시에 알맞게 익은 고기와 함께 야채를 덜어주었다. 무의식적인 지시에 따르듯 정인은 딸이 시키는 대로 잠자코 식사를 하기 시작했다.

봉사 활동을 그만둔 것은 3주일 전부터였다. 매주 하루씩 나갔으므로 세 번이나 빠진 셈이었다. 민주엄마의 항의가 있은 뒤 목요일의 탁아 보조는 다른 사람을 구해 썼으므로 규영이 알게 된 것은 아마 끈질긴 단장의 전화 때문이었을 것이다.

「지금까지 단 한 번도 참다운 마음으로 봉사하지 못했던 것 같아요. 이런 마음가짐으로 계속해서 봉사 나가는 건 죄악이라고 생각되어져서요.」

굳이 연유를 알고 싶어하는 단장에게 그녀는 그렇게 말했던가.

'노인의 집'의 리디아 수녀에게서 연락이 온 것도 역시 그 3주일 전이었다.

「베로니카 자매가 찾으시던 할머니 같은 분이 새로 입소하셨어요. 이름과 연령이 아주 비슷한데 오셔서 확인해 보세요. 그런데 무슨 관계인가요?」

욕심내던 것과는 달리 규영은 밥그릇을 반도 채 비우지 못했다. 숟가락을 놓고 물잔을 들어 마시는 규영의 가느다란 목덜미에 시선을 두었다가, 정인은 거두었다.

「사람에겐 세 가지 양식이 필요하다면서요?」

물컵을 내려놓으면서 규영이 낮게 말했다.

「신앙과 같은 영혼적 사랑의 양식과 이 음식과 같은 육적 양식, 그리고…….」

엄마의 반응은 딱히 중요하지 않다는 듯 그녀는 혼자서 나직이 말을 이었다.

「그 두 가지가 부족함이 없었던 아담이 하느님께 또다시 구했던 인간끼리의 사랑 말이에요. 아담은 쓸쓸해서 견딜 수 없다고 했고 하느님은 이브를 주셨어요. 당신을 배반할 줄 알면서도 여자를 주신 거죠. 인류의 시련은 사실 그때부터 비롯된 것일 텐데, 과연 그토록 인간끼리의 사랑이 중요한 것이었을까요?」

규영은 묻고 있으나 전혀 해답을 구하는 어조가 아니었다. 그녀는 스스로 답을 마련해 놓고 있는 것인가. 숟가락을 놓는 정인에게 규영이 소곤거렸다.

「엄마, 나 혜미를 포기하겠어.」

「안돼, 이것아.」

넌 결국 그 아이를 잊고 말 거야. 정인의 얼굴은 창백하게 핏기가 가셨다. 잊어버린 아이에 대한 업보를 어떻게 견디려고 그래.

규영은 잠자코 일어나서 신발을 찾아 신었다. 잠시 망연히 앉아 있다가 뒤따라 일어서 종업원이 내미는 신발에 들이미는 정인의 발끝이 자꾸 헛꿰어졌다.

요 잔인한 것.

계산을 치르는 규영의 처녀처럼 가지런히 빗어내린 긴 머리칼을 바라보며, 정인은 가만히 이 끝을 사리물었다가 힘없이 풀고 말았다.

규영이 단언했듯 어차피 손녀가 얽힌 딸의 부부관계는 그녀의 감정이 관여할 사항이 아니었다. 아무런 영향력도 끼칠 수 없는 것이 정인을 더욱 무기력하게 만들었다.

어느새 해가 진 거리는 어스름한 안개 같은 저녁 기운이 가득했다. 그 불확실한 누른 빛깔의 깊이 없는 저녁 속에 자신을 방기하듯 잠시 망연히 서 있던 정인은 갑자기 무작정 발걸음을 내디뎠다. 정인은 길을 걸었다. 집으로 가는 버스가 닿는 정류장도 무시하고 자꾸만 길을 걸었다. 무턱대고 걸어가는 정인을 규영이 헐레벌떡 쫓았다. 규영이 택시를 잡았다. 정인은 딸의 손짓도 무시하고 또 자꾸만 길을 걸어갔다.

「왜 그래? 엄마.」

택시를 놓친 규영의 목소리에 짜증이 실렸다. 그러나 전의(戰意)가 실리지 않은 기운 없는 목소리였다.

「그냥, 슬퍼서 그런다.」

「그래, 나도 슬퍼요.」

규영의 목소리는 시무룩했다. 두 여자는 앞서고 뒤따르며 목적 없는 사람들처럼 마냥 걸었다. 각자의 생각에 잠겨서 다른 아무도 신경쓰지 않은 채.

집에 닿았을 때는 이미 주위가 캄캄하게 어두웠다.

계단의 끄트머리에서 정인은 무릎을 꺾고 주저앉고 말았다. 등허리에서 식은땀이 흐르고 정인은 피로에 지쳐 쓰러질 것만 같았다. 규영이 그녀의 곁에 쭈그리고 앉았다. 어둠 속에서 규영의 웅크린 몸체는 어린아이처럼 조그맣게 보였다. 하늘에는 별이 떠 있었다. 몇 개의 푸르게 반짝이는 별들이 계단에서 올려다보였다.

「엄마, 할머니 만나는 걸 두려워하지 마.」

어둠 속에서 규영이 나직이 말했다.

난 천사가 아니야.

정인은 그러나 아무 대답도 없었다.

「엄마 자신도 못 깨닫고 있었는지 모르지만 양로원 다니기 시작할 때 엄마는 벌써 할머닐 받아들이신 거였어요.」

규영이 소곤거렸다.

카시오페아인가. 별들은 무리지어 어떤 모양체를 이루고 있다. 천문학자들이 자신들의 상상에 걸맞추어 그럴듯하게 꾸며낸 별자리는 별들에게 적합한 것이었을까.

난데없는 어떤 영상이 정인의 시야에 떠올랐다. 학교 운동장에 떠 있던 낡고 푸른 그네. 하늘은 운동장이 되고 별들은 그네가 되어 이리저리 흔들렸다.

아, 어머니. 정인은 깊은 고통 속에 얼굴을 수그렸다.

「아까 변호사 말이에요.」

규영이 다소 낮게 소곤거렸다.

「아주 인간적인 판결을 내리지 않아요? 인간적으로 해결하라구요. 진즉부터 생각해 본 건데…….」

무엇 때문인가, 여느 때보다 규영의 목소리는 푸근하고 안온했다. 그렇게 규영이 덧붙였다.

「나, 아이한테만 집착하는 거 포기하구 그이랑 다시 시작해 볼래, 엄마.」

정인은 딸의 조그만 몸체를 바라보았다. 규영의 가느다란 팔이 그녀의 허리를 가만히 안아왔다. 그 부드럽고 따스한 팔의 느낌을 정인은 가슴으로 받았다.

네가 날 용서하는구나. 정인은 딸의 여린 팔에 갇힌 채 가만히 눈을 감았다. 어머니가 떠올랐다. 그니를 불행한 운명을 살아온 한 사람의 여자로 용인하고자 하는 생각을 정녕 해본 적이 없었을까. 남편 없는 딸아이에 대한 천사 노릇은 그니에게도 버거운 역할이었으리라는 생각.

정인은 다시 하늘가에 걸린 그네를 보았다. 정인의 마음속에도 수많은 그네가 흔들렸다. 약, 명상, 사랑, 이해, 용서…….. 갖가지 이름의 연하고 진한 푸른 빛깔들. 참 종교란 이런 형태로도 오는

가. 정인은 차가운 가슴 밑바닥 어디에서인가 작은 물살처럼 번져
오는 따스한 화평(和平)을 느꼈다. 어머니를 모시리라. 두려워하
지 말자. 어차피 그니는 정인이 이 자리에 이를 때까지 이끌어온
보이지 않는 푸른 그네였다.
　「곱게 살다가 아주 곱게 늙고 싶어요.」
　어리광하는 아이처럼 정인에게 머리를 기대고 규영이 동화적인
목소리를 냈다.
　청록색 하늘의 어디쯤에선가 긴 별똥별이 꼬리를 그었다.

(《문예중앙》, 1994년 가을호)

폼페이의 아득한 날

광장은 푸른 소금가루 같은 햇살의 바다였다.

싱그러운 원초적 느낌을 주는 투명하고 푸르스름한 햇살이 텅 빈 광장을 출렁이듯 채우고 있었다.

지중해에 면한 그 작은 도시의 나른하고 적막한 오후에 첫발을 내디디면서, 나는 마침내 스스로가 거역할 수 없는 어느 최종 지점에 도달해 버렸음을 알았다. 이제 더이상은 물러설 수 없이 앞으로만 나아가지 않으면 안될 막다른 지점까지 쫓아와버린 것이다. 그 때문인가. 등에 멘 배낭을 추스르며 나는 한번쯤 가쁜 숨을 몰아쉬었던 것도 같다.

광장 건너편으로 여름 과일을 늘어놓은 노점상들의 모습이 정물처럼 고요했다. 역사의 그늘을 벗어나자 곧장 마른 수증기같이 뜨거운 햇살이 이마에 내리꽂혔다.

나는 손에 치켜든 메모지를 내려다보며 나폴리 중앙역을 등지고 가리발디 광장을 가로질러 건너가기 시작했다. 남서쪽 움베르토

거리를 5백 미터쯤 똑바로 걸어가자 버스 정류장의 표지판 뒤로 작은 골목이 나타났다. 그 골목을 끼고 한 정류장 거리쯤 더 거슬러 올라가니 다시 양쪽으로 뻗은 제법 넓은 거리가 펼쳐졌는데 그 두 거리 사이의 모퉁이에는 지형상 한쪽 꼭지점이 뭉툭하게 잘린 기형적인 삼각형 모양의 오 층짜리 낡은 건물이 서 있었다. 건물의 일층은 전자제품 가게여서 세일 전단이 나붙은 지저분한 진열창 너머로 라디오나 시계 등 갖가지 소형 전기제품들이 들여다보였다.

나는 잠시 손수건을 꺼내 이마 위에 맺힌 땀을 닦아내면서 휴일이라 사람이 지키지 않는 빈 가게 안을 잠시 아무 생각 없이 들여다보았다. 진열창의 방범용 쇠줄 그림자를 가로무늬처럼 안고 있는 시계들의 푸른 섬광이 얼핏 눈에 들어왔다. 여섯시구나. 내가 역시 그렇게 무의미하게 중얼거린 것도 마음속 깊은 곳의 알지 못할 초조함을 조금이나마 짓누르고자 했음이었을까.

느린 걸음으로 가게를 빙 돌아들자 네온을 요란하게 매단 새로운 거리의 입구가 나타났다. 나는 고개를 들었고 이마 위로 매달려진 붉은색 바탕에 검은 글씨의 커다란 현판을 보았다. 태극무늬가 양쪽에 그려진 간판의 한가운데에는 낯익은 한글 글씨가 씌어 있었다.

'서울식당'

나는 색이 바랜 녹색 카펫이 깔린 어둠침침한 층계를 천천히 걸어 내려갔다. 나선형으로 빙 돌아들면서 모퉁이가 꺾이는 코너에 전통 혼례복 차림의 한국 인형 한 쌍이 들어 있는 커다란 직육면체의 유리상자가 불을 환히 밝힌 채 세워져 있었다.

내가 계단의 중간 부분쯤에 내려섰을 때 창백하게 보이는 볼에 짙은 연지를 바른 그 신랑 신부가 천천히 허리를 구부리고 인사를 했다.

「안녕하세요. 어서 오십시오.」

약간 코맹맹이로 들리는 녹음된 목소리가 어디선가 반사적으로 흘러나왔다.

올이 닳은 낡은 카펫 밑으로 전선이 얼기설기 비어져나온 마지막 계단 앞에는 다시 커다란 유리문이 가로막고 있었고 왠지 몽롱하게 느껴지는 불빛이 그 안으로부터 새어나왔다.

문을 밀고 들어서자 맞은편 벽에 세워져 있는 가야금이 먼저 눈에 들어왔다. 묵은 먼지 빛깔의 잿빛 술을 늘어뜨린 그 전통 악기는 만들어진 이후 한 번도 소리를 울려본 적이 없는 단순한 조형물처럼 보였다. 작은 무도회장처럼 넓은 홀의 중심에는 정수한 지 오래되어 혼탁해 보이는 검푸른 수초 사이로 겨우 서너 마리의 관상어들이 흐느적거리듯 헤엄쳐 다니는 커다란 수족관이 놓여 있었고, 그 주변에 흰 테이블보가 깔린 식탁과 의자들이 적당한 간격을 두고 잘 정돈되어 있었다. 시선을 돌리자 코너의 카운터 옆으로 교자상과 방석이 깔린 방들이 나란히 보였다. 그 방의 한쪽에 넓은 화면의 텔레비전과 음향기기들이 가지런히 자리잡고 있는 것이 얼핏 눈에 들어오는 것으로 보아 노래방 시설도 갖추어져 있는 것 같았다.

실내는 지하의 여느 건물들이 그러하듯 심해처럼 묵직하게 가라앉은 분위기로 밝은 조명에도 불구하고 어딘지 침침하고 음울하게 느껴졌고 그러면서도 매우 아늑해 보였다.

저녁식사하기에는 이른 시간이어서인지 손님은 별로 눈에 띄지 않았다. 가장자리에 프릴을 넣은 앙증맞은 에이프런을 두른 여종업원이 주머니에 한 손을 찌른 채 카운터에 기대어 등을 보이고 서 있는 남자와 머리를 맞대고 무언가 이야기를 나누고 있었다.

나는 잠시 주춤거리고 서 있다가 가까운 구석의 탁자로 걸어갔다. 그제야 기척을 느낀 듯 여종업원이 이쪽을 바라보자 남자도 얼핏 뒤를 돌아다보았다. 나는 정갈한 흰 등받이용 수건을 씌운 의자에 걸터앉았다.

무심히 고개를 들자 맞은편 벽에 마련되어 있는 작은 규모의 스탠드바가 눈에 띄었다. 간접 조명으로 인해 유장하게 느껴지는 노르스름한 불빛이 투명한 유리잔들을 몽롱하게 비추고 있었다. 깔끔한 실내의 분위기가 어딘지 퇴폐적으로 느껴졌던 것은 그 몽상적인 노란 불빛 때문인지도 모른다.

그러고 보니 말이 식당일 뿐 노래방이며 양주 코너며 기본적인 유흥 시설은 다 갖추고 있는 셈이었다. 관광객들의 쾌락을 고루 배려한 것인지 단순히 보다 나은 소득을 목적으로 한 것인지 애매했지만 이 소도시에서 그만한 투자에 상응하는 효과를 거둘 수 있을지 조금 의심스러웠다.

「식사하시게요?」

남자와 마주서 있던 여종업원이 다가와서 물컵을 내밀며 맑은 목청으로 상냥하게 물었다. 실내의 밝고도 음울한 분위기와 어딘지 어울려보이는 젊은 한국인 처녀였다. 내가 고개를 끄덕이자 그녀가 이어 메뉴판을 가져왔다.

나는 그것을 받아서 펼쳐들고 하릴없이 꼼꼼하게 훑어보았다. 여행중 내내 위경련의 위협을 받는 터라 음식의 선택에 신중을 기할 수밖에 없었다.

서울의 여느 식당에서 받아든 메뉴판과 다름없는 다양한 식단을 무심히 더듬어 내려가는데 맞은편 의자에 누군가 털썩 주저앉았다.

「이번엔 네 녀석이구나. 관광 대중화가 되더니 어중이떠중이 다

몰려들더구만. 드디어 네 녀석까지 차례가 온 거냐? 여하튼 반갑다, 녀석아.」

「날 금방 알아보겠나?」

나는 다소 어리둥절한 목소리로 물었다. 그를 만나볼 요량으로 이곳을 방문했으면서도, 그리고 그가 날 잊었으리라고는 결코 생각하지 않았음에도 불구하고 순간적이나마 그런 엉뚱한 말을 던진 것은 그의 너무도 달라진 모습에 조금 아연했기 때문이었다.

대학교의 연극반에서 같이 뒹굴던 때에서 이십 년 가까이 지났으니 하긴 얼른 알아본다는 게 이상한 노릇이었는지도 모른다.

설익고 치기만만했던, 또 그만큼 풋풋했던 그때의 기상은 풍광에 깎인 듯 스러지고 어딘지 잿빛 스산한 사십대 초반의 얼굴을 맞대하고 보니 영 낯설기만 했다. 둥그스레 살이 쪄서 체격이 커진 데다 머리칼이 반백에 가까워진 병기는 다리를 꼬며 등을 꼿꼿이 세운 채 나를 지그시 맞쳐다보면서 입을 크게 벌리고 웃었다.

「하하, 자식, 난 니들과 달라. 니들은 사회물을 먹다 보니 친구고 뭐고 당장 아쉬운 놈 아니면 다 잊었더라만 난 영원한 로맨티스트 아니냐. 선후배들 이름까지도 하나 안 잊고 있어.」

「짜식, 팔자 편한 데서 할 일 없으니 만날 졸업앨범이나 들여다보고 있는 모양이구나.」

그제야 나도 별수없이 피식 웃었다. 벌건 잇몸이 다 드러나도록 호탕하게 웃는 그의 모습에서 금방 옛날의 그를 되찾았던 것이다. 그러나 우리는 서로의 허세를 금방 알아차리고 있었다. 과장된 웃음소리의 메아리가 사라지자 그와 나 사이에 갑작스런 침묵이 찾아왔다.

서로를 탐색하는 예리하고 긴장된 가라앉음을 무너뜨리듯 잠시 후 병기는 윗몸을 내 앞으로 바짝 기울이더니 몹시 신기하다는 표정을 지었다.

「그런데 정말이지, 자넨 어쩨 그때와 똑같나? 여기 앉아 있다 보면 아무리 자길 누구라고 소개해도 영 모습이 달라져 못 알아보겠는 친구도 없잖은데, 자넨 이마에 주름살 몇 개 그려넣은 것 같을 뿐이구먼.」

「무슨 소리…….」

나는 멋쩍어져서 무의식중 면도한 지 오래되어 부스스한 턱을 공연히 쓰다듬는 시늉을 했다.

「그 버릇!」

다시 병기가 손가락질을 하며 허세스런 목소리로 호탕하게 웃었다.

「별 대단찮은 소리에도 겸연쩍어하는 거랑 죄없는 아래턱 못살게 구는 짓도 여전하군. 여하튼 무대에서도 그 버릇 못 버렸으니까.」

「주문하실 거예요?」

주방에 써 넘길 메모지를 손에 든 채 아까의 여종업원이 다시 다가오자 병기가 고개를 꺾었다.

「인사해, 미스 서. 내 영문과 친구야. 햄릿 역의 단골이었다구.」

미스 서라고 불린 여자가 미소 지으며 고개를 가볍게 숙였다.

「안녕하세요?」

「아, 네 안녕하세요?」

의례적인 미소를 지으면서 그녀를 홀끗 쳐다보다가 나는 문득 시선을 여자에게 다시 멈추었다. 어디선가 본 듯한 느낌이 들었던 것이다. 까마득하지만 아주 선명한 느낌으로 다가오는 어떤 기억.

내가 다시 바라보았을 때 병기가 대신한 주문을 받은 그녀는 옆모습을 보이며 돌아서고 있었다. 동그마한 턱선과 흰 피부, 그리고 약간 높아보이는 도톰한 돗등. 아니었다. 나는 머리를 흔들었다. 몽상의 땅에 오니 별것이 다 기억과 연관된 것처럼 느껴지는가 보았다.

「다른 것 시킬 필요 없어. 매운탕을 들면 여독이 확 풀릴 거네. 한국 사람이야 매큼한 고춧가루를 먹어야 먹은 것 같잖은가. 게다가 여기 해물이란 게 여간 물 좋은 게 아니거든.」

가끔 신경성 경련을 일으키는 민감하고 부실한 위장 때문에 자극성 음식이 내게 금기라는 것을 알 리 없는 그를 나는 만류하지 못했다. 막상 너무 쉽게 그를 대면하게 되자 오히려 긴장했던 때문인지 다른 면엔 방심한 기분이 들어 한끼 먹고 설마 어떠랴 싶기도 했다.

주문을 받은 그녀가 주방 쪽으로 걸어가버리자 우리는 갑자기 할 일이 없어진 사람들처럼 서먹해져 서로를 급히 외면했다. 탐색하는 듯한 눈빛만 스치고 지나갔을 뿐 대화가 쉽게 이어지지 않았다. 그와 나 사이의 멀지 않은 공간에 침묵보다 더 무겁고 어두운 앙금의 덩어리 같은 게 시커멓게 괴어오는 것처럼 느껴졌다.

「실내장식 꾸민 거며 손님들이며 분위기가 꼭 서울 어딘가에 온 것 같은데…….」

잠시 후, 내가 말문을 열며 구석구석 전통 매듭과 하회탈 등 민속 공예품으로 장식한 벽면과 그새 한국 손님들이 서너 테이블을 채운 실내를 새삼 휘둘러보는 체했다. 솔직한 첫인상이기도 했지만 그 말의 이면에는 이국에서 이만한 식당을 경영하고 있는 그의 숨어 있을 자부심에 대한 의례적인 인사치레도 깃들여 있었다.

「실속은 없네.」

병기가 이마를 찌푸린 채 웃으며 고개를 완강하게 저었다.

「난 별 볼일 없다구. 재미는 사장이 보는 거지.」

　그가 턱짓으로 카운터를 가리켰다. 언제 거기 나타난 건지 단정한 차림새를 한 삼십대 후반의 한 여인이 장부 같은 것을 들여다보고 있는 것이 보였다.

「사장은 저기 내 마누라네. 여기 자본을 순전히 마누라가 끌어다 댔거든.」

「그럼, 자넨 뭔가?」

　그의 말이 표정답지 않게 의외로 진지해서 내가 농담처럼 되묻자 그가 여전히 진지하게 맞받았다.

「글쎄, 지배인쯤 되려나? 어정쩡한 거지 뭐.」

　나는 입을 다물어버렸다. 그가 중얼거렸다.

「마누라 께 내 꺼구 내 께 내 껀 건 동양의 어느 나라 얘기야. 여긴 부부간에도 재산 문젠 완전히 분리되어 있다구. 로마에 와선 로마법에 따르라는데, 제길 하필이면 로마가 바로 코앞일 건 뭔가.」

　자신이 이야기의 당사자라는 걸 눈치라도 챈 것처럼 여자가 고개를 들고 이쪽을 바라보았다.

　종업원에게까지 인사를 시킨 그가 사장이라는 자기 아내에게는 나를 인사시킬 마음이 조금도 없는지 못 본 척 시선을 비켜버렸다.

　갑자기 출입구가 떠들썩해지면서 한 떼의 한국 관광객들이 왁자하게 몰려들었다. 병기가 용수철 튀기듯 일어나 손님을 맞았다. 미리 예약이 되어 있었던 듯 구석 쪽에 즐비하게 마련된 좌석들이 한꺼번에 채워지고 어디선가 쏟아져 나온 종업원들이 부산하게 움직이기 시작했다.

　남자 종업원이 음식을 담은 밀차를 밀고 왔다. 오랜만에 맡은 구수한 냄새와 흰 사기그릇에 정갈하게 담긴 발그스름한 김치와 나물 들을 대하는 순간 나는 혓바닥이 뒤집히는 듯한 강한 식욕을 느꼈다. 실로 오랜만에 느끼는 욕구였다. 여행중 내내 빈약한 식단으로 위장을 채워왔으니 고유한 전통 음식에 갑자기 맹렬한 허기를 느끼는 것은 너무도 당연했다. 허나 채 한 숟가락도 뜨기 전에 나는 그 동안의 불규칙한 식생활과 생소한 음식물 섭취로 혹사당한 내 예민한 위장이 그것들을 강하게 거부하고 있음을 알아차렸다.

벌건 국물은 입도 못 댄 채 생선 살점을 약간 뜯고 곁들여 나온 콩나물국을 반찬으로 해서 찰기 있는 따뜻한 쌀밥을 겨우 반 그릇 비웠다.

먹는 것에 삶의 의의를 느낀 적은 없었지만 세상의 즐거움 한 가닥을 아예 놓아버린 서글픔이 허전한 위장을 채웠다.

음식을 가져왔던 종업원이 다시 밀차를 밀고 와 상을 치우는 동안 후식으로 주어진 중국차를 들며 무심코 고개를 돌렸을 때 스탠드바에 앉아 있는 두어 명의 손님들 등 너머로 한 여자가 칵테일을 만들고 있는 모습이 눈에 들어왔다.

은색의 믹스용 주전자를 무도라도 하듯 세련된 동작으로 가볍게 흔들고 있는 여자는 조금 전의 미스 서라는 처녀였다.

에이프런을 벗어버리고 가늘고 흰 목이 드러나는 단순한 디자인의 검은 드레스 차림을 한 긴 머리칼의 그녀에게서는 왠지 흘러간 시대의 여자같이 애수 어린 고전적인 느낌이 풍겼다. 나는 비현실적인 화면을 바라보듯 잠시 그녀에게서 시선을 뗄 수 없었다.

병기는 아직도 단체 손님들의 잇따른 요구에 시중을 드느라 정신없이 바쁜 것 같았다. 나는 잠깐 그런 그의 모습을 물끄러미 지켜보다가 곧이어 백을 챙겨들고 자리에서 일어났다. 아직 숙소를 예약하지 않았으므로 마냥 느긋해 할 수가 없었다. 나는 역에서 내려

곧장 이곳으로 온 것이었다.

카운터에서는 한 무리의 손님이 서로 계산을 치르겠다며 가벼운 실랑이를 벌이고 있었다. 나는 잠시 기다렸다가 차례가 되자 고객용 계산서를 내밀었다. 문신을 한 게 틀림없는 그린 듯한 눈썹을 가진 병기의 아내는 흘낏 계산서의 금액을 스쳐보고는 사무적이고 냉랭한 목소리로 물었다.

「달러로 내실 거죠?」

나는 로마에서 쓰다 남은 리라를 주머니에서 꺼내려다가 바깥 지갑에 있는 달러로 계산을 했다. 여자는 거의 기계적인 목소리로 환율을 알려주고 한치의 오차도 없이 돈을 세어 지폐의 액면가에 따라 서랍에 분산해 넣었다. 금전등록기에 달린 금속 서랍이 그녀의 재빠른 손끝에서 딸깍 소리내며 닫혔다.

이 도시에 이제 막 도착했고 병기와는 어차피 또 만날 것이므로 굳이 작별 인사를 찾아 할 것이 없겠다 싶어 그냥 출입구로 걸어가 막 문을 밀려는데 성마른 목소리가 나의 등을 잡아챘다.

「이 친구야, 그냥 가면 어떻게 하나? 호텔 전화번호라도 남겨야 지.」

나는 돌아섰고 그가 문설주에 기댄 채 그늘진 얼굴로 나를 바라보고 있는 것을 보았다. 그런 그에게서는 조금 전까지 손님들의 뒷수발을 위해 적극적으로 부산을 떨던 모습이라고는 조금도 찾아볼 수가 없었다. 그는 어딘지 늘어지고 처연해 보여 영 다른 사람처럼 비쳤다.

「아직 숙소를 못 정했네.」

내가 솔직히 말했다.

그는 흘낏 내가 들고 있는 백을 내려다보았다.

「뭐라고? 그럼 이제 막 온 거구만 그래. 잘됐네. 구태여 호텔에

들 필요 있나? 가게에 빈방이 있는데 그걸 쓰지.」

나는 깊이 생각할 겨를도 없이 얼른 머리를 저었다.

「아니, 신세질 생각 없네.」

병기가 어깨를 으쓱했다.

「뭐 신세라고 할 것도 없어. 여긴 빈방 천지야. 곧 수리에 들어갈 거라 애들도 요즘엔 여기서 자질 않아.」

그가 말하는 애들은 종업원들을 지칭하는 것 같았다. 나는 그럴 생각이 전혀 없었음에도 불구하고 무심코 그의 등 너머로 문이 열려 있는 빈방들을 둘러보았다.

「낮에만 비워주면 돼. 어차피 낮엔 나다닐 게 아닌가.」

그가 칙칙하고 낯선 목소리로 중얼거렸다.

나는 그의 얼굴을 맞바라보았다. 빛을 등지고 고개를 약간 꺾고 있어서 그의 표정은 잘 알 수 없었다. 그러나 말을 마치고 묵묵히 서 있는 그의 몸체에서 알 수 없는 어떤 절실함이 감지되었다.

「그리고 나…….」

그가 더욱 음울하게 들리는 목소리로 낮게 덧붙였다.

「자네에게 할말이 좀 있네. 자네도 아마 그럴 거라고 믿는데……. 그래서 날 찾아온 게 아닌가?」

나는 아무말도 못 들은 사람처럼 돌아서서 왈칵 문을 열며 짧게 말했다.

「잘 있어.」

병기는 더이상 쫓아나오지 않았으나, 「……좋아, 서두를 게 없다는 게지」 하는 그의 짓씹는 듯한 목소리가 냉소처럼 차갑게 등뒤에 따라붙었다.

나는 광장으로 되돌아가 그 근처를 한참 쏘다녀서 겨우 작은 펜션을 구해 바로 잠자리에 들었다.

한밤중 간헐적인 복통과 어수선한 꿈 때문에 눈이 뜨였고 그 때문에 꽤 오랫동안 불면에 시달렸다. 아침에 잠이 깨었을 때는 잠시 빠져든 혼곤한 잠 때문인지 그 모든 일이 늘상 꾸던 몽롱한 꿈처럼 여겨졌다.

아침식사를 우유 한잔으로 대신한 뒤, 나는 바로 숙소를 떠났다. 폼페이는 나폴리 중앙역에서 베수비오 주유 철도를 이용, 불과 삼십 분 거리였다.

에르콜라노 역에서 버스와 리프트를 이용하면 베수비오 산의 화구까지 올라갈 수도 있었다. 나는 가능한 한 보행을 택하기로 했다.

그리하여 얼마 후, 2천 년 전의 그 어느 날처럼 뜨거운 날, 여름의 활기 속에 생동하던 휴양 도시를 송두리째 화산재와 용암으로 뒤덮어버린 거대한 흔적 앞에 섰을 때, 나는 마침내 고통스럽고 혼돈스러운 내 많은 꿈 중의 어느 한 곳에 도착했음을 알 수 있었다.

내가 여행을 떠나기로 결정한 것은 어느 토요일 여름날 오후, 차들이 길게 밀려 있는 승용차 안에서였다. 그날따라 동호대교 진입로는 차량들이 도대체 움직임을 잊은 것처럼 정체가 극심했고 작열하는 햇살이 차창에 뜨겁게 쏟아부어지고 있었다. 운전대에 올려두었던 한 손으로 땀방울이 끈적끈적한 와이셔츠 깃을 헤치며 나는 무심히 멀리 시선을 두었다. 일과가 끝난 오후의 나른함이 땀방울보다 더 끈적끈적하게 전신을 휘감고 있었다.

고개를 돌리자 희푸르스름한 하늘이 보였고 길게 놓인 강줄기가 시선에 들어왔다. 그리고 멀리 한가운데가 칼로 내리친 듯 잘려나간 또다른 다리가 생경하게 서 있었다. 나는 그 빈 공간을 떠안은 다리를 한참 동안 바라보았다. 붕괴사건이 있은 이후, 나는 그 다리를 처음 보았다. 텔레비전 화면에서나 신문 지상에서 생생하게 붙잡은 그 현장을 본 적이 있었지만 유유히 흐르는 강물 가운데 두부처럼 중간 토막이 잘려나간 그 비현실적인 다리가 무심히 시선에 잡힌 순간 나는 상당한 충격을 받았다. 뭐랄까, 내가 늘 확인하지 않아도 튼튼하게 딛고 서 있다고 믿는 이 현실이란 게 실은 저처럼 황당하고 허구적이지 않은가 하는 어처구니없는 황망함이었다. 튼튼한 두 발로 굳건하게 디디고 서 있다고 믿는 나 자신의 삶이란 것마저 사실 저처럼 허공 위에 떠서 언제라도 무너질 허망한 교각으로 버팅기고 있는 불완전한 생존이 아닐까.

그런 의식이 든 순간, 왜 갑자기 떠나고 싶다는 충동에 사로잡혔을까. 나는 가능하다면 그대로 차를 몰고 어디론가 아주 낯선 땅으로 주저없이 사라져버리고 싶다는 생각을 했다. 나를 둘러싸고 있는 주위의 온갖 일상적인 사물에 대해 극심한 허무와 권태를 품었고 그 불유쾌한 감정에서 벗어날 수 있다면 그대로 강물로 주저앉아도 상관없겠다는 극단적인 느낌까지 들었다. 그때 아, 아, 나는 마치 잊고 있던 마지막 히든 카드처럼 어떤 미지의 땅을 떠올렸던 것이다. 가자, 폼페이로.

물론 2천 년 전에 화산재와 용암에 파묻혀 폐허의 땅으로 변해버린 그 전설의 땅이 그때 내게 갈급했던 구원의 의미와 부합했는지는 모르겠다. 그리고 무의식적인 감정의 어느 부분에선가 한 여자의 추억과 깊은 연관관계를 지었는지도.

아니, 좀더 솔직해지기로 하자. 몇 년 전에 나는 내 생애 최초로, 그리고 마지막으로 사랑했던 한 여자에 대한 불확실한 풍문을 들었다. 그녀가 여행사 가이드로 일하고 있으며 그런 그녀를 폼페이에서 본 적이 있다는…… 그것은 결코 그럴듯한 소문이 아니었다. 그 여자는 누구나 일반적으로 추정하게 되는 여행사 가이드와는 매우 거리가 먼 타입이었다. 고고하고 다소 오만한 성격의 그 여자가 불특정 다수를 상대로 상냥한 안내와 해설을 곁들이는 모습은 추측하기 매우 힘들었다. 그러나 그것은 청청하게 젊은 시절 그녀가 이탈리아로 유학을 떠나 자취를 감춘 뒤로 전해진 거의 유일한 소식이었다.

뜬소문이다. 나는 그때 웃고 넘겼던 것 같다. 그 여자를 아는 누구나 그러했으리라. 나처럼 그녀를 깊이 사귀지 않았다 하더라도 그녀는 대번 누구에게나 자신의 뾰족한 개성을 드러내고 마는 그런 여자였으니까.

그런데 그 이후, 나는 갑자기 아주 가끔씩 그 이상한 도시의 꿈을 꾸기 시작했다. 본 적도 없는 먼 땅의 꿈은 그 전설적인 폐허만큼이나 쓸쓸하고 비애적인 것이었다. 그 허망한 꿈속에서 그 여자가 등장한 적은 한 번도 없었다. 그랬으므로 나는 그 꿈이 그 여자로부터 비롯된 것임을 얼른 포착할 수 없었다. 알았다 하더라도 쉽게 수긍할 수 없었을 것이다. 어쨌든 그 여자는 이미 오래 전에 나를 떠났으므로.

수레바퀴 자국과 도로 표지가 아직도 선명한 그 2천 년 전의 마을 길로 들어서면서부터 나는 숨이 막힐 듯한 거대한 침묵에 갇혔다. 얼마나 갑작스런 재앙이었는지 모든 유적들이 여러 연구가들의 방문기에 쓰인 그대로 그때의 황망스런 상황을 고스란히 드러내고 있었다.

어린애를 껴안은 채 한사코 땅에 엎드린 어머니, 그 어머니의 치맛자락을 필사적으로 붙잡은 두 아이, 귀중품을 움켜쥐고 문턱을 막 넘어 달아나려는 젊은 하녀, 유황 기운을 막으려고 옷으로 입을 틀어막은 아내와 그 옆에서 역시 고통스러워하고 있는 남편, 출입구를 등지고 선 자세로 아무것도 예감하지 못한 채 벽에 회반죽을 바르는 미장이, 화덕에 그을린 청동냄비와 프라이팬, 그 찌개냄비 속에서 먹음직스럽게 익어가는 닭고기, 술집 떡갈나무 탁자 위의 반쯤 빈 포도주잔, 아직 밑바닥도 채우지 못한 동냥자루를 움켜쥔 거지, 한쪽 신발도 채 신지 못하고 허둥지둥 어디론가 달아나려는 여자, 값비싼 청동상을 연인처럼 껴안은 상인, 상주를 위로하다가 함께 죽음의 길로 들어선 상가의 문상객들, 이글거리는 오븐 속에 들어가려는 통통한 새끼 돼지, 도서실의 마룻바닥에 펼쳐진 두루 마리 종이, 자신의 등을 향해 태평스레 수세미를 치켜든 목욕탕의 남자, 어떤 가난한 유랑객과 이제 막 계산을 치르고 난 듯 여인숙 탁자 위에 흐트러진 동전들, 비만한 배를 앞세우고 열쇠 꾸러미를 쥔 채 금고를 향하는 주인, 두 손을 가지런히 읍하고 그 뒤를 따르 는 충직한 노예, 족쇄가 채워진 채 감방에 갇혀 있는 죄수, 기둥에 묶여 경악으로 굳어진 개.

어떤 단계적이고 점진적인 결과에 의해 원래의 활기와 능력을 조 금씩 상실하다가 마침내 서서히 쇠퇴하여 결정적인 멸망의 길에 이르게 된 다른 유적에 비해 어느 날 갑자기 번성의 정점에서 모든 일상용품과 함께 그대로 굳어버린 한 도시의 역사는 그만큼 내게 충격적이었다. 실로 인간에게 주어진 하루하루의 삶이란 얼마나 위태롭고 불안정한 것인가.

나는 첫날 정한 값싼 펜션을 고정 숙소로 하고 매일 그 폐허의 도 시를 쏘다녔다. 아직도 발굴이 진행중인 유적지는 너무도 광대해 서 새로운 볼거리가 끝없이 주어졌다.

헬레니즘 양식의 화려한 정원에서 금방이라도 환하게 웃으며 걸 어나올 듯한 집주인의 초상이 새겨진 부유한 상인들의 이층 저택 들, 그 저택을 장식한 환상적인 색채의 벽화, 누군가 포도주 통에 숨겨둔 은식기와 은잔들, 그 은그릇에 돋을새김으로 새겨진 세태

풍자 만화, 검투사의 쇠투구, 푸른 벽옥으로 만든 섬세한 장신구, 끈 달린 두레박이 담긴 둥근 샘, 극장, 조합 사무소, 도량형 검사소, 시청, 수영장과 한증탕, 체육관, 1만 명이 수용되는 원형 경기장, 바둑판처럼 곧게 포장된 마찻길 양쪽의 인도, 매춘굴의 비좁은 침실 벽에 휘갈겨진 낙서, 길모퉁이의 공동 수도전, 천장과 벽의 아름답고 신비한 채색 모자이크.

관광객들에 섞여 혹은 홀로 나는 열심히 이곳 저곳을 쏘다녔다. 유적지의 모든 자취가 너무도 선명해서 나는 마치 시대를 생생하게 거슬러 올라가는 느낌이었다. 화산재는 한 시대를 완벽하게 뒤덮어버렸고 후세인들은 굳어버린 재를 들쑤셔 잃어버린 역사의 복원을 이뤄내고 있었다.

사흘째 되는 날, 저녁시간이 훨씬 지나 나는 다시 병기가 일하고 있는 식당을 찾아갔다.

침침한 층계를 내려가자 나선형으로 돌아드는 코너의 불 밝힌 유리관 속에 여전히 커다란 한국 인형 한 쌍이 서 있는 게 보였다. 이번에는 어디가 고장난 건지 지난번처럼 허리를 굽히지도, 코맹맹이 기계음의 인사도 던지지 않고 새하얀 불빛에 갇힌 채 우두커니 서 있었다.

색이 바랜 카펫을 디디며 무표정하고 창백한 그 얼굴들을 스쳐 지나가자니 마치 박제된 또하나의 유적지로 걸어 내려가는 느낌이 들었다.

문을 밀자 벽에 세워놓은 가야금이 낡은 관처럼 눈에 들어왔다. 역사의 저편에서 고요히 침묵하고 있는 유물. 내가 지금 이처럼 만지고 보는 모든 것들도 먼 훗날에는 그런 이름으로 불리리라.

끼니때가 지나서인지 한쪽 탁자에 연인으로 보이는 외국 손님 한 쌍이 식후 차를 들고 있는 모습이 보일 뿐 식당 안은 고즈넉하다

할 만큼 한가했다.

내가 홀 가운데에 서서 두리번거리자 주방 쪽에서 누군가가 내다보았다.

「죄송합니다. 늦어서 식사 준비는 안되겠는데요.」

나는 그 여자를 바라보았다. 병기의 소개로 인사를 나눈 적이 있던 미스 서라는 젊은 처녀였다.

「안녕하세요.」

여자도 나를 알아보고 가볍게 미소를 지으며 카운터 쪽으로 걸어왔다. 보폭이 작은 걸음걸이마저 옛 그림 속의 여인처럼 어딘지 고전적이고 애잔한 느낌을 주는 것이 지난번 받은 특이한 인상 때문인지는 알 수 없었다.

「식사하려는 게 아니고…….」

내가 말했다.

「이 친구, 만날 수 있나요?」

「그럼요.」

거리가 훨씬 가까워진 그녀가 주의 깊은 눈으로 바라보며 희미하게 웃었다. 가늘게 선을 긋는 양뺨의 얼굴 윤곽 어딘가에서 기억 속에 익숙한 어떤 인상이 다시 얼핏 드러났다. 카운터 앞에 멈추어 테이블 위에 손을 올려놓는 순간, 나는 그녀에게 무의식중에 묻고 말았다.

「죄송하지만, 혹시 은재 씨를 아시나요?」

「이은재 씨 말이죠?」

그녀가 되묻고는, 미소가 사라진 얼굴로 가만히 고개를 저었다.

「몰라요.」

나직한 목소리였다.

나는 고개를 갸우뚱했다.

「그런데 어떻게 이씨라는 건 아시죠?」

여자의 입가에 약간의 곤혹스러움이 담긴 희미한 미소가 다시 얼핏 떠올랐다. 한 번도 크게 소리내어 웃어본 적이 없는 것 같은 여자는 잠깐 침묵했다가 이내 다소곳이 대꾸했다.

「그건 전에도 처음 만났을 때 내게 그렇게 물어온 분이 있었거든요.」

병기였구나. 나는 직감적으로 고개를 끄덕였다. 그런 나를 조심스레 바라보는 여자의 어렴풋한 눈빛에 뭔가 평온하지 않은 미묘한 그림자가 어렸다.

내가 미심쩍게 그녀를 처다보자 여자는 얼른 테이블에 반쯤 기울였던 상체를 처들면서 홀과 방 사이의 좁은 공간을 가리켰다.

「저쪽 비상구로 쭉 들어가보세요. 뒤편에 골방이 하나 있는데 거기 선생님이 계실 거예요.」

나는 그녀가 가리킨 방향을 따라 홀과 방 사이의 좁은 공간으로 걸어 들어갔다. 음료 박스를 쌓아둔 비상구를 지나자 흡사 창고처럼 보이는 갈색 문이 나타났고, 거기에서 노란 물줄기 같은 빛이 새어나왔다. 반쯤 열린 문 사이로 탁자가 하나 놓여 있는 것이 보였는데, 그 위에는 마른안주와 빈 소주병이 함부로 흐트러져 있었다.

병기는 탁자 밑에 가로로 누워 잠들어 있다가 인기척을 느꼈는지 게슴츠레 눈을 떴다.

「개 같은 자식, 인제 오냐?」

그가 말했다. 나는 아무말 없이 신발을 벗고 방으로 들어가 탁자 맞은편에 주저앉았다. 갑자기 울컥 피곤이 몰려오면서 몸이 천근처럼 무거워지는 것 같았다.

「찾았냐?」

그가 물었다. 나는 대답 없이 무거운 머리를 벽에 기대었다.

「화산재 속에서 그녀를 찾았냐구?」

신음처럼 토하고 난 그가 갑자기 자리에서 비틀비틀 일어났다. 그리고 두 팔을 활짝 벌리고 무대 위의 배우처럼 감정이 고조된 억양으로 중얼거렸다.

「……사방에 용암이 흐르고 불꽃이 피어올라 대낮처럼 밝아진 그날 밤, 오, 뜨거운 비에 젖은 화산재는 그녀의 부드러운 몸뚱이를 석고처럼 에워쌀 것이고, 오오, 그녀의 사랑스런 젖가슴은 화산재 속에 녹아내려 그 영원한 윤곽을 남길 것이니…….」

자세가 흐트러지며 격정적인 목소리가 점차 울먹임으로 바뀌는 그를 나는 묵묵히 바라보기만 했다. 언젠가 우리가 무대 위에 올렸던 작품 중의 대사를 영문 그대로 한 어구도 빠짐없이 되읊조리던 그는 어느 순간 마치 전원이 끊어진 기계처럼 풀썩 고꾸라지듯 주저앉았다. 탁자에 한쪽 몸을 기울인 채 술에 젖은 붉은 눈망울이 나를 바라보았다. 그러나 그의 창백한 얼굴은 놀라울 만치 평온해 보였다.

「이제 그녀를 내놔라 이거지? 그래서 날 찾아온 거지?」

그가 짓씹듯이 물었다.

나는 아무 대답도 없이 그런 그를 그저 물끄러미 바라보기만 했다.

그가 술 취한 손을 맥없이 휘저으며 연이어 중얼거렸다.

「대답은 노오네. 결론부터 말하자면 나도 그녀를 잃었다구.」

「…….」

「나한테 비겁자라고 말하지 말게. 비겁한 놈은 자네라구. 자네 애인을 겁탈한 것두 나지만 이탈리아까지 쫓아온 것도 나라구. 그러니까 그 여자는 처음부터 내 여자였다는 거야.」

　신음처럼 내뱉으며 그가 탁자 위에 머리를 처박았다. 헝클어진 머리칼과 며칠째 갈아입지도 않았는지 구질거리는 셔츠자락이 거칠게 들먹여졌다.
　내가 물었다.
「지금 은재는 어디 있나, 그것만 알고 싶네. 그럴려구 여행을 떠나온 건 아니지만 마음이 바뀌었어.」
　그가 머리를 저었다.
「몰라. 그 여자는 끝까지 날 거부했어. 내가 홧김에 돈 많은 과부랑 결혼했어도 눈 하나 깜짝하지 않았네.」
「폼페이에서 봤다는 소문이 있던데…….」
　중얼거리는 나를 고개를 반쯤 쳐든 그가 흐리멍덩한 눈빛으로 바라보았다. 깊은 절망과 알지 못할 울분이 그 눈빛에 어둡게 서려 있었다.
「내가 왜 여기에 자리잡고 있는 줄 아나? 그녀를 다시 만나기 위해서였네. 그렇지만…… 한 번도 본 적이 없어.」
　그가 다시 힘없이 머리를 저었다.
「아직도 그녀를 포기하지 않고 있구나.」
　내가 내뱉자, 갑자기 그가 광포한 얼굴로 나를 노려보았다.
「그런 자네는? 비실거리는 몸뚱이로 이제야 찾아온 건 뭔가? 이제 와서 뭘 어쩌려구? 병신 같은 자식. 히히, 결국 승리자는 나야. 어쨌든 자넨 서울로 돌아가야 할 거니까. 난 끝까지 여기서 버틸 거구.」
　목소리를 누그러뜨리며 병기가 흐흐 음산하게 웃었다.
　제길, 누가 끝까지 버티나 보라구……. 뭐라고 계속 웅얼거리던 그는 눈을 감은 채 이내 옆으로 푹 쓰러져버렸다. 잠시 후 코고는 소리가 그의 입에서 낮게 흘러나왔다.

서서히 졸음이 몰려왔다. 나는 폼페이에 도착한 이후 하루도 편히 잠들지 못했던 것이다. 시계를 보니 새벽 두시가 넘어서고 있었다. 나는 그의 옆에 누웠다. 마주보이는 전등빛에 며칠째 불면인 눈이 시리고 쓰라렸다. 눈을 감았다. 몹시 피곤한데도 불구하고 전혀 잠이 들 것 같지 않았다. 그러나 어느새 깊이 모를 나락 같은 잠 속에 떨어지고 있었다.

다음날 아침 눈을 떠보니 나는 그 자리에 그대로 세탁이 잘된 흰 시트를 덮고 베개를 베고 누워 있었다. 병기는 보이지 않았고 탁자 위의 소주병들과 안주 접시는 말끔히 치워져 있었다.

나는 무거운 머리를 흔들며 벽에 기대어 일어나 앉았다. 희뿌연 빛살이 어디선가 새어 들어와 방안을 밝히고 있었다.

「깨어나셨어요?」

빠끔히 열린 문 사이로 누군가 들여다보았다. 머리카락을 한 갈래로 질끈 묶고 검은 드레스 대신 녹두색 꽃무늬의 소매 없는 평상복을 입어 상큼한 인상을 주는 미스 서였다. 방금 세수라도 마친 듯 그녀에게서는 청량한 비누 냄새가 풍겼다. 밤에 보는 여자와 밝은 아침에 보는 여자의 느낌이 이렇게도 다를 수가 있구나. 나는 그녀를 빤히 바라다보았고 묻지도 않았는데 그녀가 설명했다.

「안 선생님은 사흘 동안이나 집에 안 들어가시는 바람에 사모님이 모셔가셨어요.」

「…….」

「해장국을 끓여드릴 테니 잠깐만 기다려주세요.」

그녀의 얼굴이 이내 사라지더니 미리 준비해 놓기라도 했던 듯 곧 모시조개를 넣은 콩나물국이 담긴 쟁반을 받쳐들고 왔다. 그리고는 자리를 비키지 않은 채 문간에 앉아서 그대로 바라보고 있었다. 나는 그녀의 존재가 불편한 대로 국물만 몇 모금 마셨다.

내가 자리에서 일어나자 그녀가 물었다.

「어디로 가실 건가요?」

나는 그녀를 내려다보았다. 아무 의혹도 없는 듯한 말갛고 깨끗한 눈이 나를 말끄러미 쳐다보고 있었다.

「오늘 하루 더 둘러보고 내일은 다음 행선지로 가려고 합니다. 그 친구한테는 그냥 떠났다고 해주세요.」

그렇게 대답하고 나는 불을 켜지 않아 어둑신한 지하 홀의 한가운데를 가로질러 건너갔다. 누가 따라오고 있는 기척이 느껴지지 않았는데 문 앞에 서니 어디선가 불쑥 그녀가 나타났다.

「오늘은 제가 가이드를 맡을 게요.」

나는 어리둥절한 얼굴로 그녀를 바라보았다. 한 갈래로 묶었던 머리카락을 풀어 어깨까지 늘어뜨린 그녀는 햇빛 아래 드러나자 생각보다 핼쑥하고 말라보였다.

「저기 제 차가 있어요. 타세요.」

그녀는 익숙한 사람에게처럼 흔연히 웃으며 건물 옆의 공터에 주차해 놓은 차들 중의 하나를 가리켰다.

「전 가끔 손님이 요구하면 가이드 아르바이트도 해요. 오늘은 비번이어서 별 할 일도 없으니까 무료로 해드릴 게요.」

나는 그때야 그녀가 단순한 심심풀이 삼아 나를 안내하러 나서는 것이 아님을 감지했다. 병기가 주인인 식당의 종업원일 뿐인 그녀가 내게 무슨 할말이 있는 것일까. 나는 불가항력적인 어떤 힘에 이끌린 사람처럼 멈칫거리면서도 별 저항 없이 그녀가 문을 열어준 구형 피아트 승용차에 올라탔다.

내가 안전벨트 매기를 기다려 그녀가 차를 출발시켰다.

차는 곧장 네온을 야단스럽게 매단 건물 옆 거리의 한가운데를 빠져나갔다.

「여긴 홍등가예요. 밤에는 온통 요란하죠.」

그녀가 천연스런 목소리로 설명했고 나는 벌거벗은 여자들의 온갖 포즈를 잡은 외설스런 광고판들과 섹스 용품이 전시된 진열장들을 차창 밖으로 뜻 없이 건너다보았다.

「멀리 갈 필요도 없어요. 이 한 구역이면 먹고 마시고 부르고 춤추고 배설하는 모든 욕망이 다 해결되죠.」

붉은 신호등 앞에서 차를 세우며 그녀가 덧붙였다. 우리가 멈추어선 길모퉁이에는 여자의 활짝 벌린 붉은 입을 확대해서 그려놓은 커다란 입간판이 서 있었다. 윗입술과 아랫입술 사이의 엄청나게 넓은 공간에는 시커먼 색이 칠해져 있어서 마치 깊고 어두운 공동(空洞)처럼 보였다. 그 입간판 옆에는 장발의 머리카락을 땋아 늘인 두 명의 젊은 남자가 연인처럼 서로 어깨를 다정히 기댄 채 다리를 꼬고 서서 아침 햇살을 등지고 진열장을 들여다보고 있었다.

「저 목구멍을 보면 전 항상 섬뜩한 느낌이 들어요. 마치 타락한 인간의 깊이 모를 욕망 같아서요.」

그 모퉁이를 마지막으로 우리는 그 야릇한 거리를 벗어났고 잠시 침묵이 이어졌다. 나는 갑자기 그녀에 대한 궁금함과 호기심에 사로잡혔다. 나도 몰래 습관화된, 직접적인 상관관계가 없는 사물이나 사람에 대한 극도의 무관심이 그녀에 대해서만은 어느새 허물어지고 있는 것을 느꼈다. 나의 그런 관심을 이미 눈치채기라도 한 것처럼 그녀가 자기 소개를 했다.

「전 산타 체칠리아 음악원에 유학왔지만 중도 포기했어요. 자신의 재능이 어느 한계까지만 주어졌다는 것, 그걸 깨닫는 데 시간을 많이 소비했죠. 그런 학생 꽤 많아요.」

그녀는 심상한 목소리로 그렇게 말하면서 교통규칙이 무질서하
고 혼잡한 시가지를 요리조리 기술적으로 빠져나갔다. 그녀는 이
내 입을 다물었으므로 다시 침묵이 흘렀다.

「왜 귀국하지 않죠?」

한참 만에 내가 물었다. 은재는 왜 귀국하지 않았을까. 나는 어쩌
면 그 생각에 골몰해 있었는지도 모른다.

뚜렷한 목표 없이 해외에서 떠도는 젊은이들에 대한 비판처럼 들
렸는지 그녀가 흘끗 쳐다보고 어깨를 으쓱했다.

「글쎄요. 핀잔을 받아도 할 수 없죠. 대개의 경운 일시적인 정신
적 미아가 되기 쉽죠. 외국문화에 동화된 것도 아니면서 자기정
체성도 잃고 어정쩡한 그런 혼란상태에서 갈피를 못 잡는 거죠.
전 이제 어느 정도 정리가 됐어요.」

고속도로를 이십여 분 달린 후에 우리는 곧 폼페이 시가지로 들
어섰다. 본격적인 여름 휴가가 시작되어 주민들보다 관광객들로
더 들끓는 유적지에는 오늘도 사십 도에 가까운 뙤약볕이 이글거
리고 있었다.

출토품을 전시한 박물관의 주차장에 차를 세우고 그녀와 나는 사
람들을 피해 한적한 옛 마을 길로 들어섰다. 바둑판 모양으로 잘
정리된 거리에 반쯤 무너진 민가들이 줄지어 서 있었고 마찻길로
쓰인 넓적한 돌바닥 사이로 잡초가 무성하게 자라고 있었다.

「여기 들어서니 옛 고대인들의 향기가 느껴지지요? 대개의 경우
후세인들에게 남겨지는 유물은 오만한 강자들의 기념물, 뭐 개선
문이니 성벽이니, 무기나 금관들 같은 거지만 이곳에서는 보통
사람들의 평범한 삶을 만날 수 있어요. 봐요, 여기 남아 있는 옛
사람들의 낙서를…….」

그녀가 돌담의 한구석을 손가락질했다. 나는 그곳을 들여다보았

으나 삐뚤삐뚤한 라틴어를 해독할 수가 없었다.

「사랑에 대한 주제가 가장 많아요. '그대 없이 신처럼 살기보다 차라리 그대와 함께 죽고 싶다.' 재미있죠? 배신에 대한 분노도 씌어 있어요. '루킬라, 넌 걸레다.'」

그녀와 나는 서로 쳐다보고 잠깐 웃었다. 눈꼬리가 가늘게 감기면서도 정말 웃고 싶어 웃는 건지 의심스러울 정도의 새초롬한 기미가 언뜻 머무는 그녀의 미소에서 다시 옛 여자의 모습이 스쳐 지나갔다. 그녀는 확실히 내가 사랑했던 과거의 여자와 많이 닮아 있었다. 그리고 병기 역시 그것을 느꼈을 것이다.

그녀가 들고 있던 양산을 뱅글뱅글 돌리며 회색 잔모래가 깔린 경사진 언덕을 천천히 앞서갔다. 언덕 위에 늘어선 실편백나무 잎사귀가 꽃무늬 화사한 양산 위에 그림자를 던졌다가 빼앗았다가 했다.

「과학은 죽은 자들을 부활시켰어요. 시체를 둘러싸고 있던 단단한 화산재에 공동이 생기자 거기에 석고를 부어 이미 오래 전에 죽은 자들의 입성과 표정까지 생생하게 재연해 냈지요. 그게 너무도 완벽해서 한 마을을 고스란히 보존하기 위해서는 화산재로 덮는 것보다 더 나은 방법이 없다는 걸 과학자들도 알게 됐대요.」

걸음을 잠깐 멈추며 그녀가 말했다.

우리는 소나기 같은 여름 햇볕에 올리브와 포도 송이가 탐스럽게 익어갔을 그 옛날의 비탈길에 서서 불가항력으로 완벽하게 보존당해 버린 고대인의 일상을 느꼈다. 줄기차게 자라난 수목들과 바람과 햇살에도 역사의 숨결이 스며 있을 것이었다. 초록의 무성한 숲들 사이로 구릉 너머 신시가지의 하얀 건물들이 아득히 내려다보였다. 도시가 무너진 자리에 사람들은 다시 도시를 세웠다. 생성과 소멸의 흔적이 너무도 확연한 땅이었다.

우리는 '베티의 집' 앞을 지나갔다. 오른쪽 입구의 벽과 침실에 포르노 같은 그림이 그려져 있어 유적 중에서도 유명한 집이었다. 나는 사람들 틈에 끼여 선 채로 시력이 나쁜 사람처럼 이마를 모으고 그것들을 들여다보았다.

그녀는 그런 나의 모습이 우스웠던지 입가에 미소를 떠올렸다가 어느새 새침한 표정이 되어 말했다.

「이건 제 개인적인 견해일지는 모르지만, 폼페이 시민들은 어쩌면 그 대가를 치렀는지도 모르죠. 여러 유적들이나 노골적인 벽화로 추정해 볼 때, 또 그 당시 어느 양식 있는 시민이 '소돔과 고모라'라는 낙서를 써놓은 걸 보면 성적으로 매우 문란했었던가 봐요. 박물관의 출입금지 구역에는 외설적인 유적들이 아주 생생하게 비공개로 보관되고 있대요. 하늘이 주는 재앙이 전혀 이유 없지만은 않다는 생각이에요.」

우리는 무너진 신전과 폼페이 시민 전원의 입장이 가능했다는 원형 경기장과 시의회 사무실 들을 잇따라 둘러보았다. 경기장에서는 상대방 중 한 명이 죽어나가는 잔인한 검투 시합이 시민들의 열광 아래 거의 매일처럼 벌어졌는데, 보석으로 치장한 젊은 귀부인과 죽음을 앞둔 검투사의 비극적이고 숙명적인 열애 장면 역시 화석으로 굳어 있었다.

「이쪽 경기장에서 보여지는 그 시대 사람들의 끔찍한 살육 취미와 저쪽 대극장에서 얻고자 했을 예술적인 낭만성, 그리고 수많은 신들을 흠앙한 저 엄청난 규모의 신전들에서 보여지는 겸허한 경건성…… 여기 와 서게 되면 인간들의 영혼 속에 깃들인 그 복잡미묘한 다양성에 대해 다시 한번 생각해 보게 되지요.」

눈에 띄는 유적들을 하나하나 설명해 나가던 그녀가 어딘지 서글프게 들리는 목소리로 그렇게 조심스레 덧붙였다.

어느새 점심시간이 가까워서 우리는 인근 패스트푸드 점에서 피자와 샐러드로 간단한 점심을 들었다. 너무도 목이 말랐으므로 나는 평소에 금기로 여겼던 콜라를 반 컵이나 마셨다. 식사를 마친 다음, 우리는 다시 '비의(秘儀)의 장(莊)'으로 가기 위해 서쪽의 에르콜라노 문을 지나 당시의 묘지가 있는 길로 걸어갔다.

「안 선생님을 용서해 주세요.」

언제부터인지 갑자기 말수가 적어진 그녀가 양산을 펴지도 않은 채 앞서 걷다 말고 갑자기 돌아서서 머뭇거리더니 문득 그렇게 말했다. 그 말을 하기 위해 여기까지 따라온 것인가. 나는 말없이 그녀를 응시했다.

「안 선생님께 들어서 다 알고 있어요.」

쨍쨍한 햇빛 아래서 창백해 보이는 뺨에 검고 긴 속눈썹을 내리깔고 그녀가 호소하듯이 소곤거렸다.

「그분은 젊은 시절 한때 어쩌다 빗나간 욕구에 빠져든 거예요. 선생님이나 은재 씨 같은 희생자가 남게 되었지만 두 분이 사태를 극복하지 못한 책임도 얼마간 있잖아요. 어느 한순간 무너져 내린 이 땅의 흔적에서 다양한 인간의 행태를 발견할 수 있는 것처럼 각기 추구한 방향이 달랐던 거겠죠.」

총명하고 순수해 보이는 그녀의 얼굴에 나이 든 여자 같은 고뇌의 흔적이 잠깐 스쳤다가 사라졌다. 그런 때 그녀에게서는 지하의 스산한 불빛 아래서 그러했듯 무언지 불확실한, 불건강하고도 퇴폐적인 느낌이 짙게 풍겼다. 내가 우울하게 물었다.

「병기를 사랑하는군요?」

「네.」

그녀가 고개를 수그렸다. 소매 없는 티셔츠 밖으로 드러난 두 팔

이 눈에 띄게 힘없이 늘어졌다. 한쪽 발끝으로 흙바닥에 무심히 동
그라미를 그리던 그녀가 나를 쳐다보고 애매하게 웃었다.

「그분이 잃어버린 다른 여자에 대한 환상으로 저를 사랑한다는
걸 알면서도 어쩔 수 없어요.」

그녀의 맑은 눈에 촉촉한 물기가 스몄다. 어쩔 수 없는 인간의 욕
망. 나는 그것이 주는 암담한 절망감에 새삼 온몸이 떨리는 것을
느꼈다. 그녀가 두 손을 깍지끼며 나직이 말을 이었다.

「식당은 곧 문을 닫아요. 건물 주인이 대대적인 수리공사를 시작
하려나 봐요. 안 선생님과 부인은 따로따로 이곳을 떠날 거예
요.」

「……」

「안 선생님은 저와 동행해요. 우린 먼 곳으로 떠날 거예요. 뭔가
희망적인 곳으로. 이곳에는 화산재가 주는 폐허의 냄새가 너무
진해요.」

나는 이름 모를 초록빛 풀잎사귀들이 무성하게 자라오르고 있는
무너진 돌바닥 사이에 쭈그리고 앉았다. 위경련이 다시 기미를 보
이는지 명치끝이 갑자기 조여오듯이 아팠기 때문이었다.

「피곤하신가 보죠?」

그녀가 조심스럽게 물으면서 나란히 웅크리고 앉았다.

「괜찮아요. 곧 좋아질 겁니다.」

나는 손수건을 꺼내 이마에 솟는 비지땀을 닦아내었다. 그녀는
아득한 눈빛으로 시선을 멀리 두었다. 잠시 말없이 앉아 있던 그녀
가 문득 소곤거렸다.

「제가 이곳에서 가장 인상 깊게 본 것은 저쪽 '풍요의 거리'의 벽
에서 베꼈다는 4행시예요. 들어보실래요?」

통증이 조금 가신 나는 그녀에게 고개를 끄덕였다. 그녀가 무언

가를 되새기는 듯한 아련한 눈빛으로 천천히 읊조리기 시작했다.

　　모든 것이 덧없다, 태양도.
　　낮 동안 찬란하게 빛난 뒤에는 바닷속으로 가라앉고
　　달도 완전한 빛을 우리에게 보여준 뒤에는 이지러진다.
　　마찬가지로 사랑의 고뇌도 결국에는 산들바람으로 끝난다.

「그 옛날에도 이렇듯 삶과 사랑의 허무함을 절절하게 노래했다는 것이 문득 저를 전율하게 만들어요. 그 4행시마저 발견된 직후에 벽의 회반죽이 부스러져 지상에서 영원히 사라져버렸다는군요.」
「……」
그녀가 갑자기 나를 바라보았다. 그리고 낮게 중얼거렸다.
「저처럼 학교를 그만둔 은재 씨는 가이드 일을 하면서 이곳을 들락거리다가 마침내 이 폐허의 도시에 매혹당한 거예요.」
「……」
「이곳에서는 누구나 어느 한순간 무너져내리고 마는 우리의 존재란 게 얼마나 덧없고 불안정한가 하는 허무감에 빠지게 되죠. 삶의 소중함을 깨닫고 하루하루를 더욱 충실하게 살아야겠다는 깨달음도 얻게 되지만 근원적인 허탈감은 어쩔 수 없어요.」
그녀는 잠시 침묵했다. 나는 올리브 숲 너머 서쪽 하늘에 복숭아빛 안개처럼 서서히 번져오는 노을을 막연히 바라보았다. 그 노을을 스치는 바람결같이 이어 그녀가 나직이 소곤거렸다.
「그분이 아마 지상에서 사라지고 싶었다면 이곳을 택했을 거예요. 언젠가 순전하게 복원되기를 바랐겠죠.」
나는 그녀를 물끄러미 응시했다. 갑자기 머릿속에 뜨겁고 거센

회오리 같은 것이 휘몰아쳐오는 것 같아 눈을 질끈 감았다가 다시
떴다.

「은재는 죽었나요?」

그녀가 고개를 가만히 끄덕였다.

「이곳에서 자살했다는 소문을 들었어요.」

나는 별로 놀라지 않았다. 사실 그 여자는 그러고도 남을 여자였
다. 언제나 그 여자의 죽음에 대한 묵시적인 예감을 가지고 있었다
는 사실을 나는 그때 문득 깨달았다.

「정말인가요?」

스스로에게 확인하듯이 내가 다시금 나직이 물었다.

「이름도, 나이도…… 거의 확실했어요.」

그녀가 조심스레 덧붙였다.

나는 눈을 질끈 감았다가 떴다. 푸른 소금가루 같은 지중해의 햇
빛이 눈앞에 난반사로 어른거렸다. 나는 명치께에 다시 참을 수 없
는 극심한 통증을 느꼈다. 나도 모르게 신음을 토하며 아랫배를 움
켜쥐었다.

「어머, 선생님, 왜 그러세요?」

그녀가 이마를 찡그린 채 근심스런 표정으로 나를 내려다보았다.

「괜찮아요. 곧 나아질 겁니다. 어디 가까운 데로 가서 잠깐 쉬지
요.」

병원으로 가야겠다고 우기는 그녀를 설득해서 나는 겨우 카페의
야외 테라스까지 걸어갔다. 커다란 천막 그늘 아래서 숲에서 불어
오는 시원한 바람을 맞으며 잠시 앉아 있노라니 통증이 점점 가라
앉는 것 같았다. 현란한 노을은 스러지고 짙은 감청빛으로 바뀐 올
리브 숲 너머로 잦아지고 있는 해의 마지막 조각이 보였다.

실내에서 일하던 종업원이 그제야 우리를 발견했는지 주문을 받

으러 나왔다. 내가 맥주를 주문하자 그녀가 눈을 동그랗게 떴다.

「괜찮을까요?」

도수 낮은 한 병의 알코올이 괜찮을지 안 괜찮을지 나는 전혀 알 수 없었다. 하지만 언젠가부터 타는 갈증을 느꼈고, 그리고 막무가내로 엉망이 되도록 취하고 싶다는 절망적인 욕구에 사로잡혔다.

그녀는 왜 죽고 말았을까. 정말로 나는 그녀를 버린 것일까.

나는 날라져 온 맥주를 그녀가 제어할 사이도 없이 연거푸 들이마시며 머리를 흔들었다.

아니다. 나는 그녀를 버리지도 죽이지도 않았다. 단지 나는 전혀 예기치 못했던 갑작스런 사태에 당황했을 뿐이었다. 뜨거운 화산재가 목덜미를 휘어잡아 죽음으로 몰아넣을 때까지 아무것도 판단하지 못한 채 그저 돈 항아리를 향해 뛰어가던 사람, 오븐에 닭고기를 넣거나 수세미로 때를 닦아내던 사람처럼, 나는 단지 어리석은 일상에서 채 빠져나오지 못하고 있었을 뿐이었다.

어쩌면 아직도 그때의 당황함에서 빠져나오지 못하고 있는지도 모를 나를, 그녀는 마지막 죽음의 순간에 용서하였을까. 발 딛고 선 다리가 어느 찰나 무너지는 사태에 아직도 황망스런 남자.

갑자기 들이마신 차가운 맥주는 결코 괜찮지 않았다. 잠시 잔을 놓자마자 다시 극심한 통증이 느껴졌다. 조심스레 아랫배를 움켜쥐자 그녀가 겁먹은 듯한 얼굴로 나를 들여다보았다.

「이제 돌아갑시다. 숙소까지만 바래다주시겠어요?」

나는 그녀가 곧 병원에 달려가기라도 할까 봐 고통을 참으며 주차장으로 앞서 내려가기 시작했다.

펜션 앞에 나를 내려준 그녀는 바로 돌아가지 않고 부축하다시피 방까지 따라 들어왔다. 나는 침대에 엎드리며 어서 가라고 그녀에게 손짓했다. 무언가 불편한 기운이 목구멍까지 치밀어오르는 것 같아서 소리조차 낼 수 없었다.

「정말 괜찮겠어요?」

그녀는 못내 걱정이 되는지 침대에 누운 내게 다가와 불안스런 얼굴로 들여다보았다. 그 순간 갑자기 목울대가 참을 수 없이 차오르면서 나는 울컥 그녀의 상체에 토물을 쏟고 말았다. 그녀가 황급히 달려들어 내 등을 쳤다. 어쩔 줄 몰라하면서도 손길은 민첩하고 정성스러웠다.

한밤중 나는 잠이 깨었다. 통증은 어느 사이 씻은 듯 사라졌고 잠시나마 숙면을 취한 탓인지 머릿속이 쾌청했다. 갓을 씌운 탁상등의 희미한 불빛 아래 그녀가 소파에 기댄 채 잠들어 있는 것이 보였다. 욕실에서 빨아놓은 듯 토물로 망쳐진 옷가지가 물기를 말리기 위해 의자와 탁자등에 걸쳐져 있는 것이 보였다.

내가 그녀의 옷을 온통 망쳐놓은 바람에 그녀는 거의 벌거벗다시피 잠들어 있었다. 나는 그녀의 희고 윤기 있는 피부와 곧게 뻗은 매끈한 다리를 바라보았다. 젊은 여자의 아름답고 신선한 향기가 그녀로부터 가슴 가득히 번져왔다. 신체의 일부가 약간 불건강하다고 해서 성적 욕구나 그 기능까지 마비된 건 아니었다. 나는 무방비 상태로 새근새근 깊은 잠에 떨어져 있는 그녀에게서 도저히 시선을 뗄 수가 없었다. 그녀는 남자의 본능을 불러일으킬 만큼 충분히 매력적이었고 나의 사랑과 미래를 하루아침에 무너뜨려버린 옛 배신자의 여자였다.

어쩌면 이제 내게 마지막 기회가 주어진 것인지도 모른다. 비겁하지만 한때의 치열했던 내 고통에 대해 복수할 수 있는 절호의 기회였다. 나는 말없이 입술을 짓씹었다.

내가 무겁고 깊은 침묵에 잠겨 그녀를 바라보는 동안 그 얼굴 위

에 내가 평생을 바쳐 유일하게 사랑했던 한 여자의 얼굴이 겹쳐졌
다. 늘 모래처럼 서걱거리던 가슴에 알 수 없는 습기가 차오르면서
오래 잊고 있던 그리움이 울컥 거센 해일처럼 몰려들었다.

　나는 마음속의 격정을 억누르지 못한 채 그녀에게 다가가 무릎을
꿇고 그녀의 희고 부드러운 얼굴을 가만히 쓰다듬어보았다. 일찍
이 내 소심한 자존심과 이기적인 고통 때문에 용서할 수 없었던,
그래서 내게 회색 잿더미보다 더 진한 폐허만 남긴 한 사람의 얼굴
이 거기 있었다.

　아득한 기억들이 점차 새로워지면서 나는 비로소 옛날의 나를 조
금씩 되찾는 것 같았다. 그녀를 사랑했을 때, 그때는 삶이 전혀 비
관적이지 않았었다. 세상의 다리가 열 개쯤 무너져도 우리의 충족
감에는 별 영향을 미치지 못했을 것이었다. 그러나 지금의 나는 얼
마나 많은 것들을 상실한 채 살고 있는가. 고집스런 자아를 움켜쥐
고 아무것도 용서하지 못하면서 쉽게 절망하고 쉽게 무너져 앉았
다.

　내가 그녀를 갖는다면 세상의 다리가 또하나 무너지는 것일까.

　나는 시트를 끌어다가 그녀의 벗은 몸을 덮어주면서 잠깐의 내
치졸한 복수심을 씁쓸하게 웃었다.

　아침이 되려면 아직 먼 것 같았으나 나는 주섬주섬 짐을 챙겨들
었다. 새벽빛이 아슴푸레한 거리를 천천히 걸어가며, 나는 오랫동
안 피 흘리던 가슴 저 밑바닥의 아물지 않은 상처가 치유되고 있는
듯한 느낌을 받았다.

　귀국길에 나는 다시 이탈리아의 남부에 들렀다. 다시는 와보기
어려운 그 이상한 꿈속의 땅, 폐허의 도시를 한 번 더 절실히 보고
싶었다.

폼페이에서 바로 나폴리에 들렀으나 아무도 만날 수 없었고, 식
당이 들어 있던 건물은 해체된 채 무너진 형체만이 앙상한 흔적으
로 남아 있었다.

(《무늬》, 문이당, 1998년)

자전거를 타는 여자

그 여자는 겁이 지독하게 많거나 아니면 타고난 운동신경이 매우 둔한 것임에 틀림없었다. 그렇지 않고서야 겨우내 그렇게 연습을 거듭하는데도 불구하고, 아직 불과 십여 미터도 못 가서 대여섯 번씩이나 넘어질 수가 없는 것이다.

흐린 하늘 위에 물에 분 듯한 흐린 해가 떠 있었다. 아니면 잿빛 구름 사이로 잘못 비어져나온 달인지도 모르겠다. 저렇게 흐리멍덩한 명도라면 굳이 해라고 여겨야 할 필요도 없으리라.

손님도 뚝 끊긴 늦은 겨울 오후, 나는 무심히 유리문 너머를 내다보았다.

눈발이라도 흩뿌릴 듯한 잿빛의 텅 빈 들판을 배경으로 그 여자의 움직임이 아스라한 화면처럼 비쳐들었다. 그 여자는 오늘도 자전거를 익히고 있었다. 승마복처럼 몸에 달라붙는 검은색 쫄바지에 헐렁한 터틀넥 스웨터를 입고 아까부터 그렇게 자전거와 씨름을 하다시피 하고 있는 것이었다.

나는 벽에 바짝 붙인 둥글의자에 기대어 앉은 채 언제나처럼 그저 멍한 시선을 그 여자에게 두었다. 아무때든 느닷없이 문을 밀고 들어설 손님을 기다리는 일 외에는 내게는 달리 아무것도 서둘러야 할 일도, 마음 내키는 일도 없었다.

여자는 서울의 이 외곽지대에 무슨 대단한 현대화의 상징처럼 들어선 새 아파트의 입주민임에 틀림없었다. 멀리서 보아도 여자에게서는 이쪽 구옥 주택가의 주민과는 다른 도시적인 분위기가 풍겼다.

'대여 가격 대폭 인하. 개당 오백 원'이라고 써 붙인 이 비디오 가게 바로 건너편에 하얀 분을 바른 듯한 새 건축물이 완공된 것은 꼭 두 달 전이었다. 그것은 시선에 아무 거칠 것이 없던 이 납작한 동네에 새로 진군해 들어온 거인처럼 낯설고 서먹했다. 내가 앉은 자리에서는 사선으로 비쳐드는 그 거인의 거대한 옆구리 부분과 파종기를 기다리는 빈 들판이 을씨년스럽게 바라보였다. 들판의 끝 너머, 여자가 자전거에 매달려 있는 그 들길의 막다른 곳에는 수도권을 벗어나거나 진입하는 자동차들이 경쟁하듯 쏜살같이 질주하는 국도가 있었다. 무엇에 내몰린 듯이 헐떡이며 멈출 줄 모르고 달리는 차량들의 뽀얀 등이 마치 미친 짐승의 그것처럼 보인다.

여자의 솜씨로 보아 능란하게 자전거의 페달을 밟으며 그 국도까지 다다를 가망은 별로 없어보였다.

잎을 모조리 떨군 가로수가 마디 풀린 뼈다귀처럼 바람에 너덜거렸다. 우우, 늦은 겨울의 가느다란 탄식소리가 창살을 훑으며 지나갔다.

두꺼운 스웨터를 걸쳤음에도 어깻죽지가 새삼 시렸다. 석유난로를 피울까 잠시 망설이다가 나는 그냥 겨드랑이로 두 팔을 엇갈려 깊이 찔러넣으며 하릴없이 여자의 움직임을 좇았다.

입주민들이 늘어나고 아파트 단지에 새로 형성된 상가에 물량을 충분히 갖춘 새 비디오 대여점이 들어서면서부터 그나마의 주택가 손님마저 출입이 끊기다시피 했다. '대여 가격 대폭 인하.' 모조지에 써 붙인 선전문 한쪽이 늘어진 채 바람에 날리고 있었다. 우우, 바람은 이제 심한 탄식소리를 내고 있었다.

이렇게 될 줄 몰랐어.

나는 눈을 감았다. 아득한 벌판 가득히 귀에 익은 신음소리가 고통스럽게 귀를 파고들었다. 이렇게까지 될 줄 몰랐다구, 여보.

여자가 다시 자전거와 함께 넘어졌다.

나는 벌떡 일어나 카운터 아래 놓인 마른 수건을 신경질적으로 집어들었다. 그리고는 손에 잡히는 대로 벽에 꽂힌 테이프를 끄집어내려 먼지를 닦기 시작했다. 차가운 테이프의 감촉이 네모난 얼음이기나 한 것처럼 손에 섬뜩했다. 낯익거나 혹은 낯선 배우의 얼굴이 그가 연출하는 가면의 표정으로 그 안에서 나를 보고 있었다. 나는 그 가식화된 모형의 표정을 지우듯 팔을 거칠게 움직여 수건으로 북북 문질렀다. 그러나 그 밖에도 모형은 많았다.

벽면을 가득 채운 테이프들이 좀더 진저리나게, 진지한 삶은 바로 이런 것이라고 각기 다양한 얼굴과 목소리로 쏟아져 내릴 듯 시시덕거리고 있었다. 그 손바닥만한 직육면체의 틀 속, 상품화된 모형의 삶들 사이에 갇혀 있는 나 자신의 기형적인 삶의 모습이 문득 한눈에 들어올 것 같았다.

나는 두어 개의 테이프들에 거칠고 무의미한 손질을 하다 말고 맥없이 수건을 떨어뜨리며 다시 의자에 주주물러앉았다.

들판을 쓸어오는 황량한 바람의 아우성을 몸보다 시린 마음으로 들으면서, 나는 어깨를 잔뜩 웅크리고 앉아 그저 아득히 자전거를 타는 여자를 바라보았다.

　나는 한 번도 자전거를 타보려고 시도했던 적도, 실제로 타본 적
도 없었다.

　단지 중학교 이학년쯤이던가, 어느 물리 시간에 있었던 선생님과
반장과의 논쟁을 기억할 뿐이다. 자전거가 쓰러지려고 하면 바퀴
를 반대편으로 틀어야 하는가, 아니면 쓰러지는 쪽으로 틀어야 하
는가가 언쟁의 주제였던 것 같다. 수업 중 돌연히 불거져나온 그
문제를 풀기 위해 우리는 겨울방학을 며칠 앞둔 썰렁한 운동장에
둘러섰다. 선생님은 학생들의 주시하에 자전거에 올랐고 본인의
주장대로 핸들을 반대편으로 꺾다가 보기 좋게 엉덩방아를 찧으며
넘어졌다.

　학생들은 일제히 소리내어 깔깔거렸고 추위에 시퍼레진 얼굴로
선생님도 씩 웃었다. 간단한 원칙에도 우리의 상식을 뛰어넘는 그
무엇이 있다는 것, 그것이 자전거에 대한 나의 추억의 전부였다.

　「아줌마, '옥보단' 있어요?」

　출입문이 갑자기 열리더니 학교에서 중간에 빠져나온 것임에 틀
림없을 듯한 체격 좋은 여드름쟁이 소년이 연소자 관람불가의 테
이프를 쑥스러운 기색도 없이 찾았다.

　「없어.」

　소년은 뭐 이런 가게가 다 있어? 하는 듯이 불퉁스런 표정으로
문을 꽝 닫고 나가버렸다.

　나는 시계를 보았다. 은지가 놀이방에서 돌아올 시간이었다. 외
할머니가 차려준 점심을 먹고 은지는 수화기를 들고서 또박또박
엄마와 교신하는 번호판을 누르리라.

　금방이라도 울릴 것 같은 전화기를 습관처럼 흘깃 스쳐본 후 나
는 수지타산이 너무도 빤해 펼쳐들기가 두려운 장부를 앞으로 끌

어당겼다.

  임대료를 충당하기에는 아직도 빠듯한 숫자를 들여다보고 있는데 출입문이 열리는 별다른 기척도 없이 누군가 카운터 앞에 섰다.

  나는 고개를 들었고, 그리고 승마복처럼 보이는 검은 쫄바지에 헐렁한 터틀넥 스웨터를 입은 젊은 여자가 뺨이 발갛게 상기된 채 서 있는 것을 보았다.

  「뭐 좀 없어요?」

  여자가 물었다. 손으로 얼어붙은 제 얼굴을 감싸면서 호호 입김을 피워올리며 나를 빤히 쳐다보는 여자를 보고 나는 하마터면 자전거 타는 데 필요한 것 말이에요? 하고 되물을 뻔했다.

  여자는 여느 손님들이 늘 그러한 것과는 달리 진열장 쪽은 돌아보려고도 않고 여전히 나를 빤히 바라본 채 소곤거리듯 나직이 잇달아 말했다.

  「……뭔가 시간 보내기에 아주 그럴듯한 거 말이에요.」

  기껏해야 스물 중반쯤 되었을까. 솜털이 보스스한 얼굴은 세필(細筆)로 그린 듯 여리고 가늘어보였다. 화장기가 전혀 없는데도 입술은 진한 핑크빛이었고 살갗은 희고 맑았다. 그래서 그런지 이지적인 느낌보다는 어딘지 모르게 비현실적이고 감성적인 분위기를 풍겼다.

  「그런 거면 제가 먼저 보고 싶네요.」

  나는 웃지도 않고 그렇게 대꾸했다. 여자는 시선을 떼지 않은 채 잠시 아무말 없이 서 있더니 전혀 칙칙하지 않은 투명한 목소리로 불쑥 물었다.

  「아줌마도 누굴 기다리시죠? 손님 아닌 누굴…… 아니면 무언가를.」

  연료를 절약하기 위해 꺼놓은 석유난로를 다시 피우기 위해 나는 허리를 구부렸다. 기름을 확인하고 스위치를 돌리자 까맣게 죽어 있던 방열망에 얼기설기 화기가 돌면서 금방 빨간 열꽃이 피어올랐다. 나는 철판 위에 물이 담긴 작은 주전자를 올려놓았고, 좁은 가게 안에 금방 훈훈한 열기가 도는 것을 느꼈다. 그러나 기실 점화점을 자극한 듯 영문 모를 열기가 치받는 것은 알지 못할 내 영혼의 어느 부분이던가.

「자전거는 어디 있죠?」

내가 묻자 여자는 소년처럼 씩 웃으면서 턱으로 문밖을 가리켰다.

「요 앞에 세워두었어요. 낡아서 누가 욕심내지는 않을 거예요. 그런데 저 여기서 좀 놀다 가도 되겠어요?」

「맘대로. 쓸데없는 질문만 하지 않는다면요.」

그제야 내가 웃었다. 여자는 안심했다는 듯이 높은 선반의 물건을 내리는 데 주로 사용하는 등받이 없는 나무의자 위에 걸터앉았다. 그새 손님이 한 사람 새로 들어와 아파트 상가에는 여분이 없었음에 틀림없을 새로 나온 테이프를 하나 대여해 갔다. 얼마간의 선금을 건 회원에 한해서만 구(舊)프로의 경우 오백 원이므로, 천원을 내야 한다는 내 설명에 부득불 유리문에 써 붙인 선전문구를 적용하지 않는 것을 크게 불평한 피곤한 손님이었다.

「다들 오해하기 십상인 저런 말을 안 써 붙이면 괜한 실랑이가 없을 거 아녜요?」

손님이 가고 나자 여자가 눈을 동그랗게 뜬 채 내게 물었다. 나는 그 여자를 흘낏 노려보고 냉랭하게 쏘아붙였다.

「하지만 다들 그렇게 하거든요.」

누구나 다들 그렇게 하는 대로 살아가야 하는 것이다. 상처를 덜 받는 방법은 물살을 거스르지 않는 것이다. 자전거 타기에도 서툰

이 젊은 여자는 그런 간단한 삶의 철학조차도 아직 익히지 못했는
가.

전화벨이 울렸다. 나는 급히 수화기를 들었다. 그러나 귀여운 방
울 같은 딸아이의 목소리 대신 중국 고래(古來)의 성비방(性秘方)
영화라는 '옥보단'을 찾는 성인 남자의 전화였다.

그 테이프가 들어오기만 하면 쓰레기통에 처박으리라. 나는 수화
기를 놓으면서 마치 수음을 하다가 전화를 건 듯한 모르는 남자의
끈끈한 목소리가 귓결에 남은 것 같아 은연중에 진저리를 쳤다.

「늘 절 내다보고 있다는 걸 알고 있어요.」

여자가 말했다.

「그 때문인지 왠지 허물없이 느껴지네요. 저 실은 테이프 빌리러
들어온 거 아녜요. 그런 가짜 삶들은 흥미 없어요. 그냥 아줌마하
고 얘기를 나누고 싶었어요. 아무 얘기든지요.」

나는 카운터 위에 펼쳐져 있는 장부를 무의식중 덮으면서 아직도
스산하면서도 청량한 들판의 바람 냄새를 풍기는 여자를 멍청히
바라보았다. 별의별 손님들이 다 있었지만 이처럼 거리낌없이 친
화감을 나타내는 이는 대한 적이 없었다. 그런데 이상하게도 나 역
시 가까운 거리에서 처음 대하는 그녀가 별로 어색하지 않았다. 단
지 그녀가 본래 수다스럽고 당돌한 건지 아니면 그만큼 절박한 대
화상대가 필요했던 것인지 짐작조차 할 수 없었다.

잠시 침묵을 지키던 나는 시선을 비키며 어쩔 수 없다는 듯이 물
었다.

「커피 한잔 할래요?」

「고마워요. 그렇게 하죠.」

그녀가 얼른 고개를 끄덕였다. 나는 카운터 앞의 쟁반에서 머그
잔을 두 개 일으켜 세운 뒤 인스턴트 커피통의 뚜껑을 열고 커피

가루를 두 스푼 떠 넣었다. 그런 다음 김을 피우며 끓고 있는 주전자를 들어올려 그 안에 뜨거운 물을 채웠다. 마른 낙엽가루 같은 커피 알갱이는 컵 안에서 작은 소용돌이를 이루며 향을 피우면서 금방 갈색으로 녹아내렸다. 나머지 빈 잔에도 반쯤 물을 부은 뒤 나는 커피가 든 잔을 여자에게 권했다.

「고마워요.」

여자가 다시 한번 사례하고 선뜻 그것을 들어 한 모금 깊숙이 마셨다.

「아아, 나는 뜨거운 커피를 마실 때마다 마지막 독배를 들고 있다는 느낌이 들어요. 이를테면 황홀한 죽음 같은 그런 막다른 느낌 말이에요.」

잔에서 피어오르는 새하얀 김을 물끄러미 들여다보면서 여자가 탄성처럼 낮게 소곤거렸다.

지독한 불면 때문에 그런 황홀한 죽음 같은 액체를 끊은 나는 대신 뜨거운 물을 한 모금 삼키고 그 물맛처럼 무미건조하게 물었다.

「날 보았다구요?」

그럼요, 하는 듯이 여자가 나를 올려다보면서 고개를 끄덕거렸다.

「넘어질 때마다 창피해서 누가 보나 주위를 재빠르게 휘둘러보곤 했죠. 처음에는 아무도 보이지 않던데요. 그러다가 언젠가부터 유리창 너머 아줌마의 시선이 느껴졌어요. 그런데 처음에는 날 보고 있는 줄 알았는데 점차 그게 아니다 싶더군요. 뭐랄까, 멀리서인데도 그 시선의 초점이 나를 보면서도 내가 아니라는 걸 느낀 거예요.」

대단하네요.

후우, 내가 바람처럼 아무 감정 없이 웃었다. 여자가 너무도 진지

하게 말하고 있어서 그게 전혀 터무니없는 말장난이 아니라는 것
이 느껴졌다. 여자는 진정으로 그렇게 생각하고 있는 게 틀림없었
다. 그렇다면 나는 여자를 넘어 허허로운 그 무엇을 바라보고 있었
다는 것인가.

　이렇게 될 줄 몰랐어.

　창틀 사이로 비집고 들어오느라 가끔 휘파람소리를 내는 바람 사
이로 어디선가 그런 목소리가 들린 듯도 했다. ‘이렇게 될 줄 몰랐
어. 어쩌다가 이렇게 됐는지.’ 그리고 마지막 기력을 토해내는 듯
한 긴 한숨.

　진열장에 가득히 꽂혀 있는 테이프들이 갑자기 묵직한 생활의 무
게로 우수수 쏟아지는 것 같은 현기증에, 나는 잠깐 질끈 눈을 감
았다.

　전화벨이 울렸다. 나는 스스로가 갑자기 쇠처럼 굳어진 느낌이
들어 딱딱한 손으로 수화기를 들어올렸다.

「내다.」

　평생을 길고 짧은 시름으로 보낸 노인의 수심에 전 목소리를 듣
자, 나는 탄식처럼 아, 어머니 하고 짧게 뱉고 말았다.

「니 목소리가 와 그렇느? 무슨 일 있었나?」

「아아뇨.」

「그러게. 여기 또 무슨 험한 일이 더 있겠노.」

　짧은 한숨 뒤에 노인이 덧붙였다.

「경찰서에서 전화 왔드라. 일간 댕겨가라드만. 무슨 소식이나 있
는 겐지…….」

　노인은 더 말을 잇고 싶지 않은지 수화기는 잠시 침묵을 전하더
니 이내 「엄마야? 나 은지」 젖내가 뚝뚝 흐를 듯한 어리광 섞인 딸
아이의 목소리가 낭랑하게 들려왔다.

「그래. 점심 먹었니?」

아이의 목소리를 들으면, 그 때묻지 않은 유아기의 천진함을 떠올리면 저절로 온몸에 생기가 도는 듯했다. 내 목소리에는 나도 몰래 탄력이 실렸다.

「으응. 꽁지하고 먹었어.」

꽁치. 옆에서 이모가 수정했다.

「근데 엄마.」

아이가 긴히 할말이 있는 듯 목소리가 빨라졌다.

「수아가 혼났어, 선생님한테.」

「걔가 뭘 잘못했는데?」

「우리 아빠 도망갔대. 수아가 그랬어. 아빠가 어떤 여자랑 외국으로 도망갔다구.」

어머, 얘 좀 봐.

이모가 수화기를 빼앗아가려는 듯 아이의 싫어, 싫어 하는 소리가 들리고 이어 불쑥 터뜨리는 긴 울음소리의 여운을 남기며 전화가 툭 끊어졌다.

「자전거를 타는 데 가장 중요한 건 균형을 잡는 법이래요.」

고개를 수그린 채 커피를 홀짝이고 있던 여자가 갑자기 그렇게 말했다.

「어느쪽으로도 기울어지지 않게 어느 순간 정확하게 자신의 중심을 잡는 법. 그렇게 해서 재빨리 그 균형감각 그대로 나아가는 것. 그게 전부래요.」

「……」

「그런데 어떤 사람들에게는 그게 아주 쉽고 자연스럽게 주어지는데 어떤 사람들은 아무리 애를 써도 어렵대요.」

「……」

「어려워요. 난 너무 힘들어요.」

커피를 술처럼 마셨는지 여자가 취한 목소리를 냈다. 나는 여자를 바라보았고 그 여자가 조금 전 내가 바라보던 빈 들판을 초점 없는 멍한 시선으로 지켜보고 있는 것을 보았다.

우리는 서로 아무말 없이 잠시 침묵 속에 놓였다. 습관처럼 입술을 짓씹자 근래 들어 퍼렇게 타들어가기 시작한 아랫입술의 어느 부분인가가 다시 새로이 갈라졌는지 몹시 쓰라렸다. 나는 고통을 참으며 갈라진 심장을 어루만지는 기분으로 터진 입술을 혀로 핥았다.

「어려운 일을 왜 하죠?」

내가 그렇게 물었던 것일까? 여자가 문득 고개를 돌려 나를 바라보더니 중얼중얼 지껄이기 시작했다.

「이사 온 집에 버려진 자전거가 있더라구요. 전혀 원하지도 않았는데 내 존재 옆에 뭔가가 함께 놓여 있는 거예요. 그런 걸 숙명이라거나 뭐 그런 식으로 부르겠죠?」

「……」

「가끔 내 몸 속을 달리는 광포한 어떤 기운을 느껴요. 그게 내 자신의 내부에 잠재되어 있는 선천적인 폭력성인지 맘대로 살아지지 않는 세상의 부조리에 대한 폭발적인 울분 같은 것인지 그도 아니면 동물처럼 나도 몰래 길들여진 섹스에 대한 돌연한 충동인지 알 수가 없어요. ……그저 난 그런 때 자전거를 타죠.」

그때 처음으로 나는 그 여자를 가게에 들인 것을 후회했다. 그렇게 말하는 그 여자가 가지고 있는 알지 못할 광기에 감염당하는 건 아닌가 나도 몰래 두려워졌던 것이다.

손님이 들어왔다.

마땅히 찾는 것도 없이 그저 좀 그럴듯한 게 없나 둘러보러 온 까다롭고 질긴 손님 같았다. 나는 손님의 취향을 파악하기 위해 그에게 말을 걸었고 그러는 사이 여자는 올 때와 마찬가지로 소리 없이 사라지고 없었다.

다음날도 여자는 자전거를 타러 나왔다.

여느 때처럼 불과 십여 미터를 못 가는 동안 여전히 대여섯 번도 더 넘어지던 여자가 어느 순간 나를 바라보고 씩 웃는 듯이 여겨졌다.

그날은 웬일인지 손님이 끊이지 않아 늦게야 문득 다시 내다보니 여자가 빈 들길에 혼자 앉아 있는 것이 보였다. 자전거는 그 여자의 발치에서 저만치 내팽개쳐진 듯 쓰러져 있었다. 여자가 어렵고 힘들어하는 것은 정말로 인간이 조립한 단순한 기구인가. 나는 고개를 수그린 여자의 반쯤 꺾여 있는 등에서 무언가 적막하고 위태로운 그늘을 본 듯도 하였다.

저녁나절에 나는 그 여자를 다시 보았다. 은지에게 열이 있다고 해서 좀 일찍 퇴근하려고 준비를 하다 말고 누군가 가게 앞을 스쳐 가는 기척이 있어 무심히 바라보니 그 여자가 어떤 남자의 팔에 매달리다시피 한 채 무언지 열심히 종알거리며 지나가고 있었다. 남자는 사십대가 넘어보였고 여자를 향해 미소를 짓고 있었으나 어딘지 침울해 보이는 표정을 가지고 있었다.

시야에서 사라졌던 두 남녀는 아파트 귀퉁이에서 잠시 모습을 나타내었다가 다시 보이지 않게 되었다.

아주 짧은 순간이었지만 나는 여자에게서 미묘한 배반감을 느꼈던 것도 같았다. 여자가 웃고 있었기 때문이었을까. 그 여자의 웃는 모습은 귀엽고 단순해서 아이처럼 천진해 보였으나 그녀의 기분 좋게, 가늘게 감긴 눈과 작은 활처럼 활짝 열린 입을 보는 순간 왠지 내 등으로 알 수 없는 증오 같은 게 짧은 전율처럼 스쳐 지나갔다.

덧스웨터를 걸치고 막 가겟문을 닫으려는데 전화벨이 울렸다.

「몇 번이나 통지를 했는데 왜 안 나오는 거요?」

짜증과 사무적인 위압이 실린 경찰서 박 형사의 목소리를 듣고 있는 내 귀에 느닷없이 방금 시야에서 사라진 여자의 웃음소리가 환청처럼 메아리쳤다.

출입문을 닫아 걸고 자물쇠를 채운 뒤 나는 잠시 그대로 문에 등을 기댄 채 눈을 감고 한참 동안 서 있었다. 음울한 표정의 한 나이든 남자와 젊고 교활한 여자가 감은 눈 위로 천천히 떠올랐다가 사라졌다.

「남편에게서는 아직도 소식이 없나요? 글쎄 그렇게 오랫동안 은행 돈을 빼돌리고 철저하게 준비해서 여권을 받아 날 때까지 한 집에서 까맣게 몰랐단 말입니까?」

담당 경찰은 아직도 가족에 대한 의심을 온전히 풀지 못한 눈으로 답답한 듯 재우쳐 물었다. 한 집에서, 아니 한 이불 아래에서 아무것도 몰랐던 나는 입을 다문 채 그저 언제나처럼 완강히 고개를 저을 수밖에 없었다.

나는 정말로 알지 못했다. 남편은 '꼼생원'이라는 별명을 들을 정도로 꼼꼼하고 철저한 사람이었다. 몸이 불편해도 정시에 출근하고 퇴근하는 것을 생활 철칙으로 알고 있었으며 법이니 도덕규범 등에 한 번도 어긋나본 적이 없었다. 더욱이 도박이나 투기 따위에 관심을 보인 적도 없었다. 그리고 무엇보다 천성적으로 선량해서 범죄에 빠져들 만큼 모질지가 못했다.

그런데 그런 남편이 어느 토요일 오후, 업무가 끝나자마자 근무처인 지점에서 미리 빼돌린 엄청난 공금과 더불어 김포공항을 통해 갑자기 사라져버린 것이었다.

나는 아직도 그가 단 한마디의 언질도 없이 아내와 딸이 있는 가
정과 조국을 버렸다는 것을 믿을 수가 없었다.

남편이 자신의 엄청난 행적에 대해 변명이라고 이름지을 만한 단
서를 남긴 것은 꼼꼼히 챙겨놓은 마지막 영수증 사이에서 나온 메
모지에 신음처럼 휘갈긴 몇 마디의 낙서뿐이었다.「……결과가 이
렇게까지 될 줄은 몰랐다……」

여자는 여전히 자전거를 탔다. 바짓가랑이에 엉망으로 흙을 묻히
고 깨진 손등으로 피를 내보이면서도 여자는 줄기차게 자전거에
매달리고 있었다. 그 덕분인지 솜씨도 제법 늘어, 이제 넘어지는
횟수도 훨씬 줄어들었다.

가게에 불쑥불쑥 드나드는 것도 여전했다. 그녀는 혼자 커피를
타서 마시거나 나무의자에 걸터앉아 이것저것 시키지도 않은 이야
기들을 혼자 중얼중얼 지껄였다.

어떤 때는 의자 아래 늘어뜨린 다리를 흔들거리며 커피를 홀짝이
다 말고 나직하고 몽상적인 목소리로 칸초네풍의 노래 가사를 읊
조리기도 했다.

라일락 그늘 아래서
그대의 입술 받았네
그 달콤한 첫 키스가
내 인생의 꽃떨기 떨어뜨릴 줄
그때는 정말 몰랐느니

턱을 괸 채 숱이 많은 긴 머리칼에 한 손을 쑤셔넣고 약간 방심한
표정으로 그 여자는 소곤거렸다.

「음악가가 되고 싶었어요. 뭐 굉장한 클래식 연주가 같은 거말고

재즈와 댄스뮤직을 결합한 심포니적인 대중음악 이론가 말이에
요. 그런데 그 꿈의 반도 성취하기 전에 가정 있는 음반 제작자한
테 빠져든 거예요. 우습죠?」

물론 그 여자 자신도 그랬겠지만 나는 그 여자의 비뚤어진 사랑
이 전혀 우습지 않았다. 여자는 집을 나와 불륜의 동거생활을 강행
할 만큼 피할 수 없는 운명적 사랑의 그림자 따위에 붙잡혔음을 믿
으려 애쓰는 것처럼 보였고 그 아집이 결국 족쇄처럼 그녀 자신을
묶을 것이었다. 나는 그 여자가 어떤 식으로 세상을 굴려가든 전혀
관심을 갖고 싶지 않았다. 결국 그것은 그 여자가 마련한 그녀 자
신의 삶이기 때문이었다.

어느 날 오후, 내다보니 여자가 능숙하게 자전거를 타고 있는 것
이 보였다. 한 번도 넘어지는 법이 없이 국도와 닿는 들길의 끝까
지 나아갔다가 천천히 되돌아오는 것이었다.

「균형이 잡혔나 봐요?」

자전거를 세우고 가게 안으로 들어서는 여자에게 내가 먼저 그렇
게 물었다. 그러고 보면 그 여자가 그 오랜 기간 동안 자전거 타기
에 익숙해지지 못하고 자꾸 기우뚱기우뚱 넘어지는 게 내게도 은
근히 신경이 쓰이는 일이었던가 보았다.

「네?」

여자는 영문을 알 수 없다는 표정으로 손에 끼고 있던 장갑을 막
빼내려다 말고 나를 물끄러미 바라보았다.

「자전거 타는 데는 중심을 잡는 일이 젤 중요하다면서요.」

내가 설명을 보태었다.

「네에. 그거 말이에요?」

그 여자가 뜨악한 얼굴로 겨우 수긍했다. 그리고 잠시 의자 끝에
걸터앉아 있다가 무연히 말했다.

「전 또 깜짝 놀랐잖아요. 세상살이의 어떤 균형을 말하는 줄 알
  았어요.」
  나는 여자의 엉뚱한 대답에 웃었다. 정말로 그 여자가 농담을 하
고 있다고 생각했기 때문이었다. 그러나 여자는 잠시 아무말 없이
앉아 있다가 어느 사이 슬그머니 사라지고 보이지 않았다.
  그리고 한동안 여자는 가게에 나타나지 않았다.
  나는 그 여자가 어느 면에선 조롱처럼 들렸을지도 모를 나의 빗
나간 웃음에 화가 난 것인가 생각해 보려고 애썼다. 그러나 정작
그 여자 자신이 늘 더 엉뚱한 얘기를 지껄이곤 했지 않았던가. 그
러고 보니 그날따라 여자의 표정이나 행동이 여느 때와 달리 무언
가 어두운 무게를 거느리고 있었던 것처럼 느껴졌다.
  여자가 다시 나타난 것은 은지를 병원에 입원시키고 온 날이었
다.
  「폐렴이네요. 어떻게 이렇게 되기까지 내버려뒀어요?」
  아이를 진찰한 의사가 힐난하는 얼굴로 나를 바라보았다. 밤에
기침을 좀 심하게 한다 싶었을 뿐인데……. 나는 열꽃이 피어오른
채 쌔근거리는 딸아이의 빈약한 새가슴을 내려다보며 입술을 짓씹
을 수밖에 없었다.
  「내 잘못이지, 에미가 일이 따로 있는걸…….」
  함께 따라온 어머니가 안절부절 미안해 하며 중얼거렸다. '에미
가 정신이 딴 데 있어서…….' 그렇게만 들려 나는 슬그머니 시선
을 떨어뜨렸다.
  마냥 문을 닫아 걸어둘 수가 없어 서둘러 입원 수속만 마친 채 아
이를 어머니에게 맡기고 가게로 돌아와 덧문을 올리려는데 누군가
등뒤로 와서 섰다.
  「내가 아기를 가졌대요.」

　내가 돌아다보자 여자가 후욱 숨을 들이마셨다가 내쉬며 절망적
인 목소리로 그렇게 내뱉었다. 그리고는 겨우 걸어온 사람처럼 문
을 여는 것조차 기다리지 못하고 그 자리에 무너지듯 쭈그리고 앉
았다. 어떻게 이럴 수가…… 하는 듯 황당하고 당혹스런 몸짓이었
다.

　나는 가겟문을 한껏 열어젖히고 묵은 우물물처럼 고인 밀폐된 공
기 속에 한 발을 내디뎠다. 이유 모를 침잠된 분노가 그 공기보다
무겁게 전신을 휘감아왔다. 카운터 위에 백을 올려놓고 나는 잠시
그대로 서 있었다. 여자가 검은 머리칼 사이에 두 손을 쑤셔넣고
망연히 앉아 있는 게 보였다.

　걷어올려진 터틀넥 소매 끝에서 드러난 희고 가느다란 팔과 함부
로 흩어진 길고 숱 많은 머리칼이 어딘지 참혹한 아름다움을 연출
했다. 불현듯 내게 여자의 그 검고 긴 머리칼을 휘어잡고 통곡이라
도 하고 싶은 충동이 솟구쳤다. 나는 힘들게 돌아서 문을 탕 닫고
여자를 향해 신경질적으로 소리질렀다.

「당연한 거 아녜요? 그런데 왜 마치 성령으로 잉태하기라도 한
　것처럼 호들갑을 떨죠?」

　여자가 나를 바라보았다. 나는 그런 그녀를 향해 냉랭한 미소를
띠었다.

　나는 결코 그 여자의 얼굴을 바라보지 않았으므로 그녀가 어떤
표정을 지었는지는 알 수 없었다. 그러나 어쨌든 그 여자는 아무말
없이 그 자리에서 돌아서더니 흐느적흐느적 걸어가버렸다.

　여자가 다시 올 것인지 아닌지 나는 전혀 알 수 없었다.

　가끔 들길을 달리거나 차량이 쏜살같이 질주하는 들판의 끄트머
리에 위태롭게 앉아 있는 여자의 모습을 여전히 무료하고 암담한
일과 속에서 아득히 바라볼 뿐이었다.

　은지의 병은 별로 차도가 없었고 가게는 벌써 석 달째나 임대료가 밀리고 있었으며 친정의 살림을 유지해 나가면서 내게도 도움을 주던 오빠의 사업은 그즈음 더욱 부진한 기미였다.

　나는 더욱 게을러져서 카운터에마저도 부옇게 먼지가 올랐다.

　하늘이 무겁게 내려앉은 그 겨울의 끄트머리에 나는 잠시 가겟문을 닫아 걸고 다시 전화를 걸어온 경찰서로 갔다.

「함께 출국한 여자의 신분이 밝혀졌어요.」

　경찰이 말하면서 입사 용지에 붙였다 떼어낸 듯한 명함판 크기의 젊은 여자 사진 한 장을 내 앞 탁자 위에 올려놓았다. 나는 갑자기 가슴이 탁 막히는 듯하여 나도 몰래 얼른 그 사진을 외면했다. 처음 사건이 벌어졌을 때 가족의 공범 여부를 취조한 바 있던 그 경찰이 약간의 동정이 담긴 목소리로 말을 이었다.

「전에 같은 은행에 임시 채용되었던 여행원이더군요. 거참, 그 친구가 아주머니 같은 부인을 두고 왜 이런 짓을 저질렀는지 모르겠네.」

　고개를 무릎 사이에 처박은 청년을 앉혀두고 피의자 조서를 작성하고 있던 옆 자리의 동료가 사진을 흘낏 건너다보며 말을 받았다.

「내 보기에도 그래. 처음에 이 여자가 가벼운 금융사고를 일으켰는데 그걸 이 친구가 도와주었더구먼. 아무래도 그러다가 여자한테 단단히 물린 것 같애.」

　내 머릿속으로 수많은 벌새떼들이 날아올랐다. 온몸의 솜털이 바늘 끝처럼 솟고 그 바늘이 일제히 폐부를 찌르는 것 같았다. ‘……이렇게까지 될 줄은 몰랐어.’ 남편의 황망한 중얼거림이 문득 귓가를 쳤다. 나는 거스러미가 돋은 입술을 말없이 짓씹었다. 거칠게 갈라진 입술의 어느 부분에선가 툭 핏망울이 터져 쓰라렸다.

　결국 그 때문에 불렀다는 듯 경찰이 거듭 다짐했다.

「어떤 형태로든 연락이 오게 되면 반드시 신고를 해주셔야 합니
다. 남편이라고 감싸시려 들면 점점 곤란하게 돼요.」

가게로 돌아오니 잠가놓은 문 앞에 낯익은 자전거 한 대가 놓여
있었다. 주위를 휘둘러보았으나 기다리기가 지루했던 것인지 여자
는 보이지 않았다.

자전거를 문 옆으로 치우기 위해 핸들을 붙잡은 나는 갑자기 그
것을 끌고 들길로 나아가기 시작했다. 들판을 휩쓰는 발톱 같은 차
가운 바람이 드러난 살갗을 함부로 할퀴고 달아났다.

내 몸 속에서 광포한 어떤 기운이 무섭게 달리는 것을 나는 생생
하게 느끼고 있었다. 그것이 그 여자가 말하던 잠재된 폭력성인지
세상의 부조리에 대한 울분인지 그도 아니라면 남편이 길들여놓고
간 섹스에 대한 충동인지 알 수 없었다. 그저 내 안의 무엇인가가
터져나오듯 충동적 욕망이 나를 온전히 사로잡았다. 나는 무거운
동물체 같은 자전거를 묵묵히 끌어안은 채 들길의 한가운데로 올
라섰다. 그리고는 자전거를 반듯이 세우고 그 위에 올라앉았다.

그러나 두 발을 모두 땅에서 뗄 수가 없어 한 발만 페달에 올려놓
고 한 발은 바닥에 딛고 있자니 몸이 한쪽으로 기울어졌다. 하늘이
옆으로 반이나 기울어져 보였고 아파트의 반듯한 몸뚱이도 한쪽으
로 삐딱하게 기울어졌다. 국도를 달리는 차들도 사선으로 누운 채
맹렬히 달리고 있었다.

나는 비뚤게 나를 향한 세상의 모습이 무서워 얼른 고개를 치켜
들었다. 그리고 용기를 내어 온몸을 바르게 세우고 두 발을 페달
위에 가지런히 얹었다. 그러나 똑바로 서서 이제 막 앞으로 나아가
야겠다고 여긴 순간 나는 쿵하는 소리를 요란하게 내면서 자전거
와 함께 모로 쓰러져버리고 말았다.

마른 흙먼지가 풀썩 일면서 몸의 어느 부분인가에 심한 충격이

왔다. 나는 잠시 그대로 바닥에 주주물러앉아 있었다. 코끝으로 맡아지는 알싸한 흙내와 함께 한 줄기 알 수 없는 눈물이 볼을 타고 흘러내렸다.

팔꿈치와 무릎에 멍이 든 채로 먼지 쌓인 카운터 앞에 멍하니 앉아 있자니 여자가 슬그머니 들어왔다.

「병원에 들렀다 오는 길이에요.」

여자는 의자에 걸터앉으며 습관처럼 머리칼을 쓸었다. 그녀는 며칠 사이 몰라보게 핼쑥해져 있었다. 짙은 핑크빛 입술은 시퍼런 기운을 띠었고 뺨도 윤기 없이 홀쭉했다.

「그런데…… 상상 임신이래요.」

여자는 나를 보고 억지로 웃는 듯한 희미한 미소를 흘렸다.

나는 아무말 없이 석유난로에 불을 피우고 그 위에 주전자를 얹었다. 물이 데워질 때까지 우리는 서로에게 화가 난 것처럼, 아니면 각기 따로 존재하는 것처럼 상대를 외면한 채 고요히 앉아 있었다. 좀더 진지한 삶을 향한 모형의 삶들로 채워진 비디오 테이프들과 창틀 사이로 비집고 들어와 휘파람소리를 내는 황량한 바람소리에 갇혀 우리는 시간의 흐름을 억지로 가로지르기라도 하는 것 같았다.

「상상 임신이라는 건……」

갑자기 그녀가 무언가 겁에 질린 듯한 목소리로 불쑥 말했다.

「그러니까 그건…… 임신을 너무 원하거나 또는 그 반대로 지독히 두려워하는 경우 실제와 똑같은 현상이 생긴대요. 생리가 끊어지고 입덧을 하고……. 의사로부터 그런 설명을 듣는 순간 안도감보다는 온몸에 전율이 올랐어요. 상상으로, 단지 생각만으로 어떤 구체적인 물리적 현상이 가능해지다니…… 정말로 끔찍한 일 아녜요? 이를테면 그저 정신을 모으는 것만으로도 누군가에게 치명적인 타격이 가능해지기도 한다는 거 말이에요.」

여자는 아직도 세상에 대한 균형과 거리가 먼 것인가. 나는 열에 들뜬 듯 다소 논리의 비약에 빠진 듯한 여자를 물끄러미 바라보았다. 그리고 그 여자가 처음 만났을 때와는 달리 맑은 정기를 잃고 어딘지 많이 쇠진해 있다는 느낌을 받았다.

「이미 누군가를 해치고 있다는 자책은 없어요?」

나는 왜 그 순간 그렇게 물었던 것일까. 내 안의 억눌린 분노들이 그런 식으로 형태를 갖춘 것을 스스로 확인하고 싶어서였을까.

당신이 소유한 불구의 사랑은 이미 누군가를 철저히 파괴하고 있을지도 몰라. 나쁜 년, 내 남편을 돌려줘.

여자가 멍한 눈으로 나를 바라보았다.

「물이 끓어요.」

내가 일어나면서 그녀의 앙상한 어깨를 치자 그녀가 꿈에서 깬 듯 화들짝 놀랐다. 그리고는 주위를 두리번거리더니 얼굴을 두 팔 사이에 깊이 묻어버렸다.

나는 마른 걸레를 꺼내어 아주 오랜만에 먼지가 하얗게 묻은 테이프들을 닦기 시작했다. 푸울풀 날리는 먼지의 잔해 너머 여자가 무슨 생각을 하고 있는지, 혹은 울고 있는지 어떤지 알 수 없었다. 나는 단지 우리들의 고통스런 일상의 삶 역시 이처럼 먼지 묻은 테이프의 삶들이 보여주는 낡은 모형 중의 하나가 아닌가, 그런 쓸쓸한 생각을 했던 것도 같다.

여자가 죽은 것은 며칠 후였다.

고의였는지 실수였는지 여자는 자전거를 국도 끝까지 몰아갔고 달리던 차 중의 하나와 맞부딪쳐 그 자리에서 즉사했다.

나는 몰려든 사람들의 틈바구니 너머 멀리서 앰뷸런스에 실리는 그녀의 축 늘어진 다리 부분만을 볼 수 있었다. 위태롭게 페달

을 밟아가던 그녀의 발은 생존의 열락과는 상관없이 작고 아름다
웠다.

　남편에게서는 아직도 아무런 소식이 없고 나는 밀린 가겟세를 걱
정하며 유리문 너머 먼 들길로 아득히 자전거를 달리는 여자를 바
라본다.

(《현대문학》, 1997년 2월호)

4월의 비

　거리에는 바람이 불고 있었다. 뿌연 황색의 바람이었다.

　아직 싹을 내지 못한 가로수들의 텅 빈 나뭇가지 사이로 누런 먼지 입자가 자욱하게 휘몰아쳐 다녔다. 3월 들어 늦은 겨울눈이 두어 번 흩뿌려진 뒤 황사현상이 계속되고 있는 하늘에는 오늘도 마른 구름이 두어 송이 얹혀 있을 뿐이었다.

　겨울은 갔으나 아직 봄은 오지 않았다. 어두우면서도 밝은, 이상한 빛깔의 계절이었다. 그 은밀하고 화사한 회색지대, 단지 누런 바람의 입자에 갇혀 있는 거리는 거친 황야처럼 쓸쓸하고 적막했다.

　시외버스에서 내린 그녀는 종종걸음으로 건널목 앞에 섰다. 이제 막 황색으로 바뀌는 신호등을 쳐다보니 그 너머에 하늘이 있었다. 역시 황색의, 먼지가루로 가득 찬 불결하고 우울해 보이는 하늘이었다. 조는 듯 떠 있는 둥그런 빛무리는 태양이었다. 비가 내린다면……, 아마 누런 토우(土雨)가 되리라.

　그녀는 마구 흩날리는 머리칼을 한 손으로 말아 쥐면서 막연히 떠오르는 생각들도 한줌씩 쥐었다가 흩뜨렸다. 싯누런 비에 갇혀 있는 도시, 그 황색의 고독, 타율적 폐쇄의 암담함. 폭포 같은 황색이 주는 신경정신학적 징후.

　신호는 길었다. 사람들이 하나 둘 그녀의 앞뒤로 몰려들었다. 붉은 신호와 먼지바람 때문이기라도 한 듯 무언극의 배우들처럼 한결같이 고즈넉이 침묵하고 있었다.

　그녀는 그 사람들 틈에 섞여 눈을 가늘게 뜨고 길 건너편에 커다랗게 나붙은 병원 간판을 올려다보았다. ○○병원. 진료과목 : 내과 · 외과 · 소아과 · 산부인과 · 정형외과 · 신경외과 · 비뇨기과 · 이비인후과…….

　간판들은 인체를 해부하고 있었다. 인간의 구조란 얼마나 복합적인가. 그러나 그마저도 극히 표면적인 시각적 분류일 뿐인 것을…….

　다시 바람이 불어왔다. 마치 진군하듯 씩씩하게. 그러나 또 이상하게 적막한 몸짓으로 한 무리의 먼지바람이 거리를 쓸듯 불고 지나갔다.

　건널목에 오르르 모여 있는 사람들은 팔을 늘어뜨리고, 혹은 주머니에 한 손을 찌른 채 방심한 자세로 여전히 무표정하게 서 있었다.

　그녀는 말아 쥐었던 머리를 쓸어내렸다. 건조한 머리카락에선 벌써 버석거리는 먼지가루가 묻어나는 것 같았다. 그녀는 무심히 선 채로 마치 황색의 종잇장처럼 탈탈 제 몸을 털어냈다.

　신호등의 빛깔이 바뀌었다. 사람들이 갑자기 활기 있게 길을 건너기 시작했다. 속력을 내고 성급히 달려오던 승용차가 급제동을 걸었고 바퀴가 낸 마찰음이 날카롭게 거리의 적막을 꿰뚫었다.

그녀는 사람들의 무리에서 뒤처져 종종걸음으로 길을 건넜다. 그녀는 언제나 남보다 한 발 늦었다. 아무리 서둘러도 동행하지 못했다. 하물며 의식(意識)조차도. 남과 견주게 되면 언제나 서투르고 더뎠다. 건널목을 건널 때는 늘 그 점이 도드라지게 드러났다. 사람들과의 유대관계를 두려워하고 회피하게 된 것은 오로지 그 때문일까.

그녀는 성급한 자동차가 벌써 슬금슬금 파먹고 들어오기 시작하는 횡단보도를 인파의 맨 마지막으로 허겁지겁 벗어났다. 근거 없는 절망감, 아득한 패배의식 같은 것이 별안간 그녀를 숨 가쁘게 만들었다.

보도에 오르자 병원의 입구와 바로 연결되었다.

투명한 대형 유리문 앞에서 그녀가 잠깐 기웃거리려는 순간 입구는 자동적으로 스르르 열렸다. 그녀는 빨리듯 안으로 들어갔다.

문은 다시 닫혔다. 그 한 장의 유리문을 사이로 아주 낯선 새로운 세계가 그녀의 시야에 펼쳐졌다. 말끔한 현대식 내부시설에 공기는 훈훈했고 황톳빛을 가진 음울한 바람의 기미는 어디에도 없었다. 그렇다고 하더라도 오가는 사람들의 표정에는 어딘지 불건강한 기운이 서려 있었다.

그녀는 잠시 망설이다가 가까운 접수 창구로 걸어갔다.

「내과가 어디 있나요?」

그녀가 물었다. 창구의 여직원이 권태스럽고 사무적인 표정으로 그녀를 올려다보았다.

「접수증을 먼저 끊으셔야죠. 초진이에요, 재진이에요?」

여직원이 물었다.

「네?」

그녀는 되묻다 말고, 「아니에요, ……다른 일 때문에 의사 선생님을 뵈려고 왔는데요」 하고 주춤거리며 대답했다.

「진료받으러 온 게 아니라구요?」

여직원은 그녀를 짧게 훑어보고는 손목시계를 내려다보며 하품을 하기 위해 입을 가렸다.

「저어기, ……계단으로 올라가서 왼쪽 로비로 돌아가보세요.」

말이라기보다는 단어를 뭉뚱그려 내뱉듯이 무성의하고 불친절한 목소리로 여자는 하품과 함께 얼버무렸다.

그녀는 창구에서 돌아섰다. 그새 서너 명이 그녀의 뒤에 줄을 잇고 서 있었다.

여직원이 가리킨 곳으로 올라가는 층계는 짧았고 폭이 넓었다. 그래서 그녀는 층계라는 느낌도 없이 무심코 그 복도의 끄트머리에 올라서 주위를 유심히 살펴보았다. 그녀의 눈엔 어디에도 층계는 보이지 않았다. 층계가 없다. 도대체 어디로 올라가라는 건가?

그녀는 자꾸 두리번거렸다. 결단코 어디에도 층계 같은 건 눈에 띄지 않았다. 황당하고 막막했다. 접수 창구의 여직원이 그녀에게 농담을 했을 리는 없었다. 그러나 도대체 그녀의 눈엔 층계라고는 절대로 보이지 않는 것이었다. 그녀는 미아(迷兒)처럼 불안하고 초조해졌다.

「여보세요, 아가씨. 계단이 어디 있어요?」

마침내 그녀는 소리내어 여직원을 불렀다. 그녀 자신을 그 나락 같은 막막함에서 서둘러 구원해 내는 수는 그것밖에 없었다.

창구가 비어 다시 일손을 놓고 있던 여직원은 어처구니없다는 표정으로 그녀를 올려다보았다.

「바로 거기잖아요.」

그녀는 여자의 표정을 따라 자기가 발 딛고 선 곳을 내려다보았다. 폭이 넓은 서너 개의 층계가 바로 발 밑에 거의 평면적으로 이어져 있었다.

「이런!」

그녀는 처음에는 쑥스러워 웃었으나 이내 비참함이 그녀의 가슴을 쳤다.

「이상도 해라.」

여직원이 계단이라 말했을 때 왜 당연히 비좁고 높은 데다 길고 어둑스레한 층층대를 연상했을까. 실수라든지 개념의 차이라고 하기에는 석연찮은, 뿌리 깊은 자괴감이 그녀를 잠시 사로잡았다. 남들이 단순하고 밝고 편한 삶의 계단을 올라갈 때 그녀만이 어둡고 좁은 데다 하염없이 길기만 한, 터널 같은 질곡의 계단을 더듬어 살아온 것을 상징하는 것만 같았던 것이다.

복도를 돌아가자마자 ‘내과’라는 표찰이 보였다. 진료실 문 앞에 빙 둘러져 놓여 있는 의자에는 사람들이 즐비하게 앉아 순서를 기다리고 있었다. 그녀는 ‘이기영’이라는 담당 의사의 이름이 적혀 있는 문 앞으로 걸어갔다. 대기의자에 앉아 있던 서너 명의 환자들이 그녀를 동시에 쳐다보았다. 무료하고 지루한 표정들이 서로의 얼굴을 닮게 만들었다.

빈자리가 없어서 그녀는 잠시 그대로 서 있었다.

「이런, 죽일 놈들.」

의자 귀퉁이에 앉아 있던 중년 남자가 가래침을 뱉듯이 중얼거렸다.

「안 썩은 데가 한군데도 없군, 계급장까지 팔아먹다니……. 이런 놈들이 나라를 지켜?」

중년 남자는 신문을 들여다보고 있었다. 그는 지면에 그대로 눈을 준 채 울분에 차서 계속 중얼거렸다.

「공직자란 놈들이나 국회의원이란 놈들이 여기저기 부동산 투기

나 하고, 뇌물이나 챙기고 했으니 군인이라고 별 장사 안했겠나. 어이고 쯧쯧, 하긴 교육계까지 썩을 대로 썩었으니 더 말할 게 뭐 있누. 돈 있는 놈들이란 돌대가리 자식도 대학에 넣고 높은 자리도 돈 주고 사서 오르고 하니, 그저 없는 것이 죄지, 죄야.」

「아저씨, 이런 말 아세요?」

중년 남자의 옆 자리에 앉아 있던 젊은 여자가 종이컵에 든 커피를 홀짝홀짝 마시며 말했다.

「군대에 안 가는 애들은 신의 아들이고, 보충역으로 빠지는 애들은 사람의 아들이고, 현역으로 가는 사람은 어둠의 자식이래요. 그리고 강남에선 현역에 들면 다들, 네 엄마 계모니? 그런데요.」

중년 남자는 기가 막히다는 듯 허허 웃었다. 젊은 여자는 다 마신 종이컵을 구겨 쓰레기통에 던져넣었다. 컵은 정확히 쓰레기통의 입구로 떨어졌다.

「칼 든 김에 몽땅 청소해야 하는데…… 용두사미되는 건 아닌가 모르겠네. 하도 골고루 썩었으니…….」

「기존 세력이 만만치는 않겠죠? 하지만 아저씨, 희망을 가지세요. 의사 선생님이 그랬다구요. 요즘에는 스트레스성 환자들이 줄었다구요. 희망 때문이래요.」

문이 비스듬히 열리면서 하얀 캡을 쓴 간호사가 고개를 내밀고 호명했다.

「김진우 씨, 이영민 씨, 들어오세요.」

중년 남자와 비쩍 마른 젊은 남자가 의자에서 일어났고, 젊은 남자의 보호자인 듯한 중년 여인이 뒤따라 일어서더니 함께 들어갔다. 문이 닫혔다.

그녀는 중년 여인이 비워낸 빈자리에 앉았다. 젊은 여자가 그녀를 힐끔 돌아보았다.

「아줌마, 처음 보네.」

젊은 여자가 말했다.

「처음 왔으니까요.」

그녀가 엷게 웃으며 대답했다.

「어디가 아파요?」

젊은 여자가 눈빛을 반짝이며 물었다. 뭐든지 다 자신 있다는 수다스런 표정이 환자답지 않게 생기 있어보였다.

「아가씨는 어디가 아파서 왔어요?」

그녀가 되물었다. 젊은 여자가 머리를 흔들며 수줍게 웃었다.

「저, 아가씨 아네요. 시집갔다가 왔어요. 자꾸 아파서요.」

「시집갔다가 왔으면 도토 아가씨네 뭐.」

그녀가 다시 웃었다. 달리 할말도 없었다.

「방금 들어간 그 젊은 아저씨, 있죠? 암이래요. 의사는 아직 말 안했다지만 제가 보기에 암이 틀림없어요. 우리 친정아버지도 비슷한 증상이었는데 암으로 돌아가셨걸랑요.」

젊은 여자가 소곤거리기 시작했다. 누군가와 그 비밀을 주고받고 싶은 걸 기껏 참아왔다는 표정이었다.

「처음엔 다 아니래죠. 그렇지만 결국에 가선 다 암으로 돌아서 죽더라구요. 하지만 전 아직 아니에요. 그런데 왜 자꾸 아프죠? 소화가 안되고 좀 잘 먹었다 싶으면 토하고, 잠도 못 자고, 자꾸 통증이 오고……. 신경성이라는데 제가 신경쓰는 게 뭐 있다구……. 미치겠어요.」

젊은 여자는 그 말을 하자마자 생각났다는 듯이 명치 부근을 붙잡고 고통스런 표정을 지었다.

「미치겠네, 누가 제 위틍 좀 단번에 고쳐주면 할아버지, 할아버지 할 텐데……. 세상이 개혁되면 뭘 해요. 내가 아파 죽겠는데.

신문에 난 그 도둑놈들 자기 반성한 사람은 아무도 없다면서요?
아마 그 친구들도 그럴 거예요. 왜 나만 잡고 그러느냐고……. 세
상이 다 자기 본위예요. 전 신문에 어떤 뉴스가 터져도 눈 깜짝
안해요. 제 병 고쳐주겠다는 기사가 나면 몰라도.」
  진료실 문이 열리면서 중년 여인이 나왔다. 비쩍 마른 젊은 남자
를 부축하고 있었다.
  「뭐래요? 괜찮대요?」
  젊은 여자가 고개를 빼고 물었다.
  「엑스레이로는 더 나빠진 게 없대. 또 와봐야지 뭐.」
  중년 여인이 어딘가 모르게 체념한 목소리로 대꾸했다. 젊은 남
자는 창백한 이마에 개기름 같은 땀을 흘리고 있었다. 중년 여인이
환자와 함께 걸어가버렸다.
  「암이지 뭐.」
  젊은 여자가 중얼거렸다. 소아과 진료실 쪽에서 아이 울음소리가
시끄럽게 들려왔다. 아이를 안고 서성거리고 있는 여러 엄마들이
보였다.
  젊은 여자는 웬일인지 시무룩해져 잠자코 앉아 있었다. 내과 대
기실에는 그녀와 젊은 여자뿐이었다. 사람들의 왕래도 드물었고
대기실 다른 곳에도 이제는 빈자리가 많았다.
  「아줌마, 아줌마도 남편을 죽여버리고 싶은 적이 있으세요?」
  갑자기 젊은 여자가 사팔뜨기 같은 눈을 하고 쳐다보며 은밀한
목소리로 물었다. 그녀는 깜짝 놀라서 키가 작고 오종종하게 생긴
그 젊은 여자를 내려다보았다.
  젊은 여자는 그녀의 대답을 기다리지도 않았다. 시선을 내리깔면
서 혼자 중얼거렸다.
  「글쎄, 시집을 갔더니 여자가 따로 있더라구요. 좋아하는 여자

말이에요. 첫날밤부터 외박을 했어요. 하지만 난 그딴 것 신경 안 써요. 나한테도 애인이 있었걸랑요. 더욱이 남잔데 그럴 수도 있죠 뭐. 난 이해해요. 얼마든지 이해할 수 있다구요.」

젊은 여자는 횡설수설 지껄이더니 다시 그녀를 멀뚱히 올려다보았다.

「그런데 아줌마, 참 이상하죠? 그이가 다른 여자와 자고 들어와서 편안히 코를 곯며 잠자는 걸 보노라면 갑자기 증오가 치받쳐 목이라도 졸라 죽여버리고 싶은 거 있죠? 참고 있노라면 그때부터 갑자기 여기 통증이 오기 시작하는데…….」

젊은 여자는 다시 얼굴을 찡그리며 명치를 붙잡았다. 아이구, 아파라! 여자는 찔린 듯 억눌린 목소리로 비명을 질렀다.

그녀는 말없이 젊은 여자를 내려다보았다. 젊은 여자는 손수건을 꺼내 코끝에 송골송골 배인 땀을 닦더니 어느새 그녀를 보고 싱긋 웃었다.

「아유, 이제 괜찮네. 귀신같이 또 말짱해져요. 신경성이긴 한가 봐요.」

중년 남자가 옷매무시를 고치며 나왔다. 겨드랑이에 여전히 신문을 끼고 있었다. 김소연 씨! 간호사가 고개를 내밀고 불렀다.

「네, 여기 있어요.」

젊은 여자가 발딱 일어서더니 바람을 일으키며 안으로 들어갔다.

「접수증 가져왔으면 주셔야죠.」

간호사가 문을 닫지 않은 채 그녀를 빤히 내려다보며 물었다.

「아니에요, 그냥 의사 선생님을 뵈려고 왔는데요.」

그녀가 대답하자 간호사가 다시 한번 그녀를 빤히 내려다보고는 문을 닫았다.

이제 대기의자에는 그녀 혼자만이 남았다. 다른 쪽도 거의 비어 있거나 한두 명의 대기자들뿐이었다. 소아과에서 들리는 아이들 울음소리가 별안간 크게 들렸다.

나무 의자는 딱딱하고 불편했다. 그녀는 자세를 고쳐앉은 채 맞은편의 유리창 너머를 물끄러미 지켜보았다. 아직도 바람이 불고 있는지 나뭇가지들이 흔들리고 있는 것이 바라다보였다.

양지 쪽이어선가. 자세히 보니 나뭇가지들은 연한 연둣빛을 띠고 있었다. 잿빛 건물과 황토바람을 배경으로 새로 돋아난 그 빛이 하도 연약하고 부드러워서 그 생명의 빛깔은 마치 나무 줄기들을 감싼 뿌얀 이내처럼 환상적으로 보였다.

4월이었구나.

그녀는 문득 생각난 듯 중얼거렸다. 4월이 오고 있었다. 아니, 이제 4월이었다. 겨우내 얼었던 나뭇가지에 새물이 오르고 꽃봉오리들이 방긋방긋 벌어지기 시작하는 아름다운 달, 4월이었다. 꽃샘바람이 얇은 봄옷 차림의 가슴을 시리게 하고 어디선가 목련이 피기 시작하는 4월이었다. 햇살이 밝고 화사하게 눈부신 4월이었다. 대학가엔 새 학기의 열정이 뜨겁고, 공연히 흐드러지게 목놓아 부르짖고 또 어디론가 끝없는 편지를 띄우고 싶은 4월이었다. 그리고 4월은……, 4월은 그 아름다움만큼 또한 참으로 잔인한 달이었다.

그녀는 기억 속의 낡은 액자에 담긴 풍경화를 바라보듯 오랫동안 멍하니 앉아 있었다. 누군가 그녀의 어깨에 손을 올려놓았다.

「여기 계셨군요. 들어오시지 않구요.」

그녀는 그를 올려다보았다.

그는 그녀의 마른버짐이 번져 있는 얼굴, 습기가 가득 찬 눈을 보았다.

「오랜만이군요, 희정 씨.」

그가 미소 지으며 나직이 말했다. 그녀는 잠자코 고개를 끄덕거렸다. 참으로 오랜만에 불려진 호칭이 웬일인지 전혀 낯설지 않았다.

「사람이 많은 데서 만나기로 했으면 못 알아볼 뻔했군요. 아닌가 싶어서 한참 지켜보았지요. 나 역시 그렇지 않은가요?」

그가 엷게 웃었다.

「아주 보기 좋게 나이 드셨군요.」

그녀도 가볍게 미소 지었다.

「뭘요, 자 안으로 들어가시지요. 많이 기다렸나요? 바로 들어오시지 않구요.」

그는 비어 있는 진료실의 문을 활짝 열었다.

그녀는 잠자코 그를 따라 들어갔다. 하얀 가운 차림의 그에게서는 안정되고 윤택한 오십대 중반의 중후한 여유와 멋이 풍겼다. 그러나 하루의 업무를 막 마치고 난 탓인지 피곤기가 엷게 묻어났다.

카드를 정리하고 있는 간호사에게 그가 음료를 부탁했다.

「이런 비정서적인 곳에 오시게 해서 미안합니다. 좀 분위기 있는 데서 뵀어야 하는 건데……」

그가 웃지도 않고 말하더니 그녀를 찬찬히 바라보았다.

「갑자기 만나자는 연락을 주셔서 당황했어요.」

그녀가 조그맣게 대답했다. 느닷없이 그가 급히 만나자고 했을 때 떠오르던 이유 없는 불안감이 다시 서서히 그녀를 휘감아왔다.

그가 고개를 끄덕거렸다.

「우리가 마지막으로 만난 것이 언제였죠? 꽃순이는 잘살고 있지요?」

그가 웃었다. 꽃순이는 그녀 외동딸의 별명이었다. 대학 동기생 자녀 중에 처음 태어난 여자아이에게 친구들이 붙인 애칭이었다. 아이는 우연찮게도 한참 봄꽃이 어우러져 피어나던 4월생이었다.

「그 애가 유학 갈 때 공항에서 만났던 게 마지막이었지요, 아마?」

그녀가 조는 목소리로 대답했다. 딸아이를 떠올리면 그녀는 언제나 향긋한 꽃 냄새와 몽긋한 젖 냄새를 함께 맡았다. 아이는 자라서 유학을 떠났고 그곳에서 공부를 마치자마자 남자를 만나 살림을 차렸다. 그 애는 지금 젖내 나는 자신의 아이를 키우고 있었다.

「벌써 십 년 전의 일이군요.」

그가 감회가 새롭다는 목소리로 말했다.

「자녀들은 잘 자라고 있지요? 부인도 안녕하시구요?」

그녀가 뒤늦게 인사를 차렸다. 그가 꺼낼 본론이 무엇인지도 모르면서 왠지 피하고 늦추고 싶었다. 동물적인 본능으로 그녀는 제 속에 피어오르는 희미한 두려움을 읽었다.

「우리 애도 셋 중 둘은 미국 가 있어요. 한 놈은 의대고 한 놈은 공대 계통이죠. 딸애는 피아노 전공인데 집사람이 설쳐서 별 소질도 없는 애를 외려 망쳐놓는 것 아닌가 모르겠어요.」

그는 약간 과장되게 껄껄 소리내어 웃었다. 아이들에 대한 얘기는 언제나 부모를 즐겁고 희망스럽게 만드는가 보았다. 어느 부모도 어떤 조건에서든 결코 자식에게서 한가닥 희망의 싹을 버리지 않으므로.

「다들 훌륭하군요. 엄마가 음대 출신인데 따님 역시 어련하려구요.」

그녀가 대꾸했다. 그가 웃음을 그쳤으므로 두 사람 사이에 잠시 침묵이 흘렀다. 간호사가 두 잔의 음료를 조그만 쟁반에 받쳐 가져다놓았다. 퇴근해도 좋아요. 그가 말했고 간호사가 두말없이 나가버렸다.

그가 그녀를 유심히 바라보았다.

「그래, 캐나다로 건너가실 의향은 없구요? 난 이번에 연락을 취하긴 하면서도 혹시 진작에 따님에게 건너가버린 건 아닌지, 그래서 공연히 헛다리짚는 건 아닌지 우려했지요.」

그녀는 잠시 손가락 끝을 덤덤히 내려다보았다.

정말 무엇 때문에 아직도 못 떠나고 있었을까. 가야지, 가야지 하면서도 그냥 묵혀버린 초청장이 벌써 몇 번째인지 몰랐다. 그러나…… 이제는 갈 것이다.

무엇에게인지 모르게 아주 많이 지쳐버린 목소리로 그녀가 느리게 대답했다.

「가려고 해요. 지금 수속을 밟고 있는 중이에요.」

「아, 그랬군요.」

그가 한숨처럼 나직이 대답했다.

그녀는 다시 손끝을 내려다보았다.

매점(賣店)은 이미 양수자에게 중도금까지 받은 상태였다. 진열장의 재고품을 상호 확인하고 열쇠를 넘기고 잔금을 받으면 그녀는 완벽하게 자유로웠다.

그녀의 동기생이면서 또한 남편의 동기생이자 절친한 친구인 그가 느닷없이 만나자고 한 데 대해서 한가닥 미심쩍은 불안을 감추고 선뜻 응한 것도 그 같은 상황이 준 자유로움 때문이었다. 여차하면 모든 것을 나 몰라라 하고 날아가버릴 수도 있는 것이다. 옛날에 그녀의 남편이 그러하였듯이.

「진수 소식은 듣고 있나요?」

마침내 그가 물었다. 마침내……. 조바심이 거품처럼 가라앉으면서 그녀는 공연히 다리가 후르르 떨렸다.

「아뇨.」

그녀가 단호히 머리를 젓고 희미한 눈빛으로 그를 바라보았다.

「내가 그 사람 소식을 들을 까닭이 있나요. 관심 없어요.」

　그녀의 목소리는 어눌하게 들렸다. 철저한 배척감과 쓸쓸한 분노가 그녀의 삭막한 표정 위에 그림자처럼 떠올랐다.

　그는 잠시 아무 대답이 없었다.

　창문이 모두 닫힌 방안의 공기는 후텁지근하게 느껴졌다. 그가 일어나 창문을 조금 열어젖혔다. 시원한 냉기가 쏟아져 들어오면서 바람이 나뭇가지를 흔드는 소리가 후드득후드득 들렸다.

　「세월이…… 참 빠르죠. 어느새…… 또 봄이에요.」

　창 밖을 내다보면서 그가 말했다.

　「그래요. 벌써 4월의 한가운데에 있더군요.」

　그녀가 방심한 목소리로 말을 받았다.

　「4월이 오면…… 난 아직도 젊은이 같아지는 기분이죠. 그때와 똑같이, 갑자기 동맥에 뜨거운 피가 넘치는 기분이에요. 33년 전의 그때에서 하루도 더 나이 먹지 않은 느낌이죠.」

　젊은이답게 씩씩한 목소리로 중년의 의사가 말했다. 그녀는 입술을 일그러뜨리고 희미하게 미소 지었다.

　「벌써 33년이나 흘렀나요? 징그럽게 늙어버렸군요.」

　그녀는 말을 이으며 휘파람처럼 나지막이 소리내어 웃었다.

　「내 나이를 생각하면 징그러워요. 너무 보잘것없이 늙어버렸어요.」

　그가 깊은 눈으로 그녀를 바라보았다.

　「그래요. 나이 들어버린 희정 씨가 날 슬프게 하는군요. 난 아까 문밖에 우두커니 앉아 창 밖을 내다보고 있는 희정 씨를 발견했을 때 얼마나 슬펐는지 몰라요. 마치 쇠퇴해 버린 역사의 한 장을 보고 있는 느낌이었다고 할까요. 저 여자가, 과연 그 옛날 광화문 네거리에서 피 끓는 열정으로 동료의 피 묻은 옷가지를 흔들며 자유와 정의를 부르짖던 그 어여쁜 열사였던가 싶어서 말이죠.

너무도 처연해 보였거든요.」

바람소리가 다시 후드득 들렸다. 안개 같은 연둣빛 싹을 내고 있던 나뭇가지들은 거친 바람에 휘영청 함부로 휘둘리고 있었다.

「……미완의 혁명이었지요.」

그녀가 다시 엷게 웃었다. 고통스럽게 느껴지는 미소였다.

「……사람들만 너무 많이 다쳤어요.」

창을 내다보며, 황톳빛 자욱한 먼지바람을 보면서 그녀는 입을 다물고 침묵에 빠져들었다.

사람들만 너무 많이 다쳤다. 얼마나 많이 억울하게들 죽었고 얼마나 많이 부상당했으며 얼마나 많은 후유증을 남겼던가.

진수는 거기에 비하면 아주 작은 희생자에 불과할 것이었다. 그러나 경무대 부근까지 진출하여 격렬하게 데모하던 중 진압 경찰관에게 머리 부상을 입은 후유증 탓인지 그는 점차 이해할 수 없을 정도로 변해갔다. 심한 조울증 환자처럼 말을 잃어갔고 며칠이고 바람처럼 사라져버리기 일쑤였다. 아이까지 낳았지만 그는 그녀에게 점점 낯설어져 갔다. 그의 이념을 좇아 가족까지 버리고 그를 택한 그녀에게 극심한 생활고는 극히 기본적인 어려움에 불과했다. 그의 변화는 그녀가 껴안기에는 너무도 과중한 상처만을 남겼다. 게다가 무엇보다 어처구니없었던 것은…….

그녀는 회오리바람 같은 어두운 기억의 저편에서 급히 머리를 돌렸다. 알 수 없는 인체의 세부조직 사진들과 도표가 붙여진 벽이 바람 부는 창 대신 그녀의 시야를 가로막았다.

집을 나와 비참한 처지의 그와 결합하기까지, 그리고 그후의 불행한 결혼 생활과 헤어짐, 그 뒤 혼자 생계를 책임지며 딸아이를 키워 자립시킬 때까지 그녀에게는 하루하루가 형벌 같은 고통의 연속이었다.

그렇게 많은 사람의 희생을 딛고 이루어졌던 4월의 혁명……. 그 피의 제단은 무능한 수반 과정을 거쳐 군사정권에게 고스란히 밥상을 차려준 셈이 되지 않았던가.

그가 그녀를 돌아보았다.

「민주와 자유, 사회정의를 쟁취하고자 한 우리의 이념, 그 자체는 세월하고는 아무 상관도 없지요. 그 사상은 절대로 지치거나 늙을 수 없어요. 흔히들 4월 혁명은 실패했다고 하지만 그것은 피상적인 분석이에요. 절대로 단기간에 이룰 수도 없고 실패할 수도 없는 영원불변의 사상이지요. 그 당시 집권 세력의 무능 때문에 활용할 수는 없었지만 무위와 실패로 끝난 것만은 아니에요. 그 튼튼한 뿌리를 감추고 있을 따름이지요. 지금 미력하나마 이루어지고 있는 개혁의 근본 역시, 부정부패와 불의에 대항하는 4·19 정신을 바탕으로 한 것이 아니겠어요?」

패기 있고 설득력 있는 목소리로 그는 천천히 말했다.

그녀는 부지불식간에 눈부신 듯 그를 쳐다보았다.

33년 전의 진수가 거기 있었다. 유약했던 그녀에게 서투르고 조심스럽게 학생 데모의 당위성을 설명해 주던 패기 있고 건강한 젊은이. 정의와 양심의 실천을 가슴과 목소리만으로가 아니라 온몸으로 보여주던 뜨겁고 젊은 영혼.

무엇 때문에 그 아름답던 그가 만신창이가 되었던가. 그는 아직도 실패한 혁명가인가.

「다른 이야기해요. 늙은이들의 화제에 맞는 걸루요.」

「그렇군요. 반백(半白)의 우리가 나누기에는 너무 젊은 대화였군요, 하하.」

그가 웃었다.

「그러면 세상 사는 이야기를 합시다. 살아가는 건 좀 어때요? 매상은 여전한가요?」

그는 탁자 위에 놓인 음료를 그녀에게 권하고 자신도 한 모금 마셨다. 노란 오렌지 주스의 빛깔이 생경스럽도록 고왔다.

「겨우 현상유지죠 뭐.」

그녀는 흘러 내려온 머리카락을 귀 뒤로 넘겼다. 머리카락은 부스러질 것처럼 건조했다. 그녀는 주스를 한 모금 마시고 유리컵에 담긴 선명한 빛깔의 액체를 무표정하게 내려다보았다.

「참배객들이 여전하다는 말이군요.」

「그래요, 초등학생들이나 소풍 나오죠. 그야말로 소풍이에요. 기념탑 앞에 섰다가 도시락 까먹고 가버려요. 순수하게 묘역을 참배 오는 이는 유가족 정도로 아직도 드물어요.」

그녀가 약간 사무적인 말투로 나직나직이 말했다. 언제쯤 그가 정말로 하고 싶은 이야기를 꺼낼 것인가. 그녀는 자신이 그의 본론을 기다리는 것도 같았고 또 한편으로는 전혀 등한시하는 것도 같았다. 어차피 출국 인사는 하고 떠날 예정이었으므로 이 오랜만의 만남에 특별한 의미가 없어도 상관없는 것이었다.

「4·19 혁명이 재평가받고 성역화되어야 하는데……. 그래야 그때의 희생이 제 위상을 찾는 건데요. 하하, 이야기가 다시 원점으로 돌아갔군요.」

그가 다시 크게, 그리고 공허하게 웃었다.

「그래요, 사실 우리는 만나면 늘 그 이야기밖에 못했죠. 다른 이야기를 하자 하고서도 늘 옛 영웅을 그리듯 원점으로 돌아갔어요.」

반추하는 그녀의 적막한 얼굴에 그의 시선이 머물렀다. 그의 눈빛도 허전하고 쓸쓸했다.

「그때의 이상과는 너무 다른 삶들을 살게 되어서 향수를 갖게 되나 봐요. 다들 이제는 너무 세속에 찌들었어요. 나만 봐도 그렇죠. 그저 내 자식, 내 앞길밖에 몰라요. 때때로 이게 아닌데……
깜짝깜짝 놀라면서도 별수없이 세상과 타협할 때가 많죠. 4·19 세대가 후손들에게 부끄럽지 않아야 하는데, 생각하면 아찔해질 때가 많아요.」

「그래요.」

그녀가 고개를 끄덕거렸다. 우리가 삶에서 보여준 게 무엇인가. 한때의 높은 목소리와 격렬한 몸짓으로, 그리고 이따금 통증 같은 이상(理想)의 잔해를 짓씹으며 현실의 부조리를 고통스러워하는 것만으로 용서받을 수 있을 것인가.

그가 따뜻하게 미소 지었다.

「그래도 희정 씨가 묘역을 지키고 있는 걸 보면 참 든든해요. 마치 수호신을 세워둔 것 같은 느낌이랄까요.」

「아녜요. 부끄럽게 하지 마세요. 저야 먹고 사는 수단으로 매점을 열고 있을 뿐이죠.」

그녀는 얼굴까지 빨개지면서 황급히 말했다.

두 사람 사이에 잠시 침묵이 흘렀다. 그는 창 밖을 내다보고 있었다. 연약한 햇살이 서쪽 창으로 비껴들었다. 저녁 해가 지고 있었다.

「……시간이 많이 지난 것 같은데요.」

그녀가 조심스럽게 말했다.

「그렇군요, 그런데 난 아직 본론도 못 꺼내고 있어요.」

그가 자리에서 일어나 가운 주머니에 손을 찌르고 그녀를 내려다보았다.

그녀는 기다리겠다는 듯이 잠자코 앉아 있었다. 하지만 얼굴빛은 단호하고 냉랭했다.

「진수를 만나주세요. 여기 있어요.」

그가 이윽고 단숨에 짧게 말했다. 그녀는 순간 어깨를 가볍게 떨었으나 표정에는 변화가 없었다.

「병원으로 직접 오시라고 했을 때 짐작하셨을지도 모르지만…… 그는 상당히 중증이에요. 그런데도 혼자 버티고 있는 걸 내가 억지로 입원시켰어요.」

「부인이 있을 텐데요.」

한참 후 그녀가 마지못한 듯 덧붙였다.

「남편을 죽여버리고 싶은 적이 있으세요?」

한 여자가 물었었다.

「다른 여자와 자고 들어와서 편안히 코를 곯며 잠자는 걸 보노라면 갑자기 증오가 치받쳐 목이라도 졸라 죽여버리고 싶은 거 있죠?」

「……그에게는 여자가 아주 많았어요.」

그녀가 천천히 말했다. 다른 여자와 자고 온 그를 차라리 죽여버리기라도 했으면 할 정도로 사랑한 적이 있었던가. 신화처럼 이제는 아득한 감정의 옛이야기였다.

「그래요.」

그가 대답했다.

「그것이 이혼의 직접적인 원인이었죠. 그래서 아무도 두 사람의 불행한 사태를 만류할 수 없었구요. 우리 동기들도 그 녀석의 이해할 수 없는 무분별한 여자관계에 분노하고 있었으니까요. 그런데…….」

그가 그녀의 냉랭한 얼굴을 마주보았다.

「이제 와 생각하니 우리 모두 그 녀석에서 속은 겁니다.」

「속다니요?」

그녀가 의아한 눈으로 그를 바라보았다.

「그런 생각을 단 한 번도 못해보셨나요? 녀석은 머리가 좋아요. 녀석은 우리 모두를 완벽하게 속여넘겼어요. 나까지도 이제야 눈치챘을 정도로요.」

「……」

「녀석은 처음부터 여자 따위에는 관심도 없었어요. 나중에 알고 보니 희정 씨와 헤어지고 나서 다른 일체의 여자관계를 정리해 버렸다는군요. 또 희정 씨와 사귀기 전에도 그 점은 마찬가지로 깨끗했었구요. 단지 녀석은 여자들을 잠시 빌린 것뿐이죠.」

「왜요? 무엇 때문에요?」

어림없다는 듯이 그녀의 목소리에는 빈정거림이 묻어났다.

「그걸 알아내는 건 희정 씨의 몫이에요. 왜냐하면 희정 씨가 가장 오래 그와 함께 있었으니까요.」

「어렵게 말하지 마세요. 설마 제게 책임을 씌우겠다는 건 아니시겠죠?」

항의하는 사람답지 않게 그녀의 목소리는 낮고 평온했다. 객관적이고 방심한 사람의 표정이었다.

「희정 씨는 아직도 진수에 대해서 잘 모르는군요. 녀석은 너무도 양심적이고 순수했어요. 그래서 무위(無爲)와 실패로 끝난 혁명의 책임을 혼자 뒤집어쓴 거죠. 녀석은 누구보다 희정 씨에게 부끄러웠을 겁니다.」

「그래서 날 버렸다구요?」

그녀가 삭막한 목소리로 혼자말처럼 되물었다.

「그래요, 우릴 한꺼번에 속이고 떠나버린 겁니다. 교활한 바보예요. 바보 같은 양심가죠. 녀석은 진짜 혁명꾼입니다. 이제 우린 녀석을 다시 복권시켜야 해요.」

어느덧 그의 눈에 습기가 번득였다.

「게다가 녀석이 더 바보 같은 건 제 몸을 돌보지 않았다는 거예요. 녀석은 지금 간암 중기(中期)예요. 자칫하면 우린 녀석을 또 놓칠지도 모릅니다.」

가겟문을 잠그고 난 그녀는 천천히 골목을 거슬러 올라갔다. 눈을 감고도 더듬어 찾을 수 있는, 너무도 오랫동안 익숙하고 묵은 정이 발걸음마다 얽혀드는 길이었다. 마음이 울적하거나 쓸쓸할 때면 그녀는 느닷없이 가겟문을 걸어 잠그고 그 길을 오르곤 했었다. 도대체 그곳에서 어떤 마음의 평화를 구했던 것인가. 그녀는 스스로도 알 수 없었고 구태여 알려고도 하지 않았다. 단지 그곳에만 들어서면 평안한 고향에 안긴 듯, 어느새 감정의 안정을 얻곤 했던 것이다.
　관리사무소에서 나오던 이씨 성을 가진 노인이 그녀를 보고 아는 체를 했다.
　「오늘은 또 웬일로 이렇게 이른 걸음을 했누?」
　의치를 끼워 넣지 않은 부실한 잇몸을 내보이며 노인은 사람 좋은 웃음을 지었다. 노인의 손에는 늙은 그만큼이나 세월에 닳아 낡아보이는 빗자루가 들려 있었다.
　「네에……」
　그녀는 모호하게 웃었다. 비슷한 장소에서 비슷하게 나이 들어간 노인에게 마지막 선물을 장단하지 못한 자신의 소홀함이 그제야 깨달아졌다. 며칠 전만 하여도 분명히 마음을 쓰고 있었는데…… 그만 잊어버린 것이었다. 병원에 다녀온 뒤로 그녀는 사실 무얼 하고 어떻게 지냈는지 종잡을 수 없게 보냈다.
　「대통령이 여길 온다는디…… 증말인지 모르겄어.」
　「대통령이요?」

그녀가 되물었다.

「그려, 허지만 증말 와야 오는갑다 허겠지. 지금꺼정 그렇게 높은 사람이 왔었어야지.」

「그럼, 그런 이야긴 어디서 들으셨어요?」

그녀의 목소리는 부지불식간에 높아졌다. 노인이 다시 잇몸을 드러내고 웃었다.

「다들 안 그러남, 아즉 정식 통보는 안 왔는가 본디 벌써 분위기가 달러. 인제사 여기 영령들이 제 대접을 받을 모양인가. 또 그러다 말란가 모르겠구먼.」

「…….」

「윤달이 끼여 봄이 늦구먼……. 벌써 4월인디 바람이 썰렁혀. 참, 가게는 다 정리됐누?」

「네, 오늘 열쇠를 넘기기로 했어요.」

그녀의 대답에 노인은 쪼글쪼글한 얼굴에 부러움 같기도 하고 아쉬움 같기도 한 표정을 물살처럼 띠었다.

「그럼 금방 외국 떠나겠구먼. 좋겠구랴, 우리 아들 녀석은 코밑에 살믄서도 한번 다녀가란 소리도 안허는디.」

「가까우니까 그렇겠죠 뭐.」

「허긴 그려, 어여 가봐.」

노인은 손짓하고 나서 굽은 허리를 더욱 굽혀 비질을 하기 시작했다.

그녀는 마른 연잎이 떠 있는 연못을 천천히 돌아갔다.

묘역에도 봄은 오는가. 하늘은 비라도 내릴 것처럼 잿빛으로 무거웠으나 땅에는 푸르디푸른 기운이 싱그럽게 물결치는 것을 느낄 수 있었다.

어제와도 또 다르게 봄은 성큼 다가와 있는 것이 분명하였다. 연

둣빛 뾰족한 새 잎들이 잎사귀마다 연한 얼굴을 내밀고 상큼하게
돋아나 있는 것이 보였다. 멀리 묘역을 감싸고 두른 북한산 자락에
도 저녁 이내 같은 푸른 봄 기운이 뽀얗다.

그녀는 기념탑 앞을 지나 묘석이 늘어서 있는 뒤편으로 다시 천
천히 걸어갔다. 이른 시각 탓인지 참배객이나 소풍객 들은 아무도
눈에 띄지 않아 주위는 고즈넉하고 평화로웠다. 겨우내 마른 잔디
가 을씨년스럽던 둥그스름한 봉분들에도 어린 새싹들이 푸르스름
했다. 그녀는 손을 내밀어 그 어리고 연한 싹들을 어루만져보았다.
죽음을 딛고 일어선 그 파릇파릇한 생명의 빛깔은 새삼스레 그녀
에게 경이로운 느낌을 주었다.

그녀는 허리를 펴면서 노란 꽃잎을 매단 작은 풀꽃을 발견하였
다. 민들레였다. 뾰족하고 여린 잎이 그 어느 풀보다 싱싱하게 돋
아나 있었다. 씀바귀도 눈에 띄었다.

그녀는 눈을 감고 문득 며칠 전에 본 그의 모습을 떠올렸다. 그는
직사각형의 쇠침대 위에 하얀 시트를 덮고 마치 하나의 작은 무덤
처럼 누워 있었다. 몰라보게 나이 든 데다 깊어진 병색으로 얼굴빛
이 까맣게 변한 채 깊이 잠들어 있던 그에게서는 어떤 생명의 빛도
엿보이지 않았었다. 그의 몸 속에는 악성종양이 마치 악(惡)처럼
자라고 있다고 했다.

이미 반쯤 생명의 빛을 앗긴 듯한 그의 절망적인 얼굴을 보았을
때 왜 그녀는 느닷없이 어둡고 폭 좁은, 게다가 끝없이 까마득하기
만 한 계단을 연상했을까. 비좁고 아득한 계단을 오르듯 삶을 아주
힘겹고 고통스럽게 살아온 사람, 그녀에게 자신이 원했든 원하지
않았든 똑같은 삶을 부여했던 사람. 그 모든 것을 어떻게 시대 탓
이었다고 묻어버릴 수 있을 것인가.

그를 내려다보면서, 그녀는 자신의 내부에 그가 갖고 있다는 종

양보다 더 크고 단단하고 무섭게 응어리져 있는 그에 대한 원망을
똑똑히 읽을 수 있었던 것 같다.

불행한 동시대(同時代)를 함께 아파하고 함께 부대껴왔다는 연
민 같은 건 그녀에게 절실하지 못했다.

다른 여자와 자고 들어와서 편안히 코를 곯며 잠자던 남자. 그것
이 내게서 달아나기 위한 수단이었다고? 그녀는 코웃음치고 싶었
다.

여자로서의 자존심을 그는 너무도 간단하게 짓밟았다.

「녀석은 너무도 양심적이고 순수했어요. 그래서 무위와 실패로
끝난 혁명의 책임을 혼자 뒤집어쓴 거죠.」

그 부끄러움에서 달아나기 위한 것이었다고?

그녀는 더더욱 이해하고 용서하기 힘들었다. 왜 그 부끄러움을
함께 나눌 수 없었는지 오히려 배반당한 느낌이었다.

「우린 이 친구를 살려내야 해요. 그렇게 해야 우린 다같이 복권
될 수 있어요.」

이기영의 간절한 청원에 그녀는 고개를 저으며 중얼거렸었다.

「회복하기에는…… 너무 늦은 것 같군요.」

그래 우린 너무 늦었다. 당신의 병이 깊듯 내 마음의 상처도 너무
깊어져 버렸다. 우리의 관계는 영원히 소생할 수 없는, 이미 죽음
의 세계로 건너가버린 것이다. 4·19가, 그 격정적인 학생운동이 이
미 세인들의 뇌리 속에 잠들어버렸듯…….

「너무 늦었어요.」

그녀는 중얼거리며 다시 냉정히 머리를 저었었다.

「아닙니다. 희망이 있어요.」

진료실로 되돌아온 이기영은 그녀의 말뜻을 아는 듯 모르는 듯
강력히 말했다.

「의학적으로 이 친구는 길어야 6개월 정도밖에 생명을 지탱할 수 없어요. 하지만 아주 신기하게 기적이 일어나는 수가 있어요. 이것이 그 기적들의 드물지 않은 사례입니다.」

이기영은 서랍에서 이미 여러 번 열독(熱讀)한 듯한 진단 카드와 엑스레이 사진 들을 꺼내어 탁자 위에 늘어놓았다.

「때때로 의학적으로 이해 불가능한 사태가 일어나는 경우는 있지만 이것은 아주 긍정적인 사례입니다. 이 환자는 제 진단으로 3개월밖에 지탱하지 못할 정도로 중증의 간암 환자였지요. 이것 보세요. 종양의 크기가 8센티미터에 복수까지 찬 상태였으니까요. 수술하려고 환부를 여는 것조차 포기했지요. 이 환자는 그 뒤 큰 대학병원으로 갔는데 거기서는 아예 너무 늦었다고 입원조차 받아주지 않더랍니다. 그런데 몇 달 후 다시 여길 찾아왔는데 거짓말처럼 회복되어 있지 않겠습니까. 이미 사망했다고 믿고 있었는데요. 그래서 어떻게 된 일인가 알아보았더니 철저한 자연 식이요법을 했다더군요. 의술이 포기한 바람에 오직 거기에만 매달렸는데 점점 복수도 빠지고 건강이 회복되더라는군요. 엑스레이를 찍어보니 놀랍게도 종양이 3센티미터로 줄어들어 있었어요. 지금은 완전히 사라진 상태입니다. 이것이 최근에 찍은 사진이지요. 그리고 이것은 참고로 받은 건데 그가 지킨 식단입니다.」

이기영은 여러 가지 자료를 더 끄집어내며 열성적으로 덧붙였다.

「민들레, 씀바귀, 해조류, 효소, 효모…… 영양학적으로 간에 좋은 것들이지요. 그 신선한 잎사귀로 녹즙을 만들어 일정량 마시는 등 엄청난 노력을 기울였다고는 하지만, 현대의학이 포기한 간질환 환자가 이런 것들에 의지해서 완쾌되었다고는 처음에는 믿을 수 없었지요. 그래서 그 방면에 대해 좀더 알아보았더니 실제로 그런 사례가 드물지 않더군요. 동료 의사들간에도 물론 화제가 되었지요.」

이기영은 고개를 들고 그녀를 간절한 눈으로 바라보았다.

「그에게는 지금 가족이 필요합니다. 그 같은 민간 치료는 더욱이 헌신적으로 지키고 돌보아줄 사람을 필요로 해요.」

어림도 없다. 그녀는 쓰게 미소 지었다.

어림도 없어. 그가 내게 준 게 무엇인가.

짧은 결혼 생활 중 다른 여자를 찾을 때의 모욕감과 배신감, 이혼당한 홀어머니라는 불명예, 대인관계 기피증, 끝도 시작도 없는 우울증세, 이제는 건널목을 건널 때조차도 습관화되어 버린 패배감.

그리고 그 무엇보다도 훼손당한 그간의 세월이 억울하고 또 억울하지 않은가. 시계바늘은 결코 되돌릴 수 없는 것이다. 이제 그녀는 너무 늙었다. 새로운 삶에 대한 기대도, 하물며 용서조차도 그녀에게는 전혀 가슴 두근거리는 신선함을 주지 못했다.

그가 나를 떠났듯 나 역시 오래 전에 그를 떠났다. 우리 사이에 더이상 무엇이 남아 있을 것인가.

그런데…….

그녀는 묘역의 끄트머리에 망연히 주저앉았다.

그런데…… 도대체 나는 무엇을 지키기 위해, 무엇을 더듬고 되찾기 위해 날마다 이곳을 유령처럼 헤매었다는 말인가. 그의 자취였던가. 패배를 자인한 과거 불행한 혁명가에게 한사코 생명을 불어넣기 위함이었던 건 아닌가.

그녀는 혼란을 느끼고 눈을 가늘게 찌푸렸다. 파릇하고 향긋한 풀 냄새가 코끝에 성큼 닿았다.

그녀는 잠시 더 그대로 우두커니 앉아 있다가 손을 주머니에 넣어 며칠 전 딸에게서 받은 편지를 꺼내어 펼쳤다.

「엄마, 사랑하는 나의 엄마.」

그녀의 입가에 저절로 미소가 어렸다. 딸의 응석은 언제나 그녀에게 미소를 고이게 했다.

　오시겠다고 한 지가 지나 또다시 반 년이나 흘러가버렸군요. 도대체 엄마는 그곳에서 무엇을 더 원하는가요. 열흘쯤 후에는 반드시 오시겠노라고 하지만 전 엄마를 제 두 팔로 끌어안기 전엔 믿을 수가 없다구요. 지금까지 한두 번 속았어야죠. 점차 엄마는 어쩌면 영원히 안 오실지도 모른다는 생각마저 들기 시작하는군요. 엄마는 제게 오시지 못하는 게 아니라 그 땅을 떠나지 못하고 계시는 거예요.
　엄마가 그 쓸쓸한 땅에서 그토록 기다리는 게 무엇인지 이제야 전 조금쯤 이해할 수 있을 것 같아요. 엄마는 과거를 회복하고 싶으신 거죠? 엄마가 날마다 묘역을 드나들며 열망하는 건 과거와의 관계를 치유받길 기다리는 것 아니겠어요? 결국 엄마는 잠재의식 속에 명예 회복을 열망하고 있는 거예요. 그러기 전에는 아마 한 발자국도 그곳을 못 떠나실지도 모르겠어요.

빗방울이 그녀의 손잔등에 후두두 떨어졌다. 그녀는 손을 내밀어 그것을 받았다. 황톳빛 토우가 아닌 맑고 깨끗한 물방울이 그녀의 손바닥에 금방 고여들었다. 겨우내 어렵사리 땅을 뚫고 나온 천지의 새싹들이 단비에 뽀얗게 젖으며 소생의 숨결을 토해내었다.
　그녀는 손바닥에 가득 고이는 빗물을 한참이나 들여다보았다. 크고 긴 한숨이 그녀의 폐부 깊숙한 곳에서 새어나왔다.
　딸아이는 왜 나의 출국을 믿지 못하는가. 어찌하여 영원히 내가 이 땅을 못 떠날지도 모른다고 믿고 있는가.
　그녀는 갑자기 두려운 생각이 들었다. 그것은 스스로도 미처 깨닫지 못하고 있던 자기자신의 내면을 마침내 발견해 버린 듯한, 지금까지 한 번도 겪어보지 못한 새롭고도 막막한 두려움이었다.

그녀는 한 손에 고인 빗물을 급히 떨구고 딸의 편지를 성급히 거칠게 접어 주머니 속에 밀어넣었다. 그리고 서둘러 자리에서 일어났다.

나는 간다.

그녀는 생각했다.

나도 이제는 질곡의 과거로부터 벗어날 권리가 있다. 너무 늦은 감이 없지 않지만 이제 어두운 터널을 버리고 빛의 계단으로 나아갈 것이다.

그녀는 발부리에 걸리는 잡초들의 촉촉한 습기를 느끼며 한걸음 한걸음 앞으로 나아가기 시작했다.

그런데…… 그런데 그곳이 반드시 남의 땅, 새 땅이어야만 할 것인가. 그곳에도 민들레가 있는가. 그곳에도 쑥부쟁이, 씀바귀가 자라고 있는가.

그녀는 갑자기 모든 것에 자신이 없어졌다.

엊그제 어두운 병실에 누워 있던 옛 남편을 보았을 때와 같은 극심한 혼란이 그녀의 머릿속을 휘감았다. 그녀는 그 자리에 우두커니 멈추었고 마침내는 다시 웅크리고 주저앉았다. 그녀의 발 밑에 문득 노란 꽃송이를 매단 앙증맞은 풀 잎사귀가 보였다. 그녀는 무심코 그 이파리를 한움큼 뜯었다. 이루 말할 수 없는 향긋한 생명의 냄새가 그 잎에서 가늘게 풍겨올랐다. 까맣게 죽어버린 장기를 소생시킨다는 민들레였다.

믿을 수 없는 일이었다. 어떻게 이 연약한 잎사귀들이 최신 의학도 포기했다는 굳어버린 장기를 회복시켜 낸다는 말인가. 그것이 가능한 일인가. 시대가 죽어버린 위업을 여린 풀잎 같은 끈기로 복권시킨다는 게 어떻게 가능한 일인가. 그러나 믿을 수 없게도 의사는 긍정적인 임상실험 결과를 내밀었고, 이제 이곳에도 국가 최고 통치권자의 시선이 머무는 기미가 보이기 시작했다.

아직 어느것도 단정하기에는 그러나 너무 이르다.

그녀는 어깨를 적시는 빗줄기 속에서 가만히 시선을 들었다. 그리고 마치 어딘가에 보일지도 모를 빛의 계단을 찾으려는 사람처럼 멀리, 그리고 높이 우러러보았다. 빗방울은 이제 이슬비가 되어 나직이 묘역을 감싸듯 내리고 있었다.

나무와 풀잎들은 그 초록빛이 한결 뚜렷하게 살아올랐고 그로 인해 소리 없는 생명력이 마른 대지를 적시고 솟구치는 것처럼 느껴졌다.

어느 순간 그녀는 문득 무릎을 굽히고 젖은 땅 위에 꿇어앉았다.

그녀는 잠시 기도하듯 그대로 엎드려 있었으나 이윽고 그 시든 손이 마치 새로운 소망을 움켜쥐듯 낱낱이 생생한 민들레 푸른 이파리들을 천천히 훑기 시작했다.

(《한국문학》, 1994년 5·6월호)

여름 수련회

여름의 어느 날, 나는 부엌 쪽의 열린 창 틈으로 늦은 아침의 말 갛고 부윰한 햇살이 가득 차오르고 있는 아파트의 빈 광장을 내려다보고 있었다. 오래 전에 말라붙은 날벌레들이 먼지와 함께 부옇게 내려앉아 있는 방충망의 어른거리는 틈새로 빛 바랜 도화지를 펼쳐놓은 듯한 흰 길과 녹지대의 짧은 그늘 아래 유난히 번들거리는 햇살을 이고 있는 주차장의 차들이 옹색한 풍경화처럼 눈에 들어왔다.

움직이고 있는 것은 아무것도 없었다. 도화지 같은 광장의 끄트머리를 터덜거리며 걸어가고 있는 딸아이밖에는.

청바지에 운동화를 신고 배낭을 멘 그 아이의 구부정한 허리와 까만 단발머리가 조금씩 멀어졌다. 올 봄에 중학생이 된 그 아이는 올해 열다섯 살이 되던가. 제 나이보다 한 학년을 늦게 진학했으면서도 여전히 어린아기처럼 유약하고 애티가 흐르는 딸아이의 표정과 조심스럽고도 자신 없는 걸음걸이가 멀리서도 손에 잡힐 듯했다.

　차 한 대가 아파트 입구 쪽 동(棟)의 모서리로 불쑥 나타났고 딸아이는 그 자동차에 가려 잠시 사라졌다가 다시 모습을 드러냈다. 그리고 어느 사이 그 애 역시 모퉁이를 돌아 완전히 보이지 않게 되었다.

　한 손으로 턱을 괸 채 멍청히 내려다보고 있던 자세 그대로 나는 잠시 더 잠자코 서 있었다. 광장의 풍경은 흐름이 고정된 화면처럼 여전히 별다른 움직임을 보이지 않은 채 시야 아래 건조하게 펼쳐져 있었다.

　방충망에 갇힌 새로운 날벌레 한 마리가 갑자기 푸르르 날개를 떨었다. 맞은편 동의 이층 베란다 문이 열리면서 누군가 하얀 이불 호청을 훌훌 털어 널고 있었다. 어디선지 구급차의 사이렌이 울렸고 하늘 한가운데로 군용 헬리콥터가 프로펠러를 팽글거리며 느리게 날아가고 있는 것이 보였다.

　나는 창을 떠났다. 설거지 그릇이 쌓인 개수대에 손을 담그려다 말고 수도꼭지에 허물처럼 걸쳐놓여진 고무장갑을 끼었다. 수도꼭지를 틀고 그릇에 손을 넣자 손가락 어느 마디에선가 둔한 통증이 느껴졌다. 나는 질척거리며 달라붙는 왼손의 고무장갑을 벗어 들었다. 칼날에 베어 소독약을 발라두었던 왼손 집게손가락이 물에 젖어 있었고 물기가 스민 상처에서 예리하고도 불쾌한 고통이 느껴졌다. 나는 벗어든 왼쪽 손의 고무장갑을 눈앞에 바짝 치켜들고 시력이 몹시 나쁜 노인처럼 꼼꼼히 들여다보았다. 검지 쪽에 약간의 흠집이 있었고 그로부터 물이 스며 들어온 모양이었다. 나는 속살까지 점점 깊이 파고드는 듯한 통증을 견디며 잠시 그대로 서 있었다. 언제나 이런 식이었다. 아무리 대비를 철저히 해도 이런 식으로 불운이나 불행 따위는 소홀한 어느 틈새인가를 비집고 서

습없이 새어 들어왔었다. 나는 얼굴을 찡그리고 멀쩡한 나머지 쪽의 고무장갑까지 한꺼번에 모두어 쓰레기통에 던져넣었다.

그리고는 화풀이라도 하듯 맨손으로 와랑와랑 설거지를 시작했다. 통증은 더 심해졌으나 이내 감각을 잃었다. 나는 이미 그런 손톱만한 상처 따위는 잊고 있었다. 부엌일을 대충 마치자 마치 미리 그렇게 작정하고 있었던 사람처럼 서둘러 외출 준비를 시작했다.

간단하게 얼굴 손질을 끝내고 곧장 문간방으로 들어가서 옷장 문을 활짝 열었다. 맨 위에 올려져 있는 몇 개의 가방들 사이 텅 비어 있는 자리가 유난히 휑하게 눈에 띄었다. 나는 절대로 보아서는 안 될 것을 본 것처럼 충격적인 느낌으로 잠시 어쩔 줄 모르고 서 있다가 서둘러 조그만 손가방 하나를 골라내었다. 옷장 문을 닫고 돌아서 다시 안방으로 건너왔다. 그리고 이불장의 서랍을 열고 속옷 몇 벌과 잠옷으로도 입을 만한 간단한 옷을 두어 벌 눈에 띄는 대로 주섬주섬 주워담았다. 세면도구와 책 두 권, 대학노트 한 권, 볼펜 두 자루를 채워넣으니 준비는 끝났다. 딸이 떠난 지 불과 삼십 분도 채 안되었다. 나는 마지막으로 커다란 챙모자를 눌러썼다. 그리고 열쇠를 쩔렁이며 현관으로 나가 운동화를 꺼내 신고는 가방을 손에 쥔 채 문을 열고 나왔다.

아파트 광장은 여전히 텅 비어 있었다. 오늘도 불볕 더위를 예상케 하는 지글지글한 햇살이 기다렸다는 듯이 머리 위로, 드러난 맨살 위로 쏟아져 내렸다. 조금 전보다 이미 훨씬 더 데워져 있음에 틀림없는 후텁지근한 공기가 호수에 고인 담수처럼 코로 미지근하게 마셔졌다.

딸이 사라졌던 건물의 모서리를 돌아 아파트 단지를 벗어난 나는 큰길을 가로지른 육교의 계단을 올라갔다. 버스 정류장에는 사람들이 서 있었고 차들이 다리 아래를 쌩쌩 달렸다. 한낮의 폭염이

태풍처럼 몰아쳐오기 전에 저마다 서둘러 어딘가로 피신을 떠나려
는 사람들 같았다. 그러나 긴박감마저 엿가락처럼 늘어졌는지 표
정들은 방심한 듯 나른했다.

　육교를 내려와 초등학교와 잇대어 있는 중학교의 긴 담벼락을 따
라 올라가자 조그만 횡단보도 너머 밝은 적벽돌의 교회 건물이 나
타났다. 자전거를 세운 청년이 혼자 건널목에서 신호를 기다리고
있었다. 부신 햇볕이 자전거의 알루미늄 부품에 하얗게 내리꽂히
고 열을 받아 붉게 달아오른 얼굴의 청년은 연신 손등을 올려 이마
의 땀을 닦아내고 있었다.

　교회 앞에는 커다란 관광버스 두 대가 서 있었다. 건널목을 건넌
나는 챙모자를 벗으며 열려 있는 버스 안을 들여다보았다. 손님도,
기사도 보이지 않았다. 돌아서서 교회 안으로 들어가려는데 일단
의 청소년들이 흉내만 낸 무질서한 줄을 지어 줄레줄레 걸어오고
있는 것이 보였다.

　맨 앞에 선 학생처럼 보이는 작은 몸집의 처녀가 내게 인사를 던
졌다.

「오셨어요?」

네에, 하고 나는 애매하고 열없은 미소를 지어 보이면서 물었다.

「따라가도 된다고 그랬죠?」

「그러믄요.」

　처녀가 활달하고 밝은 목소리로 대답했다. 매주 토요일 저녁마다
이번 주에는 꼭 아이를 교회에 보내달라고 전화를 걸어오는 그녀
는 중등부 담당교사로 봉사하고 있는 대학생이었다. 전화를 받을
때마다 번번이 그녀의 성의에 못 이겨 단단히 약속을 하는 터였지
만 다음날 아침이면 일주일의 피로에 못 이겨 마치 기진한 것처럼
잠들어 있는 딸아이를 차마 깨우지 못하기가 일쑤였다. 모처럼 마

음먹고 일찍 깨워 내보내면 아이는 금방 감기에 걸렸고 열이 펄펄 끓었고, 그래서 또 이틀쯤 학교에 결석하기가 십상이어서 약속을 지키기란 사실 보통 어려운 일이 아니었다.

나는 고개를 바짝 쳐든 채 교사의 반응에는 아랑곳하지 않는 듯이 저마다 떠들어대고 있는 학생들의 줄을 훑어보았다. 줄의 맨 꽁무니에 일행과 두어 걸음 떨어져 붙어 서 있는, 창백한 뺨에 구부정한 큰 키를 한 어린 소녀가 대뜸 눈에 띄었다. 딸은 나하고 시선이 부딪치자 아주 짧은 순간 모호한 표정으로 희미하게 웃어 보였다. 그리고는 평소의 침체된 무표정으로 재빨리 돌아갔다.

꼭 필요한 단어 이외에 말이라고는 하지 않는 아이. 한 달에 닷새는 아파서 결석하는 아이. 그래서 출석일수 미달로 초등학교 때 이미 한 학년을 두 번 다닌 아이.

그것이 그 아이를 알고 있는 사람들이 갖고 있는 외면(外面)의 전부였다. 수줍고 내성적이고 말이 적은 성격을 섣불리 싸잡아 자폐증후군이라고 진단해 버리는 성급한 사회 관념 속에서 아이는 왜 많은 불이익을 감내하려고 하는가.

오랜 병약으로 침울한 무표정 아래 내밀한 무엇을 더 소유하고 있는 건지 엄마인 나도 알 길이 없었다.

「너 도대체 왜 그렇게 말을 하지 않니?」

어느 날, 그저 싫다 좋다 고개만 흔들고 더 많이는 그 단순한 의사 표시마저도 인색한 아이의 손을 붙잡고 답답함을 참지 못해 물었을 때 아이는 잠깐 나를 들여다보았다. 그 눈에 아주 모호하고 곤혹스런 빛이 살짝 떠올랐다.

「그저 말하기가 싫어서 그래, 엄마. 별로 말이 하고 싶지 않은걸.」

작게 소곤거리듯 나지막하고 유약한 목소리였지만 그것은 내가 그 아이에게서 들어본 가장 긴 자기 감정의 표현이었다.

'아니야. 네가 입을 더욱 다문 건 아빠가 집을 떠나고부터지.'

나는 그러나 끝내 그 말을 혀에 올리지 못했다. 그 애가 큼직한 슬픈 눈으로 고개를 끄덕이기라도 하면 어떻게 할 것인가. 생각만으로도 아찔해지는 느낌이었다. 딸아이는 '1호차'라는 흰 표지를 써붙인 앞 버스에 마지막으로 올랐다.

계단을 딛는 아이의 발걸음에 거의 본능적으로 보이는 연약한 유아의 불안과 위태로움이 묻어 있었다. 아주 가까운 사람만이 감지할 수 있는 그 작은 떨림. 나는 얼른 시선을 다른 곳으로 돌렸다.

차에 먼저 오른 아이들이 마음에 드는 친구와 좋은 자리에 앉기 위해 좌석을 고르느라고 법석을 떠는 소리와 두어 명의 지도교사들이 몇 마디 형식적인 주의를 주는 소리가 출입구를 통해 보도 위에 서 있는 내 귀에 들렸다.

딸아이가 어떤 좌석에 누구와 앉았는지, 제대로 자리나 잡은 건지 구태여 알려고 하지 않았다. 겨우 이 정도가 내가 그 애에게 베풀 수 있는 최대한의 독립심 부여였다.

아이의 담당선생인 대학생 교사가 차에서 내렸다. 그녀는 마지막 계단을 발에서 뗌과 동시에 문득 나를 발견한 듯 입구에서 비켜서며 말했다.

「아, 따라가실 거라고 그랬죠? 타세요.」

「선생님은 안 가세요?」

다른 교사들처럼 모자를 쓰고 있지도 않고 휴대품도 없이 빈손인 그녀의 차림에 새삼스레 신경이 미친 내가 물었다.

「아, 저는 안 가요.」

그녀가 심상하게 대답했다. 엊그제까지도 자신이 수민이를 특별히 잘 보살필 테니 꼭 보내달라고 신신당부하던 그녀를 바라보는 내 표정에 떠오른 황당함을 읽었는지 그녀가 천연덕스럽게 덧붙였다.

「수민이는 다른 선생님께 잘 부탁드렸어요.」

그녀는 그것으로 자신의 임무를 완료했다는 듯이 고개를 가볍게 까딱해 보이고는 교회의 입구 쪽으로 걸어가버렸다.

1호차의 맨 뒷자리에 혼자 앉아 있는 딸아이의 옆얼굴이 보였다. 딸은 계란색 커튼 사이로 창 밖을 무표정하게 내다보고 있었다.

나는 시동을 걸고 금방이라도 떠날 것처럼 보이는 2호차에 올랐다. 좌석을 가득 채운 학생들이 시끌벅적 떠들어대고 있었고 두 명의 교사가 통로에 서서 점검을 하고 있었다. 출입구 쪽에 서 있던 청년이 엉거주춤 서서 두리번거리는 나를 바라보았다.

「함께 갈 건데요.」

내가 말하자 그가 운전석 뒷좌석을 가리켰다.

「아, 그러세요? 그럼 그쪽에 앉으세요.」

나는 나란히 비어 있는 앞 의자 중 운전석의 바로 뒷좌석에 앉았다. 통로에 서서 성경책을 옆구리에 낀 채 기다리고 있던 교회의 부목사가 미소를 가득 띤 얼굴로 주위를 돌아다보았다.

「자, 여러분, 출발하기 전에 기도를 하십시다.」

떠들썩하던 주위가 일시에 고요해졌다.

「사랑의 하나님 아버지, 우리가 떠나는 이번 여름 수련회를 통하여 많은 것을 배우고 얻을 수 있도록 인도하여 주시옵시고…….」

약간의 습관성이 묻어나는, 오랜 숙련을 거친 목소리의, 간구에 찬 힘찬 기도문이 버스 안을 일순 엄숙한 분위기로 가득 채웠다. 간략하게 기도를 끝낸 그가 차에서 내리고 두 명의 교사가 더 오른 다음 마침내 버스가 움직이기 시작했다.

뜨거운 뙤약볕 아래 고스란히 드러나 있는 높은 건물들이 슬금슬금 뒤로 물러섰다. 길을 걷거나 버스를 기다리는 사람들의 권태롭고 지친 표정들도 밀어내듯 조금씩 멀어졌다.

떠난다는 것이 이런 것인가.

거의 충동적으로 이뤄졌음에도 마치 오랜 준비 끝에 행로에 오른 사람처럼 나는 문득 뭉클한 감회에 빠졌다. 하긴 나의 여정은 이미 언제나 준비되어 있었던 건지도 모른다. 마치 사막의 사람들이 언제나 물줄기를 꿈꾸듯.

나는 차체가 속력을 더할수록 더욱 빠르게 뒤로 물러서는 주변의 모든 풍경들을 차창 밖으로 물끄러미 바라보았다. 그러자 점점 더 묵은 체증 같은 덩어리가 묵울대에서 뜨겁게 치밀어오르는 것 같았다. 나는 나의 이런 갑작스런 여정이 오로지 여태 한 번도 품에서 내놓아본 적이 없는 딸아이에 대한 염려와 불안 때문이라는 것도 한순간 까맣게 잊고 있었다.

눈을 감고 머리를 깊숙이 등받이에 파묻었다. 오랜 불면에 시달린 눈꺼풀이 갑자기 몹시 떨려왔다. 잠들기 전 희미한 눈을 얼핏 떴을 때 차는 성남의 인터체인지를 돌아 구리로 향하고 있었다.

그 짧은 시간에 꿈을 꾼 겻일까. 아니다. 꿈이 아니었을 것이다. 나는 결코 꿈속에서 그를 본 적이 없었다. 그런데도 나는 꿈을 꾸었고 남편을 보았다. 그는 그저 하얗게만 보이는 길고 먼 길을 걸어가고 있었다. 구부정한 뒷모습을 보인 채로. 그의 크고 긴 허리가 긴 그림자처럼 너울너울 흔들리며 하염없이 걸어가고 있었다. 영혼을 어딘가로 다 내어준 사람처럼. 그런데도 그의 표정은 슬프고 깊고 음습했다. 사람의 뒷모습에서 그의 표정까지 읽을 수 있다는 것은 어쩌면 꿈에서나 가능한 일일지도 모른다.

내가 흐리멍덩한 눈을 떴을 때 버스는 막 이차선 도로를 벗어나 녹색 나뭇잎이 드리워진 숲길로 접어드는 다리에서 좌회전하고 있었다.

「자, 다 왔어요. 내릴 준비 합시다.」

교사 중의 한 사람이 수선스럽게 일어서며 큰소리로 말했고 그와 동시에 아이들이 부스스 움직이기 시작했다.

비포장 도로를 십 분쯤 올라가자 플라타너스 가지 사이로 녹슨 철제 빔에 가설해 놓은 '염리 청소년 수련원'이라는 현판이 보였다.

버스는 여기저기 널브러진 바윗돌과 굵은 자갈을 피해가며 현판 아래 공터에서 멈췄다. 먼저 도착한 버스에서 쏟아져 내린 아이들이 웅성거리며 그늘 아래 몰려 서 있었고 저만큼 떨어진 작은 바위에 딸아이가 혼자 앉아 있는 것이 얼핏 눈에 띄었다.

자갈이 뒹구는 공터에 서자 가파른 돌계단 위로 산자락에 자리잡은 몇 채의 슬레이트 지붕들이 보이고 다리 아래로는 얕은 물이 흐르는 계곡이 내려다보였다. 긴 가뭄에 물 밖으로 드러난 허연 돌더미들이 뒤집어놓은 동물의 뱃살처럼 흉물스러워보였다. 곳곳이 무너지고 깎여서 신발이 미끄러지기 십상인 돌계단을 올라가자 비교적 넓은 운동장이 펼쳐졌고 그 위로 또다시 좀더 좁고 가파른 돌계단이 이어졌다. 계곡으로 내려가는 운동장 모퉁이에는 조그만 매점이 문을 열고 있었고 그 앞에 차일을 씌운 통나무 평상이 놓여 있었다. 매점과, 그 옆에 화장실이라고 써붙여진 가건물 사이에 두 대의 연두색 공중 전화기가 풍뎅이처럼 나란히 매달려 있는 것이 보였다.

아이들이 배낭을 메고 앞서 인솔하는 교사들의 뒤를 따랐다. 왼쪽으로 비스듬히 휘어지는 돌계단을 다시 더 올라가자 초록색 슬레이트 지붕을 인 허름한 건물 두 동(棟)이 나란히 나타났다. 군대의 간이막사를 연상시키는 삭막하고 볼품없는 건물의 입구에는 '가동' '나동'이라는 표지판이 붙어 있었다. 입구는 한낮에도 시커

떻고 어두워서 안이 잘 들여다보이지 않았다. 그 건물 앞으로도 돌계단은 다시 위로 이어졌다. 더욱 좁고 더욱 가팔라진 그 계단을 오르며 내 앞뒤의 아이들이 진즉부터 숨을 헐떡이며 투덜거리던 소리가 점점 높아졌다.

「이 녀석들이, 야, 이 정도에 엄살이야? 빨리빨리 엉덩이에 불이 나게 오르지 못하겠어?」

갑자기 누군가 등뒤에서 소리질렀다. 돌아다보니 녹색 줄무늬 점퍼를 입고 유난히 굵고 진한 눈썹을 가진 삼십대 후반의 중년 남자가 성큼성큼 계단을 오르며 아이들을 재촉하고 있었다. 그의 뒤로도 아이들이 줄레줄레 계단을 오르고 있었는데, 그 아이들에 섞여 아이들보다 마치 몸집 하나는 더 있는 듯한 키가 크고 마른 청년이 소형 냉장고 크기의 커다란 스피커를 등에 지고 올라오고 있는 것이 보였다. 그는 멀리서 보아도 기형이 눈에 띌 만큼 지나치게 키가 컸다. 내가 숨을 고를 겸 멈춘 김에 잠시 서 있자니 중년 남자와 아이들이 내 앞을 지나쳐 갔다. 곁을 스쳐가면서 남자가 흘낏 나를 바라보았다. 얼굴이 희고 깨끗해서 중년답지 않게 맑은 인상이었으나 어딘지 모르게 부박한 느낌을 주었다. 키 큰 그 청년도 지나갔다. 바로 곁에서 본 그의 키는 위에서 내려다볼 때보다 정말로 엄청나게 컸다. 아니 크다기보다는 길다는 표현이 더 적절한 이상(異常) 체구였다. 살집이 없이 움푹 팬 볼을 가진 얼굴도 길고 목도 길고 허리도 길고 다리도 내 키만큼이나 길었다. 더욱이 반소매 티셔츠 아래로 늘어뜨린 채 등뒤에 진 짐을 손목에서 받쳐들고 있는 팔은 마치 긴 대나무 삭정이처럼 터무니없이 길고 메말랐다. 소인국의 걸리버처럼 아이들을 허리 아래 거느리고 그는 등에 진 스피커가 힘겨운 듯 땀을 물 흐르듯이 흘리며 휘청휘청 계단을 오르고 있었다. 건강해 보이지 않는 누르스름한 피부와 짧고 헐렁해서 마치 나무 작대기로 만든 허수아비에게 걸쳐놓은 듯한 옷차림새가 그를 더욱 기괴스럽게 만들고 있었다. 억지로 늘어뜨린 것처럼 불균형적으로 긴 얼굴을 옆으로 약간 기울인 채 그는 앞만 보고 열심히 올라갔다.

아이들은 여러 명이 무리짓거나 혹은 둘셋씩 짝을 지어 재잘거리며 가쁜 숨을 쉬면서도 다람쥐처럼 앞서거니뒤서거니 빠르게 올라갔다. 나도 다시 계단을 오르기 시작했다. 이층 계단도 후들거리며 오르는 딸아이가 어떻게 어른에게도 힘든 이 길을 따라오고 있는 건지 궁금하기 짝이 없었으나 참기로 했다. 어차피 수민이는 다른 아이들과 똑같이 혼자서 수련회에 참석하기로 했었다. 이곳에서는 그 애에게 보호자가 부재중이어야 했다. 부족한 사회성과 체력의 수련. 어쩌면 갑작스레 쫓아와버리고 말았지만 나는 극한 상황에 이르지 않는 한 그 애를 모른체하기로 했다.

산의 옆 자락을 잘라낸 계단의 끝에 오르자 갑자기 시야가 툭 터졌다. 산자락은 한가운데 웅장한 벽돌 건물이 자리잡을 만큼만 닦여져 있었고, 그 건물은 출입구를 양쪽에 나누어 가질 정도로 커다란 강당이었다. 열린 문으로 들여다보니 중앙에 넓고 높은 무대가 맞바라보였고 쪽마루가 깔린 마루는 아무 시설물 없이 드넓고 환했다. 아이들이 강당으로 속속 들어왔고 들어오는 대로 마룻바닥에 널브러졌다. 반은 정말로 지쳐서 쓰러질 듯한 표정들이고 반은 장난기 섞인 엄살이 고여 있었다. 키다리 청년은 쉬지 않고 다른 청년이 지고 들어오는 짐들을 계속해서 받아 날랐다. 얼굴과 목덜미로 물 흐르듯 하는 땀은 닦으려고도 하지 않고 그저 묵묵히 움직일 뿐이었다. 바람만 불어도 흐늘거릴 듯한 마르고 긴 다리와 긴 허리가 그가 움직일 때마다 부러질 듯 위태로워보여 나는 한참 동안 그에게서 시선을 떼지 못했다.

수민이는 아이들이 모두 들어오고 나서도 한참 더 지나서 정말로 맨 마지막으로 문 앞에 모습을 드러냈다. 언제나 창백하던 볼이 발갛게 달아오른 채로 어기적거리며 기어들더니 마룻바닥의 끄트머리에 벌렁 쓰러졌다. 나는 모른체 얼른 시선을 돌렸다. 극기 훈련이다. 넌 이겨내야 해. 나는 속으로 그렇게 중얼거렸다. 수민이가 막 무너지듯 퍼질러 앉자마자 무대 앞에 모여 앉아 그때까지 무엇인가 협의를 나누고 있던 교사들이 자리에서 벌떡 일어났다.

「자, 이제 충분히 쉬었지요? 조별로 빨리빨리 모입시다.」

어차피 모른체하기다.

나는 수민이에게서 시선을 거둔 채 들고 온 손가방을 등에 괴고 벽이 꺾인 부분에 기대 앉았다. 아이들이 서로 이름을 부르며 조별로 동그랗게 모여들었다. 그러자 문득 걱정이 되기 시작했다. 아이들은 미리 예정된 저마다의 소속이 있지만 학생 수련회에 예고 없이 끼여든 내게 잠자리와 끼니가 제대로 주어질 것인지 의문스러웠다. 갑자기 생각이 거기에 미치자 지금까지 그 점에 태평스러웠던 것이 스스로도 어이없어질 정도로 걱정되기 시작했다. 나는 가방을 그대로 두고 자리에서 슬그머니 일어나 출입구를 나왔다. 그리고 군대 막사처럼 보이는 간이건물 앞으로 내려가 그 안을 들여다보았다. 실내는 어둡고 퀴퀴한 냄새가 났다. 더러운 진회색 먹물 같은 어둠에 손을 밀어넣고 벽을 더듬어 스위치를 찾아 눌렀다. 그러나 정전인지 아니면 전구가 나간 것인지 불은 켜지지 않았다. 출입문과 맞뚫린 손바닥만한 창으로 희미한 빛이 스며들었다. 어둠이 눈에 익자 실내의 윤곽이 어렴풋이 시야에 비쳐들었다. 시멘트 바닥에 이층짜리 철제 침대가 빼곡히 들어차 있었다. 청소년 한 사람이 겨우 몸을 눕힐 만한 좁은 침대에 검푸른색의 시트와 조그만 담요 한 장, 그리고 걸레를 뭉쳐놓은 듯한 시커먼 베개가 하나씩 놓여 있는 것이 보였다. 나는 담요를 한 손에 펼쳐들고 잠자리를 자세히 들여다보았다. 온갖 땟자국으로 얼룩덜룩한 시트는 원래의 푸른색 대신 검푸르게 절어 있었고, 담요나 베개 역시 마찬가지로 걸레 뭉치와 별다를 바 없었다. 그리고 맑은 물, 쨍쨍한 일광과 오랫동안 차단된 눅눅하고 역겨운 냄새가 만지고 보이는 그 모든 것에서 역겹게 풍겨왔다.

아이들이 그곳에서 잠을 잘 것이라고는 도저히 믿고 싶지 않았다. 분노와 항의보다 허망한 생각이 앞섰다. 조금만 시선을 비키면 세상의 어디에고 도사리고 있는 눈 가리고 아웅하는 식의 모든 것, 오직 자기 앞의 작은 이익에만 급급한 세간의 원천적 비리와 음습한 욕심, 게으름, 무사안일.

막사를 나온 나는 다시 가파른 계단을 올랐다.

강당 쪽에서 찬송가가 울려왔다. 아이들의 합창이었다. 맑고 곱고 성스러운 찬양소리가 티없는 목소리에 실려 적막한 산골짜기에 가득 울려퍼지고 있었다.

그렇지, 성경 학교에 온 거지.

어쩌다 교회에 등록은 했으나 가끔 주일예배에 얼굴을 내밀 뿐, 나는 어정쩡한 교인이었다. 교회에 가 앉아 있어도 성령이 미지근하게나마 닿아오는 느낌이 한 번도 없었다.

「그건 가슴을 열지 않아서 그래요. 주님을 받아들이려는 마음의 자세가 안되어 있는 거지요.」

등록을 하도록 인도했던 안 권사가 그렇게 말하며 안타까워했으나 나는 우주인 바라보듯 그런 그녀를 오히려 생경해 했었다.

남편에게도 그랬을까. 남편에게도 가슴을 열지 않아서 그렇게 훌쩍 떠나버린 것일까. 낯선 땅에서 이방인이 되어 떠돌고 있을 그가 떠올랐다. 인도의 여름은 어떤 것일까. 그곳에도 이런 한낮의 짓누를 듯한 적막감, 숨막히는 듯한 공허감이 있을까.

찬송가는 끊임없이 이어졌다.

무대 앞에 가설된 세 개의 마이크에서 교사들이 전자 오르간소리에 맞추어 열광적인 몸짓으로 노래를 이끌고 있었고, 마룻바닥에 쪼그리고 앉은 아이들도 박수를 치며 따르고 있었다. 나는 조금 전에 가방을 놓아두었던 곳으로 되돌아가 다시 등을 벽에 기대고 앉았다. 찬송가를 열고 몇 소절 따라 부르다가 스르르 책을 손에서 놓았다. 눈을 감자 현기증인 듯 정신이 아득해지려는데 누군가가 내 어깨를 흔들었다.

「예 있지 말고 우리 숙소로 가입시더.」

나는 희미한 눈을 뜨고 허리를 구부린 채 나를 들여다보고 있는 중년 여자를 올려다보았다.

「아까부터 보니끼니 어데 안직 묵을 자리를 안 정했는가 보네예. 가방 들고 내려오이소.」

여자의 등뒤에서 비슷하게 키가 작고 둥실한 몸집의 다른 중년 여자가 고개를 빼고 나를 내려다보았다.

「수련회 따라왔지요? 우리는 방에 가서 쉬자구요.」

나는 벌떡 일어나 가방을 쥐고 여자들을 뒤따라 나섰다. 나무 그늘 하나 없는 산자락은 땡볕이 여전히 쨍쨍했다. 그러나 어딘지 모르게 스멀스멀한 저녁 기운이 느껴졌다.

「기운도 없어보이는데 가방은 예 주지예.」

사투리를 쓰는 여자가 마치 친정 동생에게 그러듯 살가운 몸짓으로 손가방을 빼앗아 쥐었다. 다른 여자가 나를 바라보았다.

「우리 교회에 나오시나요?」

「……네.」

내가 그녀를 내려다보며 미적미적 대답했다. 여자는 나를 새삼

들여다보는 시늉이더니 흘리는 말처럼 중얼거렸다.

「그런데 한 번도 교회에서 본 적이 없는 얼굴이네요. 안 그래요,
오 집사?」

오 집사라는 여자가 나를 돌아보지도 않고 부지런히 앞서며 대답
했다.

「아이고오, 이 집사는 어떻게 다 기억해요? 우리 교인들이 어데
고정 멤버만 있는기라요?」

「하긴 그렇지. 집이 어디예요?」

「한신 아파트예요. 교회 맞은편에 있는……. 주일 예배만 가끔
참석해서 제 얼굴을 잘 모르실 거예요.」

「교회가 가까우니까 좋지요?」

여자는 힐끔 나를 다시 한번 쳐다보더니, 그새 훨씬 친근해진 목
소리로 말했다.

두 여자는 아주 엇비슷하게 닮았다. 짧고 단정하게 퍼머한 머리
모양이며 웬만한 세상의 지혜에 닳고 길들여진 평범하지만 야무진
얼굴 인상이며 무릎까지 오는 펑퍼짐한 반바지에, 위에 걸친 티셔
츠 차림까지 비슷했다. 다만 키가 조금 크고 조금 더 땅딸막한 차
이뿐.

여자들은 가방을 들고도 나보다 훨씬 가볍고 잰 걸음으로 앞섰
다. 운동장을 가로지르고 매점 앞을 지나서 오른쪽 축대를 꺾어들
자 저만큼 소롯길 사이로 슬레이트 지붕의 집 한 채가 나타났다.
소롯길 왼편 아래로는 제법 폭이 넓고 깊은 계곡이 내려다보였고,
상류로 갈수록 계곡은 더 깊고 넓어지면서 개울물 흐르는 소리가
빗소리처럼 귀에 감겨왔다. 손바닥만한 공터의 나뭇가지에 빨래가
매달려 있는 건물 앞에는 슬리퍼가 두어 짝 나뒹굴고 있었다. 집은
아무 장식도 없는 회색 벽으로, 단지 두 개의 커다란 방문만 활짝

열려 있었다. 저쪽 방문 앞 공터에는 러닝 차림의 남자들 세 명과 모자까지 단정하게 쓴 여자 한 명이 찌개 냄비며 소주병이며 음식 접시들이 놓인 개다리소반을 앞에 놓고 무언가 한담을 나누고 있다가 우리를 흘낏 쳐다보았다.

이 집사와 오 집사가 마루도 댓돌도 없는 이쪽 편의 방으로 가방을 들고 앞서 들어가자 나도 얼른 신발을 벗고 따라 들어섰다. 쨍쨍한 땡볕에서 일단 그늘로 들어서니 살 것 같았다. 비닐 장판이 깔린 넓은 방안에는 캐시밀론 이불과 요 몇 채가 구석에 개켜져 있었고 먹다 남은 음료수병이며 쓸다 만 듯한 빗자루가 모서리에 보였다.

「아무리 봐도 우리한테 너무 넓데이. 인남이 학생 여기 와 자믄 딱 좋겠네예.」

「그러게요. 교사들 방도 좁아보이던데.」

두 여자는 두런두런 중얼거리더니 대충 방을 정리하고 방 한가운데 나란히 드러누웠다.

「아이고오, 좀 살 것 같네. 원, 사람을 쪄 죽이려나, 이눔의 날씨가.」

방바닥은 냉기가 올라 시원하다 못해 섬뜩했다. 이 집사가 일어나더니 이부자리를 활랑활랑 폈다.

「이리 와요, 같이 눕게.」

「아뇨, 괜찮아요.」

나는 만난 지 십여 분도 안되는 그들과 나란히 눕는다는 게 어쩐지 능청스러운 짓 같아 모서리에 따로 요를 깔고 그 위에 누웠다. 방바닥에서 올라오는 냉기와 딱딱함이 차단되자 훨씬 쾌적해졌다. 활짝 열린 문 틈으로 개울물소리와 시원한 바람이 막힘 없이 불어왔다. 그러나 주위가 조용히 가라앉자 말소리들이 우렁우렁 들리기 시작했다. 잇닿아 있는 방 앞에 멍석을 깔고 주안상을 받고 있던 남녀들이 주고받는 대화가 뭉개놓은 물감 덩이처럼 불분명한 색조로 간단없이 밀려 들어왔다. 서슴없이 웃고 떠드는 소리가 요란스럽기 짝이 없었다.

「아이고오, 좀 있을라카니 원 시끄러워서 몬살겠네.」

오 집사가 문간을 곁눈질하며 중얼거리더니 자리에서 벌떡 일어났다.

「아아들 간식 줄 시간 다된 거 같구마. 올라가지예.」

두 여자는 일어나더니 방 한구석에 쌓아놓은 봉지들을 챙기기 시작했다.

내가 엉거주춤 쳐다보자 오 집사가 말했다.

「누가 짐도 봐야 할 끼니 예 계시라예.」

나는 자리에 도로 누웠다. 가파른 계단 꼭대기까지 다시 올라갈 엄두도 안 나는 데다가 자꾸 딸아이 근처에 얼쩡거리는 게 좋을 것 같지 않았다.

여자들은 한밤중에 돌아왔다.

「아이들은 뭘 하나요?」

내가 묻자 이 집사가 대답했다.

「열두시가 취침 시간인데 애기하고 노느라고들 어디 빨리 자겠어요?」

내 눈에 더러운 이부자리에 엉거주춤 드러누워 눈만 꿈벅거리고 있을 딸아이의 모습이 어른거렸다. 아이의 가방이 놓였던 시트 위에 큰 수건 한 장을 깔아두고 나왔었는데 제대로 사용하고 있는지도 궁금했다. 면역성이 약한 아이라 무슨 병이나 옮지 않을지, 난생처음 엄마와 떨어져 자면서 불안해 하지나 않는지 한두 가지가 신경쓰이는 게 아니었다. 모르겠다. 나는 머리를 털었다. 이쪽 이

부자리도 별로 깨끗하지 않구나, 수민아. 나는 그쯤에서 생각을 끊고 억지로 잠을 청했다.

다음날 새벽, 나는 마이크를 통해 찌렁찌렁 울리는 어기찬 호령 소리에 잠이 깨었다. 창으로 내다보니 어스름한 미명 속에 부윰한 입김을 내뿜으며 아이들이 운동장에 정렬해 있었다.

「빨리빨리들 나오지 못해? 정신 상태가 그렇게 흐리멍덩해 가지고 무슨 놈의 수련이야? 거기 뒷줄에서 두 번째, 왜 슬리퍼를 신고 나왔어? 짜식, 빨리 가서 바꿔 신고 와. 거긴 줄이 왜 그렇게 삐딱해? 엎드려 기합을 받아야 정신차리겠어?」

단상에서는 녹색 줄무늬 점퍼를 입은 중년의 사내가 고래고래 호령을 하고 있었고, 아이들은 대부분이 아직도 잠이 덜 깬 듯 몽롱한 표정들로 둘레에 빙 둘러선 대학생 봉사단원들의 지시로 엉성한 줄을 고치고 있었다. 나는 시계를 보았다. 여섯시 십분이었다.

「선생님들, 그렇게 서 있지 말고 잡아들 내요. 거기 하품한 자식, 이리 나와! 그리고 이제야 온 학생들은 거기 따로 줄서. 구보 이십 바퀴야.」

나는 이제 막 계단을 내려와 어설픈 자세로 엉거주춤 몰려 서 있는 아이들을 보았다. 어김없이 수민이가 거기 끼여 있었다. 새벽바람이 찬데도 어제 입었던 반팔 셔츠 차림이었다. 챙겨주지 않으면 카디건이나 조끼를 껴입을 줄 아는 지혜조차 서투른 아이의 미숙함이 새삼 가슴을 아릿하게 했다.

호령하던 교사는 정말로 늦게 나온 아이들에게 벌로 운동장을 뛰게 했다. 마른 먼지가 아이들의 발자국에서 보얗게 피어올랐다. 그 흙먼지의 끄트머리를 터덜터덜 뛰고 있는 딸아이가 보였다. 곧 쓰러질 것 같아 불안하고 조마조마했다. 딸애에 대한 나의 예상이 한 번도 기우(杞憂)에 그치지 않았음을 나는 알고 있었다.

이제쯤 저 애가 무릎을 꿇고 썩은 나무둥치처럼 픽 주저앉겠지 싶을 때 정말로 딸아이가 넘어졌다. 흙 먼지가 자욱한 안개처럼 아이를 감쌌다.

「자, 앞 열부터 출발!」

단상의 교사는 벌로 운동장 둘레를 구보하게 된 아이들에게는 신경을 쓰지 않고 앞 열부터 출발을 시켰다.

「어디로 가나요?」

애가 쓰러질 때 운동장으로 주춤거리며 나온 나는 내 앞에 가장 가까이 서 있는 교사에게 얼른 물었다.

「산이오.」

앳된 얼굴의 청년이 얼굴을 손으로 비비며 청량한 목소리로 대답했다.

「저 산꼭대기까지 새벽 등반을 갑니다.」

네에?

내 목구멍에서 무언가 탁 막히는 소리가 났다.

'아예 앨 잡겠구나. 안돼.'

나는 아이에게로 달려갔다. 무릎을 꿇은 채로 엎드려 있던 아이가 엉거주춤 일어났다.

「수민아, 이리 나와.」

나는 아이의 손을 잡아끌어 행렬에서 벗어나게 했다. 누군가의 따가운 시선이 느껴져 얼핏 올려다보니 단상의 교사가 이쪽을 내려다보고 있는 것이 보였다. 나는 못 본 체하고 아이의 손을 끌어다 매점 옆의 평상에 앉혔다.

「안돼, 엄마. 가야 돼. 다들 가는데…….」

아이가 뒤를 돌아다보았다. 창백하다 못해 누렇게 뜬 얼굴에 이슬 같은 식은땀이 돋아나 있었다.

「안돼, 넌 가면 안돼.」

나는 아이의 손을 더욱 세차게 끌어당겼다.

「여덟시까지 자도 기운을 못 차리는 네가 이 새벽에 웬 산이냐? 네 체력은 내가 잘 알아. 그냥 여기서 쉬어. 그래야 끝까지 버틸 수 있어.」

타이르듯 소곤거리는 내 목소리나 곧장 체념하는 아이의 표정은 언제나 서로에게 익숙하였다. 우리는 잠자코 앉아서, 깔고 앉은 나무 평상에서 싸늘하게 올라오는 새벽 기운을 느꼈다.

구보하던 아이들마저 행렬의 맨 꽁무니로 떠나자마자 운동장은 어느새 텅 비었다. 아이는 무심한 표정으로 개울을 내려다보고 있었다. 나는 마음속으로 스스로에게 다짐하듯 중얼거렸다.

'다른 것은 간섭하지 않을게, 네 마음대로 따라해. 하지만 새벽 등산은 네게 아무래도 무리야.'

「잘 잤니? 친구들하고 함께 자니까 재미있었지?」

아이는 나를 얼핏 쳐다보며 그 모호한 표정으로 슬쩍 미소만 지었다.

우리는 한 시간쯤 그렇게 더 앉아 있다가 먼저 하산한 아이들을 따라 식당으로 들어갔다. 시멘트 바닥의 넓은 홀에 좁고 긴 나무 탁자와 역시 좁고 긴 나무 의자가 좌우로 쭉 늘어져 있었고 한쪽에는 밥과 반찬을 퍼주는 급식구가 있었다. 그 급식구로 마치 커다란 기기(機器) 같은 금속제 찜통의 밥솥과 국을 끓이는 가마솥이 보였다.

알루미늄 배식판에 수저를 받아들자 밥과 걸쭉한 카레, 몇 조각의 김치가 얹혀졌다. 누런 카레에는 토막낸 감자와 양파가 몇 개 보이고 당근이나 고기는 눈에 띄지 않았다. 그래도 아이들은 배가 고픈 듯 다들 열심히 고개를 들이박고 맛있게 먹고 있었다. 제 분단에 끼여든 수민이도 숟가락질을 하고 있었다.

「요번에는 우리가 밥해내지 않으니께 아주 신선 놀음이구마. 작
  년, 재작년에는 참 비지땀깨나 쏟았제.」

부엌일하는 누군가에게서 얻어왔는지 잘 익은 열무 물김치를 한
사발 식탁에 올려놓으며 오 집사가 말했다.

「그러게요. 간식이나 챙겨주면 되니 올해는 마치 우리가 피서 온
  거 같으네.」

이 집사가 말을 받았다. 주고받는 이야기를 들어보니 두 여자는
아마도 교회의 온갖 허드렛일을 자원 봉사로 뒷바라지하는 독실한
핵심 신도들인 것 같았다.

식사를 끝낸 아이들이 출입구 옆에 배식판을 쌓아놓고 식당을 나
갔다. 벌써 자리가 듬성듬성하건만 수민이는 아직도 숟가락질을
하고 있었다. 잠이 부족하니 입이 깔깔할 테고 없는 식욕으로 음식
을 넘기자니 도저히 안 넘어가는데, 남들이 다 그릇을 비우는 터라
억지로 밀어넣고 있는 것이었다.

「여기 이 그릇 좀 옮기지예.」

오 집사가 쌓아놓은 배식판을 가리키며 내게 손짓했다. 나는 그
가 시키는 대로 아이들이 출입구 옆에 쌓아놓은 배식판을 한 무더
기 들어올렸다. 부엌으로 옮겨가는데 허리가 꺾일 듯 무거웠다. 두
어 번 왔다갔다하자니 식당의 주인인 듯한 늙수그레한 남자가 손
수레를 끌고 나와 배식판을 담고 있었다. 어차피 그것이 그의 임무
인 것 같아 손을 놓고 보고 있는데 오 집사가 다시 재촉했다.

「뭐 하는교? 빨리 치워버리지예.」

나는 우두커니 서 있기도 그렇고 시키는 일을 부득불 거부하는
것도 이상해서 다시 배식판을 한 무더기 쳐들었다. 하나씩은 가벼
워도 그렇게 쌓아 들면 여간 무거운 게 아니었다. 그녀들은 내게

그 일을 시켜놓고 자기들은 종이 상자가 가득 쌓아 올려진 식당의 구석에 가서 무엇인가를 들여다보고 있었다. 나는 대여섯 명의 여자들이 가득 들어차 설거지를 하느라 북새통을 이루고 있는 부엌에 배식판을 갖다놓은 뒤 다시 식당으로 가지 않고 방으로 되돌아왔다. 어젯밤 늦게까지 소란스럽게 떠들던 남녀들은 오늘도 마찬가지로 방 앞에 주안상을 펼쳐놓고 또 열을 올려 이야기를 나누고 있었다. 나는 가방에서 가져온 책을 꺼내 들고 개울로 내려갔다.

어느새 따갑게 달구어진 바윗돌을 건너 나무 그늘 아래 자리잡자 스쳐가는 바람이 시원스러웠다. 맑은 물 밑으로 연둣빛 이끼가 청청하게 내비쳤다. 나는 바짓단을 걷어올리고 발목까지 물에 담갔다. 상큼한 냉기가 등으로 치달아올랐다. 책을 펼쳤다. 아직 번역을 마치지 못한 일감이었다. 인간 내면에 잠재된 무의식 세계의 저변을 훑는 듯한 심리학자의 냉철한 묘사에 가끔 영혼이 저리는 듯한 교감을 느끼면서 나는 가끔 막막함에 빠져 펜을 놓곤 했었다. 펼쳐든 페이지에 밑줄 그은 문장이 눈에 들어왔다.

「……인간은 광기의 동물이다. 때로 무엇들이 그들을 사로잡는가. 이해할 수 없는 무지개, 엉뚱한 사랑, 낯선 땅의 신기루 같은 그런 것들로부터 인간의 의식은 이따금 터무니없이 무방비로 노출되어 있다…….」

아, 아, 남편은 낯선 땅에서 무엇을 하는가. 어떤 광기가 잠자는 그의 의식에 충동적으로 휘몰아쳤을까.

그가 다니던 회사에 사표를 냈다고 했을 때 나는 믿지 않았다. 그는 그해따라 상반기 내내 좋은 실적을 올리고 있었고, 그리고 이제 막 임원으로 승진을 한 직후였다.

「좀 쉬고 싶어.」

그는 단지 그렇게 한마디했다. 돌이켜 생각해 보면 그전에 징후가 전혀 없었던 건 아니었다. 승진 축하연에 참석하느라 엉망으로 취해 집에 들어선 그는 잠자리에 무너지듯 쓰러지면서 「너무 허탈해, 그리고 피곤해」라고 중얼거린 적이 있었다. 목표했던 정상에 올랐을 때 사람이 가질 수 있는 감정 중에 그런 것도 있겠지. 나는 그렇게 흘려듣고 말았다. 딱 한 번 싸운 적도 있었다. 아이가 출석일수 부족으로 유급이 결정된 직후의 일이었다. 저녁 여섯시쯤 숙제를 하고 있던 아이가 길 건너 서점에서 책 한 권 사와도 되겠느냐고 물었을 때 잦은 출장과 업무 때문에 늘 부재중이던 그가 곁에 있었다. 나는 아이에게 필요한 책이 무언가, 지금 꼭 필요한가 꼼꼼히 묻고, 「차 조심하고 낯선 사람 조심하고 살 책만 얼른 고른 뒤 곧장 돌아와야 돼」 하며 이것저것 주의를 주었다.

서점 앞 길에는 육교가 가설되어 있어서 차 조심을 누누이 당부하거나 오 분도 걸리지 않는 짧은 거리라 그새 불량배 등 어떤 사태를 크게 우려할 입지도 아니었으나 평소의 버릇대로 중얼중얼 여러 가지 염려를 보였다. 아이가 떠난 뒤 나는 시간을 재었고 돌아올 시간이 조금 늦는다 싶자 서서히 솟구치는 불안을 억누를 수 없어 스웨터를 걸치고 막 나가려는데 초인종이 울렸다.

현관으로 들어서는 아이를 보고 내가 말했다.

「왜 이제 오니? 좀더 빨리 올 수 없었어? 엄마가 기다리고 있는 걸 알잖니? 피곤하지? 목은 안 마르니? 엄마가 주스 줄까? 꿀물 줄까? 그래, 주스보다는 꿀물이 낫겠다. 그 동안에 세수 좀 하렴. 하고 싶지 않더라도 해야 돼. 그래야 나쁜 병균이 씻겨지지.」

그때 갑자기 무슨 소리인가 쾅하고 났다. 돌아다보니 읽고 있던 책을 떨어뜨린 남편이 평소와는 다른 낯선 얼굴로 나를 바라보고 있었다.

「도대체 그만 해둘 수 없어?」

남편은 치솟는 분노를 억누르는 아주 둔탁한 목소리를 내고 있었다.

「그 애에게도 한마디쯤은 할 수 있는 기회를 줘야 하잖아. 수민이가 말이 없다고 걱정하지만 아이의 말문을 닫는 건 그 애의 병약이 아니야. 당신이 그런 식으로 언제나 아이의 입을 막고 있어.」

그런 식으로 언제나 아이의 입을 막고 있어.

책은 떨어뜨려진 것이 아니라 던져진 것이었다. 성격이 내성적이고 인내심이 강한 남편이 내게 그처럼 화를 낸 것은 드문 일이었다.

물론 그때 나는 그런 그를 오히려 어처구니없어하며 맞바라보았다.

「자주 앓아 눕는 아이를 자상하게 보살피는 게 뭐가 나빠요? 솔직히 난 얘가 언제나 불안해요. 어쩔 수 없는 걸 어떡해요.」

남편은 나를 이윽히 건너다보았다. 그리고 어느 사이 짙게 가라앉은 목소리로 나지막이 중얼거렸다.

「당신이 불안해 하는 건 약한 아이뿐만 아니잖아. 그런 일들이 주위 사람을 얼마나 피곤하게 하는지 알아?」

우리 사이에 있었던 짧은 충돌은 고작 그것뿐이었다. 그러나 거기 얼마나 많은 갈등이 내포되어 있었던 것일까. 어느 날 갑자기 누구나 이따금 어디론가 떠나버리고 싶은 충동을 실제로 이행해버린 그에게 나는 어쩔 수 없이 깊은 분노를 품었다.

그가 떠난 지 어느새 반 년이 다 채워져 가고 있었다. 여행객으로서 필수적인 비용이며 일용품도 바닥이 났을 터이고 의복도 지금

쯤은 남루해져 있을 것이다. 그런데도 그는 아직 돌아오지 않고 있다. 송금을 해달라는 연락도 없고 누군가에게서 도움을 받고 있다는 소식을 들어본 적도 없다. 배고프면 굶고 졸리면 나뭇잎 하나로 아무 곳에서고 누워 잔다는 그 철저한 무소유의 나라에서 그는 완전히 하나의 무존재로 증발해 버린 것일까. 그가 떠난 석 달 후쯤 처음이자 마지막으로 보낸 엽서에서 그의 상황을 어렴풋이 짐작할 뿐이었다.

「……내가 누리는 이 자유의 대가로 당신이나 수민이가 고통을 느낀다면 미안하오. 하지만 이해해 주기 바라오. 바짝바짝 조이는 일상에 더이상 충실할 수 없었소. 해체될 듯 피로한 의식으로 내 사랑하는 모든 이들의 곁에 머무르느니 이렇게나마 잠시 벗어나고 싶었소. 변명 같지만 지금 이곳의 나 역시 온전히 행복한 건 아니라오. 하지만 이대로라면 무언가 보일 듯 싶소. 내 영혼이 충만할 때 서둘러 기꺼이 돌아가리다…….」

나는 그 엽서를 구겨 던졌다. 추상적이고 관념적이고 그리고 무엇보다 제멋대로인 그를 나는 절대로 용서할 수 없었다. 적어도 그는 엄마보다 더 따르던 아빠가 사라진 뒤 더욱 입을 다물어버린 수민이의 막막한 침묵에 대해서 책임을 져야 할 것이었다.

「무슨 책이고?」

어느새 나타났는지 오 집사가 얼굴을 약간 기울이며 책 표지를 흘낏 들여다보았다. 이 집사는 치맛자락을 물에 적시며 개울 아래를 거슬러 올라오고 있었다. 나는 표지를 바위 쪽으로 두고 책을 덮었다.

내 행동이 너무 재빨랐는지 오 집사는 표지를 미처 읽지 못한 듯이 집사를 돌아보며 심상하게 말했다.

「만화책은 아닌 것 같구마. 나도 좀 빌려 볼라고 했드니만.」

두 발을 아이처럼 첨벙거리며 저만큼 걸어오던 이 집사는 거기엔 관심이 없는지 물 속에 멈추어선 채 주위를 휘휘 둘러보며 「……아아, 너무 좋네!」 하며 탄성을 질렀다. 그리고 두 여자는 맨발로 올라와 내 옆의 편편한 바위에 벗어든 샌들을 올려놓고 나란히 걸터앉았다. 머리에 드리워진 수양버드나무의 휘늘어진 가지가 바람에 흔들려 바윗돌의 그늘도 덩달아 살랑거렸다.

개울 위쪽에서 시끄러운 소리가 들려 쳐다보니 어젯밤 늦게까지 너무 떠들어 잠 좀 자게 해달라고 부탁을 해도 아랑곳하지 않고 소란스럽게 이야기를 나누던 일행들이 오늘은 아예 얕은 물가에 상과 플라스틱 의자를 올려놓고 물위의 주안상을 차렸다. 요란스런 알로하 셔츠를 차려 입은 세 사람의 남자 사이에 혼자 끼여 있는 여자는 여전히 짧은 반팔에 챙모자를 쓰고 있었다.

「누군가 했드니만 초등학교 선생님들 아이가. 보이 스카우트인지 아람단인지 끌구 왔능가 본데, 아이들은 새파란 교관들헌테 맡겨놓구서 즈이들은 완전 따로 노는기라.」

오 집사가 그쪽을 향해 혀를 끌끌 찼다. 어제 식당에서 나오는데 유니폼을 입은 한 무리의 초등학교 고학년 남녀 학생들이 막 무슨 활동을 끝마치고 내려오는 길인지 저마다 상기된 얼굴로 몰려 들어왔었다. 어디서 왔는가 물었더니 「인천에서 왔습니다」라고 얼굴이 새까맣게 그을린 작은 소년이 대답했는데 어딘지 모르게 서울 아이들하고 구별이 되었다. 새벽에는 아이들이 벌써 운동장을 차지하고 아침 운동을 하고 있었고 까만 야구모자에 까만 단복을 입은 젊은 청년들이 아이들을 통솔하고 있었다. 청년들은 군살이 전혀 붙지 않은 호리호리하고 단단해 보이는 체구에 모두들 명령 계통에 잘 길들여진 규격품 같은 분위기를 풍겼다. 하나같이 검은 야구모자를 눈썹까지 깊숙이 눌러쓰고 있어서 생김새나 표정을 전혀 분간할 수가 없었으나 나이는 많아야 이십대 초반으로 보였다. 식당 옆에 붙은 건물이 그 아이들의 숙소여서 화장실을 가느라 밤에 지나가다 보니 창백한 형광등이 내리비치는 복도를 용도가 무엇인지 모를 회초리를 든 청년들이 말없이 순찰을 돌고 있는 것이 보였었다.

「아이들 이부자리가 너무 불결하던데 그걸 누구에게 부탁하면 될까요?」

오 집사가 손수건을 물에 적시는 걸 지켜보다 말고 나는 어제부터 묻고 싶던 이야기를 넌지시 꺼냈다. 세탁된 청결한 새 침구로는 못 바꾸더라도 이 쨍쨍한 햇볕에 일광욕이라도 하면 눅눅한 냄새는 가시지 않을까 싶어서였다.

그러자 두 여자는 뜻밖이라는 듯이 서로 얼굴을 마주 쳐다보았고, 이내 오 집사가 중얼거렸다.

「아이고오. 요즘 엄마들, 하여튼 못 말려예. 이렇게들 과잉 보호를 하니 요즘 아이들이 허약하지 않을 수가 있나. 집 떠나 이런 데 오믄 좀 마땅찮아두 견딜 줄 알아야 하는기라. 어데 물 한 모금 마실래두 내 집 같겠노. 글 안해도 조금 힘들다고 개인 행동을 하는 아가 있다고 총무가 영 마땅찮아하는 거 안 봤나?」

개인 행동? 나는 말뜻을 곧 알아차리고 침묵했다. 아침 등반에 빠진 아이는 수민이밖에 없었을 것이다.

「아이들뿐이가. 요즘 젊은 엄마들도 일 덤비는 게 허약하기 짝이 없는기라. 거기에다 입으로 불평은 좀 많나.」

오 집사는 뭐가 못마땅한지 혀를 끌끌 찼다. 그건 또 무슨 소리인가 싶었으나 곧 내가 그들에 비해 노동량이 훨씬 못 미친다는 데 생각이 닿았다. 적극적으로 일을 찾아서 하는 그녀들과 식판을 나르라고 시킨 일도 슬그머니 그만둔 내 자신이 비교되어 할말이 없

었다. 수련자도 아니고 일꾼도 아닌 내 어정쩡한 위치가 그녀들은
아무래도 보기에 불편했던가 보았다. 하지만 아예 보조자로 따라
온 그녀들과 수련비를 지불하고 참가한 나는 입장이 좀 다르지 않
나 하는 생각뿐 나는 침묵했다.

「애가 하나뿐인가 보죠?」

오 집사의 직설적인 핀잔이 곁에서 듣기에 좀 거북했는지 이 집
사가 묻는 것을 오 집사가 또 재빨리 가로챘다.

「요즘 아이가 서너 명 되는 집이 어데 있는교? 거의가 외아들 아
　니면 외딸이기 십상이제.」

「우리 앤 유난히 허약해서요」라고 변명하려다가 나는 다시 입을
다물어버렸다. 부모라면 누구나 자기 집 애는 특별히 보호받아야
마땅하다는 관념을 가졌다고 믿을 그녀로부터 또 어떤 핀잔이 주
어질지 알 수 없었기 때문이었다. 실제로 어떤 모임에 가서 그런
것이 화제가 되면 대개의 부모들이 자기 아이가 특별히 연약하다
고 여기고 있음에 나는 놀란 적이 있었다. 그러나 출결석 통계를
보면 병가로 결석하는 아이는 거의 언제나 우리 수민이뿐이었고,
그 때문에 유급까지 당한 아이는 더더욱이 찾아보기 힘들었다.

「혹시 전에 아이를 잃어버린 적이 있었나요?」

이 집사가 조심스레 물었다. 오 집사는 어느 사이 개울물 속으로
들어가 허리를 구부리고 무엇인가를 들여다보고 있었다.

「아아뇨.」

가지 사이로 얼비치는 햇살 때문에 이마를 잔뜩 찌푸리고, 나는
앉은 키가 훨씬 큰 그녀를 쳐다보았다. 그녀가 조금 웃으며 친근한
목소리로 말했다.

「전에 아이를 한번 잃어버렸던 적이 있는 엄마를 본 적이 있어
　요. 그 뒤로 그 엄마는 언제나 아이를 따라다니더군요. 다 커서까

지……. 그저 갑자기 그 생각이 나서요.」

자유시간이 주어진 것인지 아이들이 운동장으로 쏟아져 나왔다. 빡빡하게 짜여진 프로그램에도 불구하고 표정들이 아이들답게 밝고 생기 있었다. 매점으로 향하는 아이, 어느새 긴 줄이 생긴 전화통 앞에 이어 서는 아이, 개울가로 내려오는 아이, 공을 들고 농구대로 뛰어가는 아이, 재잘거리며 나무 그늘로 들어서는 아이 등 끼리끼리 즐거운 표정으로 흩어졌다.

긴 가뭄으로 하얗게 바랜 듯한 해는 하늘 가운데 붙박인 듯 떠 있었다. 너무 눈부셔서 마주 쳐다보기 어려운 여름 한낮의 뜨겁고 쨍쨍한 햇살이었다.

'아이를 잃은 적이 있어요?' 무심하게 던진 그녀의 말 한마디가 내 뇌리에 햇살보다 더 뜨겁게 박혔다.

그날도 그랬다. 내가 가족을 잃어버린 날, 우리 가족은 버스를 타고 어딘가로 가고 있었다. 오빠는 여동생의 손을 잡고 아버지와 어머니가 각기 짐보퉁이와 또 한 명씩의 어린 동생들을 안고 있었다. 오래 기다렸던 버스가 오자 손님들이 한꺼번에 우르르 몰렸다. 앞서 오르는 사람들의 틈을 비집고 나도 차에 오르려고 했다. 그러나 마음과는 달리 억센 사람들 틈바구니에서 나는 자꾸 밀려나기만 했다. 그리고 어느 순간 손님을 가득 태운 버스는 요란한 배기음을 뿜으며 출발해 버리고 말았다. 버스가 떠나버린 자리에는 미처 오르지 못한 몇 사람들이 투덜거리고 있었는데 그중에 우리 가족은 아무도 보이지 않았다. 나만 두고 버스는 문이 닫혔던 것이다.

나는 버스의 번호도 모르고 행선지도 몰랐다. 서울로 이사 온 지 얼마 되지 않았을 때라 동네도 기억하지 못했다. 전화 같은 것이 있을 턱도 없었다. 어린 나이에도 가족들이 그 북새통 속에 나의 부재를 알아차리려면 많은 시간이 걸릴 것이라는 어렴풋한 짐작을 했다. 처음에 나는 울었을 것이다. 너무도 황당한 사태에 어찌할 줄을 모르고 어린아이답게 눈물을 터뜨렸을 것이다.

부모님이 시립아동보호소에서 때와 눈물에 새까맣게 전 나를 찾아낸 것은 그로부터 사흘 후라고 했다. 그 사흘간 내가 어떤 경로를 밟았는지 아무것도 기억나는 것이 없다. 단지 버스가 떠나버린 빈 자리에서 바라보이던 새하얗게 바랜 채 하늘 한가운데 떠 있는 뜨거운 태양의 기억뿐이었다. 너무도 행색이 변해 부모님도 처음에는 못 알아볼 정도였다던 그 실종된 사흘간의 의미는 내게 어떤 것이었을까.

「당신이 사랑하는 것에 대해 보이는 집착은 그걸 잃으면 어쩌나 하는 거의 공포감 같은 집념이 스며 있어.」

언젠가 남편이 스쳐 지나가는 말처럼 웃으며 그렇게 말했을 때 나는 무심히, 「웬 공포?」 하고 덩달아 웃었었다.

그런데 지금 이 순간 나는 무의식 속에 잠재되어 있던 어린 날의 감정을 생생히 느꼈다. 어쩌면 오랜 옛날 나를 사로잡았던 그 무의식 속의 강박관념이 남편과 아이를 이렇게 만들어버린 것은 아닌가. 개울물 속에 내린 발에서부터 타고 오는 냉기가 새삼스레 싸늘하게 등줄기를 훑었다.

나는 몸서리를 치며 아이들 사이에 끼여 있을지 모를 수민이를 눈으로 더듬었다. 저쪽 개울가의 나무 아래 수민이가 앉아 있는 게 보였다. 여전히 그 애는 혼자였다. 나는 못 볼 것을 본 것처럼 얼른 시선을 돌렸다.

「어이구, 우리 인남이 농구 잘하지예.」

어느새 바위턱에 걸터앉은 오 집사가 운동장에서 놀고 있는 아이들을 턱으로 가리켰다. 고등학생 정도의 사내아이들과 대학생 교사들이 어울려 농구를 하고 있었다. 어제 스피커를 등에 지고 가

던, 온몸이 기형적으로 길쭉길쭉하게 긴 청년이 그 사이에 끼여 있
는 것이 눈에 띄었다. 큰 키로 보면 농구를 아주 잘할 것 같은데 옷
이 온통 축축하게 젖도록 땀을 뻘뻘 흘리고 있는데도 공 다루는 모
습이 어설프기만 하였다.

「침대가 안 맞을 텐데, 어디서 잔대요?」

이 집사가 생각난 것처럼 물었다.

「교사들 방에 있대예. 거기도 좁아서 우리 방으로 오라캐도 영
싫다 안하나. 아이고요, 우짜든 서울대 전자공학과를 척 붙었으
니 신 집사가 한시름 놓았겠어예. 그야말루 인간 승리 아닌교?」

혀를 끌끌 차는 오 집사의 말에 이 집사가 고개를 끄덕였다.

「그래요. 나도 인남이 학생은 아무리 큰 고통을 당해도 절대로
울어본 적이 없다는 말을 신 집사로부터 듣고 얼마나 장하게 보
였는지 몰라요.」

청년은 공을 쥐고 있었다. 아이들이 완강하게 방어를 하느라 그
의 앞뒤를 줄기차게 쫓고 있었고 청년은 얼굴이 시뻘게진 채 공을
던져넣으려 하고 있었다. 기형적인 얼굴에 땀을 물 흐르듯 뻘뻘 흘
리는 그 표정이 너무 고통스러워보여 나는 시선을 꺾었다. 인간 승
리 운운하는 소리 때문인지 그는 몹시 힘들고 지쳐보였다. 공을 쥐
고 대처하고 있는 모습은 마치 그가 불균형적인 신체로 헤쳐나가
야 할 이 세상의 온갖 질곡에 대한 힘겨운 싸움처럼 보였다.

저녁을 먹으러 식당으로 나온 나는 수민이가 식탁의 끄트머리에
혼자 앉아 있는 것을 보았다. 식사를 마친 아이들의 마지막 일행이
막 식당을 벗어나는데도 숟가락을 든 채로 아이는 음식 그릇 앞에
기도하듯 앉아 있었다.

이 집사와 총무가 빤히 바라보고 있는데도 불구하고 나는 아이
옆으로 갔다.

「왜 그러니?」

수민이는 나를 곁눈으로 흘낏 쳐다보고 난감한 표정으로 낮게 소곤거렸다.

「토할 것 같애.」

아이는 아예 숟가락을 놓더니 입을 가리고 작게 하품을 했다.

「너 좀 자야겠구나. 잠이 부족해서 입맛을 잃은 게지. 오늘 엄마 방에서 좀 빨리 자도록 하자.」

「안돼.」

아이가 낮고 짧게 거부했다.

「괜찮아, 푹 자고 나면 훨씬 나아질 거야. 이러다가 또 아프게 되면 어떡하니.」

아이는 입을 꾹 다문 채 말이 없었다. 엄마 말에 왜 따를 수 없다는 거니? 다른 애들처럼 수다를 떨지는 못할망정 설명이라도 좀 자세히 해봐. 네 체력에 벅찰 줄 알면서도 사회성 늘리려구 여기 데려온 거야. 그런데 사흘째인데도 여태 그 모양이니. 그 애가 입을 열기를 채근하려던 나는 음식 그릇 옆에 수련회의 일정표가 놓여 있는 것을 보고 끌어다가 들여다보았다. 저녁 식사 후 곧장 분반 공부가 있었고 단체 성경 암송 뒤 야외 성극(聖劇)으로 이어져 있었다. 무심코 시간대를 훑어보던 나는 성극이 밤 열두시에 시작된다는 것을 보고 깜짝 놀랐다. 그 시간에 시작하면 도대체 몇 시에 끝난다는 것인가. 아니 도대체 아무리 신체 훈련을 겸한 성경 수련회라지만 이렇게 무리를 할 필요가 있을까. 나는 한쪽에서 아직도 몇몇 교사들과 식사를 하고 있는 이 집사와 오 집사, 그리고 총무를 바라다보았다. 그러나 내가 무슨 소리를 해보았자 불결한 침구를 사용하는 것마저 당연하다는 식의 그들로부터 오히려 아까처럼 핀잔만 들을 게 뻔했다.

수민이는 슬그머니 일어서더니 가도 되겠냐는 듯이 쳐다보았다.

「가봐. 그리고 제발 친구도 사귀고 얘기도 많이 해.」

나는 음식물이 고스란히 담겨 있는 밥그릇을 내려다보며 울화를 누르는 목소리로 중얼거렸다.

아이는 바람이 불면 날아갈 듯 가늘고 구부정한 허리로 식당 문 밖으로 휘청휘청 걸어가버렸다.

「쓰러지든 말든 알아서 해. 방학이니까 결석시킬 염려는 안해도 되겠다.」

나는 식판을 치우며 혼자 쓰게 중얼거렸다.

「야! 이렇게 늦게까지 부려먹고 뭐가 어째?」

갑자기 부엌 쪽에서 찢어지는 듯 앙칼진 목소리가 들렸다. 이어 우당탕 무엇인가 부서져 내리는 소리가 요란했다. 배식구로 들여다보니 그릇이 담긴 큰 함지박들 위로 수돗물이 넘쳐서 흥건히 물이 고인 부엌바닥에서 여자 둘이 서로 몸싸움이 붙어 엎치락뒤치락하고 있고 나머지 여자들이 일손을 놓고 둘러서 있었다. 아무도 말릴 생각은 않고 두 패로 갈린 채 서로 삿대질을 하며 시끄럽게 말싸움을 벌이고 있었다.

「일을 더 시켰으믄 돈을 더 줘야지.」

여자들로 꽉찬 부엌에 들어서지도 못한 채 입구에서 들여다보던 이 집사가 중얼거리자 역시 고개만 들이밀고 있던 오 집사가 맞받았다.

「어쩌다 늦어진 걸 어떻게예. 그럴 때도 있지 않겠는교.」

문간에 선 두 여집사도 서로 자기 의견이 팽팽했다. 양쪽에서 벌어지는 광경을 멍청히 쳐다보고 있는데 등뒤에서 갑자기 씨근벌떡하는 소리가 났다. 돌아다보니 아까 밀차로 식판을 나르던 허름한 차림의 중년 사내가 웬 커다란 도리깨를 오른손에 쳐들고 쫓아오고 있었다. 남자의 모습이 나타남과 동시에 여자들의 싸움은 일시에 그쳤다.

「싸그리 쳐죽이기 전에 아가리들 닥쳐! 나도 살고 싶은 놈 아녀!」

갑자기 조용해진 사위에 그릇 씻는 소리만 와랑와랑 들렸고 남자는 도리깨를 내리고 다른 손에 들고 있던 소주병을 입에 들이부었다.

밤 열한시가 되자 아이들이 운동장으로 쏟아져 나왔다.

산속의 밤은 유난히 어둡고 냉랭하다는 것을 나는 처음 알았다. 카디건을 꺼내 입었는데도 가을 밤처럼 공기가 서늘했다. 딸 몫의 스웨터를 찾아 옆구리에 끼고 운동장으로 나갔더니 뜻밖에도 인천에서 왔다는 국민학생들이었다. 운동장 가운데는 언제 피웠는지 모를 커다란 장작불이 새빨갛게 타오르고 있었다.

「일렬 종대로 집합!」

단상에 선 교관의 지시에 아이들은 일사불란하게 줄을 지어 섰다. 민첩하고 정확한 동작이었다. 마지막 밤이라 캠프 파이어를 할 모양인가 보다라는 데 겨우 생각이 미쳤다. 아이들은 지시에 따라 장작불 앞에 둥글게 원을 지어 모여 앉았다.

「다 앉았나? 자, 노래 시작!」

그러자 아이들이 스위치를 누른 전자 기구처럼 일제히 소리 높여 외치기 시작했다.

「지금도 이해할 수 없는 그 얘기로 넌 핑계를 대고 있어.

내게 그런 핑계를 대지 마. 입장 바꿔 생각을 해봐아.」

「더 크게! 손뼉 치고!」

마치 군령을 내리듯 엄격한 목소리로 조교가 짧게 명령했다. 아이들은 기계가 작동하듯이 손뼉을 치며 더욱 큰 목소리로 자지러지듯 소리쳤다.

「내게에 그런 핑계 대지 마!

입장 바꿔 생각을 해봐아!

니가 지금 나라면 넌 웃을 수 있니

혼자 남는 법을 내게 가르쳐준다며

농담처럼 진담인 듯 건넨 그 한마디

안개꽃 한 다발 속에 숨겨둔 편지엔

안녕이란 두 글자만 깊게 새겨 있어!」

「소리가 작다. 알겠나? 더 크게!」

아이들은 목청을 더욱 높여 고래고래 소리질렀다.

「이렇게 쉽게 니가 날 떠날 줄은 몰랐어.

아무런 준비도 없는 내게

슬픈 사랑을 가르쳐준다며 넌 핑계를 대고 있어!」

온종일 주안상을 앞에 놓았던 선생님들은 한쪽에 몰려 서서 한참 유행중인 가요를 목청껏 불러대는 아이들을 무심한 표정으로 내려다보고 있었다.

'염리 청소년 수련원'이라고 써붙인 현관 아래로 체격이 훨씬 큰 또다른 아이들의 무리가 줄레줄레 이어졌다.

나는 딸애를 찾아내 준비해 간 스웨터를 뒤집어씌우듯이 재빨리 입혔다. 조별로 출석 점검을 마친 총무가 앞장서 큰길로 내려가기 시작했다. 나는 아이들의 꽁무니에 얼른 따라붙었다. 고등학생들은 제법 체구가 큰 데다 한밤이어서 비구성원이 끼여 있는지 눈치 채일 게 없을 듯싶었으나 딸애나 총무의 눈에 구태여 띄지 않는 게 좋을 것 같았다.

산속에 닦인 이차선 도로로 이따금 차들이 불을 밝히고 지나갈 때마다 아이들의 무리가 하얗게 드러났다. 아이들은 한밤의 행렬

짓기가 즐거운지 처음에는 제법 떠들썩하더니 어느새 점점 조용해졌다. 아이들은, 주위를 둘러보면 온통 새까만 어둠뿐인 데다 밤바람이 차가워 몸을 움츠리며 옆에 선 친구와 팔을 꼭 끼고들 있었다. 멀고 가까운 산의 능선이 거대한 어둠의 덩어리로 버티고 있었고 그 위에 검푸른색이 도는 하늘이 활짝 펼쳐놓은 천처럼 광대하게 펼쳐져 있었다. 크고 작은 흰 별들이 군데군데 흩뿌려져 그 천 위에 반짝이는 무늬를 이루고 있었다.

거침없이 한적한 산길을 달리던 차량들은 한밤의 갑작스런 행렬에 놀란 듯 경적을 울리며 속력을 줄였고 대학생 봉사단원인 교사들은 자꾸 찻길 위로 넘쳐 나가는 아이들을 단속하느라 쉴새없이 주의를 주었다.

한참 찻길을 내려가던 선두가 산기슭의 어느 골짜기 앞에서 멈추었다. 그러자 교사들이 아이들을 그 자리에 세우고 길을 향해 반우향우로 돌아서게 한 다음 앞열 두 줄을 자리에 앉도록 지시했다. 그러자 두 대의 차가 나타나 일행의 앞뒤 기슭에 주차한 뒤 맞은편 길 한쪽에 전조등을 비추었다. 이차선 사이로 커다란 바위 아래 자리잡은 약간의 공터가 두 차에서 비추는 집중 조명을 받고 하얗게 떠올랐다. 그곳이 무대였다. 별다른 작업 없이 마련된 그 자연의 무대에 어디선지 한 떼의 배우들이 나타났다. 약간의 화장과 약간의 소품으로 무대 분장을 한 학생들이었다. 예수 역할을 맡은 남학생은 머리에 찔레나무 가지로 엮은 가시 면류관을 쓰고 상체는 벌거벗었으며 하반신에는 커다란 흰 무명 수건을 두르고 있었다. 발은 양말까지 벗은 맨발이었다. 왕관을 쓰고 화려한 복장을 한 데다 눈썹을 시커멓게 칠한 거구의 남학생은 빌라도 총독이었고 하얀 수건을 두른 여학생들은 마리아와 예루살렘의 여자들인 것 같았다. 또한 빌라도의 재판에 모여든 백성들은 수련회에 참석한 아이

들 모두였다. 이를테면 특별한 배우가 따로 없고 특별한 관중이 따
로 없는 것이었다.

「너희가 이자를 백성을 미혹하게 하는 자라 하여 끌어왔되 너희
가 고소하는 일에 대하여 그 죄를 찾지 못하였음에 죽일 일이 없
느니라. 그러므로 때려서 놓겠노라.」

턱에 먹으로 수염을 그리고 눈썹을 강조한 빌라도 역할을 맡은
학생이 약간의 과장된 태도로 두 손을 벌리며 소리쳐 외치자 대제
사장들과 관원들과 백성들인 학생들이 대답했다.

「이 사람을 없이하고 바라바를 차라리 우리에게 놓아주소서!」

아이들 중에는 킥킥거리며 웃거나 팔을 마구 휘두르는 등 장난스
럽게 구는 아이도 있었으나 대체로 진지한 분위기였다.

빌라도는 머리를 흔들었다.

「다시 말하거니와 나는 이 사람의 죄를 찾지 못하였다. 너희는
어찌할 것인가?」

어둠에 묻힌 군중들이 미친 예감에 쌓인 것처럼 소리질렀다.

「저를 십자가에 못박게 하소서!」

십자가에 못박게 하소서! 군중들이 소리질렀다.

세 번째로 빌라도가 다시 물었다.

「이 사람이 무슨 악한 일을 하였느냐? 나는 그 죽일 죄를 찾지 못
하였으니 때려서 놓으리라.」

군중들은 민란을 일으킬 것처럼 성난 목소리로 손발을 구르며 외
쳤다.

「십자가에 못박으라. 그 죄를 우리 자손들에게 물어도 좋다.」

빌라도는 손을 털고 돌아섰다.

「그렇다면 나는 이 재판에서 손을 떼겠다. 이자를 저들에게 넘겨
라.」

　우우, 어느덧 극중 배우로 혼연일체가 된 아이들이 환호하며, 예수를 넘겨받았다. 유일한 관중인 셈인 나는 그 한 귀퉁이에 숨듯이 파묻혀 있었다.

　예수와 군중들은 골고다의 언덕으로 향하는 산골짜기로 들어섰다. 예수의 역할을 맡은 학생의 등에는 어느새 나무 십자가가 짊어져 있었다. 그는 그 십자가를 지고 고통스런 표정으로 말없이 골짜기를 올랐다.

　바로 이 때문에 이 더러운 수련원을 택했구나, 할 정도로 골짜기는 상상 속의 골고다 언덕과 너무도 흡사했다. 자동차의 빛도 미치지 않는 그 비좁고 가파른 골짜기를 주인공이 앞서고 군중들이 천천히 뒤따랐다. 말라붙은 개울의 자갈에 발이 걸려, 나는 자꾸 기우뚱거렸다. 어둠 속에 귀신의 팔처럼 늘어진 나뭇가지에 드러난 살갖을 긁혔다.

　조그만 언덕에서 예수는 그 자신이 등에 지고 온 십자가에 매달려졌다.

　선두의 누군가가 들고 있던 손전등마저 꺼버리니 캄캄한 어둠 속에서 못박힌 세 개의 십자가만 달빛 속에 희끄무레 떠 있었다. 아이들은 이상한 침묵 속에 휩싸여 골짜기 아래 몰려선 채 그 모습을 우러러보았다. 문득 긴 천이 찢기는 듯한 날카로운 굉음이 지나가고 어느 순간 예수가 소리쳐 부르짖었다.

「아버지여, 내 영혼을 아버지 손에 맡기나이다!」

　갑자기 어디선가 낮게 북받치는 듯한 처절한 소리가 들렸다. 나는 주위를 둘러보았고 누군가 허리를 구부정하게 웅크리고 앉은 채 울음을 삼키고 있는 것을 보았다. 짙은 어둠 속에서도 그가 일류 대학교에 다닌다는 인남이 청년임을 알 수 있었다. 어떤 시련 속에서도 결코 눈물을 보인 적이 없었다는 그의 가슴속에 얼마나

많은 한이 잠재되어 있었던 것일까. 짐승처럼 웅크리고 울음을 삼
키는 그의 등에 힘겨운 존재의 설움이 먹물보다 시커멓게 묻어날
것 같았다.

나는 십자가를 지고 골짜기를 오르는 한 나약한 인간이 몇천 년
을 건너뛰어 아직도 우리 곁에 실재하고 있음을 문득 발견하는 것
같았다. 며칠 전 가파른 계단을 다른 사람 몫의 짐까지 짊어진 채
땀을 뻘뻘 흘리며 오르던 청년의 고통스런 모습을 떠올려볼 때 예
수와 너무도 많이 닮아 있었다. 아니다. 어디 그뿐만일 것인가. 저
마다 운명의 질곡을 짊어진 채 제 몫만큼의 짐을 지고 가파른 삶의
계단을 오르는 우리들 모두가 어느 만큼은 형벌받는 고행자가 아
니던가.

나는 느닷없이 아직도 흐느껴 우는 불행한 젊은 청년의 등에 내
머리를 기대고 싶은 충동을 가까스로 억눌렀다. 그새 무슨 생각을
했던 것일까. 그 청년이 얼굴을 들었을 때 나는 깜짝 놀랐다. 한순
간이나마 청년을 나를 떠난 남편으로 여겼던 것이다. 그가 내 옆에
서 그 나름의 그늘을 안고 흐느껴 울고 있는 것으로 여겼다.

어떻게 들어왔는지 갑자기 언덕을 비추는 자동차의 전조등이 눈
을 찌르고 지나갔다. 햇빛이었다. 나는 눈을 감았다. 잠재의식 속
의 쨍쨍한 어떤 햇살. 내 무거운 마음의 십자가. 아주 어렸던 어느
날, 갑자기 사랑하는 가족을 잃었을 때 처음으로 자각했던 실존에
대한 그 무서운 불안과 초조와 상실감이 억누르고 있는 나의 내부
가 문득 환하게 들여다보였다. 아아, 나는 진즉 남편에게 털어놓았
어야 했다. 나의 잠재된 고통을. 그리고 알 수 없는 그의 일상의 멍
에도 털어놓게 했어야 했다.

청년은 어느 사이엔가 말없이 일행 속에 묻혀버렸으나 나는 오래
도록 멍하니 서 있었다. 왜 슬피 우는 청년을 남편으로 착각했을

174

까. 집을 떠난 그 역시 행복하지 않다고 말했었고 나는 이해할 수
없었다. 자신의 무게에 짓눌려 감은 눈으로는 그 누구의 명에도 보
이지 않았을 것이었다.

　나는 아득한 밤하늘 저편 어딘가에서 존재의 피로에 잠시 무릎
꿇고 쉬고 있을 어느 한 남자에 대해 뜨겁게 치밀어오르는 정감을
느꼈다. 누구나 다 조금씩 그러하듯 우리도 존재를 앓고 있지 않은
가. 그리고 저마다의 방식으로 조금씩 그 고통을 덜어내고 있을 것
이었고 그러므로 서로에게 필요한 건 대립과 경쟁이 아닐 것이었
다.

　「내게에 그런 핑계 대지 마!

　입장 바꿔 생각을 해봐!」

　운동장으로 돌아오니 아이들은 아직도 타오르는 불빛 앞에서 이
제는 춤까지 추며 악을 쓰듯 노래를 부르고 있었다. 잠시 서서 구
경하자니 교관들은 조별로 디스코 시합을 벌여놓고 있었는데 그새
얼마나 훈련을 시켜놓았던 것인지 어른보다 더 능숙한 몸짓이었
다. 경쟁에서 이기기 위해 춤을 추는 홍보다 더 기가 오른 표정으
로 격렬하게 작은 몸을 흔들어대는 아이들의 얼굴 위에 불빛이 이
글이글 반사되고 있었다. 어둠과 불빛, 밤의 냉기와 뜨거운 화기,
이성과 충동, 조화와 부조리, 공평과 불평등, 고통과 평안, 추악함
과 아름다움, 그 온갖 세상적인 것의 그늘과 이상의 광명함 사이에
서 갈팡질팡 춤추고 있는 아이들을 보고 있는 동안, 나도 모르게
억누르고 있던 한 방울의 눈물이 떨어져 내렸다.

　다음날 아침, 밤새 열이 39도나 올라 침대머리에서 일어나지도
못하는 수민이를 데리고 나는 먼저 하산할 수밖에 없었다.

　총무에게 양해를 구하자 단체 행동에서 가끔 이탈하는 아이가 따

라온 보호자 때문이라 여겨 아무래도 마음에 꺼렸었던지, 그는 서둘러 교통편을 수소문해 주었다. 마침 서울로 가는 버스편이 열한 시에 있었다. 그 사이 열이 약간 떨어진 수민이를 걸려 가파른 계단을 내려가자니 매점 옆 평상에 앉아서 아이들의 간식 봉투를 준비하던 이 집사가 알은체를 했다.

「이제 가시는 거예요? 또 봅시다.」

총무를 만나기 전에 나는 그녀들에게 미리 사정을 말했었다. 그럴 줄 알았다는 듯 별다른 질문도 하지 않던 오 집사도 돌아보고 소리질렀다.

「딸은 몰라도 엄마는 얼굴빛이 훨씬 좋은기라예. 여기서 수련은 제대로 한 거 아닌교?」

나는 그녀들을 향해 조금 웃어 보이고 버스가 기다리는 다리 아래를 향해, 그리고 저 광막한 세상을 향해 딸을 부축한 채 어정어정 내려갔다.

(《소설과사상》, 1995년 가을호)

무거운 생

　기역자로 꺾어지는 골목의 입구에서 정은은 잠시 주위를 두리번
거렸다. 생각을 다시 한번 정리하기도 하고 좀 쉬고도 싶었다. 택
시나 버스를 타지 않고 줄곧 걸어왔기 때문에 무릎 부분이 뻐근했
다. 아니 시큰하고 결리기는 딱히 그곳만이 아니었다. 어디를 어떻
게 당했는지 기억도 안 날 만큼 무차별로 얻어맞은 전신의 뼈마디
가 송두리째 일어나 쑤시는 것 같았다. 특히 목이 심하게 짓눌려
아직도 숨쉬기가 불편했다. 아마 멍 자국이 시퍼렇게 돋아 있을 것
이다.
　정은은 골목 입구 쪽에 있는 어느 집 대문 앞 계단에 쪼그리고 앉
았다. 텅 빈 골목길, 초여름의 햇살이 그녀의 무릎 위에 적요하게
올라앉았다. 계단의 냉랭한 시멘트 기운이 얇은 옷을 뚫고 써늘하
게 전달되었다. 정은은 그 한기에 으스스 몸을 떨며 입술을 가늘게
짓씹었다.
　다시는 돌아가지 않는다.

　침잠된 분노와 슬픔이 새삼스러이 그녀를 격렬하게 휘감았다. 아예 인격의 파괴조차도 넘어선 존재에 대한 능멸. 이렇게 지내다가는 어느 날 저녁, 개처럼 죽을 수도 있다는 것.

　정은은 그제서야 자신의 탈출이 장보기마저 박탈된 자유와 자존심의 말살만이 아니라 생에 대한 본능적 열망 때문은 아니었던가 새삼 깨달았다.

　목이 짓눌렸을 때 현실적으로 다가온 죽음의 공포 앞에서 정은은 다른 그 어떤 것도 생각할 겨를이 없었던 것 같다. 그러고 보면 자존심이나 영혼의 짓밟힘도 물리적인 죽음의 공포보다는 나았던 것인가.

　정은은 무릎에 얼굴을 깊이 묻으며 씁쓰레한 자괴감을 느꼈다. 그녀가 취할 수밖에 없었던 이 절대적인 마지막 선택이 구차한 목숨을 건지기 위한 것이었대도 어쩔 수 없다는 절박함 때문이었다.

　갑자기 대각선 방향으로 마주보고 있는 집의 대문이 벌컥 열렸다. 깡마른 체격의 남자 한 사람이 허리를 구부정하게 굽힌 채 커다란 텔레비전을 어깨에 메고 나왔고 이어 소매가 짧은 홈드레스 차림의 비만한 여자가 고개를 내밀었다.

　「글쎄, 도대체 테레비 하나를 제대로 못 고치고 뭐냔 말이에요? 그만한 기술도 없으면 가게를 때려치우든지. 도대체 몇 번째예요, 이게? 연속극 하나를 제대로 볼 수가 있나, 애들 교육방송을 보게 할 수 있나 원. 신경질 나서……」

　통통한 어깨를 흔들며 삿대질하는 여자에게 그가 뭐라고 사죄하는지 우물대며 연신 굽실거렸다. 무거운 짐을 지고 허리를 굽히자니 이만치에서 봐도 몹시 위태로워보였다.

　「다시 고쳐오더라도 한 번만 더 고장이 나면 그땐 정말 가만 안 있을 거예요. 이건 뭐, 아저씨가 손댄 담부턴 첨보다 더 못하니

기가 막혀서······.」

주인만큼이나 매몰차고 완강해 보이는 철제 대문이 쿵, 소리내며 닫혔다.

그는 대문 앞의 넉넉지 않은 공간에서 간신히 돌아서더니 천천히 계단을 내려오기 시작했다. 정은은 고개를 들고 무릎에 깍지를 낀 채 무심히 그를 바라보았다. 직육면체의 시커먼 쇳덩이 같은 텔레비전의 무게가 어깨를 파고드는지 그는 몹시 힘겨워하며 가파른 돌계단을 내려오고 있었다. 가끔은 무게를 덜려는 듯 어깨를 추스르면서 허리를 많이 구부리고 한 계단 한 계단 조심스레 밟아 내려오는 모습이 아슬아슬하고 힘들어보였다. 그러나 그는 주어진 역할에 최선을 다하는 사람이 그러듯 온 기운과 정신을 모아 조금도 흐트러지는 기색 없이 신중하게 걸음을 떼어놓았다. 하긴 그 상태에서 방심했다가는 짐을 떨어뜨리고 나뒹굴 수밖에 없겠지만 그의 진지한 표정과 몸짓은 무슨 성스런 의식을 치르는 듯 경건하기조차 했다.

돌계단을 다 내려온 그가 다시 한번 어깨를 추스르고 천천히 정은이 앉아 있는 골목 입구 쪽으로 걸어왔다. 가까이 다가온 그는 생각보다 훨씬 마른 체격에 의외로 퍽 지적인 얼굴을 하고 있었다. 구슬땀이 그의 희고 단정한 이목구비로 번지듯 흘러내렸다. 꾹 다문 입술과 남자치고는 가느다란 목덜미로도 기름 같은 땀이 번졌다. 삼십대 중반으로 보이는데도 여느 육체 노동자처럼 벌써 서너 가닥의 주름이 얼굴 근육 주변에 몰려 있었다. 철 지나보이는 잿빛 바지에 작업복 상의를 걸쳤는데, 요즘에도 그렇게 입고 다니는 사람이 있을까 싶게 허름했다.

정은이 그저 무심히 쳐다보고 있자니, 남자는 무거운 짐에 어깨와 얼굴의 한 부분이 짓눌린 채 땅 위에 비스듬히 시선을 꽂은 석

고상처럼 굳은 자세로 뒷모습을 보이며 골목을 빠져나갔다.

　남자는 사라졌지만 마치 어떤 무거운 숙명을 지고 가는 듯이 그 한껏 침잠된 고통스런 표정이 정은의 뇌리에 잠시 환영처럼 남았다.

　세발자전거를 탄 어린이가 반대편 입구에서 불쑥 나타났다. 강아지 한 마리가 그 뒤를 따르고 어디선가 수챗구멍에 물 쏟아붓는 소리가 요란하게 들렸다.

　정은은 옷자락을 털며 일어났다. 그림자가 그새 한층 짧아졌다. 다음 골목으로 접어들면 그녀의 친정집이 있었다. 땅으로 내려서며 그녀는 대충 머리 매무새와 옷차림을 정돈했다. 이마에 닿는 햇살이 훨씬 따끔했다.

　자전거에 탄 아이가 손가락을 빼물고 그녀를 올려다보았다. 낯이 익은 것도 같고 아닌 것도 같았다. 집에 두고 온 아이들이 잠깐 생각났으나 정은은 머리를 털었다. 아이들은 시어머니가 끔찍이 거두고 있을 것이었다. 더이상 망설일 것은 아무것도 없었다. 정은은 천천히 걸음을 떼었다.

　정은이 막 골목길로 들어서는데 연탄광 위에 만든 손바닥만한 장독대 위에서 어머니가 내려다보았다.

「어이구, 또 오는구나. 내 어젯밤 꿈자리가 사나워서 그럴 줄 알았니라.」

늦게 정은을 얻은 바람에 그녀가 장성했을 때는 이미 늙어버린 어머니는 그렇게 탄식을 섞어 중얼거렸다. 어머니는 너무 낡아 시뻘건 녹이 슨 데다 덩치 큰 사람이라면 올라서지도 못할 좁고 가파른 철제 간이층계를 한 손에 된장단지를 들고 위태롭게 내려왔다. 그러고는 혀를 끌끌 차며, 문 앞에 말없이 다가와 서 있는 정은에게 대문을 열어주었다.

　무표정한 얼굴로 문안으로 들어선 정은은 입을 꼭 다물고 천천히 마당을 가로질러 마루 끄트머리에 가 앉았다. 가방도 들지 않은 빈손이었다.

　대문 옆 담장을 따라 길게 이어 만든 작은 화단의 나무에는 밥풀 같은 하얀 꽃이 지천으로 피었다. 이제 더운 기운이 완연한데도 목이 긴 티셔츠를 입은 정은은 마루 끝에 손님처럼 걸터앉아 무연히 그 꽃나무에 시선을 던졌다. 그 자리에 앉으면 자연스레 시선이 거기 머무는 것이었다. 부엌에 된장단지를 두고 온 어머니가 허리를 구부정하게 수그리고 그녀 옆에 나란히 앉았다. 무어라고 말을 건네려다 말고 어머니도 시선을 화단에 두었다.

「글쎄, 장미라고 해서 모종을 사다 심었더니 싸리지 뭐냐. 온 천지에 사기꾼들뿐이니.」

　어머니는 새삼스럽게 화가 치민 듯이 낮게 혀를 찼다. 지난해 식목일을 전후해서 골목을 지나다니던 뜨내기 나무장수에게 모종 몇 그루를 속아 산 일은 정은도 알고 있었다. 이곳에 올 때마다 어머니는 생각난 듯 그 이야기를 했기 때문에 벌써 여러 번 들어온 소리였다. 어머니가 그 뜨내기 장사꾼에게 새삼스레 화가 치민 것이 아니라는 것도 알았다. 어머니는 단지 어려운 말을 꺼낼 빌미를 찾는 것뿐이었다.

「이번엔 아주 나왔어요, 엄마.」

　정은은 조마조마하는 망설임이 섞인 어머니의 의혹을 단번에 풀어주었다.

「뭐라구?」

　어머니가 골처럼 주름진 얼굴에 망연한 표정을 싣고 멍하니 정은을 맞바라보았다. 정은은 여러 번 친정을 찾아왔었지만 한 번도 그런 결정적인 단언을 스스로 꺼낸 적이 없었다. 원래 신중한 성품이라 주변에서 극단적인 충언을 하는 사람이 있어도 입을 꼭 다물고 귀를 기울이는 것 같지 않았었다.

갑자기 황망해진 어머니는 딸의 기색을 살피며 더듬더듬 중얼거렸다.

「요즘 세상에 맞고 사는 사람이 어디 있냐고 하더라만…… 사람이 겉보기로 알 수 없더라만…… 게다가 웬 의처증은…… 어찌 번듯한 대학 나온 멀쩡한 사람이 하루이틀도 아니고…… 그렇다고 그럴 수가.」

거의 울상이 되어 주절주절 중얼거리는 노인의 얼굴에 티없는 초여름의 햇살이 평화롭게 내리비쳤다. 정은은 서릿발처럼 냉랭한 얼굴로 담담하게 앉아, 밥풀꽃을 피우고 있는 싸리나무만 무연히 바라보고 있었다.

「아이들은 어떡할라냐?」

어머니가 갑자기 생각난 듯 물었다. 정은의 표정 없는 얼굴에 거친 물살 같은 흔들림이 일었다. 그것을 놓치지 않고 어머니가 다그쳤다.

「아이들은 어떡할래? 사람이 만나고 헤어지는 게 그렇게 단순한 일이 아니다.」

어머니의 목소리에 단단한 뼈마디 같은 기대가 서렸다. 어머니는 두 손으로 치마폭을 싸쥐고 정은의 곁으로 바짝 다가와 앉았다.

정은이 어머니를 흘낏 바라보며 벽에 등을 기대었다. 그녀는 눈을 감았다 뜨며, 낮지만 단호한 목소리로 말했다.

「엄마, 아주 많은 생각을 거듭해서 결심한 거예요. 쉽게 내린 결정이 아니에요. 엄마, 그러니 받아주셔야 해요. 아이들도 위자료도 다 포기했어요.」

정은이 입을 다물었다.

　마른하늘에 천둥이 치는 것처럼 어머니는 도저히 믿을 수 없다는 듯 망연하게 다시 한번 딸을 쳐다보더니 깊게 주름진 그 얼굴이 점점 더 일그러졌다.

　정은은 다시 벽에 등을 기댄 채 눈을 감고 더이상은 아무말도 하지 않았다. 어머니가 후들후들 다리를 떨며 일어났다.

「장독대 뚜껑을 닫았는지 말았는지…… 원, 이렇게 정신이 없어서야.」

　어머니는 연탄광 쪽으로 걸어가더니 층계를 다시 오르기 시작했다. 한쪽으로 난 녹슨 난간을 붙잡고 노쇠해서 조그맣게 쪼그라진 몸피가 천근이나 되는 듯 한걸음 한걸음 힘겹게 올라갔다.

　갑자기 초인종소리가 울렸다. 어머니가 깜짝 놀라 돌아보는가 싶더니 느닷없이 휘청 넘어졌다. 정은이 뛰어갔을 때 어머니는 시멘트 밑바닥에 허리를 찧고 나부죽이 넘어져 있었다.

　대문의 칸살 사이로 사태를 바라보던 한 남자가 허술하게 잠긴 대문을 박차고 황망히 뛰어들었다. 정은과 그가 쓰러져 있는 노인을 안아 급한 대로 마루에 뉘었다.

「괜찮다, 나는 괜찮다.」

　그나마 계단 아래쪽에서 떨어진 덕분인지 정신을 잃지 않은 어머니는 아이구 허리야, 하며 낮은 신음소리를 냈다.

「제 탓입니다. 제가 그때 초인종을 누르지만 않았으면…….」

　그가 정은을 향해 쩔쩔매는 목소리로 말했다.

「아니에요, 어머닌 저 때문에 충격을 받으신 거예요.」

　정은이 대답하면서 무심히 그를 바라보다가 미심쩍게 눈을 떴다. 조금 전 골목길에서 텔레비전을 메고 힘겹게 걸어가던 그 남자 같았기 때문이었다. 그도 정은을 바라보았다.

「무슨 일로 오셨죠?」

정은이 어리둥절해 하자 통증으로 얼굴을 잔뜩 찡그린 어머니가
대신 대답했다.

「아랫방에 새로 세 든 이씨다.」

「아, 예.」

정은이 고개를 끄덕였다.

「허리를 다치셨나 본데 병원에 가보시죠.」

이씨라고 불린 그가 걱정스러운 얼굴로 노인을 내려다보며 말했
다. 얼추 서울 말투 같았지만 정은으로서는 처음 듣는 낯선 억양이
섞여 있었다. 가까이서 보니 남자는 긴 눈매가 순하면서도 다부져
보였다. 어딘지 모르게 침울한 데다 차림새가 몸에 익지 않아 어색
해 보여서인지 좀 미묘한 인상을 주었다. 이를테면 그는 주변에서
흔히 마주치는 보통 사람들과는 많이 다른 뭔가 색다른 느낌을 풍
기고 있었다.

사람을 보는 데 예민하고 까다로운 정은은 이씨를 처음 보았을
때처럼, 마치 연극 무대에서 어울리지 않는 역할에 부득이 충실한
연기자에게서 느껴지는 미심쩍은 부자연스러움을 다시 어렴풋 감
지했다.

「이제 제가 알아서 할 테니 그만 일보세요.」

방이 비좁은 데다 간이부엌을 억지로 내달아서 방세가 헐한 만큼
주거 조건이 열악해 수시로 세입자가 바뀌는 건넌방에 새로 들어
왔다는 그에게 정은은 사무적으로 말하고 어머니를 내려다보았다.

「택시를 불러올 테니 병원에 가서 엑스레이를 찍어봐요.」

「무슨 엑스레이…… 누워 있음 괜찮겠지.」

어머니가 완강하게 머리를 흔들었다.

「안돼요, 엄마. 지금은 괜찮은 것 같아도 후유증이란 게 있다구
요. 더군다나 나이도 계신데 큰일나요.」

어머니는 눈을 가늘게 치뜨고 정은을 바라보더니 끙하고 돌아누
웠다.

「네 말은 안 듣겠다. 네 결혼도 네 말 듣고 저지른 일 아니냐. 예
　서 더 큰일이 뭐 있겠어.」

정은의 얼굴이 무안으로 붉어졌다. 그때까지 자리를 지키고 있던
이씨가 슬그머니 일어나 연탄광 옆에 잇대어 지은 셋방 부엌 쪽으
로 건너갔다.

사라졌던 그가 곧 다시 나타났다. 정은이 언뜻 보니 손에 무엇인
가를 들고 있었다.

「끌신 여기 있습니다.」

끌신?

정은은 그가 댓돌 위에 가지런히 올려놓고 가버린, 어머니가 떨
어뜨린 실외용 슬리퍼를 내려다보았다.

시장에서 조그만 건어물 가게를 하는 정민 내외는 밤이 늦어서야
귀가했다. 정은이 홀연히 친정에 와 그렇게 앉아 있는 것이 처음
있는 일이 아니었으므로 새삼 궁금해 하지도 않았다. 별다른 대화
없이 늦은 저녁을 함께 들고 나서 정은이 선언하듯 말했다.

「세영아빠와는 부부 인연을 끊기로 했어요. 이제는 완전히 마음
　을 굳혔으니 저도 제 살길을 열겠어요. 당분간만 여기 머물게
　요.」

아이의 이름을 올리는 정은의 입술이 가늘게 떨렸다. 말을 다 마
치지도 못하고 정은의 고개가 참담하게 떨구어졌다.

정민은 담배만 뻑뻑 피워댔고, 남편보다 야무지고 세상일에 약삭
빠른 올케가 얼른 말을 받았다.

「누가 뭐라 하지 않아요. 우리는 상관 말고 고모 실속 좀 차리세
　요. 어떻게 빈손으로 나올 수가 있어요? 허긴 지지리 안되는 그

집구석에서 뭐 내놓을 것도 없겠지만, 이건 너무 억울하잖아요.」
　말은 그렇게 했지만 정은이 그 동안 겪어온 고통을 너무도 잘 아
는 올케도 정은의 결심을 이미 받아들이기로 체념한 표정이었다.
　입을 꼭 다물고 일어서는 정은에게 정민이 말했다.
「준이 방을 쓰거라. 어머니 잠이라도 편하게 주무시게.」

　이제 막 성년이 되어 군대에 간 조카의 방에서는 제법 남자 냄새
가 났다. 남편이나 오빠에게서 느낄 수 없는 풋풋하고 어설픈 남자
냄새였다.
　책상 벽에는 짧게 깎은 머리에 군모를 쓰고 군복을 입어 훨씬 사
내답고 다부지게 보이는 조카의 사진들이 여기저기 핀셋으로 붙여
져 있었다. 팔짱을 낀 동료들과, 혹은 사열중에, 혹은 장총을 꼬나
들고 눈을 부릅뜬 씩씩한 모습의 사진 하단에는 '필승' '적을 초개
같이 무찌르자' '일당 백 정신으로!' 이런 구호들이 휴전선을 지키
는 어린 병사의 약간 치기 어린 용기와 새삼 눈뜬 애국심을 드러내
듯 과장된 필체로 휘갈겨져 있었다.
　정은은 조카가 쓰던 일인용 침대 대신 올케가 가져다준 새 이부
자리를 방바닥에 깔고 잠자리에 누웠다. 그러나 좀체로 잠이 올 것
같지 않아 부스스 일어나 벽에 비스듬히 기대앉았다.
　자리에 누우면 온몸의 통증이 새삼 도지는 것 같았다. 정은은 옷
자락을 무심히 들치고 희미한 탁상등으로 자신의 몸을 비추어보았
다. 결혼생활 오 년 동안 정은이 얻은 것이라고는 이제 여섯 살 된
딸 하나와 네 살바기 아들 하나, 그리고 몸과 마음에 남은 무수한
상처 자국뿐이었다. 이제 아이들마저 내주고 왔으니 오직 퍼런 멍
자국만 남은 셈이었다. 어딘지 우수를 품은 탐미적 인상을 주어 그
녀를 사로잡았던 그에게 어떻게 그런 무지막지한 폭력성이 잠자고

있었을까.

　그가 비정상적인 전조를 처음 보인 것은 결혼한 지 두 달 만이었다. 그날은 함께 살던 시어머니가 시제를 지내려 고향에 내려가 처음으로 둘만의 시간을 가진 때였다. 남편에게 모처럼 예쁘게 보이고 싶은 새색시의 욕심으로 정은은 저녁 준비를 마치고 샤워를 했다. 막 욕조를 나와 옷을 갈아입자마자 그가 귀가했다. 뭔가 회사에서 못마땅한 일이 있었던 듯 한껏 찡그린 얼굴을 한 그는 정은이 미처 치우지 못한 욕실로 들어가더니, 지저분하게 이게 뭐냐면서 버럭 화를 내는 것이었다. 정은은 무안하기도 하고 기대가 어긋나기도 하여, 뭐 그런 걸 가지고 그러세요? 한마디했다. 그러자 그의 눈에 순간 퍼런 인광이 비친다 싶더니 갑자기 정은의 뺨을 냅다 휘갈기는 것이었다. 말대꾸를 한다는 것이었다. 정은은 너무도 황당한 느낌이 들어 방바닥에 엎어져 울었고 그는 창백해진 얼굴로 이내 쩔쩔매며 사과를 했다.

　그러나 그것은 시작에 불과했다. 그런 식으로 별 대단한 이유도 없이 그의 폭력은 갈수록 상습화되었다. 참다 못한 정은이 친정에 다녀온 뒤로는 의처증까지 내보이며 외출을 금지시켰다. 감시하고 때리고 사과하고, 감시하고 때리고 사과하는 지겹고 황당하고 일방적인 상황이 날이 갈수록 더욱 심화되었다.

　「걔 애비가 그랬니라. 그런 못된 짓을 대물림하다니.」

　하나뿐인 아들에게 무조건적인 시어머니가 얼마 전 그렇게 변명 아닌 변명을 했을 때에야 정은은 희미한 가닥을 잡을 수 있었다. 남편의 폭력은 성장기 때부터 잠재하던 일종의 정신병인 것이었다.

　그러나 이해할 수 있다고 해서 용서할 수 있는 것은 아니었다.

　「심리학적으로 폭력적인 부모 밑에서 자란 자녀 중에 상습적인

폭력주의자가 나오기 쉽죠. 비정상적인 잠재의식을 본인 스스로
가 인정하고 받아들여야 근본 치료가 가능합니다.」

어제는 상담 의사의 충고대로 남편에게 정신과 치료를 권유했던
정은은 자기를 정신병자 취급한다고 펄펄 뛰는 그에게 목이 졸려
하마터면 목숨을 잃을 뻔했다. 아이들이 울부짖고 까마득히 정신
을 잃어가는 중에 정은은 이렇게 개처럼 죽을 수도 있구나 싶었다.
정은은 그때까지 미처 의식하지 못했던 생명에 강한 집착을 느껴
결심을 굳혔다. 아이들에게 이런 광경을 대물림하느니 차라리 내
가 모든 것을 포기하자.

그녀는 아침 일찍 곧장 변호사를 찾아가 남편 직장으로 내용증명
의 이혼장을 보내고 아무것도 쥐지 않은 빈손으로 홀가분하게 집
을 떠난 것이었다.

한밤중에 정은은 잠이 깼었다. 어느새, 잠이 들었는지 이불도 덮
지 않고 바닥에 모로 누워 있었다.

가슴속에서 불덩이가 치솟는 것 같은 화증에 늘 한두 번쯤 잠이
깨곤 했었는데 그날은 어디선가 이상한 소리가 들리는 바람에 눈
이 슬몃 뜨인 것이다. 달빛이 스며들어와 물체의 윤곽만 희끄무레
하게 드러나는 어두운 밤이었다. 큰길에서 많이 접어든 주택가라
밤이면 골목을 지나가는 발소리도 들릴 만큼 고즈넉했는데, 어딘
가 멀지 않은 곳에서 정체를 헤아릴 수 없는 이상한 소리가 간헐적
으로 들려오고 있었다. 깊은 상처를 입은 짐승이 앓는 신음소리 같
은가 하면 이불을 뒤집어쓰고 통곡하는 소리 같기도 했고 황야를
쓸어가는 거칠고 세찬 바람소리 같기도 했다.

처음에는 어머니가 몹시 아픈가 했으나 마루를 가로지른 어머니
방은 소리의 근원이라 하기엔 너무 멀었고 또 아무리 귀기울여도
노인이 내는 신음 같지는 않았다.

우우…….

끊어질 듯 이어지는 고통스럽고 처절한 그 소리에 정은은 귀를 모으다가 다시 까무룩 잠이 들었다.

아침에 일어나 마당으로 나가니 수돗가에 구부정하게 엎드려 무언가를 씻고 있는 남자의 등이 보였다. 아랫방에 새로 들어왔다는 이씨였다. 가까이 보니 나이답지 않게 흰머리가 듬성듬성했다.

「안녕히 주무셨어요?」

인기척을 느꼈는지 그가 얼른 뒤를 돌아보고는 인사를 했다. 역시 서울말과 버무려진 낯선 억양이었다.

「네. 잘 주무셨어요?」

정은이 건성으로 받으며 무심코 바라보았다. 그가 들고 있는 것은 쌀바가지였다. 방금 씻어낸 한 움큼의 쌀이 아침 햇살에 유난히 뽀얬다.

「부인이 어디 가셨나 봐요?」

정은이 묻자 아, 예, 남자가 대답을 우물거리곤 자신의 부엌으로 성큼 들어가버렸다. 여전히 어제와 같은 차림이었다.

「이씨는 아직 총각인가 보더라. 식구가 암도 없어.」

어머니가 뒤따라 마당으로 내려서면서 말했다.

「나이가 꽤 들어보이는데요?」

정은이 어리둥절해 하자, 「내 알겠니? 무슨 사정이 있는 건지……. 물어봐두 말두 없구. 어른한테 어찌나 극진하게 하는지 사람은 참하더라만.」 어머니가 아구구, 허리를 한번 두드리며 덧붙였다.

「요 앞 보수 쎈타 김씨하고 같이 일한다. 우리 하수구 막혔을 때도 공짜루 고쳐줬니라.」

아침을 먹고 정은은 이력서를 여러 통 썼다. 결혼 전에 별로 알려지지 않은 소규모 출판사 한두 군데에서 편집 보조나 교정 일을 한 경력밖에는 뚜렷하게 내세울 게 없어서 쉽게 취직이 될는지 미심쩍었지만 어쨌든 할 줄 아는 일이 그뿐이어서 출판계 쪽으로 원서를 내보는 수밖에 없었다. 그 분야에서 자리를 탄탄하게 굳힌 옛 동료들이 조금이나마 힘이 되어주었다.

정은이 하루종일 이곳 저곳을 방문하고 저녁 늦게 터덜터덜 골목길로 접어드는데 이씨가 손에 비닐봉지 하나를 들고 한 발 앞서 걸어가고 있는 것이 보였다. 오랫동안 절도 있는 훈련을 받기라도 한 듯 허리를 꼿꼿하게 세운 독특한 걸음걸이였다.

정은이 뒤따라 대문 앞에 서자 그가 돌아보고 반기는 기색을 했다.

「이거 받으세요.」

이씨가 잘됐다는 듯이 손에 든 비닐봉지를 내밀었다.

「뭔데요?」

느닷없는 그의 호의에 정은은 경계하는 눈으로 내려다보았다.

「이거 약쑥에다 여러 가지 약초를 배합한 겁니다. 어머니 달여드리세요. 허리 다친 데 매우 좋지요. 원래는 백두산 호랑이 뼛가루가 즉효지만 이곳에서는 구할 수 없어서요.」

싱그러운 풀 냄새가 희미하게 풍기는 봉지를 받아들던 정은은 그의 손등에 나무가시에 긁히기라도 한 듯 여기저기 벌건 줄이 그어져 있는 것을 보았다. 그러고 보니 신발도 흙투성이고 바짓가랑이에도 아직 덜 마른 흙가루가 덕지덕지 붙어 있었다.

혹시 이 약초들을 직접 산에 가서 뜯어온 거 아녜요? 정은이 미심쩍게 물으려는데 그가 덧붙였다.

「……타박상에도 아주 좋습니다.」

　노인이 문을 열어주자 이씨는 인사를 하고 자기 방 쪽으로 급히 걸어가버렸다.

　타박상에도 좋다구? 가볍게 입술을 깨문 정은은 퍼런 멍이 든 자신의 목덜미에 손이 갔다. 잘 알지도 못하는 남자의 배려에 은근히 자존심이 상했던 것이다.

　약은 정말로 신묘한 효과를 보였다. 엑스레이로는 아무 이상이 없다는데도 앉고 일어설 때마다 고통스러워하던 어머니는 약초를 달여드린 지 사흘도 못되어서 더이상 신음소리를 내지 않았다.

　며칠 후, 정은이 귀가하여 초인종을 누르자 이씨가 문을 열어주었다. 수돗가에는 그가 다듬고 있던 콩나물이 함지박에 담겨 있었다. 어머니는 가게에 나갔는지 보이지 않고 그는 웅크리고 앉아 하던 일을 계속했다. 정은이 신발을 벗다 말고 그를 내려다보았다. 콩나물 한 오라기도 허투루 버리지 않고 다듬는 그의 손길이 하도 신중하고 진지해서 마치 귀중한 작품을 다루는 예술가 같았다. 참 별난 사람도 있구나. 정은은 언뜻 그렇게 생각하고 어머니가 알아서 사례는 했겠지만 얼굴을 대한 이상 아무래도 한마디 안할 수가 없어서 입을 열었다.

　「좋은 약을 줘서 고마워요.」

　「아, 예.」

　이씨는 쑥스러운 상황이면 늘 그러듯 모호하게 말끝을 흐리더니 곧 하던 일로 돌아갔다. 정은이 잠시 입을 다물었다가 물었다.

　「그런데 얻어맞은 타박상에도 정말 좋은가요?」

　「예?」

　다른 생각을 하느라 무슨 말인지 잘 못 들었다는 듯이 이씨가 고개를 들고 쳐다보았다.

　「심하게 두들겨 맞은 데도 효과가 있냐구요?」

정은이 심술궂게 덧붙였다. 정은이 깊은 상처를 건드리기라도 한 것처럼 갑자기 그의 얼굴이 흙빛으로 일그러졌다. 그러나 이내 평정을 되찾고 그가 담담하게 대꾸했다.

「그렇습니다.」

정은이 그를 물끄러미 바라보다가 조심스레 중얼거렸다.

「난 내 얘기를 한 건데…… 이씨도 누군가에게 맞은 적이 있나요?」

남자들이야 군대도 다녀오고 더러 객기를 부릴 경우도 생길 테니 그런 일도 있을 수 있겠지. 정은은 대수롭잖게 물었으나 남자는 무엇엔가 넋을 잃은 사람처럼 잠시 멍하니 함지박을 내려다보다가 그냥 아무말 없이 부엌으로 들어가버렸다.

영문을 모르는 정은이 고개를 갸우뚱하는데 찬거리를 잔뜩 안은 어머니가 대문으로 들어섰다.

「무슨 장을 이렇게 많이 봤어요?」

무거운 비닐봉지들을 건네받으면서 묻는 정은에게 어머니가 혀를 끌끌 찼다.

「딸자식하곤……. 낼 모레가 늬 애비 제사 아니냐.」

「미안해요. 요즘 제 정신이 딴 데 있어서…….」

정은이 쑥스러운 목소리로 얼버무리듯 대꾸했다. 그리고 이내 봉지들을 풀어 생선 꾸러미며 채소 들을 가름질해서 다듬기 시작했다. 정신이 딴 데 있는 건 사실이었다. 직장을 어느 정도 수소문하고 난 정은은 요 며칠째 아이들이 너무 보고 싶어 집 근처를 서성이다 돌아오곤 했었다. 아이들은 한 번도 문밖으로 나오지 않았고 남편과 시어머니의 그림자만 보았다.

우우…….

그 밤, 정은은 잠결에 또 그 이상한 소리를 들었다. 바람소리 같기도 하고 처참한 신음소리 같기도 한, 아니 창살에 찔린 짐승이 고통을 못 이겨 산속 깊이 숨어 터뜨리는 듯한 절절하고 억눌린 울음소리.

정은은 귀를 기울여보다가 그 희미한 소리가 다른 곳이 아니라 바로 벽을 타고 들려오는 소리라는 것을 알았다. 그러고 보니 준이의 방은 세를 준 아랫방의 벽과 붙어 있었다. 제법 큰소리가 아니더라도 들리지 않을 까닭이 없었다.

그렇다면 그 이씨가?

검푸른 어둠 속에서 정은은 혼몽한 정신을 모아 어렴풋이 이씨를 떠올려보았다. 그러나 말투며 행동거지며 생김새에 어딘지 순박하고 어색한 느낌이 내비치고 도시 사람답게 세련되지 않을 뿐, 세상에는 저 나름의 개성이 두드러지는 이들이 더러 있는 터라 그렇게 유난스런 사람 같지는 않았었다.

그렇다면 꿈속에서 내가 울기라도 했던가?

정은은 머리를 흔들고 다시 스르르 잠에 빠져들었다.

아침상을 보던 어머니가 정은에게 북어찜 접시를 내밀었다.

「이씨 갖다줘라. 원, 남자 혼자 살림이 여북할까. 밥 한끼 같이 먹재도 사양하고, 시장엔 먹을 것 천진데 만날 김치에 고작 콩나물국이니.」

정은은 접시를 들고 마당을 가로질러 그의 부엌으로 갔다. 문은 반쯤 열려 있고 부뚜막 옆 댓돌에는 신발 하나 보이지 않았다.

이른 아침부터 어디에 간 것일까?

정은은 생각보다 정갈하게 정리된 부엌을 휘둘러보고 찬장 앞에 그릇을 놓았다. 돌아서 나오려는데 문득 호기심이 일었다. 더욱이 밤에 들리는 그 짐승 같은 울음소리는?

정은은 고개를 내밀어 굳게 잠긴 대문을 한번 기웃거려보고 방과 부엌을 가로지른 미닫이문을 조심스레 열어보았다. 미닫이문에는 자물통이 달려 있었으나 그는 곧 돌아올 셈이었는지 잠가놓지 않았다.

정은은 문을 열고 방안을 들여다보았다. 북쪽으로 조그만 창이 난 서향 방은 어둠침침하고 음산해 보였다. 방 역시 부엌처럼 말끔하게 정돈된 상태였고 거주인의 체취가 희미하게 풍겼다. 벽 귀퉁이에 조립식 간이옷장이 하나 있고, 나무책상과 나란히 이부자리가 단정하게 개켜져 있었다. 책상 위에는 조그만 구형 라디오가 보였다. 극히 기본적인 것만 갖춘 단출한 살림뿐 흔한 텔레비전도 없었다.

문을 닫으려던 정은은 이부자리 위에 어린 사내애들이나 좋아할 만한 플라스틱 장난감 자동차와 비행기가 놓여 있는 것을 문득 보았다. 마치 품고 자는 것이라도 되는 양 베개 옆에 나란히 놓여 있었다. 방주인이 금방이라도 들이닥칠 것만 같아 정은은 서둘러 문을 닫았다.

「받더냐?」

부엌으로 돌아오니 어머니가 물었다.

「없던데요.」

「공원으로 달리기 갔는갑다. 늬 오래비 하는 걸 보구 고생을 사서 하느냐구 신기해 하더라만, 인제 그 사람도 나다니는가 보더라.」

「조깅요?」

정은이 되묻자 어머니가 호호 웃었다.

「그래, 이씨가 좀 엉뚱한 데가 있더라. 도대체 말을 안해서 잘 알 수 없다만은 아주 먼 촌에서 왔나 봐. 세상 물정에 통 어둡다니까.」

이씨 이야기가 나오자 이것저것 생각나는 게 제법 많은지 어머니
가 중얼중얼 말을 이었다.

「세를 줘보니까 별의별 사람을 다 겪는다만은 내, 콜라 보구 우
는 사람은 첨 봤다.」

「콜라요? 마시는 콜라 말이에요?」

정은이 어리둥절해 했다.

「그래 말이다. 내 그때 하수구 고칠 때 하두 더워뵈서 콜라를 사
다 줬더니만 그걸 마시면서 이리 들여다보구 저리 들여다보구 눈
물을 흘리잖어. 내 혼자 봤으면 거짓말이라 하겠지. 늬 올케두 봤
니라.」

「설마.」

정은은 피식 웃었지만 불현듯 써늘한 갈색의 그 거품이 그녀의
가슴속으로 끓어오르며 그리움이 울컥 치받쳤다. 자극적이고 달콤
한 맛의 그 음료는 햄버거와 함께 아이들이 가장 좋아하는 기호품
이었다. 그러나 이빨을 담가놓으면 흔적도 없이 녹여버린다는 그
강한 음료를 정은은 아이들에게 아주 특별한 날 외엔 절대로 사주
지 않았었다.

「얘가 안 믿나? 또 있다.」

어머니는 딸의 반응이 시큰둥하자 기억을 더듬으려고 애를 쓰더
니 이내 손뼉을 쳤다.

「맞다. 한번은 이씨가 테레비를 고쳐서 같이 틀어 보는데 마침
여자 레슬링을 하잖겠냐. 그런데 이씨가 그걸 보고 여간만 신기
해 했던 게 아냐. 생전 처음 본다는 게야. 게다가 그걸 큰돈 받구
한다니까 기가 막혀하더구만.」

「어머니도 참.」

정은이 웃었다.

「서울 사람도 여자 레슬링하는 거 못 본 사람 많아요.」
정은이 자리를 털고 일어났다.

경찰차의 사이렌소리가 요란하게 울렸다. 한밤중이었다. 온 식구가 잠을 깨 내다보니 사람들이 골목 바깥에 웅성웅성 모여 있었다. 시계를 보니 새벽 두시 십분이었다. 일에 매달렸던 사람들에게 가장 안온할 시간에 이 조용한 주택가에 뭔가 사건이 터진 것이 틀림없었다.

「무슨 일이 났는갑다. 나가 보고 올래?」

어머니가 느지막이 마루로 나오긴 했으나 연신 하품을 하고 있는 아들과 며느리 쪽을 향해 말하는 걸 정은이 나섰다.

「잠도 안 오는데 제가 다녀올게요.」

정은은 슬리퍼를 끌고, 늘 한적하던 평소와는 달리 시끌벅적해진 골목 밖으로 나갔다. 시장 입구에 있는 동네의 유일한 금은방 앞에 비상 표시등이 핑글핑글 돌아가고 있는 경찰차 두 대가 주차해 있고 사람들이 둘러서서 쑥덕거리고 있었다. 가게의 방범 셔터를 감쪽같이 열어젖힌 도둑이 금고에 들어 있던 귀금속과 현찰을 송두리째 털어갔다는 것이었다.

「금고에 손을 대는 순간 집으로 연결된 비상벨이 울려서 곧바로 뛰어나왔으니 멀리 못 갔을 겁니다. 이 근처만 수소문해도 찾아낼 수 있을 거라구요. 이 근방을 빨리 수색합시다.」

정은도 안면이 있는, 머리가 훌떡 벗겨진 주인이 불그레한 얼굴을 한 채 발을 동동 구르며 연신 소리치고 있었다.

「아이구, 우린 망했네. 유학 가는 우리 아들 주려구 예금을 딸라로 몽땅 찾아놨는데…….」

그의 부인인 듯한 오십대의 여인은 잠옷 위에 코트만 걸친 차림으로 사색이 되어 울부짖었다. 정복과 사복 경찰들은 제각기 흩어져 현장 사진을 찍고 지문을 채취하고 본부에 무선 보고를 하는 등 바삐 움직였다.

「이 근처를 빨리 수색해 보자니까요.」

다혈질에 거드름피우기로 소문난 주인이 경찰에게 명령 반 애걸 반 다그치는 소리를 들으며 정은은 곧바로 집으로 돌아왔다. 아직 마루에서 기다리고 있던 어머니에게 상황설명을 하고 났는데 다급히 대문을 두드리는 소리가 났다.

「이보시우. 이씨 있수?」

「누구세요?」

어머니가 내다보고, 보수 쎈타 김씨구나, 했다.

「이씨는 왜 찾아요? 자는가 본데?」

동네가 이렇게 어수선한데도 꼼짝없이 잠만 자고 있다는 게 이상했으나, 얼굴을 안 내미니 그렇게 대답할 수밖에 없었다.

「아니, 내가 찾는 게 아니구 경찰이 부르는구먼요. 실은 이씨가 오늘 황금당 셔터를 수리했기 땜세 좀 알아볼 게 있는가 보우. 여하튼 좀 깨워주시우.」

어머니가 이씨를 깨우러 가고 정은이 대문을 열어주자 늙수그레한 김씨가 엉거주춤 들어왔다. 미닫이문 열리는 소리와 함께 이씨도 방에서 나왔다. 잘 때도 그 차림인지 아니면 밖이 소란해서 금방 챙겨 입은 것인지 낮에 보았던 차림새 그대로였다. 그는 비칠비칠 걸어나오더니 쓰러질 듯 김씨에게 매달렸다.

「경찰이…… 날 부른다구요?」

마당을 환히 밝힌 전등에 비친 이씨의 얼굴은 평소와는 달리 극심한 불안과 공포감에 짓눌려 있었다.

「난 아무…… 죄가 없습니다. 제발…… 날 내버려두십시오.

난······.」

온몸을 사시나무 떨듯 하는 그는 겨우 알아들을 정도의 말소리만 낼 뿐이었다. 마치 공포영화를 현실로 받아들이는 심약한 어린아이 같았다. 열려진 대문으로 금은방 주인이 씨근덕거리며 뛰어들었고 몇 사람이 우르르 몰려 들어왔다. 이씨가 무너질 듯 꿇어앉았다.

「난 아무······ 나쁜 짓도 저지르지 않았어요. 내가 무얼 잘못했다고······.」

그들의 발 밑에 엎드려 중얼거리는 이씨는 마치 겁에 질린 조그만 짐승 같았다. 그 광경을 저만치서 지켜보던 정은의 등으로 흠칫 얼음 같은 소름이 타고 흘렀다. 공포에 가득 찬 그의 태도에서 남편 앞에 내팽개쳐진 자신의 모습이 연상되었기 때문이었다. 불가항력의 절대적 힘에 대한 나약한 자의 공포. 극대화된 위협 앞에 어찌할 길 없는 본능적 자기 보호.

경찰이 채 따라 들어서기도 전에 금은방 주인이 갑자기 그의 멱살을 휘어잡으면서 소리쳤다.

「이 자식, 혹시 진짜 범인 아냐? 떠는 게 수상하네? 어서 끌고 가서 경찰에 넘기자구.」

이씨는 질질 끌리다시피 붙들려갔다. 순식간에 벌어진 사태에 어이가 없어 쫓아나간 정은에게 이씨가 돌아서더니 겨우 들릴 만큼 낮고 빠르게 소곤거렸다.

「내 방에······ 아무도 못 들어가게 해주세요. 제발 부탁······.」

「이 자식이 뭐라는 거야? 이 도둑놈!」

말이 채 끝나기도 전에 금은방 주인이 냅다 그의 뺨을 후려갈겼다.

정은이 지켜달라던 그의 방으로 들어간 건 단순한 호기심 때문이

었는지 아니면 경찰이란 말만 듣고도 극심한 공포감을 보이던 그
의 태도를 미심쩍게 느꼈기 때문이었는지 스스로도 알 수 없었다.
　문단속을 하고 제 방으로 들어가려다 말고 정은은 슬그머니 발걸
음을 옮겼다. 이씨의 방문을 여니 주인이 황망중에 빠져나간 어수
선한 잠자리가 눈에 들어왔다. 그 초라하게 흐트러진 이부자리 외
엔 엊그제 살짝 기웃거렸을 때와 아무것도 달라진 것이 없었다. 플
라스틱 장난감 자동차와 비행기도 여전히 베개 옆에 나란히 놓여
있었다.
　왜 이런 것들이 여기 있는 걸까? 정은은 무심히 만져보다가 문득
비죽이 열려 있는 책상서랍을 들여다보고 이내 기절할 듯 놀랐다.
그 안에는 새파란 미화(美貨)가 거짓말처럼 가득 채워져 있었던
것이다.

「뭐, 제가 도울 일은 없겠습니까?」
　아버지의 제삿날이었다.
　저녁식사가 끝나고부터 하나 둘씩 모여드는 가까운 친척들과 부
산스런 집 안을 옹색한 부엌문 앞에서 들여다보던 이씨가 슬그머
니 다가오며 물었다. 새벽 나절에 그는 경찰서에서 풀려나왔다. 장
물을 지닌 2인조 범인들이 불심검문에 걸려 바로 붙잡혔기 때문이
었다. 다행스레 짧은 시간에 불과했을지언정 금은방 주인의 성급
한 오해로 수모를 당한 그의 처지를 정은의 가족이 안쓰러워했지
만 당사자인 그는 오히려 천연한 태도였다. 그저 그만해서 풀려난
것이 다행이라는 기색이 역력했다. 금은방 주인은 아직 사과 한마
디 없었다.
「아뇨, 괜찮아요.」
　제상에 놓을 밤을 깎던 정은은 그를 대하기에 민망한 생각이 들

었다. 방을 지켜달라는 그의 부탁에 신뢰를 주기는커녕 한때나마
오해를 품었던 것이다. 아직도 그에게 어울리지 않는 미화들이 미
심쩍긴 했으나 정은이 상관할 바가 아니었다.

 밤 껍질을 벗기다 말고 정은은 헛손질을 했다. 살짝 벤 손가락 끝
으로 빨간 피가 가늘게 배어나왔다. 또 무심히 아이들 생각을 했나
보았다. 제삿날 밤이면 끝까지 자지 않겠다고 버티다가 어느새 눈
을 비비며 치맛자락 끝에서 슬그머니 잠이 들던 아이들, 그때까지
도 주전부리거리를 쥐고 있던 작고 귀여운 손, 포동한 뺨, 반쯤 벌
려 있던 조그만 입술. 보고 싶었다.

 핏방울 위에 그보다 진한 눈물방울이 뚝 떨어졌다.

 이씨는 저만큼 마루 끝에 슬그머니 걸터앉아 한쪽 벽에 세워둔
병풍과 잘 닦아 쌓아놓은 제기들을 무연히 바라보고 있었다. 그런
이씨를 보고 어머니가 다락을 가리켰다.

「이씨도 조상님이 생각나는가 보구먼. 그럼 저기서 큰상이라도
내려주겠나?」

「예.」

 그는 벌떡 일어나더니 다락을 열고 교자상을 꺼내와 병풍 앞에
가지런히 세웠다. 마른 수건을 달라고 해서 정성스레 잘 닦아내었
다. 그러고는 또 무슨 도울 일이 없는지 찾는 것처럼 두리번거리다
가 마루 끝에 다시 슬그머니 걸터앉는 것이었다. 마치 꼭 끼여들고
싶은 중요한 행사에 기웃거리는 사람에게서 보이는 순수한 진지함
이 느껴졌다. 타인들과 부딪치는 것을 어색해 하고 가능한 한 의식
적으로 피하려는 듯한 평소의 태도와는 많이 다른 모습이었다.

「고향이 어디세요?」

 둘러앉아 환담을 나누던 친척 중 한 사람이 문득 생각난 듯 이씨
에게 물었다.

「그런 말 묻지 말어. 자기 이야길 도대체 안하는 사람이더구만.」

어머니가 우물쭈물하는 이씨의 얼굴을 살피며 친척의 입을 막았다.

「혼자 사시는가 본데 결혼은 안하세요?」

눈치 없는 다른 친척 하나가 또 그렇게 물었다. 이씨는 난처한 듯 고개를 수그리고 여전히 대답 없이 가만히 앉아 있었다. 그러면서도 자리를 피하지는 않았다.

직장에서 퇴근한 남자 친척들이 느지막이 모여들자 화제는 곧 다가올 국회의원 선거로 모아졌다. 선거 때면 으레 그렇듯 중구난방 여기저기 후보자들의 흠집을 끌어내고 주로 정부와 여당의 정책을 비판하다가 결국 모든 정치판을 비방하는 이야기로 열들을 올렸다. 정은이 언뜻 보니 이씨는 대화는 한마디도 끼여들지 않은 채 낯선 표정으로 그들을 바라보고 있었다.

자정이 되어 제사의식이 시작되었다. 갖은 음식을 풍성히 올리고, 온 친척이 모여 정중하고 엄숙하게 올리는 의식을 숨은 듯 멀찌감치 참관하는 이씨의 모습에서 정은은 뿌리 잃은 자들이 드러낼 만한 진한 외로움과 부러움의 그림자를 읽었다.

「오늘 낮에 윤 서방이 찾아왔더라.」

저녁 후에 숭늉그릇을 내려놓으면서 정민이 말했다. 갑자기 주위가 조용히 가라앉았다. 연속극 화면에 모여 있던 어머니와 올케의 시선이 정은에게 쏠렸다.

「그 사람 얘기 듣고 싶지 않아요.」

정은이 자리에서 일어나 주섬주섬 밥상을 치우기 시작했다.

「그래, 내가 뭐라겠니. 선택은 네가 알아서 하거라. 그렇지만 이번만은 윤 서방도 크게 뉘우치는 것 같더라. 그 뻣뻣한 사람이 날

찾아온 게 우선 그렇잖니? 네가 원한다면 정신과 치료도 받겠다
고 하더구나.」
「오빠.」
정은이 무릎을 털썩 꿇고 주저앉았다.
「우리가 그런 식으로 한두 번 속았나요? 제발 더이상 우습지 않
게 날 내버려둬요. 내가 목 졸려 죽은 다음에야, 우리 아이들이
살인자의 자식이 된 다음에야 그때 그 애의 말이 진실이었구나
깨달으면 뭐 해요? 제발 날 더이상 그 인간하고 연결시키지 말라
구요.」
아이들을 입에 올리는 정은의 얼굴이 심하게 떨리며 일그러졌다.
솟구치는 분노로 갑자기 목소리가 잠겨서 꺼이꺼이 꺼져가는 바
람소리를 내며 파랗게 질린 정은에게 어머니가 무릎걸음으로 성급
히 다가와 등을 두드려주었다.
「사람 잡겠다. 애야, 제발 그쪽 얘기는 꺼내지도 말아라.」
「정말이에요. 오죽하면 이러겠어요.」
올케가 남편에게 눈을 흘겼고 정민은 굳은 얼굴로 입을 다물어버
렸다.
정은은 벽에 걸린 카디건을 내려 걸치고 밖으로 나왔다. 그 동안
잠시나마 잊고 있던 고통이 새삼스레 생생하게 치밀어올라 그 자
리에 앉아 있을 수가 없었다. 초여름이었지만 아직은 밤 기운이 쌀
쌀했다. 낮에는 내내 바람이 심하게 불더니 빗방울이 뚝뚝 듣고 있
었다. 정은은 우산을 쓰고 골목을 벗어나 야산이 있는 시장 뒤쪽으
로 무작정 걸어갔다.
취직은 아직도 결정되지 않았다. 새로 문을 여는 지방 출판사에
자리가 있다고 했지만 별로 마음이 내키지 않았다.
서울을 떠나는 데는 아무런 미련이 없었지만 아이들에게서 멀어

지는 게 싫었다. 그러고 보면 아이들을 포기했다는 자신의 마음도 믿을 수 없는 것인지 몰랐다. 눈물이 그렁그렁 고인 채 겁에 질려 바라보던 아이들의 마지막 모습이 떠오르자 정은은 심장이 찢어질 듯이 아팠다. 무엇으로도, 어떻게도 달랠 수 없는 기막히고 절절한 아픔이었다.

아이들을 포기하는 게 이처럼 헤어날 길 없는 고통인 줄 알았으면 차라리 내 목숨을 맡기는 게 더 낫지 않았을까. 정은은 집을 나온 후 처음으로 깊은 혼란을 느꼈다.

비가 오기 때문인지 사람의 발자취가 없는 야산의 늙은 소나무에 기대어 정은은 한참을 소리내어 울었다. 그렇게라도 마음을 달래지 않고는 견딜 수가 없었던 것이다.

야산을 내려와 참담한 심정으로 집으로 향하는데 시장통에서 마주오던 이가 인사를 했다. 큰길 어귀 보수 센터의 김씨였다.

「이씨랑 술 좀 마시고 헤어지는 길이우. 평소에는 돈 한푼 안 쓰는 그 친구가 오늘은 술도 사고 되게 취했는데, 제대로 들어갔는지 모르겠구먼요.」

오십대 후반의 후덕한 목소리로 김씨가 염려를 비쳤다.

「예에.」

정은이 비켜 지나가려 하자 김씨 역시 많이 취했는지 중얼중얼 덧붙였다.

「그 친구 잘 좀 돌봐주시우. 따뜻한 남쪽 나라라고 찾아왔는데 벨 일을 다 당해싸니…….」

무슨 말인가 싶어 정은이 고개를 돌리고 그를 바라보았다.

「아, 모르셨수? 허긴 뭐 소문낼 것까진 없으니께. 이씨, 그 젊은이, 북에서 왔다우. 탈북 노동자라구 들어보셨능감요?」

김씨는 그렇게 중얼거리고서 휘적휘적 지나가버렸지만 정은은 몽둥이로 이마를 한 대 얻어맞은 느낌이었다.

그제야 어딘지 미심쩍던 이씨의 모든 것이 순식간에 풀리는 듯하였다. 말투에 깔린 낯선 억양, 나이에 비해 일찍 센 듯한 흰머리와 얼굴 주름, 세상살이에 어딘가 서투르고 낯선 몸짓, 그 어설픈 순박함 속에 가끔씩 보이던 범상치 않은 눈빛과 쌀 한 톨 콩나물 한 오라기조차도 진지하고 소중히 다루던 행동거지까지도.

그러나 한 집에서 함께 살고 있는 그가 정말 북녘에서 왔다니 믿어지지가 않았다. 어린 조카가 총칼을 메고 대치하고 있는 그 이방 지대에서 그가 태어나고 자랐다는 말인가. 무언가 색다른 사람들이 살고 있을 것 같은 북녘에서 온 그도 정은과 똑같이 소심하고 똑같이 인간적이며 똑같이 고뇌하는 것처럼 보였다. 조카는 도대체 무엇 때문에 그들을 향해 필승을 다짐하며 총구를 겨누어야 하는가. 무엇이 서로를 극단적으로 갈라놓고 있는가.

골목 어귀의 시멘트 계단 위에서 쏟아지는 빗줄기를 그대로 맞으며 마치 젖은 걸레뭉치처럼 둥글게 허리를 구부린 검은 그림자가 앉아 있었다. 정은이 친정으로 찾아들던 날, 잠시 쉬다가 그를 처음 발견했던 바로 그 자리였다. 유리가 깨져나간 가로등 불빛이 깊게 구부린 그의 등에 엷은 막을 씌우듯이 저만치서 희미하게 비추고 있었다. 정은은 그가 방금 김씨와 헤어졌다는 이씨임을 이내 알아볼 수 있었다.

정은이 가까이 다가가 걸음을 멈추자 그가 수그리고 있던 고개를 들고 바라보았다.

「아, 술이 너무 취해서요. 좀 깨면 들어갈까 합니다.」

그가 정은을 알아보고 비틀거리며 일어나려고 했다. 정은은 그가 일어나기 전에 계단 옆에 나란히 걸터앉으며 그에게 우산을 씌웠다. 비를 맞으며 앉아 있는 이 사내가 왠지 길 잃은 소년처럼 작고 초라해 보여 정은은 애처로운 느낌이 들었다.

「……북한에 가족이 있나요?」

잠시 망설이다 정은이 낮게 물었다. 그가 놀란 얼굴로 정은을 한 번 쳐다보더니 곧 순하게 머리를 끄덕였다.

「부모와 아내, 그리고 어린 아들이 하나 있어요. 오늘이 그 아이 생일입니다.」

이번에는 정은이 고개를 끄덕였다. 우산에 떨어지는 빗소리가 갑자기 커다랗게 들려왔다. 멀리 떨어져 있는 아이의 자지러진 울음소리처럼. 연이은 연상에 정은은 괴롭게 머리를 흔들며 다시 나직이 물었다.

「……보고 싶지요?」

이씨가 갑자기 숨찬 짐승처럼 숨을 크게 내쉬더니 얼굴을 더욱 깊이 무릎에 파묻었다. 술에 취한 그가 곧 울음을 터뜨리기라도 할까 봐 정은은 마음이 조마조마했다. 그러나 이씨는 이내 고개를 번쩍 들고 난데없는 결연한 목소리로 다짐하듯 말했다.

「만날 날이 얼마 남지 않았습니다.」

통일을 손꼽아 기다린다는 건가. 정은은 그의 조급한 꿈이 헛되고 부질없이 여겨졌으나 기대를 짓이기는 것 같아 아무 반박도 하지 않았다.

「북에서는 무슨 일을 했나요?」

달리 위로할 말이 마땅치 않아 정은이 그렇게 물었다. 그가 말없이 품에서 지갑을 꺼냈다. 그리고 그 속에서 잘 접은 낡은 종이 한 장을 소중하게 펼쳐들었다. 정은은 희미한 등불에 비춰가며 굵은 활자만을 겨우 읽을 수 있었다.

'조선 동의 자격증 리명운'

「한의사였지요.」

이씨가 종이를 접어 다시 지갑 속에 잘 갈무리하며 깊게 잠긴 목소리로 말했다. 어머니의 허리병을 그가 쉽게 고친 일이 생각나 정은이 아하, 고개를 끄덕였다. 그리고 순진하게 물었다.

「여기서도 적성을 살리시지 왜 텔레비전을 고쳐요?」

그가 술 냄새를 풍기며 작게 웃었다.

「귀순자들은 일괄적으로 직업훈련을 받지요. 과거에 무엇을 했는지는 전혀 상관없습니다.」

정은은 그가 무릎 위에 올려놓은 작고 평범한 손을 내려다보았다. 텔레비전 수리나 막힌 하수구 뚫기보다는 환자 진맥이 더 익숙하고 유능했을 손.

자격증과 무관한 엉뚱한 업무에 종사하고 있는 그가 이 자리에 있기까지 얼마나 많은 번뇌와 결단과 생명의 위험을 견뎌낸 것일까. 그러나 그가 치러냈을 엄청난 대가를 생각해 볼 때 여기 초라하게 걸터앉아 있는 그는 결코 축복받은 것 같지 않았다. 무엇보다 그는 자신이 추구하고자 했을 최종적인 소망에 절반도 다가서지 못한 것처럼 느껴졌다.

그가 쓰게 웃으며 중얼거렸다.

「믿어지지 않겠지만 그쪽에서는 그런 외제 가전제품을 다루는 기술자들이 의사보다 더 큰 대접을 받습니다. 그러고 보니 난 직업을 거꾸로 가진 셈이군요. 그러니 더욱 제대로 비쳐(적응해) 나갈 수가 있어야지요.」

다시 쓰게 웃는 그에게 정은은 아무말도 건넬 수 없었다. 말이 길어지자 제법 두드러진 이북 억양이 나왔다. 그도 일부러 주의하려고 하는 것 같지는 않았다.

빗줄기에 맨살이 드러난 가로등과 적막한 빗소리뿐 주위는 고즈넉이 가라앉아 있었다. 입술을 지그시 깨물고 있던 그가 독백처럼 나지막이 말했다.

「나는 아주 여리고 평범한 성격이었는데…… 어떻게 이런 식으로 어긋난 삶을 살게 되었는지…… 지금까지 지내온 일을 되돌아보면…… 내가 넘어온 고비들이…… 가끔 스스로도 놀랍습네다.」

도저히 믿고 싶지 않은 일을 더듬듯 맥없이 기진한 목소리로 그가 천천히 중얼거렸다.

「치료 중에 간부 아들을 죽게 해서…… 내 잘못이 아니었는데도…… 하루아침에 감화소로 넘겨졌다가 러시아 주재 임업대표부로 보내졌어요. 여기서 말하는 시베리아 벌목공이 된 것입네다.」

정은은 언젠가 낯설게 보았던 한 다큐멘터리 프로의 화면을 떠올렸다. 썩은 낙엽더미에 무릎까지 빠지는 밀림 속, 아름드리 침엽수가 울울창창한 깊은 산속의 허름한 통나무집에서 해진 누비옷을 걸치고 끓는 냄비에 둘러앉아 있던 한 무리의 유랑자 같은 모습들. 장작불에 언 손을 녹이며 죽 한 그릇으로 허기진 배를 채우던 그들 속에 그도 섞여 있었던 것이다.

그가 문득 격정적인 몸짓으로 주먹을 가볍게 쥐었다가 풀었다.

「그 살인적인 추위도, 굶주림도, 목표량을 달성 못할 때의 매질도 하루하루가 마지막이구나 싶을 정도로 너무도 견디기 힘들어…… 탈출을 했지요. 그때는 오직 목숨만 건질 수 있다면 어떤 일이라도 해낼 것 같았습니다.」

정은은 그의 절박한 순간들을 순식간에 이해했다. 그녀도 마찬가지였다. 목숨 있는 자들의 생존에 대한 본능적인 열망. 그것이 자식도 버리게 했다.

그가 혼자 중얼거리듯 침울하게 말을 이었다.

「다행히도 이렇게 탈출에는 성공했지만…… 가끔 너무 힘듭네다.」

정은은 무언가에 성공한 사람에게서는 도저히 읽을 수 없는, 헤아리기 어려운 낙담과 쓸쓸함이 그의 온몸에 절절히 서려 있는 것을 보았다.

「아까 말한 것처럼 테레비 수리공이나 의사의 신분 차이 같은 사소한 것에서부터, 엄청난 문화 차이, 시장경제 체제, 아니 그런 것 말고도 그쪽에서는 도저히 상상할 수도 없었던 집권당에 대한 비판 같은, 우선 당장 마음껏 주어진 이 자유라는 것부터가 어느 선에서 스스로 통제하고 누려야 하는 건지 매번 당황하게 됩네다.」

몸에 배지 않은 자유의식, 그리고 처음부터 이 사회에 속해 있지 않았던 이방인적인 이질감과 소외감, 또한 자신의 부자연스런 행동이 남에게 우스꽝스런 소행으로 비쳐지지 않을까 하는 두려움을 정은은 이해할 수 있었다. 정은의 가족조차도 그의 서툰 행동을 재미있어하지 않았던가.

정은이 조심스레 말했다.

「친척들이 있지 않나요? 그분들을 찾아내 도움을 받을 수도 있을 텐데요.」

그가 힘없이 머리를 저었다. 비 냄새에 섞여든 술 냄새가 지친 자의 체취처럼 단내를 풍겼다.

「아버지는 통일이 되면 저더러 꼭 친척을 찾아가보라고 그랬습네다. 당신도 그 꿈을 가장 큰 희망으로 삼으셨구요……. 그런데 여기 와서 찾아본 친척들은…… 속마음이야 그렇지 않겠지만…… 저보다는 정착금에 더 관심을 보이는 것 같았어요……. 그중에는 귀순한 너 때문에 그쪽 가족들이 핍박을 받는 것 아니냐고 따지는 분들도 있었습네다.」

　그는 심장을 후비는 괴로움을 견디기 힘든 듯 고개를 무릎 위에 떨구고 두 손을 머리카락 속에 깊이 파묻었다. 잠시 침묵이 흘렀다. 밤이 깊어가면서 빗발은 더욱 굵어지고 있었다. 함께 쓴 우산 속으로도 빗줄기가 스며들었다.

　정은의 구두는 물에 젖고 바짓가랑이도 축축해졌다. 아마 그도 그럴 것이었다. 문득 정은은 두 사람이 어쩌다가 상식적으로는 이해할 수 없는 이상한 물구덩이 속에 빠져 있는 것처럼 느껴졌다.

　그가 다시 나직이 말을 잇기 시작했다.

　「모두 다 참을 수 있었어요. 할머니나 김씨처럼 좋은 분들도 많구요. 노력만 하면 배를 곯지도 않고 비당원이라는 것 때문에 평등권이 박탈되지도 않습데다. 어려서부터 귀에 못이 박이도록 들어온 전쟁, 교시, 총화, 민족의 원수…… 이런 용어들을 안 들어도 된다는 것만으로도 해방감을 느낍네다. 허지만…….」

　그는 기본권이 보장된 사회를 이야기하면서도 전혀 기쁘지 않은 목소리로 안간힘을 쓰며 툭툭 말을 끊었다.

　「허지만…… 가장 힘든 건…… 이 정도로 살고 보니…… 북에 두고 온 가족에 대한 그리움이…… 점점 견딜 수가 없습네다.」

　정은은 방금 나도 그 그리움 때문에 산에서 돌아오는 길이라고 말하지 못했다. 그가 이불을 뒤집어쓰고 깊은 밤 혼자 오열을 터뜨리는 것을 이해하노라고도 차마 말할 수 없었다.

　그를 처음 본 날 그가 지고 있던 거대하고도 무거운 짐이 떠올랐다. 누구나 나름의 생의 질곡에 허덕이듯 그것은 그에게 어쩔 수 없이 주어진 생의 무게였을지도 몰랐다.

　「언젠가 다시 만날 수 있겠지요.」

　정은이 싸늘하게 뒤얽히는 스스로의 심사를 달래듯 혼자말처럼 중얼거렸다.

「언젠가가 아닙네다. 난 곧 만날 수 있어요.」

웬일인지 그의 목소리에 다시 확신에 찬 열기가 서렸다.

도대체 무슨 뜻인가. 정은이 미심쩍은 눈으로 쳐다보자 그가 뭔가 말하려다가 입을 다물어버렸다. 정은은 황당하게 들리는 그의 확신의 배경이 궁금했으나 완강한 방어벽을 느껴 더이상 물을 수 없었다.

밤새 쏟아진 비가 잘라낸 듯 그쳤다. 비누거품 속으로 섞여드는 햇살을 함께 주무르며 마당의 수돗가에서 빨래를 하던 정은은 문득 어디선가 자신을 부르는 귀에 익은 목소리를 들었다.

「엄마!」

정은이 대문 쪽으로 고개를 돌리자 칸살 사이로 이쪽을 들여다보고 있는 딸아이의 조그만 얼굴이 보였다.

「세영아!」

정은은 빨랫감을 스르르 떨어뜨리며, 앉아 있던 자리에서 벌떡 일어났다. 너무 갑자기 일어났으므로 머리에 핑글 현기증이 일어나고 방금 본 얼굴과 목소리가 한순간 꿈처럼 무너져내릴 것 같아 아찔했다. 대문을 벌컥 열자 아이는 떠밀린 것처럼 정은의 품에 들어와 담뿍 안겼다.

「엄마!」

「그래, 잘 있었어?」

고무장갑을 벗어던진 정은이 자기도 모르게 무릎을 꿇으며, 그새 몰라보게 자란 듯한 아이의 얼굴을 허겁지겁 어루만졌다.

「저기, 아빠 있어.」

아이가 골목 어귀를 손으로 가리키며 뜻밖의 말을 했다.

「엄마, 나오래.」

정은의 얼굴이 굳어지면서 말투가 딱딱해졌다.

「왜?」

「몰라, 엄마 만나면 손잡고 나오랬어.」

「싫어, 엄만 안 나갈 거야.」

딸에게 그런 말을 옮겨야 하는 자신이 서글퍼서 정은이 입술을 깨물었다. 활짝 펴졌던 아이의 조그만 얼굴이 이내 겁에 질렸다.

「그럼, 아빠가 들어온대. 또 엄말 때릴지 몰라.」

「엄만 이젠 안 맞아.」

정은은 그러면서 주위를 휘둘러보았다. 집은 그녀뿐 텅 비어 있었고, 남편은 아이의 말대로 정말로 안으로 들어와 극단적 상황이라면 다시 주먹을 휘두를지도 몰랐다.

「엄마, 그럼 숨어.」

아이가 눈을 말끄러미 뜨고 말했다. 아이다운 생각이었으나 정은은 급히 생각을 모았다. 남편이 골목 어귀에 있다면 누가 아이에게 문을 열어주었는지 알 수 없을 것이다. 정은은 아이의 말대로 감쪽같이 숨어버릴 궁리를 했다. 그러나 마땅히 숨을 곳이 떠오르지 않았다. 남편이 결국 집으로 들어온다면 이내 아무도 없는 것을 알고 곳곳을 찾아볼지도 몰랐다.

귀를 기울이자 담벽을 따라오는 구두 발자국 같은 소리가 들렸다. 정은은 미처 대문 단속을 할 여유도 없이 아이를 데리고 연탄광 쪽으로 급히 걸어갔다. 그리고 이씨의 방문을 벌컥 열었다. 일 나간 줄 알았던 그가 방안에 이불을 덮고 누워 있는 게 보였다.

정은이 갑자기 뛰어들자 이씨가 깜짝 놀라 벌떡 일어나 앉았다. 그러나 파랗게 질린 정은과 아이를 보고 뭔가 급박한 사태가 일어났다는 것을 이내 짐작한 모양이었다.

「아무도 없다고 하세요. 절대로 방문을 열어주면 안돼요.」

정은이 빠르게 중얼거렸다. 이씨는 조용히 미닫이문을 열고 그녀와 아이가 황급히 벗어놓은 신발을 방안으로 들여놓았다.

정말로 남편이 집 안으로 들어와 가족들을 찾는지 이리저리 둘러보는 소리가 났다.

「누구 안 계십니까?」

벽을 통해 들리는 그의 목소리는 정중하고 점잖았다. 정은은 귀를 막았다.

남편 얼굴을 대하는 것은 물론 목소리조차 듣고 싶지 않았다. 아이도 장난처럼 엄마를 따라 귀를 막았다.

벽에 등을 기대앉은 이씨가 눈을 멀뚱히 뜨고 그런 모녀를 바라보고 있었다. 몸살이라도 났는지 베개 옆에는 쌍화탕 병이 놓여 있었다. 땀에 젖은 앞머리가 헝클어진 채 이마에 달라붙어 있는 것으로 보아 열이 높았던 것 같았다. 급하게 걸친 옷 사이로 구멍난 러닝이 드러났고, 그런 그는 어느 때보다 초췌하고 나이 들어보였다.

엊그제 술을 마시고 비를 많이 맞아서 감기에 걸렸구나. 정은은 제 처지는 잠시 잊은 채 쇠약해진 이씨를 물끄러미 바라보았다. 유난히 창백해 보이는 그의 뺨은 그 사이 더 홀쭉해졌고 어떤 간절한 소망을 붙들고 있는 사람처럼 눈빛만이 형형하게 맑았다.

목소리는 사라졌다. 그가 마루에 앉아 기다리는지 아니면 옆집으로 통하는 사잇문으로 아이를 찾으러 나갔는지 아직 알 수 없었다. 잠시 귀를 막고 있던 아이가 심심해졌는지 이것저것 만지기 시작했다. 곰실거리는 손가락으로 코드가 뽑혀 있는 책상 위의 라디오를 만지작거리면서 귀를 바짝 기울여보고 통통 두들겨보기도 하는 것을 정은은 무심한 미소를 머금고 바라보았다. 이씨도 줄곧 아이에게서 시선을 떼지 못하고 있었다. 갑자기 아이가 라디오를 뒤로 밀어놓더니 누가 미처 어떻게 할 사이도 없이 불쑥 서랍을 열었다.

「우와!」

아이가 소리쳤다. 놀란 정은이 아이의 입을 막았고 이씨가 서랍 문을 재빨리 닫았다. 그러나 이미 정은은 보았다. 묻지도 아는 체도 못했지만 궁금하기 짝이 없던 미화였다. 아이는 그것이 돈인 것을 알아서라기보다 생각지도 않은 파란 딱지 같은 게 차곡차곡 쌓여 있어서 놀란 것 같았다.

이씨의 얼굴이 파랗게 질렸다. 그는 당혹하고 무의미한 손짓으로 구멍 뚫린 자신의 러닝을 자꾸 잡아당겼다.

밖에서는 더이상 아무 소리도 들리지 않았다.

「비밀을 지켜주시오.」

이씨가 난감한 얼굴로 중얼거리더니 어쩔 수 없다는 듯 나직이 덧붙였다.

「가족을 데리러 가려고 모은 자금입니다.」

「얘가 어디 갔나? 대문 다 열어놓구…….」

「할머니 왔나 봐.」

정은은 아이가 뛰어나가는 걸 말리지도 않고 그저 아연한 얼굴로 이씨를 쳐다보았다.

「가족을…… 데리러 간다구요?」

어느새 침착하게 가라앉은 그가 확신에 찬 목소리로 대답했다.

「그렇습니다.」

「북으로요?」

입을 벌린 채 정은이 되물었다.

더욱 결연한 목소리로 열에 들뜬 듯이 그가 대답했다.

「불가능한 일이 아니에요. 알아본 결과 그쪽은 지금 치안이 옛날 같지 않아요. 내가 그 동안 모은 이 정도의 자금이라면 연변을 통해서 충분히 다녀올 수 있으리라고 믿습네다.」

「어떻게 그런 일이, 당장 이쪽에서 허락을 안할 텐데요.」

어이없어하며 고개를 흔드는 정은을 향해 그가 선뜻 대답했다.

「밀입북하는 겁네다. 여기서도 몰래 나가야지요.」

정은이 대뜸 반박했다.

「미쳤군요. 불가능해요.」

그는 화를 내는 대신 더욱 진지하고 신중한 목소리로 대답했다.

「내가 남한으로 탈출하겠다고 했을 때 동료 중 하나가 얼굴이 하얗게 질리더니 그렇게 말하더군요. 허지만 나는 해냈어요. 마찬가지로 해낼 겁니다. 그러지 않고는 견딜 수 없어요. 이해해 주셔야 합네다.」

그의 태도가 너무도 절실하고 확신에 차 있었으므로, 그리고 정말로 그렇게 하지 않고는 견딜 수 없는 것처럼 보였으므로 정은은 무엇이 현명한 것인지 앞으로 어떻게 될 건지 알 수 없는 채로 막연히 고개를 끄덕였다.

「제가 도와드릴 일이라도 있나요?」

「그저 모른 척해주세요.」

그가 단호하고 간절하게 대답했다. 두 사람은 미묘하고 팽팽한 긴장을 사이에 두고 침묵을 지키고 앉아 있었다. 정은은 그만한 자금을 모으기까지 그가 치른 희생을 짐작할 수 있었다. 두고 온 가족을 위해 그가 취할 수 있었던 사랑의 마지막 방법을.

시선이 잠시 부딪쳤다. 그래요. 나는 아무것도 보지도 듣지도 못했어요. 어떤 결과를 부르든 그것이 당신의 유일한 선택이라면 그렇게 행동할 수밖에요. 정은의 눈이 고요하게 말했다. 고맙습니다. 이씨가 감사의 눈빛을 보냈다.

이번에는 이씨가 조심스레 물었다.

「그런데 왜 아이를 정식으로 데려오지 않습네까?」

「아이까지 내주고는 절대로 이혼을 해주지 않을 사람이니까요.」
정은이 씁쓸한 표정으로 대꾸했다. 그러고는 솔직히 덧붙였다.
「아이를 내주더라도 정말 그 사람과 헤어지고 싶었어요. 하지만
요즘은 그 사람에 대한 증오가 아이들에 대한 사랑에 미치지 못
하는지 조금씩 흔들리네요.」
아이가 다시 팔짝팔짝 들어와 정은의 무릎 위에 앉았다. 앙증맞
은 꽃무늬 주름치마 자락 위에 과자봉지와 콜라 캔을 펼쳤다.
「할머니가 사주셨어.」
아이는 서너 봉지의 과자를 한꺼번에 터뜨렸다. 콜라 캔 주위에
과자를 쭉 흐트러놓고 기분 내키는 대로 이것저것 집어먹는 아이
를 무심히 바라보던 정은이 문득 생각난 듯 그에게 물었다.
「콜라를 보고 눈물을 흘린 적이 있나요?」
이씨가 선뜻 대답했다.
「콜라를 보면 언제나 눈물이 납네다.」
농담 삼아 한 애기에 그가 너무 진지하게 대답하는 바람에 정은
이 흘낏 그를 쳐다보았다. 가라앉은 목소리로 그가 천천히 덧붙였
다.
「지구상에서 콜라가 진출해 있지 않은 나라는 내가 살던 북조선
뿐입네다. 그쪽에서 받아들이지 않아서라기보다 콜라 회사에서
수지가 안 맞기 때문이랍니다. 한 병에 2딸라는 받아야 하는데
생필품이 아닌 이상 시장성이 희박하니까요. 게다가 이 흑갈색의
청량음료는 자본주의의 상징 아닙니까? 나는 이런 것이 지구상
에 있다는 것조차 모를 내 아이들과 이웃 동지들이 생각나서 늘
눈물이 나는 겁네다.」
정은은 그의 침울한 대꾸어 말이 막혔다. 과자를 집어먹던 아이
는 캔을 기울여 꿀꺽꿀꺽 마시기 시작했다.

「조금만 마시렴. 이빨이 썩는데……」

정은은 아이에게 주의를 기울이고 이씨에게도 한마디 덧붙였다.

「자본주의라고 좋은 것만은 아니에요. 그 단맛에 빠지면 이가 썩
듯 사람을 망치기도 하거든요.」

「압네다. 그런 사람도 벌써 여럿 보았거든요.」

이씨는 끝까지 웃지 않았다. 입가에 씁쓰레한 그늘이 떠올랐을
뿐이었다.

이씨는 평소와 별 변함이 없는 것처럼 보였다.

이른 아침이면 일어나 언제나처럼 수돗가에 앉아 쌀을 씻고 제
시간에 맞추어 출퇴근했으며 여전히 어머니에게 깍듯이 공손했고
이따끔 마주치는 정은에게도 특별한 내색을 하지 않았다. 그래서
정은은 그가 술에 취했던 어느 비 오는 날 밤 계단에서 주고받은
이야기와 또 그의 방에서 아이를 사이에 두고 앉아 함께 나누었던
이런저런 이야기들이—정은에겐 얼마나 현실감 없는 이야기였던
가—한순간의 환상이었던 것처럼 느껴지기도 했다.

그러나 그로부터 며칠 후, 정은이 변호사와 상담을 마치고 저녁
늦게 돌아와보니 그는 이미 어디론가 사라지고 없었다.

「갑자기 떠나게 됐다며 너 오면 주라고 두고 가더라.」

어머니가 비닐봉지 하나를 내밀었다.

「이삿짐이 있을 텐데 그렇게 갑자기요?」

정은이 엉겹결에 봉지를 받아들고 아랫방 부엌 쪽을 들여다보며
어리둥절해서 물었다.

「별거 없다. 처음 이사 올 때 가방 하나 들고 오더니만 그렇게 가
더라. 나머지 짐들은 고물상에서 실어간대여.」

어머니가 심상하게 대답했다.

「그래도 어떻게 그렇게 급히 갔죠?」

정은이 그제야 섭섭함을 나타내자, 노인도 혀를 끌끌 찼다.

「나도 서둘러 밥 한끼 해먹여 보냈다만 사람이 살다 보면 급한 일도 생기는 게지. 그나저나 고생 많이 겪은 사람 같더니만 어디 가든 잘살아야 할 텐데……」

정은은 그가 주었다는 봉지를 열어보았다. 그는 떠나면서도 그녀의 앞날을 염려했던가. 언젠가 그녀에게 주었던 타박상에 좋다는 약초들이 싱싱한 풋내를 풍기며 담겨 있었다.

깊은 고뇌 끝에 한 번 더 남편을 믿어보기로 하고 그리던 아이들이 있는 집으로 돌아간 정은은 어느 날 신문을 읽다가 그녀가 기억하고 있는 이름 하나를 발견하였다.

사회면 하단에는 그에 대한 기사가 조그맣게 실려 있었다.

「……경찰은 중국행 화물선에 몰래 잠입해 밀입북하려던 이명운(35세) 씨를 구속했는데 이씨는 93년 귀순한 벌목공으로 밝혀졌다. 그는 미화 약 2만 2천 달러를 소지하고 있었으며 중국 연변을 통해 입북하려던 것으로 알려졌다. 경찰은 현찰을 압수하고 현재 정확한 동기를 조사중에 있다……」

(《창작과비평》, 1996년 가을호)

비 오는 날 국수를 먹는 모임

하늘로부터 지상의 공간을 밀밀하게 채우며 무색 투명의 비가 내린다. 그것은 때로 분무기로 뿌린 듯한 비안개일 수도 있고, 소리 없이 옷깃을 적시는 가랑비일 수도 있고, 주룩주룩 흐르는 눈물처럼 도저히 어쩌지 못하는 끊임없는 물줄기일 수도 있고, 둔중한 쇠붙이를 쏟아붓듯 소란스럽고 격렬한 장대비일 수도 있다.

비가 내릴 때는 지상의 온도도 떨어져 등줄기에 한기가 스민다. 그것은 우리가 잊고 있던 삶의 쓸쓸한 이면, 저 음습한 근원적 고독에 뿌리박은 원형질의 슬픔을 갑자기 떠올리게 한다.

우리는 양평동의 한 지하공간에서 만난다. 비가 오는 날이면 누가 연락을 하는 것도 아닌데 자연스럽게 그곳으로 모여든다. 모이는 인원은 거의 한정적이었고 누가 붙였는지 어느 사이 이름도 지어졌다. 비 오는 날 국수를 먹는 모임.

아마 작업실 한구석에 놓여 있는 가스 레인지 앞에서 추운 등을 웅크리고 국수를 삶다 말고, 아니면 그렇게 삶아낸 국수발을 생의

가닥 훑듯이 후루룩 들이켜다 말고 문득 그런 이름을 붙였을 것이
다. 밖에는 언제나 가늘거나 굵은 비가 내리고 있었고 우리가 그곳
에서 하는 일은 그렇게 내리는 비로 인해 몸 안으로 달라붙는 그
이상한 한기를 떨쳐내려고 뜨거운 국수를 삶아 먹거나, 아니면 그
런 식으로 으스스한 배를 채우고 상대방을 멍하니 바라보는 일밖
에는 대체로 달리 하는 일이 없었다.

　그 지하공간은 바느질 납품을 하는 은선의 작업실이었다. 그녀
는 하루종일 그곳에서 일을 하므로 방 한모퉁이에는 간단한 취사
도구가 마련되어 있었다. 그녀는 늘 바쁘고 온몸에 덕지덕지 실밥
을 묻히고 있어서 쌀을 씻어 밥을 짓거나 그 밥을 맛깔스럽게 목
구멍으로 넘기기 위한 반찬과 국거리 등을 준비하기가 힘들었다.
그런 그녀의 일용할 양식이 국수였다. 누군가 국수 다발을 사들고
와서 책상만한 싱크대 위의 바구니 안에 올려놓으면 그만이었기
때문이다.

　그 좁은 싱크대 위에는 흰 사기그릇이 세 개 나란히 놓여 있는
데, 거기에는 종종 썬 파와 손가락 마디 굵기의 유부 조각 그리고
잘게 썬 게맛살이 각기 담겨 있었다. 가스 레인지 위에 놓인 커다
란 양은솥은 거의 언제나 먼 향수 같은 하얀 김을 뿜어올리며 끓고
있었다. 그래서 방문객들은 그저 바구니의 국수발을 적당히 집어
들어 물에 넣고 대충 삶은 다음, 다시 국물을 부어 파란 파와 누르
스름한 유부와 빨간 게맛살 조각을 윤기 반지르르한 새하얀 국수
발 위에 고명으로 두어 개씩 올려놓고 훌훌 들이켜면 되었다. 그
단순한 동작만으로도 한꺼번에 물리적 추위와 이름 모를 한기를
떨쳐낸 방문객들은 아주 다행스런 표정으로 아무 곳에나 퍼질러앉
았다.

　방 주인인 은선은 그런 우리에게 한 번도 눈길을 주는 법이 없었

다. 그녀는 언제나 너무도 바빠서 무릎 위로 가득 펼쳐든 옷감 무더기 위에서 줄곧 시선과 손길을 멈추지 못했다. 그녀의 남편은 조그만 병원의 주인이다.

그녀는 미국 유학중 남편을 만나 결혼했고 그곳에서 영문학 석사 학위를 땄다. 하지만 그녀는 바느질하기를 너무 좋아했다. 처음에는 자신의 옷만 만들어 입었으나 솜씨가 빼어난 것을 안 주변 친지들이 드레스니 파티복 등을 하나둘씩 주문함에 따라 아예 그 일에 빠져들고 말았다. 일주일에 한 번 어느 사회복지기관 부설학원에서 영역본 성경을 가르치기 위해 일손을 놓는 것 외에, 그녀는 언제나 구름 같은 옷감 무더기 속에 빠져 있었다.

그런 그녀로 인해 타고난 재주가 어떻게 그 사람을 지배하게 되는지를, 대개 스스로가 아무런 재주도 없다고 느끼고 있는 그 방의 방문객들은 한번쯤 깨닫곤 했다.

어쨌든 비가 오는 날 그곳에 모여드는 사람들은 대개가 어떤 식으로든 방 주인인 그녀와 연관이 있을 수밖에 없었다. 나는 그녀의 오랜 친구이고, 그저 남자와 같이 사는 게 너무 싫어져 이혼했다는 인혜는 그녀의 이종사촌동생이었다. 여진은 그녀 남편의 병원에서 퇴직한 간호사이고 신애는 그녀의 먼 후배였다. 시를 쓴다는 종민만이 유일한 남자였다. 그는 르포 작가인 신애가 어디선가 '주워왔다'.

그들이 대충 요즈음 나오는 멤버들이었다. 세상 어느 한귀퉁이를 어떤 모습으로 서성이고 있었든지 간에 비가 오는 날이면 슬금슬금 스미듯 모여들었다. 스쳐간 사람들 중에는 뉴질랜드나 캐나다로 이민 간 사람도 있었고, 새로 얻은 직장 일에 쫓겨 이제는 도저히 여가를 얻지 못하는 사람도 있었으며, 무슨 사연인지 알 수 없게 종적이 묘연해진 사람도 있었다. 아니면 사라진 그들은 이제 생의 축축한 한기를 느끼지 않아도 되었다는 것일까.

그곳에 모이는 사람들은 대체로 말이 없었다. 그래서 어디서 무슨 일을 하며 어떻게 살아가고 있는지에 대한 개인의 신상 문제가 좀처럼 알려지지 않았다. 여진은 간호사로 퇴직했고, 신애는 가끔 잡지에 글을 실었으며, 시집이라고는 아직 한 권도 낸 적이 없는 종민은 어떤 모임에 갔다가 우연히 만난 신애에게 끌려 이곳에 오게 되었다는 정도만이 오래 만나다 보니 우연스레 알게 된 사실이었다. 아무도 공연한 수다로 다른 사람의 사념을 방해하지 않는 것이 그 모임의 보이지 않는 묵계 같았다.

7월 들어 거의 매일같이 비가 내렸다. 우기가 시작된 것이다. 하늘은 회색빛 대지와 뒤섞여 묵묵히 가라앉아 있었고 시작도 끝도 없을 듯한 비가 하염없이 내렸다. 그날도 우린 그곳에 있었다. 그즈음에는 매일 만났으니까.

밖에는 아침부터 비가 내리고 있었다. 반지하의 환기창으로 그것이 내다보였다. 땅을 적신 빗물이 도랑을 이루며 줄줄이 흘러내렸고 무엇엔가에 부딪혀 반향을 이루는 적막한 빗소리도 제법 크게 들렸다. 어디선가 음습하고 칙칙한 냄새가 쉼없이 났고, 우산을 접다가 혹은 가까운 거리를 뛰어오다가 머리나 어깨에 비를 맞고 들어온 우리들 일행에게서도 젖은 비 냄새가 났다.

어둠침침한 실내에는 은선의 작업 때문에 대낮인데도 형광등이 밝았다. 한낮의 형광등 불빛은 밤의 그것과는 또다른, 희미하고 몽롱한 분위기를 띤다. 더욱이 비 내리는 음울한 날엔.

국수를 먹다가 갑자기 울음을 터뜨린 건 인혜였다.

「오늘이 내 생일이야.」

우리는 고개를 들고 주르르 눈물을 흘리는 그녀의 젖은 얼굴을 다함께 망연히 바라보았다. 그녀는 국수 몇 가닥을 입에 넣은 채 잠시 사색에 잠긴 것처럼 거의 무의식적으로 씹었다. 그리고는 단숨에 말하기 시작했다.

「나는 이제 서른 살이야. 나는 이십대에 결혼했고 부모가 돌아가셨고 이혼했고 실직자가 되었어. 난 내 이십대에 생의 비애가 모두 준비되어 있는지 몰랐어.」

그녀는 그리고 다시 줄줄 눈물을 흘리기 시작했다. 볼을 타고 흐르는 그녀의 눈물은 음침한 날씨의 몽상적인 형광등 불빛과 너무도 잘 어울려서 그녀가 마치 오래 전부터 거기 그렇게 앉아 울고 있었던 것처럼 보였다.

함께 국수를 먹고 있던 우리들은 아무말도 하지 못했다. 단지 갑자기 나무토막 같아진 입 속의 삶의 건더기를 그녀처럼 거의 무의식적인 입놀림으로 질기게 씹을 뿐이었다.

한참 후 누군가 입을 열었다.

「그래, 정말 끔찍해.」

대답을 한 것은 여진이었다. 그녀는 벽면에 붙여진 낡은 소파에 약간의 거리를 두고 종민과 나란히 앉아 있었다. 그녀는 언제나 숙연한 제의에 참석하는 사람처럼 검고 긴 옷을 입고 있었는데 그날도 여전히 검은색 슈트를 맨 꼭대기 단추까지 단정하게 채우고 있었다. 그녀가 쉰 것처럼 들리는 탁한 목소리로 주술을 외우듯 천천히 중얼거렸다.

「난 이십대에 이상한 악령에 붙들렸어. 그리고 아직도 거기 질질 끌려다니고 있는 거야. 서른아홉인 지금에도.」

우리는 그녀의 목소리를 처음 들었다. 그녀는 내가 오기 전부터 그 모임에 나오고 있었다. 많은 사람들이 그 사이 사라지고 새로 들어왔으나 그녀만은 방 주인처럼 변동이 없었다. 그 동안에 나는 그녀가 입을 열고 뭐라 의사 표현하는 것을 한 번도 본 적이 없었다. 그녀는 검은 옷 속에 갇힌 창백하고 무표정한 얼굴로 늘 은선이 앉아 있는 유리창 쪽을 미등도 없이 바라보고 있었다. 무슨 생각엔가 깊이 몰두해 있는 듯한 퀭한 눈빛이 마치 어떤 불건전한 집념에 사로잡힌 것처럼 보였기 때문에, 그녀가 그렇게 알 수 없는 말을 지껄여도 전혀 이상해 보이지 않았다.

한구석에 놓인 재봉틀에 앉아서 열심히 박음질을 하느라 이쪽의 소란을 알아차리지 못하고 있던 은선이 그제야 뭔가 심상치 않은 분위기를 느꼈는지 희미한 눈을 하고 바라다보았다. 그리하여 사촌동생이 국수 가닥과 함께 삼키고 있는 뜨거운 눈물을 발견하게 되었다. 은선은 천천히 허리를 편 다음 주먹을 쥐고 자신의 어깨를 번갈아 두어 번 탁탁 두드렸다. 그리고 나서는 굳어진 몸을 푸느라 느린 몸동작으로 재봉틀 아래에 무더기로 쌓인 화려한 의상들을 헤치고 걸어나왔다.

그녀는 그즈음 8월 중순 무대에 올릴 오페라 의상을 맡고 있었다. 예산이 빈약해 의상을 새로 마련할 수가 없는 주최측에서 예전에 입던 의상을 손보아달라는 청탁을 한 것인데 생각보다 일감이 너무 많았다. 보내온 몇 무더기의 보퉁이에서는 곰팡이 냄새가 풍겼고 옷들은 단추와 솔기가 뜯겨져 나가고 실밥이 풀려 있었다. 주인공의 품위와 웅장함을 장식하는 금장 사슬은 녹이 슬고 드레스의 가장자리를 두른 프릴은 누렇게 변색됐으며 좀이 슬어 완전히 다시 지어야 할 의상도 많았다. 게다가 새로운 배우의 체격에 맞춰 많은 부분을 고쳐 재단해야 했다.

그녀의 손놀림에 의해 지저분하던 묵은 옷들이 하나하나 우아하고 화려한 모양새로 새롭게 태어나는 과정은 황홀한 마술과도 같았다. 아마 우리가 무대 위의 근사한 조명과 배경 아래에서 열연하는 배우에게 입혀진 그 옷들을 보게 된다면 다시 믿을 수 없어하리라.

은선이 가까이 다가오자 여진이 순간 눈을 들어 그녀를 뚫어지게 바라보았다. 은선에게서는 온 방에 밴 축축한 비 냄새 대신 금방 만지고 온 의상들에서 묻어나온 희미한 먼지 냄새가 풍겼다. 그 먼지 기운에서는 언젠가 무대에 올랐던 주인공들에게서나 풍길 법한 화려한 추억 같은 냄새가 스며나왔다. 활동하기 편한 긴 치마와 무늬 없는 감색의 브이넥 블라우스를 입은 그녀는 머리카락에서부터 발끝까지 온몸에 무슨 표징처럼 실밥과 옷감에서 묻어난 부푸러기를 매달고 있었다. 그래서 마치 어떤 특별한 배역을 맡은 무대 위의 배우같이 보이기도 했다.

아니 정말이지, 그때까지 고정된 정물처럼 늘 방 한귀퉁이를 소리 없이 지키고 있던 그녀의 등장은 새로운 변화가 아닐 수 없었다. 그녀가 방 한가운데로 걸어나와 그렇게 자신의 존재를 나타낸 것은 사실 대단히 특별한 일이었다. 그때 우리들 대부분이 아주 막연히나마 이제부터 범상치 않은 무슨 일인가가 벌어질 것을 예감했을지도 모른다. 그만큼 세상을 살아오다 보면 어떤 일에는 강렬한 전조가 나타나기도 한다는 것을 때로 알아차리기도 하는 것이다.

그러고 보니 그녀에게서는 무대의 전면에 마침내 등장하고 만 주인공 같은 분위기가 있었다. 한 점 흐트러짐도 없이 단정하고 정직한 표정으로 그녀는 휑한 공간의 한가운데에 섰다. 그리고는 천천히 몸을 돌려 제각기 흩어져 있는 우리들을 쭈욱 둘러보았다. 아직도 눈물 자국이 볼에 흐르고 있는 사촌동생이나 눈에 이상한 광채를 띠고 자신을 뚫어지게 바라보고 있는 여진은 아랑곳없이, 어딘지 방심한 듯한 한가하고도 아슴푸레한 표정으로 우리들을 한바퀴 둘러보는 것이었다. 지금까지 없었던 이 돌연한 사태를 관망하고 있던 우리들 역시 그녀와 문득 시선이 마주침과 동시에 무대의 출연자가 되었음을 의식했다. 이제 원하든 원하지 않든 우리는 숙명의 배역을 맡아야 하는 것이다.

「우리 오늘은…….」

그녀가 말했다.

「아무 얘기든 서로 나누기로 해요.」

그리고 그녀는 자신의 사촌동생에게로 가만히 다가가 이미 부모를 잃고 결혼을 하고 이혼까지 마쳐버린, 그리고도 아직 너무도 젊은 그녀를 안았다.

우리는 은선이 자신의 사랑하는 사촌동생에게 어떤 식으로든 위안을 주고 싶어한다는 것을 알았다. 그리고 그 어떤 식이란 게 바로 우리가, 우중충하게 비 오는 날 밖에 내몰린 우리가 가지고 있는 저마다의 생의 우수와 비밀을 조금씩이나마 털어놓는 것이라는 사실도 알았다.

그러나 아무도 먼저 입을 열지 않았다. 각기 먹다가 내버려둔 식어빠진 국수 그릇 속에서는 불어터진 국수발이 넘쳐나고 있었다. 우리는 우리들 내부 속에서 똑같이 무언가 보기 흉한 것이 불어터지고 있다고 생각했다. 이윽고 넘쳐난 그것이 목구멍으로 비어져 나오기라도 할까 봐 염려되는 듯, 모두가 한결같이 굳건히 입을 다물고 있었다.

「오늘은 좀 이상한 날이네요.」

마침내 내가 먼저 입을 열었다. 인내력이 늘 형편없던 나는 내부의 압력을 더이상 견뎌내지 못하고 있었는지 모르겠다. 마치 생일날 터뜨린, 갓 접어든 삼십대의 울음처럼.

나를 보는 이도 있었고 고개를 수그리거나 시선을 다른 데 던지고 있는 이도 있었다. 나는 상관하지 않았다. 어차피 그들은 나하고 아무 상관없는 사람들이었다. 나는 기억을 더듬듯, 내 안에 눌

어붙어 있는 무엇인가를 끄집어내서 풀이를 하듯 느리고 신중한
목소리로 말하기 시작했다.

　「내 이야기를 하겠어요. ……나는 날마다 아주 복잡한 꿈을 꾸어
　요.」

　정말 죽음과 같은 잠이다. 언제부터, 왜, 어떻게 그처럼 늪과 같
이 깊은 잠의 세계에 빠져들게 되었는지 알 수 없다.

　나는 거의 온종일 잠에 취해 있다. 새벽 일찍 고등학교 이학년인
아들의 도시락을 챙겨 학교에 보낸 다음, 나는 대충 둘렀던 앞치마
를 풀고 소파에 기대 앉는다. 남편이 일어나려면 한 시간, 학교가
코앞에 있는 중학교 삼학년짜리 딸이 일어나기까지는 한 시간 삼
십 분의 시간이 남았다. 다시 잠자리에 들기도 그렇고, 그렇다고
무엇인가 다시 일을 시작하기에도 너무 이른, 아주 애매한 시간이
다.

　아직 해뜨기 전이라 커튼 밖은 감청색 바다 같다. 표류하는 배처
럼 낯선 거실의 형광등 불빛이 새삼 부슬거릴 만큼 건조하게 느껴
진다.

　나는 아이를 내보내면서 문간 앞의 어둠 속에서 아침 신문을 주
워든다. 신문에는 언제나 그렇듯 아주 새롭지도 아주 낡지도 않은
많은 소식들이 실려 있다. 채 맑게 깨어나지 못한 흐리멍덩한 의식
으로 기사에 눈을 주며, 새로운 살인 소식과 새로운 부정과 새로운
사고와 새로운 미담을 읽는다.

　가스 폭발로 연립주택이 무너져 내렸고 보험금을 노린 주부가 애
인과 짜고 남편을 살해했다. 어느 세무서의 공무원은 얼마의 뇌물
을 먹었고 안개 낀 경부고속도로에서는 육중 추돌사고가 벌어졌
다. 시장 안에서 조그만 떡집을 하는 어떤 할머니는 평생 모은 재

산을 장학금으로 기탁했고, 친부모를 찾는 입양아의 미심쩍은 자기 소개와 입양 당시의 헐벗고 찡그린 얼굴이 조그맣게 실려 있다.

언제 잠이 들었는지 모르겠다. 가스 밸브를 확인하러 잠깐 다녀왔던 것 같기도 하고 가야지, 가서 확인해야지 하면서 그냥 슬그머니 의식을 놓아버렸는지도 모르겠다. 그런데 꿈속에서 또다른 내가 슬그머니 일어선다. 나는 아주 용감하게 서두르며 가스불을 끄고 있다. 불은 천장을 뒤덮고 확 불꽃을 일구며 날름날름 주위를 핥고 있다. 이상하게 뜨겁지도 않고 열기도 느껴지지 않는다. 그런데도 어떻게 할 수 없는 황당한 절망감은 전율처럼 온 감각을 붙잡고 있다. 이건 꿈이야, 꿈일지도 몰라. 꿈속에서 나는 그렇게 중얼거리고 있다. 그런 내 얼굴이 확연히 보인다. 일그러지고 불편한 얼굴, 친숙하면서도 아득히 낯선 얼굴.

나는 어느새 안개 낀 고속도로를 달리고 있다. 아니 어쩌면 안개 낀 바다일지도 모른다. 태평양이라거나 대서양이라거나 한 번도 들어본 적이 없는 우주처럼 깊고 먼 바다일지도.

내 주위로 홍수처럼 많은 차들이 달린다. 어찌나 속도가 빠른지 귓가를 스쳐가는 바람소리가 흡사 거친 태풍 같다. 내가 탄 차도 호흡을 가눌 수 없을 정도로 빠르다. 이러다가 부딪치고 말 거야. 마침내 폭발하듯 충돌하고 말 거야. 손에는 땀이 차고 등줄기로 차가운 긴장이 흐른다.

씨이, 다 죽여버리고 말 거야.

옆 좌석의 남자가 말한다. 나는 그를 돌아다본다. 프로필이 뚜렷한데도 그가 누구인지 모르겠다. 그러나 어쩐지 굉장히 친밀한 느낌이다. 나는 익숙하면서도 낯선 그가 누구인지 정말로 알 수 없다.

다 죽인다. 다 죽여.

그가 악마처럼 웃는다. 나는 그제야 그가 누구인지 깨닫는다. 그가 남편이 아니라는 것을. 남편은 꿈속에서도 언제나 약자편에 서 있다. 언제나 불행하고 불쌍한 처지다. 행운이나 행복과는 거리가 멀다. 그는 아무런 잘못도 없이 늘 피해자의 입장에 있다. 발버둥 쳐서 노력해야 겨우 작은 열매를 딸 수 있었던, 그래서 일찌감치 세상이란 것에 질려버린 듯한 표정을 온몸으로 내뿜는 고독하고 불운한 그런 남자다.

내 앞으로 차 한 대가 느릿느릿 달린다. 내가 탄 차의 남자가 추적하고 있던 바로 그 차다. 내가 탄 차가 그 차를 향해 돌진한다. 앞차에 탄 남자가 문득 돌아다본다. 고속도로에서 차를 몰고 있는 사람답지 않게 가라앉은 표정의 그는, 고독하고 불운하고 애잔한 얼굴의 남편이다.

'이 남자가 누구인지 모르겠어요.'

내가 남편에게 부르짖는다.

그러자 내 옆에 있던 남자가 내 어깨를 잡아채며 소리친다.

'보험금!'

「여보, 또 꿈을 꾸는 거야?」

어깨가 흔들린다. 나는 멍하니 눈을 뜨고 그를 올려다본다. 남편의 찡그린 얼굴이 확대된다.

「이런 데서 불편하게 자니 꿈인들 제대로 꾸겠어?」

나는 구겨진 신문 사이에서 몸을 일으킨다. 금방까지 고속도로를 질주하느라 팽팽하게 굳어 있던 힘살과 신경 들이 툭툭 소리를 내며 무너져 내린다. 겨우 허리를 일으켜 세우고 앉기는 했지만 맥이 하나도 없이 흐물흐물 흘러내릴 듯하다.

나를 깨운 남편은 곧장 거실을 가로질러 화장실로 들어가는 기척이다. 나는 흐늘흐늘 소파에 얼굴을 처박는다. 개운하게 딱 한숨만

자고 일어났으면 싶다. 긴장에서 막 풀려난 몸과 마음을 쉬게 하고
싶다. 소파를 씌운 가죽이 싸늘한 느낌으로 이마에 닿는다. 방금까
지 내가 앉아 있던 자동차의 의자 같기도 하다. 차는 충돌했을까.
남편은 어찌 되었을까. 그리고 보험금이라니. 그러면 그 남자와 나
는 공모한 것일까.

　남편이 다시 거실로 나온다. 남편과 나 사이에 보험금이란 없다.
그와 나의 공통점은 결코 그런 형태의 복지 혜택에 관심이 없다는
것이다. 물론 보험에 가입해 본 적도, 가입을 의논해 본 적도 없다.
그런데도 그 억지스런 꿈이 너무도 생생해서 나는 남편에게 죄를
지은 느낌이다.

　「밥 안 주고 뭐해?」

　어깨에 수건을 걸치고 나온 러닝 차림의 남편이 퉁명스럽게 말을
던지며 베란다 문을 드르륵 연다. 어느새 헤픈 웃음 같은 햇살이
쫙 퍼진다.

　헛둘, 헛둘.

　남편이 그의 오랜 습관인 간단한 아침 운동을 한다. 나는 그의 건
강하고 단정한, 그러나 나이답게 어딘지 느슨해 보이는 몸매를 흘
끗 스쳐보며 서둘러 싱크대 앞으로 다가간다. 그리고 부지런히 아
침상을 차린다. 출근 채비를 마친 남편이 식탁 앞에 앉아 신문을
훑고, 나는 미처 보지 못한 음식의 간을 본다.

　아이를 어느 정도 키워놓은 중년 부부에게 특별한 대화란 없다.
새로이 티격거릴 논쟁거리도 없고 상대방에 대한 흥미나 탐색도
시들해진 지 오래다. 우리는 거의 말 한마디도 제대로 나누지 못한
채 식사를 끝낸다.

　남편이 출근하고 나면 다시 아무 할 일이 없어진다. 나는 식탁의
자에 기대 앉아 커피라도 끓여 마실까 생각하지만 대부분은 그것

마저 귀찮아질 때가 많다. 왜냐하면 내 의식은 아직 삼십여 분 전 꿈의 상태에서 명료히 깨어나지 않고 있기 때문이다. 그때까지 그릇을 만지작거리며 냉장고 문을 여닫고 거실을 종종거리고 다녔으며 남편의 양복을 다림질했으나, 내 의식의 절반은 시종일관 몽롱한 꿈의 상태에 머물러 있다.

딸이 일어나는 동안 나는 다시 고개를 떨어뜨리며 졸기 시작한다. 늪 같은 잠의 손길이 슬슬 나를 이끌어간다.

나는 다시 꿈을 꾼다. 이번에도 아주 엉뚱한 꿈이다. 나는 여기저기서 포탄이 날고 폭음이 터지는 전쟁터 한가운데에 서 있다. 언젠가 본 전쟁영화의 한 장면 같은데 그 한가운데에 내가 서 있다. 무엇을 위한 어떤 싸움인지는 모르겠다. 단지 가진 것 모두를 건 마지막 발악 같은 치열한 싸움이다. 여기저기 피가 튀고 살점이 날리고 굉음이 귀청을 때려서 나는 얼굴을 가리고 귀를 막는다.

자명종소리가 요란하게 나를 깨운다. 식탁에 처박혀 있던 얼굴을 쳐들며 자명종이 던지는 희미한 굉음을 듣는다. 지각 직전 시간에 맞춰 최대한 시계바늘을 조정해 놓고 자는 딸아이는 그 요란한 울림에도 쉽게 일어나지 못한다. 부지런하고 자로 잰 듯 규칙적인 아들과 달리 딸아이는 한량없이 굼뜨고 느리다. 체질적으로 허약한 탓이라 아이만을 나무랄 수도 없다.

일일이 거들고 재촉해서야 겨우 가방을 꾸리고 도시락을 챙긴 채 집을 나선다. 저만큼 내려가다가 되돌아와서 무언가를 다시 꾸려 가기도 일쑤다. 그러고도 지각은 면하는지 다음날에도 서두르는 법 없이 늘상 마찬가지다.

딸아이를 마지막으로 내보내고도 딸이 되돌아오기라도 할까 봐 한참을 그대로 서 있던 나는 텅 빈 집 안으로 되돌아간다. 그제야 여기저기 난장판 같은 집 안이 눈에 들어온다. 벗어놓은 빨랫감이며 흐트러진 잠자리, 어수선한 욕실, 어디서부터 손대야 할지 모를 부엌의 일감들과 빈 김치통, 오늘 중으로 빨아놓아야 할 마른 고추 등이 내가 어떻게 하기 전에는 전혀 꿈쩍할 의사가 없다는 듯 나부죽이 엎드려 있다.

그러나 나는 이미 다른 어떤 것에 항복할 준비가 되어 있다. 딸아이가 어질러놓은 채 빠져나온 이부자리를 치우다 말고 나는 천천히 그 안으로 꼬부라져 들어간다.

나는 잔다. 자고 또 잔다. 잠속에서 나는 다시 꿈을 꾼다.

꿈은 아주 다양한 모습이다. 나는 눈을 감고 무의식의 나락으로 나를 떨어뜨리기 전에는 감히 그 엄청나고 광범위한 세계를 짐작하거나 추측할 수 없다. 가끔은 꿈속에서 내가 꿈을 꾸고 있음을 알아채기도 한다. 이따위 어처구니없는 꿈이라니 빨리 깨어나야지, 할 때도 있다.

몇 시간이 지나, 나는 흥건한 잠에서 희미하게 눈을 뜬다. 전화벨소리에 의식이 깰 때도 있고 잡상인의 초인종소리나 행길에서 들려오는 스피커소리에 잠이 깰 때도 있다. 잠에 지쳐 제풀에 스르르 눈이 뜨일 때도 있고 악몽에서 혼신의 의지로 헤쳐나올 때도 있다.

나는 일어나서 일을 한다. 아직도 정신은 긴 잠의 끄트머리에 붙들려 있는 상태여서 내가 무엇인가를 하기 위해 움직이는 일이 몽롱한 꿈의 한 자락 같기도 하다. 일을 하면서도 내내 이것이 꿈속의 한 장면은 아닌가 스스로 의심하고 자문하기도 한다. 또한 아무리 예정에 없던 일을 저질러도 꿈속에서 아주 비슷한 일을 많이 겪기 때문에 그런 모든 행동들이 전혀 낯설지 않다.

집안일을 해치우고 나면 사회적인 다른 용무들이 남아 있다. 은행에 가서 각종 고지서 대금을 납부하는 일, 동사무소나 구청에 가서 필요한 서류를 떼는 일, 누군가를 만나거나 무엇인가를 구입하거나 때로는 문화적 욕구를 충족하는 일 따위가 그것이다. 나는 버스나 지하철을 타고 그런 일들을 해치우기 위해 어딘가로 떠난다.

차 안에서도 나는 잔다. 그런 짧은 틈자락에도 어김없이 꿈은 끼여든다. 잠이 꿈을 부르는지 꿈이 잠을 부르는지 도무지 알 수 없다. 그 잠속에서, 그 꿈속에서 나는 또다시 치열한 어떤 시간을 살아간다. 꿈속의 시간 역시 주체가 나인 만큼 현실 속의 실체감과 전혀 차이가 없다. 나는 내릴 곳을 놓치기도 하고 눈을 뜨고서 한동안 멍하니 앉아, 이것도 꿈인 양 이제는 깨야지 생각할 때도 있다.

나는 갈수록 멍청해지고 갈수록 말이 없어지고 갈수록 현실과 꿈의 세계를 구분할 수 없다. 내가 그나마 정신이 반짝 들어 현실과 꿈의 경계가 확연해지는 날은 이렇게 비가 오는 날인 것이다.

내가 말했다.
「많은 심리학자들은 꿈은 또다른 자아표현이고 숨은 욕구의 발현이라 했지만 내겐 다른 것 같아요. 너무도 엉뚱하고 너무도 복잡하고 또한 너무도 다양한 꿈을 꾸거든요. 나는 내 속에 그렇게 많은 욕구와 그렇게 많은 또다른 자아가 깃들여 있으리라고는 도저히 믿겨지지가 않아요. 난 평범한 주부에 평범한 어머니이고 아내예요. 특별히 뛰어난 재주도 없고 학업 성적이 우수했던 것도 아니고 무얼 이루어보겠다고 노력하거나 좌절해 본 적도 없어요. 그저 내 문제는…….」
나는 잠깐 말을 멈추었다. 정말 무엇이 문제인가.
「……다시 말하지만 단지 잠이 들면 너무 많은 꿈을 꾼다는 거예요. 그렇게 너무 많은 꿈을 꾸다 보니 그에 대해 다시 생각해 보

게 되었지요. 이를테면 나 자신의 많은 부분을 스스로 모르고 지
내는 게 아닌가. 내가 살고 있는 삶이 주어진 몫의 극히 일부분이
지 않은가. 이런 식으로 나머지 삶을 채워도 좋은가. 그렇게 자신
을 의심하기 시작하자 점점 불안해지고 또 혼란이 오는 거예요.
나는 말수가 적어지고 점차 무기력해졌어요. 억울한 건…….」

나는 다시 말을 끊었다. 다른 사람들이 내 말에 귀를 기울이고 있
는지 아닌지는 진작부터 관심 밖이었다.

「내가 억울한 건…….」

나는 다시 말을 이었다.

「아무도 나의 이런 고뇌를 이해해 주지 않는다는 거예요.」

나는 그제야 주위를 휘둘러보려다가 그대로 고개를 수그렸다. 남
편과 아이들과 친지와 이웃들의 또다른 얼굴들을 대할까 두려웠
다. 잠 많고 게으른 데다 가끔 엉뚱한 소리를 지껄이는 여인네를
대하는 무심하고 무표정한 얼굴들.

내 영혼 깊은 곳의 이 복잡한 정신 현상을 세상살이에 적당히 권
태스러워진 중년 여인의 하찮은 탄식이나 가벼운 정신신경학적 주
부우울증 따위로 진단하고 싶어하는 규격화된 개념.

「정말 억울한 건…….」

나는 더듬거리다가 그냥 입을 다물어버렸다. 알 수 없는 습기 같
은 두려움과 쓸쓸함이 젖은 의자에 앉은 것처럼 발끝으로부터 서
서히 휘몰아와 금방 심장 깊은 곳까지 촉촉히 적셨다.

나는 내 수렁 같은 잠과 이상한 꿈들보다 자신의 주체에 대한 그
런 식의 희미한 자각마저 불완전한 신경학적 환자로 몰아가는 사
회적 시각을 더 두려워하는지도 모른다는 생각이 그제야 슬그머니
들었다.

나는 생략과 침묵으로 이야기를 마쳤다. 어쨌든 어느 정도나마

하고 싶은 이야기를 다 털어놓은 것 같기도 했고, 또한 정작 해야
할 말을 한마디도 못 꺼낸 것 같기도 했다. 확실한 건 그 밖에는 다
른 할말이 정말이지 아무것도 없다는 것이었다.

　나는 새삼스런 한기에 몸을 떨며 고개를 깊이 수그렸다. 방안에
는 잠시 검은 비로드빛 어둠 같은 정적이 감돌았다. 그 비로드의
한 자락을 걷어내며 옆 자리에 앉아 있던 신애가 조그맣게 말했다.

　「이번에는 제 이야기를 할까요?」

　그녀는 등을 동그랗게 구부린 채 손깍지로 무릎을 세우고 앉아
있어 마치 조그만 소녀나 할머니처럼 보였다. 그렇지 않아도 그녀
는 소녀 같은 활력과 노인 같은 진지한 무게가 동시에 느껴지는 묘
한 분위기를 가지고 있었다.

　이십대 후반? 스물일곱이나 여덟쯤? 구체적인 나이는 짐작할 수
없었지만, 여기저기 잡지에 글을 게재하고 여행을 즐기는 르포 작
가다운 자유분방함이 격의를 덜어내는 꽤 매력적인 아가씨였다.

　그녀는 나를 향해 동의를 구하듯 웃음을 살짝 지어 보였다.

　「이분이 이야기한 주제가 '꿈 또는 자아의 혼돈'이라면 내 이야
　기는 '가치의 혼돈'이라고나 할까요.」

　그녀는 직업의식을 발휘해서 우리의 이야기에 제법 그럴듯한 제
목을 부여했다. 비 오는 날이란 별것도 아닌 일에 어떤 의미를 부
여해도 좋은 날일지도 모른다.

　이어 그녀는 진지한 어조로 말을 이어가기 시작했다.

　나는 고아원에서 성장했다. 아버지가 그 고아원의 원장이었기 때
문이다. 그러나 어느 정도 성장할 때까지 내가 원장의 딸인지도 몰
랐다. 그곳에 머무른 모든 아이들이 나의 아버지를 아버지라고 불
렀기 때문이다. 아버지는 한 번도 나를 따로 불러서 내가 자신의

특별한 자식임을 가르쳐주지 않았다. 다른 모든 아이들과 똑같은 음식과 똑같은 이부자리와 뜩같은 놀이 환경에서 자랐다. 아버지가 가끔 내 이마를 쓰다듬어준다거나 손을 한번 쥐어준다거나 하는 일은 전혀 특별한 것이 아니었다. 그의 곁에 있던 다른 모든 아이들에게도 그렇게 하였기 때문이다.

원장실의 캐비닛 한구석에는 여러 장의 두껍고 질 좋은 종이가 쌓여 있었는데 좀더 자라서야 나는 그것이 아버지가 여러 단체에서 받은 감사장과 표창장 같은 것임을 알았다. 그 종이들은 고아원과 관련된 다른 서류들에 비해 푸대접을 받았다. 아버지는 버리기도 그렇고 알뜰히 모시자니 마음이 내키지 않아서인지 그냥 여기저기 굴러다니게 내버려두었다. 하긴 고아들을 자기 자식과 똑같이 다루니, 아니 내 입장에서는 자기 자식을 고아들과 똑같이 대할 정도니, 그만한 마음가짐의 사회사업가라면 아무리 인색한 세상이라도 종이 조각 하나쯤 던져주지 않을 리 없었다.

열한 살 때 비로소 나는 아버지와 아주 특별한 대면을 하게 되었다. 아버지의 임종을 지키는 자리에서였다. 교통사고로 중태에 빠진 병원에서 나는 다른 어떤 친구와의 동행 없이 혼자 불려갔다.

붕대로 얼굴을 감싸 입과 콧등만 겨우 드러난 얼굴 저편에서 아버지가 말했다.

「미안하다.」

그것은 아버지가 내게 따로 던져준 유일한 말이었다.

「미안하다.」

차마 얼굴을 대하기가 민망한 것처럼 붕대에 감싸인 이상한 모습으로 아버지가 말했다. 그리고 그 아버지는 한 번도 아버지로서의 얼굴을 보여주지 못한 채 세상을 떠났다. 그래서 나는 아버지로서의 그의 표정을 기억할 수가 없다.

그 위대한 사회사업가는 생의 마지막 자리에서 왜 고작 그런 정도의 극히 개인적이고 자괴적인 말밖에 할 수가 없었을까. 나는 아주 오랫동안 그 유언 아닌 유언이 그와 너무도 어울리지 않는다는 생각을 하며 살았다.

그는 자기가 세상에 남기고 가는 유일한 피붙이에게 사과를 하는 따위의 초라한 모습을 남기지 않았어야 했다. 그랬다면 어쩌면 나는 사회사업가로서의 아버지를 이해하려고 노력했을지도 모른다. 그의 인간적인 면모를 끝까지 철저히 배제하고서.

아버지가 자리를 비움으로써 나는 그 고아원의 공평한 일원이 되었다. 실질적으로 예전 생활과 아무런 차이가 없음에도 나는 나락과 같은 위치로 떨어진 것 같았다. 원장이 나의 특별한 아버지였다는 사실을 알고 난 후로 나는 아주 심각한 정신적 동요를 느껴야 했던 것이다. 아버지는 내게 아무런 베풂도 없이 엄청난 고통을 안겨주고 떠났다.

새로운 고통은 그뿐만이 아니었다.

어느 날 원장 자리를 승계한 총무 선생님이 나를 불렀다. 그는 아버지와 오랫동안 함께 일해온 사십대의 독신 남자였다. 원래는 아버지의 고아사업을 감독하는 관청에서 일했으나 무슨 연유에선지 그만두고 아버지를 거들게 된 것이라고 했다. 그가 원장보다 학벌이 더 좋은가 보다고 누구나 짐작하게 된 것은 원장 방에는 없는 무슨 학사증명서인가가 그의 방에 붙어 있었기 때문이다. 그는 고지식할 정도로 일에 충직했고 주말이면 교회에도 열심히 다녀서 주위의 신임을 얻고 있었다. 쉽게 왔다가 쉽게 떠나는 보모나 다른 도움꾼들에 비해 그는 신실한 일꾼이었다.

그러나 그가 원장의 자리에 오르자 모든 상황이 서서히 변하기 시작했다. 부식이나 입을 거리 같은 것이 부실해지는 물리적인 변

화 외에 자유시간이 줄어들고 부쩍 체벌이 심해지는 무형의 변화
가 있었다. 고아원의 공기가 갑자기 경직되고 아이들 사이에 비밀
이 생기기 시작한 것도 그런 보이지 않는 변화 중의 하나였다.

그가 아이들에게 원장실의 캐비닛 정리 같은 사소한 심부름을 시
키는 것은 별로 부자연스러운 일이 아닌 것처럼 보였다. 그가 나를
부른 것은 나에게도 그런 일들을 맡기기 위해서였다. 그렇게 해서
나도 그 일을 하게 되었다.

그것은 아주 이상한 일이었다. 일거리를 정리하는 동안 그는 내
내 꼼짝도 하지 않고 이편을 주시하고 있었다. 그리고는 느닷없이
돌아서게 해서 자신의 셔츠를 풀어헤치고 가슴을 만지게 하거나
내려간 바지 지퍼를 올려달라고 하는 것이었다. 갑자기 내 속옷 사
이로 손을 밀어넣으면서 간지럼을 태우려 드는 일도 예사였다. 어
느 때는 이제 막 봉오리가 솟기 시작한 젖가슴을 너무 세게 움켜잡
는 바람에 아파서 눈물이 울컥 솟아나올 때도 있었다. 치마 속에
손을 넣는 일도 예사가 되었다.

나는 다행히 오랫동안 그런 이상한 사건들을 당하지는 않았다.
왜냐하면 아버지가 돌아가신 것을 알게 된 어머니가 나를 데리러
왔기 때문이다. 오래 전 아버지와 이혼을 한 어머니는 혼자 조그만
가게를 차려 완전히 경제적인 자립을 이루고 있었다. 나는 비록 아
버지의 자리가 비어 있기는 했지만 그때부터 여느 가정의 평범한
아이들과 같은 일상을 엮어나갈 수 있게 되었다.

그러나 내 기억 속에는 평생 어찌할 수 없는 흔적이 남았다. 그
흔적은 간단히 지워버리기에는 이미 너무도 참담하고 고통스런 상
처를 남겼다. 인생관이라거나 도덕적 가치관이 형성되기. 이전의
그 기억들은 그 뒤 삶을 바라보는 내 시각에 결정적인 영향을 주었
다.

나는 위인이란 어떤 존재인가에 대해 끊임없이 회의했다. 그것은 아버지의 영향 때문이었다. 반대로 인간의 양면성에 대해 생각하게 된 것은 더러운 성적 추행의 기억들 때문이었다. 그 후임 원장이 외면적으로는 결단코 이상한 사람이 아니었고 아버지 생전에는 그런 일을 저지른 적이 없었다는 것이 내가 풀지 못한 숙제였다. 나는 사회에서 존경받는 위인들과 인간의 양면성에 대해 명확한 해답을 내릴 수가 없었다.

내가 학교를 마치고 르포 작가가 된 것은 어쩌면 좀더 많은 사람들을 만나 좀더 다양한 해답의 열쇠를 구하고 싶어서였는지도 모른다. 존경받는 인격자이면서도 인간적이지 못했던 위인, 그리고 동물보다 더 제 말초적 감정에 충직했던 또다른 인간의 추악한 의식구조 등등을 뒤적여내면서 말이다.

나는 많은 사람들을 만났다. 참으로 많은 사람들이었다. 이름없는 수도승에서부터 고매한 학자, 요즘에는 금보다 더 귀해진 청렴 결백한 고위 관리나 저 산비탈의 손바닥만한 채마밭을 일구는 가난한 농부까지, 어느 경지에 이르렀다는 어떤 분야의 달인이나 그보다 더 많은 그럴듯한 사람들.

처음에 나는 내 자신이 왜 굳이 이런 직업을 원했고 미친 듯이 사람을 쫓아다니는 일에 매달리고 있는지 몰랐다. 그러나 오래지 않아 내 마음속에 숨은 잠재의식을 깨닫게 되었다.

그때까지 내 의식 속에 극단적이며 상반된 이미지이면서도 어딘지 명쾌하지 않은 형태로 남아 있는 그 두 사람에 대해 나는 좀더 올바른 시각을 갖고 싶었던 것이다. 그렇게 해야 비로소 내 인생이나 삶을 바라보는 제대로 된 가치관을 형성할 수 있을 것 같았다. 그렇게 해야 어린 날의 절대적인 기억으로 남아 있는 그 두 사람의 크고 어두운 그림자에서 온전히 벗어날 수 있을 것 같았다.

　　사회적인 명분과 자신의 도덕관 때문에 혈육으로서의 감정조차
말살한 채 살았던 아버지와 어떤 명분보다 제 동물적이고 본능적
인 감각에 눈이 멀었던 그 총무가 사실은 동일한 인간일지도 모른
다는 인식은 아주 우연히 찾아왔다. 많은 사람들을 만나긴 했지만
도대체 이 복합적이고 다면적인 인간성의 형태에 대해 어떤 단정
을 구한다는 것은 결단코 만만한 일이 아니었다.

　　그런 때 나는 그 모임에 참석하게 되었다. 어느 단체에서 시행하
는 부정기적인 소규모 문화유적 답사팀에 합류한 것이었다. 그 여
행에 동행하게 된 것은 내가 존경하던 어느 유명 작가가 그 모임에
있었기 때문이었다. 그가 쓴 글을 나는 무척 좋아하였다. 그를 만
난 적은 없었지만 그의 글은 한 번도 나를 실망시킨 적이 없었다.
나는 언제나 그의 깔끔하고 투명한 영혼의 글에 감동을 받았다. 괴
짜라는 소문이 있었지만 세상의 평판 같은 건 대부분 오해의 소지
가 많은 하찮은 내용일 수가 있었다.

　　나는 여행길 내내 그에게 시선을 주었다. 감동적인 글을 담아내
는 그의 신성한 영혼과 대화할 수 있다는 기대가 작은 흥분과 즐거
움을 불러일으켰다. 기회는 어렵지 않게 주어졌다. 어느 산사 앞에
서 그가 외떨어져 홀로 커다란 나무 아래 기대어 서 있었던 것이
다. 나는 그 나무 아래로 걸어갔다.

　　나는 간단한 소개로 인사를 했고 그가 통통 불은 듯 살이 많은 하
관과 벌그죽죽한 뺨에 게슴츠레한 눈빛으로 인사를 받았다. 나는
이제 막 그가 최근 써낸 어느 유명 문예상 수상작품의 감상을 말할
생각이었다. 그런데 그가 갑자기 돌아서더니 나뭇가지 하나를 우
두둑 꺾었다. 내가 영문을 몰라 쳐다보고 있자 다시 돌아선 그가
어느새 바지 지퍼를 내리고 꺾어든 나뭇가지를 거기 꽂아 들더니
끄덕거리지 않는가.

그를 쳐다보는 내 시야에 갑자기 아버지와 총무의 영상이 겹쳐져 나타난 것은 무엇 때문인지 모르겠다. 그리고 그 걷잡을 수 없는 혼란의 뿌리를 아직 어떻게 다스려야 할지도.

그녀가 그 혼란의 뿌리를 짓씹듯 아랫입술을 질근거리며 말했다.
「보리차를 발음이 비슷한 성적 용어로 내내 부르는 등 그가 이후 보여준 언행은 바로 성도착증 환자의 그것이라고 하지 않을 수 없더군요. 그런데도 내로라 하는 명사들은 히죽히죽 웃기만 할 뿐 어느 한 사람 제재를 하지 않더라구요. 보통 사람이 그랬다면 어떤 대접을 받았을지 뻔한 일인데도 말이죠.」
그녀가 덧붙였다.
「그의 글이 완전한 가면인지, 그렇다면 거짓된 영혼의 표현이 가능한 것인지 저는 알지 못하겠어요. 하지만 그런 정신병 환자들이 어느 부분 약간 뛰어난 천재라는 이유로 이 세상을 일부나마 그런 식으로 지배하고 또 감싸고 도는 현실에 대한 배반감을 저는 아직도 극복하지 못하고 있어요. 아마 그래서 여기 이렇게 나오는지도 모릅니다.」
그녀는 잠시 침묵했다. 그 빈 공간으로 빗줄기가 내리누르는 고즈넉함이 이어졌다. 침묵을 깬 것은 다시 그녀였다. 그녀는 감정적인 상대방에게 어떤 충동을 줄지도 모를 그 애매하고 귀여운 미소를 입가에 가늘게 띠었다.
「하지만 그곳에서 영 소득이 없었던 것은 아니에요. 난 꽤 괜찮은 무명 시인을 만날 수 있었거든요.」
길게 손을 뻗은 그녀가 잿빛 라운드 셔츠를 입고 제 옆에 우두커니 앉아 있는 남자의 어깨를 탁 쳤다.
「자, 이제 그대가 우리의 만남을 얘기하지요.」

　나이는 어느 정도 들어보였지만 어딘지 모르게 해사한 소년 같은
인상을 주는 종민이 그제야 얼핏 그만의 망상에서 깨어난 듯 어설
픈 미소를 지어 보였다. 모두 그를 주목하고 있자 그는 잠시 어색
한 듯 한 손으로 얼굴을 쓸어내리고 나서 천천히 입을 열었다.
　「……그날 내가 그곳에 가게 된 건 좀더 근사하게 죽을 곳을 찾
　기 위해서였습니다. 이상하게 들릴지 모르지만 난 줄곧 찬란한
　죽음만을 생각하고 있었거든요. ……나의 화두는 죽음입니다.」
　그는 피아노 건반처럼 보이는 희고 화사한 손가락을 쫙 펴서 다
시 한번 얼굴을 쓸어내렸다. 그 건반이 스쳐 지나간 사이로 어두운
음을 짚어낸 사람답지 않게 전혀 음침하지 않은 얼굴이 희미하게
떠올라 있었다.

　우리집은 대대로 내려오는 의술인 집안이다. 나의 할아버지와 아
버지가 의사였고, 형님도 뒤를 이어 의사가 되었다.
　내 어릴 적 기억은 때때로 한밤중에 전화를 받고 위급한 환자를
구하기 위해 왕진 가방을 챙겨 달려가는 아버지와 형님에 대한 기
억으로 채워져 있다. 시각을 다투며 실려온 응급 환자를 눈앞에서
다루는 광경도 일찍부터 숱하게 보았다.
　그 사람들은 내게 어떤 영향을 주었는가. 감수성 예민한 유년기
에 받은 환경의 영향은 성장 후의 정서 및 행동 발달에 은연중 상
당한 잠재력의 뿌리를 이룬다고 한다. 청년기에 이르러서야 나는
그들이 내게 어떤 영향력을 끼쳤는지 깨닫게 되었다.
　나는 죽음에 대해 민감해진 것이다. 나는 어떤 인간이든 마침내
는 죽음에 이르고 만다는 것을 너무 일찍, 그리고 너무 실체적으로
배워버렸다.
　우리의 삶을 감싸고 있는 사물이나 인간 현상에 대한 시각이 채

정립되기도 전에 나는 죽음에 근접해 있었다. 그것은 내 생의 순수함이나 아름다움, 혹은 빛나는 어떤 것들에 대한 감각의 죽음을 의미하기도 했다. 무엇을 보아도, 무엇을 만져도, 무엇을 느끼거나 사랑해도 나는 그것들의 종말이나 사멸을 이미 예견해야 했으므로 내 삶은 너무도 불행한 것이었다.

외면적으로는 부족함 없이 충족된 일상을 누릴 수 있었던 내가 왜 그토록이나 우울한 블랙홀 같은 죽음의 골짜기에 빠져버렸는지 모르겠다. 아니 오히려 외부적인 넉넉함이 내면의 공허감을 확대시키고 부추겼는지 알 수 없다.

나는 의사가 되지 않았다. 집안에는 이미 의사가 넘쳐났으므로 나는 무엇이 되든 상관없었다. 나는 시인이 되기로 했다. 현실에 발디디지 못하고 영혼 저 밖의 이상한 세계를 넘나드는 나 같은 녀석에겐 참 그럴듯한 직업 같았기 때문이다. 시인이 되기로 하였으나 단 한 줄의 시도 쓸 수가 없었다. 시각이 한군데로 고정된, 그래서 늘 하나의 이야기밖에는 쓸 수가 없는 아주 따분한 시인 지망생이었을 뿐이다.

그 사이에도 나의 주변에는 많은 죽음들이 흘러갔다. 내 가족의 누군가가 죽고 이웃이 죽고 친지가 떠나갔다. 엊그제 술상을 뒤엎으며 호탕한 기개를 펼치던 녀석이 죽고 언젠가 깊은 밤 무너진 돌계단 위에서 차가운 첫 키스를 나눴던 그녀가 죽었다는 소식을 들었다. 또한 신문과 방송에서는 언제나 많은 낯선 이들의 또다른 죽음을 보도했다. 교통사고사·병사·익사·소사·피살·추락사……

그러고 보면 세상은 대단히 단순한 것이었다. 사람은 죽기 위해 사는 것이다. 삶이란 저 죽음의 골짜기로 달려가는 허무한 몸짓 외에 아무것도 아니었다. 아무리 우아한 포즈를 취해도 우리는 음산하고 누추한 죽음의 날개 아래에서 만나는 것이다.

세상에는 이미 나처럼 죽음과 깊이 대면한 사람들이 많았다. 철학과 종교가 그들을 위해서 준비되었다. 그러나 일시적인 치료가 궁극적으로 생명을 구할 수 없듯 내게도 그것들은 참된 구원이 되지 못하였다. 나 같은 인간이란 어떤 진리 앞에서 쉽사리 죽음이 갖는 물리적 공포로부터 해방될 수 없는 지극히 평범한 단세포적 감정의 동물인 것이다. 그것을 나는 어느 날 우연히 깨달았다.

그날 나는 차를 몰고 어딘가를 달리고 있었다. 한강변 어느 기슭이었을 것이다. 늦은 밤이어서인지 인적이 드물었다. 나는 차를 세우고 잠시 시트를 뒤로 젖힌 채 길게 누웠다.

밤바람이 차가워서 유리창을 올렸다. 담배를 피워 문 것은 나의 오랜 버릇이었다. 강 건너 반짝이는 불빛과 어두운 하늘의 빛나는 별을 바라보며 죽음의 세계란 바로 저런 것인가 하는 생각도 잠시 했던 것 같다. 나는 감미로운 죽음의 미학에 아주 익숙해 있었던 것이다.

담배를 다 피우고 그 재를 정성 들여 떨어낸 뒤 나는 잠시 더 그대로 앉아 있었다. 그리고 어느 순간 그대로 깜박 잠이 들어버렸다.

아주 답답한 꿈을 꾸었다. 누군가 내 목덜미를 거칠게 틀어쥐고 숨통을 조여오고 있었다. 머리가 깨질 듯 아팠고 식도가 틀어막힌 채로 내장의 일부가 미어져나올 듯 불편했다. 무언가 소리를 지르고 싶었으나 온몸이 마치 지구 같은 거대한 무게로 짓눌린 듯 꼼짝도 할 수가 없었다. 나는 시커먼 어둠 속에서 벌레처럼 버르적거리며 눈알을 마구 희번득였다. 갑자기 한 줄기의 불빛이 눈앞을 스쳐가는 것을 희미한 의식으로 느끼며 나는 정신을 잃었다. 온몸의 세포가 갈가리 억눌리고 뒤틀리는 듯한 끔찍한 고통 속에서 목구멍으로 시큼한 위액이 넘어왔다.

한참 후 눈을 떴을 때, 나는 한강변의 차디찬 잔디 위에 누워 있었다.

「조금만 늦게 발견했더라면 큰일날 뻔했어요. 차 안에서 잠이 들면 질식사한다는 걸 몰랐단 말이오?」

순찰차의 경찰이 혀를 차며 말하는 걸 듣고, 그제야 내가 죽음의 문턱까지 갔었다는 걸 깨달았다.

아, 죽음이란 그런 것이었구나. 나는 차가운 밤 공기에 온몸을 빠뜨리고 누운 채 오한에 떨며 생각했다. 죽음이란 그런 것이었다. 아무도 곁에 있지 않는 것. 형언할 수 없는 고통과 고독.

나는 깨달았다. 내가 그때까지 죽음에 대한 집념을 버릴 수 없었던 것은 그것에 대한 공포 때문이었다는 것을. 성장기 이후 무의식 속에 줄곧 존재해 있던 죽음에 대한 형상이 오직 그 하나로 집약되어 있음을 알았다. 그리고 앞으로도 절대 그것을 극복할 수 없음을.

다시 새로운 공포가 엄습해 왔다. 문득 내 자신의 존재가 버겁기 짝이 없게 느껴졌다.

나는 자살을 하기로 했다. 자살은 언제 어떤 형태로 다가올지 모를 죽음의 공포에 대한 적극적인 대항의 방법이자, 몽테뉴가 말했듯 어찌할 수 없는 자연의 운행에 자기 개인의 결단이 개입하는 굉장한 행위였다. 가장 훌륭한 삶이란 가장 훌륭한 죽음에 다름아니었다.

자살을 하기로 결정한 뒤로 나는 아주 행복해졌다. 내 삶을 내 스스로, 온전히 자신의 책임과 판단에 의해 마무리지을 수 있다는 것은 아무튼 내 생애 최초의 대단한 용기이자 축복이었다. 그날부터 나는 아주 꼼꼼히 나의 아름다운 죽음을 준비해 나갔다.

나는 내 주변을 하나씩 정리해 나갔고 이윽고 날과 장소를 택했다. 가을, 노을이 지는 저녁, 단풍이 아주 곱게 물든 깊은 산속 한 가운데. 나는 그중 가장 잘생긴 나뭇가지에 단단한 밧줄을 걸었다. 내 생을 마감할, 그리하여 행복한 마지막을 장식할 축복받은 동아줄이었다. 마지막 소변을 보고 바위에 올라가서 동그란 밧줄 안에 목을 들이밀려고 하자, 문득 관객 없는 상황이 억울하다는 생각이 들었다. 내가 평생에 단 한 번 연출하는 마지막 공연. 온몸으로 지어내는 단 한 편의 시. 하나의 마침표와 같을 나의 주검.

그런데 내 시야에 문득 골짜기를 내려오는 한 여자의 모습이 보였다. 제법 먼 거리였음에도 여자가 울고 있다는 것을 알 수 있었다. 여자는 온몸으로 절망하듯 울며 내려오고 있었던 것이다. 목을 매면서 나는 여자를 보았고 여자도 나를 보았다. 나는 예상치 않은 관객이 느닷없이 나타난 것에 대하여 만족했다. 그러나 바위에서 발을 떼는 순간 갑자기 시야가 캄캄해져 왔으므로 더이상 아무런 생각도 할 수가 없었다. 아주 짧은 순간 혀를 길게 빼물 내 모습이 여자에게 몹시 추하게 보이겠구나는 생각이 희미하게 떠올랐다가 사라졌다.

눈을 떴을 때 나는 한 여자의 무릎을 베고 누워 있었다. 내가 낙엽 사이로 굴러떨어졌고 그런 나를 구해 자신의 무릎에 올려놓았다는 것을 여자의 설명을 듣고 알았다.

여자가 말했다.

「이봐요, 이 비겁한 양반아. 자살에 성공하려면 좀 튼튼한 나무를 골랐어야죠.」

우두둑 부러진 나뭇가지에 밧줄만이 튼튼하게 묶여 있는 게 보였다. 내 목은 멀쩡했고 나는 그저 순간적으로 정신을 잃었을 뿐이었다. 여자는 토끼처럼 빨갛게 울고 난 눈으로 나를 보고 웃었다.

「그렇게 엉성한 방법으로 자살을 하려 하다니 그야말로 엉성한 코미디 같군요.」

나는 몹시 억울한 생각이 들었다. 내가 얼마나 오랫동안, 그리고 얼마나 치밀하게 자살을 꿈꾸어왔는지 그녀는 감히 상상도 할 수 없을 것이다. 그녀에게 설명을 해주지 않고는 억울해서 다시 죽을 수가 없을 것 같았다.

나는 설명을 하기 위해 얼른 일어나 앉았다. 그러나 내가 채 한마디도 꺼내기 전에 여자가 내 뺨을 찰싹 갈겼다.

「댁이 무어라 변명하든 댁이 저지른 짓은 어리석고 비겁해.」

「나는 이 여자에게 구원을 받은 것인지, 아니면 내 순결한 이상을 짓밟힌 것인지 아직 깨닫지 못하고 있습니다.」

종민이 제 옆의 여자를 흘끗 돌아다보고 말을 마쳤다.

「다만 확실한 건 내 생애에 한 낯선 여자가 개입하기 시작했다는 것입니다.」

신애는 후후 바람소리를 내며 웃었다.

그런 것인지도 모른다. 우리의 생애에 어느 날 낯선 침입자가 끼여들 수도 있는 것, 그리하여 어디로 흘러가는 것인지도 모를 우리 삶의 한 자락이 다시 새로운 낯선 여행을 시작하기도 한다는 것.

잠시 고요한 침묵이 흘렀다. 막간의 휴식처럼. 한 생애가 닫히고 또하나의 막이 열린다. 장송곡이 없는 건 당연하다. 그것들은 사라지지 않고 아직도 치열한 현실을 밟고 있으므로.

이제는 언제나 숙연한 제의에 참석한 사람처럼 검고 긴 옷을 입고 있는 여진의 차례였다. 목까지 채운 검은색 슈트의 검고 긴 단추가 흡사 그녀의 내면에 도달하기 위해 짚고 넘어가야 할 무슨 특정한 암호처럼 보였다.

그녀는 시선을 바꾸는 기색도 없이 자신의 차례라는 것을 잊지

246

않고 있었는지 쉰 것처럼 들리는 그 탁한 목소리로 천천히 입을 열기 시작했다.

「난 이십대에 이상한 악령에 붙들렸어. 그리고 아직도 거기 질질 끌려가고 있는 거야.」

우리는 무슨 주술에 붙잡힌 사람처럼 그녀의 입에서 흘러나오는 두 번째 목소리를 들었다. 마치 어떤 불건전한 집념에 사로잡힌 것처럼 보이는 그녀의 퀭한 눈빛이 유난히 깊게 가라앉아보였다. 그 시선은 여전히 은선이 앉아 있는 유리창 쪽을 향하고 있었다.

그 남자를 처음 만난 것은 스물한 살의 어느 봄날이었다. 형제 많은 빈한한 집안의 넷째딸로 태어나 대학에 갈 수 없었던 나는 두 해를 쉬었다가 간호대학에 진학하게 되었다.

나는 원래 우울하고 말이 없는 소녀였다. 나라는 존재는 집안에서도, 친구들 사이에서도, 사회에서도 별로 눈에 띄지 않았다. 어쩌다 내가 입을 열어 의사를 표현하기라도 하면 누군가 재빨리 내 발언을 무시해 버렸다. 아무도 내 의견을 들어줄 만한 마음의 여유를 보이지 않았다.

나는 얼마 있지 않아 곧 그런 분위기에 익숙해져 버렸다. 그리하여 더욱 말이 없는 사람으로 굳어갔고 아무도 그런 내게 신경을 쓰지 않았다.

나는 거의 본능적으로 자구책을 강구하게 되었는데, 어쩌다 의사를 표현하기 위해서는 소리를 지르거나 그 밖의 돌출된 행동으로 내 자신을 나타냈다. 그렇게 해야 겨우 주위의 시선을 끌었고, 그렇게 해야 겨우 나라는 존재를 알릴 수 있었다.

늘 비참한 기분이었다. 거의 매일 한마디 말도 없이 지내는데도 거의 매일 발악을 하고 있는 기분이었다. 미처 내뱉지 못한 많은

말들이, 표현해 내지 못한 많은 생각과 느낌 들이 내면을 소용돌이
치며 맴돌고 있었다. 나의 스물한 살은 그렇게 팽배한 침묵이었다.
그때 그 남자를 보게 되었다.

그는 아주 아름다운 남자였다. 나는 그처럼 아름답고 완벽한 남
자를 그 이전에도 그 이후에도 만나지 못했다. 그는 어쩌면 보통
사람보다 약간 뛰어난 외모에 약간 뛰어난 학력과 약간 뛰어난 성
품을 가지고 있을 뿐이었는지도 모른다. 그러나 그는 내게 하나의
우상으로 다가왔다.

어둠에 갇힌 나의 내면이 그 빛을 향하여 문을 열었다. 그는 나의
눈에 띄자마자 나의 출구가 된 것이었다. 나는 그를 사랑하게 되었
다.

사랑, 그랬다. 그 아릿하고 황홀한 단어에 나는 새로이 스스로를
가뒀다. 아무리 천박하게 굴러떨어진 단어라지만 그것을 시작하는
사람에게는 언제나 황홀함이 아릿하게 되살아나게 하는 불가사의
한 용어, 사랑. 그러나 불행하게도 나는 사랑의 의미와 사랑의 방
법에 대해서 너무도 어두웠다.

나의 아버지는 어머니에게 여섯 자식을 낳게 하고 또다시 다른
여자를 얻어 나갔다. 아버지는 그것이 사랑이라고 했다. 어머니에
게 여섯 남매를 낳게 한 것도, 새 여자와 또다시 두 아이를 낳고 살
고 있는 것도 모두 사랑 때문이라고 했다.

시장바닥에서 생선 노점을 하는 엄마는 늘 지치고 찌푸린 얼굴이
었다. 집 안에 들어서면 눈에 띄는 아이에게마다 악다구니를 퍼붓
고 신세 한탄을 하면서 조금만 잘못을 해도 함부로 두들겨 팼다.
엄마는 그것도 자식이 잘되기를 바라는 사랑 때문이라고 했다.

형제들은 부실한 밥상과 모자란 학용품과 비좁은 잠자리 때문에
늘 아귀다툼을 벌였다. 서로가 서로를 바라보는 눈에는 치열한 경

쟁심과 한치라도 양보하면 제 자리가 사라질지도 모른다는 위기의
식이 팽배해 있었다.

오빠는 수시로 언니들과 다투었고, 언니들은 수시로 동생들을 위
협하고 갈취하고 할퀴었다. 또한 여섯 아이들은 나름대로 저마다
조금이라도 다른 형제나 어머니의 관심과 배려를 차지하기 위해
시샘하고 모함하기를 서슴지 않았고 기회만 있으면 맹렬히 싸웠
다. 그것이 바로 우리 식의 형제애였다.

어머니는 세상살이가 힘들고 고단할수록 밤새 잠을 이루지 못하
고 아버지를 저주했는데 사람들은 그것이 아직도 어머니가 아버지
를 잊지 못하고 사랑하고 있기 때문이라고 했다.

사랑……. 시기와 질투와 욕지거리, 구타와 모함과 저주. 그때까
지 내가 알고 있던 사랑은 그런 식의 굴절되고 비뚤어진, 추악하기
짝이 없는 것이었다.

내가 사랑의 감정을 악령이라고 표현한 것은 그 때문이다. 내게
사랑이 깃들인 것은 바로 그러한 형태의 악령이 깃들인 것이라고
할 수밖에 없었다.

그 악령은 뒤늦게 진학한 간호대학의 첫 수업시간에 찾아왔다.
외래 교수로 수업에 들어온 그는 단정한 양복 차림의 다른 교수들
과 달리 카디건 차림이었다. 짙은 갈색 바지 위에 걸친 밝은 갈색
브이넥 스타일의 얇은 순모 카디건이 그의 맑은 살결과 지적인 생
김새에 너무도 잘 어울렸다. 귀를 가리며 넘실거리듯 내려온 숱 많
은 머리칼이 깊어보이는 그의 눈을 더욱 그윽하게 만들었다.

「근사해. 외국에서 공부하고 이번에 들어왔다는데 너무나 이국
  적이다, 그치?」

옆 자리의 학우들이 소곤거리며 한숨 쉬는 소리를 귓결에 들으며
나는 나의 내면에서 우러나오는 그보다 더 깊은 한숨소리를 들었

다. 그와 함께 무언가 알 수 없는 열기가, 어딘지 사악한 기운을 띤 이상하고 강렬한 열기가 서서히 높아가는 고압 전류에 감염된 사람처럼 내 전신을 스멀스멀 휘감아왔다.

「미안합니다, 이런 차림…….」

그는 학생들의 탄식 같은 소리가 첫 수업에 임하는 교수답지 못한 자신의 리버럴한 복장 때문이라고 생각한 듯 신경이 쓰인 모양이었다.

「실은 오늘이 내 생일인데 내 아내가 이걸 선물했거든요. 아내를 기쁘게 해주고 멋도 내볼 겸 아내가 직접 짠 이 옷을 안 입을 수가 없었어요.」

그는 자신의 카디건 앞자락을 슬쩍 쳐들어 보이며 어깨를 으쓱 추켜올렸다가 내렸다. 마음에 드는 선물을 만끽하는 즐거운 소년 같은 미소가 그의 얼굴에 넘쳤다.

「어머나, 결혼하셨다구요?」

학생들은 과장된 실망의 목소리로 일제히 소리쳤고 그는 다시 한쪽 어깨를 추켜올리며 멋쩍게 웃었다.

「좋은 사람이 일찍 나타나서요.」

다소곳이 잠잠해지는 게 아쉬운 듯 몇 학생이 후렴처럼 덧붙였다.

「사모님이 무척 미인이신가 보네요.」

그는 대답 없이 미소만 지었다. 그 자리에서 그의 미소를 본 누구나 그랬겠지만 전혀 보지 않고도 그의 아내에 대한 어떤 이미지를 떠올릴 수 있었다. 그에게 충분히 어울리는 매우 아름다운 여인. 게다가 그녀는 남편의 넘치는 사랑을 받고 있었다. 서로가 서로를 따스하게 감싸 안는 사랑.

그날 나는 몹시 앓았다. 내가 처음 발견한 아름다운 사랑이 너무도 부럽고 안타까워서 도저히 내 자신을 어찌할 수 없었다. 서로를 할퀴고 헐뜯는 사랑에 익숙해 있던 나는 그 눈부신 사랑의 무게를 이겨내지 못했던 것이다. 그러면서도 나는 그를 사랑하게 되었다. 사랑이란 그런 감정인 것이다. 아무런 계산도 타협도 불가능하게 만드는 것, 그냥 그렇게 준비 없이 시작되는 것.

나는 그를 사랑했으나 어떻게 사랑해야 하는지 몰랐다. 내가 아는 것은 그때까지 보고 배운 내 방식뿐이었다. 나는 다른 학우들처럼 교수 휴게실로 놀러 가거나 그에게 차를 타다 주거나, 그의 책상에 장미꽃 한 송이를 꽂아놓거나, 작은 선물을 보내는 그런 식의 사랑을 하지 못했다.

그 대신 나는 그에게 전화를 했다. 나를 알리고 내 마음을 전달하는 길은 그것뿐인 것 같았다. 그러나 송수화기를 들고는 아무말도 꺼내지 못했다. 나는 원래 그런 여자인 것이다.

신호가 가면 그가 수화기를 든다.

「여보세요?」

그가 묻는다. 나는 아무말도 꺼내지 못하고 수화기를 통해 들리는 그의 숨소리를 듣는다.

「여보세요?」

그가 다시 묻는다. 문득 나는 고함을 지르고 싶다. 나 여기 있노라고. 김여진이라는 여자가 여기 이렇게 당신을 미치도록 사랑하고 있노라고.

내가 의사 표시를 하려면 다른 이들에게 그렇게 했듯 괴성을 질러 주의를 끌거나 어떤 돌출 행동을 해야만 한다. 오래도록 주위로부터 무시당해 온 미미한 존재의 자기표현 수단. 그러나 언제나 그랬듯 나는 미처 입을 열지 못한다. 내뱉지 못한 말들이, 표현해 내지 못한 많은 생각과 느낌 들이 나의 내면을 소용돌이치며 맴돈다.

나는 삼켜버린 말들에 갇혀 벙어리처럼 수화기만 붙들고 있다.

「여보세요? 말씀하세요.」

그가 한숨처럼 묻고는 잠시 후 수화기를 내려놓는다.

나는 다시 전화를 건다. 그는 다시 수화기를 들고 조금 전과 같은 상황이 반복된다.

그는 전화번호를 바꾼다. 나는 어떤 악랄한 방법을 써서라도 기어이 그의 새 전화번호를 알아낸다.

가끔은 그의 아내가 전화를 받을 때도 있다.

「여보세요?」

그의 아내가 전화를 받는 어조도 그와 똑같이 침착하고 여유롭다.

「말씀하세요, 도대체 누구세요?」

신분을 묻는 목소리도 나긋하고 정겹다. 가능한 한 상대방을 감싸 안으려 드는 넉넉한 목소리는 늘 내게 너무도 낯설고 어색하다. 나는 마음속의 엉클어진 감정과 이상한 충격을 억누르며 말없이 그녀의 숨소리를 듣는다.

그들 부부는 그런 식의 괴상한 전화가 더이상 견디기 힘든 듯 얼마 있지 않아 다시 전화번호를 바꾼다. 나는 미친 듯이 수단 방법을 가리지 않고 곧 새 전화번호를 알아내어 다시 전화를 건다. 그런 날들이 아주 오랫동안 지속되었다.

내가 그에게 더이상 전화를 걸지 않게 된 것은 학교를 졸업하고 그가 차린 개인 병원에 취직을 하면서부터였다. 그와 함께 일하게 된 것은 내 인생에 있어서 단 한 번도 주어지지 않았던 대단한 행운이었다. 또한 그만큼 끔찍한 고통이기도 했다. 내 내면의 악령의 울림이 이제 확실한 출구를 찾아 본격적으로 꿈틀거림을 시작했기 때문이다.

내가 근무하는 그의 병원에서는 끊임없는 사고가 잇따랐다. 제약실의 수면제 약제통에 각성제가 바뀌어 들어가 엉뚱한 환자에게 투여된다거나, 수술실의 의료기구가 하나씩 없어진다거나, 깊은 밤 느닷없는 사이렌소리에 입원 환자들이 송두리째 달아나버리는 등의 돌발사고였다.

그는 늘 촉각을 곤두세우고 긴장한 채 도대체 언제 어떻게 일어나는지 짐작조차 할 수 없는 사고에 대비해야 했다. 그와 같은 크고 작은 의료사고가 일어나는 것은 오로지 그에 대한 나의 사랑 때문이었다. 나는 어떤 형태로든 그의 삶에 개입하고 싶었다. 다소 일그러진, 변형된 기형적 모습이어도 어쩔 수 없었다. 다시 말하자면 그것이 나의 사랑하는 방식이었고 그것이 또한 나의 살아가는 방식이었기 때문이다.

그가 그의 사랑하는 아내와 함께 안온하고 단란한 생활을 즐기는 것을 나는 원치 않았다. 자신의 존재를 드러낼 수 없는 그늘 속에서 어두운 사랑에 부대끼는 나의 고통을 조금이라도 함께 나누어야만 했다.

내가 저지른 그러한 사소한 사고들은 그후에 벌인 엄청난 음모에 비하면 아무것도 아니었다. 나는 마침내 저 이름 모를 악령의 부름에 의해 정말로 대단한 계획을 세웠다. 단 하루도 병가를 낸 적이 없는 나는 아무런 예고도 없이 며칠째 무단 결근을 했다. 병원에서 여기저기 연락을 취하고 궁금해 할 때쯤 나는 사직서와 함께 한 장의 짧은 편지를 그 앞으로 보냈다.

그가 내 앞에 나타난 것은 그로부터 이틀이 지난 뒤였다. 배에서 내린 그가 선착장의 자갈들을 밟으며 걸어 올라오는 모습을 나는 그 섬의 몇 안되는 민박집의 방에서 우두커니 내다보고 있었다.

「선생님, 이승의 마지막 길에 선생님을 꼭 한번 뵙고 싶습니다.」

약간 신파조이기는 하지만 너무도 절박한 현실 때문에 단지 그렇게밖에는 쓸 수 없었던 편지를 쥐고 그는 잠시 후 내 앞에 섰다. 부드럽고 순한 그의 눈이 영문 모를 약간의 당혹감을 감추지 못한 채 나를 내려다보고 있었다.

그는 자신의 첫 제자이면서 오랜 부하 직원이기도 했던, 지금은 무엇인가 그로서는 까닭 모를 사연으로 죽음을 택한 나를 설득하기 위해 그 섬에서 사흘을 함께 머물렀다. 그가 계획보다 이틀을 더 묵게 된 건 이미 나의 계산 안에 들어 있었던 날씨 때문이었다. 폭풍으로 배가 출항하지 못한 것이다.

물론 나는 죽을 계획 같은 건 손톱만큼도 가지고 있지 않았다. 가치 없는 인간들이 오히려 목숨에 연연하는 편인 것이다.

나는 운이 좋았다. 그 사흘 동안에 치밀하고 의도적인 유도로 이루어졌던 단 한 번의 정사로 나는 그의 아이를 갖게 된 것이다. 그들 부부에게는 아이가 없었다. 그들 부부는 아이를 몹시 원하고 있었다. 그런데 내가 그의 아이를 가지게 된 것이다.

마침내 나는 내 존재 가치를 확고히 하게 되었다. 적어도 그들 부부에게 있어서.

나는 세상을 모두 쥔 것처럼 즐겁고 황홀해졌다. 이제 내게는 세상보다 더 귀한 그와 그의 아내가 손안에 든 것이었다.

그 섬을 떠난 후 소식이 끊겼다가 근 두 달 만에 나타났을 때 그는 내가 너무도 활기차고 건강하게 바뀐 것을 보고 놀랐다. 그러나 내가 그의 아이를 가졌다는 데 대해서는 별로 놀라지 않았다.

「그럴지도 모른다고 예상했었어.」

그가 담담히 말했다.

「여진이에 대해서 많은 생각을 했어.」

나를 바라보는 그의 눈에 측은함 같은 연민의 빛이 어렸다. 나는 갑자기 눈물을 쏟았다.

「잘못했어요.」

나는 그렇게 말하고 말았다. 나 자신도 전혀 예상하지 못했던 말이었다. 그는 여전한 눈빛으로 잠시 묵묵히 나를 건네보며 낮게 말했다.

「여진이 내게서 무얼 원하는지는 모르지만 아내와는 헤어질 수가 없어. 현명하게 판단해 주길 바래.」

아이는 사라졌다. 그 일은 전혀 내 뜻이 아니었다. 그날 그와 헤어져 집으로 돌아온 나는 나 자신이 싫어서, 내게 붙은 악령이 저주스러워서 통곡했고 그 후유증으로 아이를 잃었다.

내게는 이제 아무것도 남지 않았다. 내가 그의 아내를 떠올린 건 아주 오랜 후의 일이었다.

여진이 말을 마쳤다.

그녀는 피곤하고 허탈해 보였다. 갑자기 누군가 그녀에게 다가가 번개같이 뺨을 휘갈겼다. 아주 순간적인 일이었다. 우리는 갑작스런 사태에 어리둥절해 두리번거렸으나 정작 여진은 자신과 하등 상관없다는 듯 망연한 표정으로 흔들림 없이 앉아 있었다.

「나쁜 년!」

다시 휘갈기려 드는 인혜의 손을 은선이 붙잡았다.

「내 차례야.」

고요한 목소리로 은선이 말했다.

「이제 내가 얘기할 순서잖니.」

온건하지만 단호한 사촌언니 은선의 표정을 흘끗 돌아본 인혜가 잔뜩 불만스런 얼굴로 소파에 털썩 주저앉았다. 다시 가라앉은 실내에는 유리창에 부딪히는 빗줄기소리만 먼 전쟁터의 포화처럼 아련하게 울렸다.

「나는…….」

은선이 두 손을 무릎으로 모으면서 다소 어눌하게 들리는 목소리로 천천히 말했다.

「……나는 지금 퍽 행복한 기분입니다. 왠지 모르겠어요. 여러분들이 오늘 이런 식으로 자신의 내면을 털어놓은 적이 없었을 것 같다는 느낌이 들고…… 그 이야기들이 조금도 가식이나 거짓 없이 진실되게 들려서 그만큼 값지게 여겨지구요. 아무튼 내가 모르고 있었던, 상상조차 할 수 없었던 타인의 삶을 들여다볼 수 있게 되어 고맙군요. ……귀중한 남의 이야기를 들은 만큼 내 이야기도 해야겠지요.」

시간이 꽤 흘렀을 것이다. 그러나 그렇게 늦은 시각이 아니었는데도 우중충한 날씨 때문인지 구석구석 검은 치맛자락 같은 어둠이 드리워졌다.

환하게 피어난 형광등 불빛 가운데 은선의 얼굴이 유독 창백하게 떠올랐다. 편하게 걸친 작업복 위에는 수선하던 의상에서 떨어져 나온 보푸라기가 싸락눈처럼 묻어 있었지만, 그녀에게서는 어딘지 보이지 않는 향기 같은 우아한 기품이 풍겼다.

그제야 문득 그녀가 찾아오는 손님이 누구든 말없는 미소로 포용하는 방 주인이었다는 생각이 들었다. 그 정도쯤 베풀어도 좋은 유족한 생활을 즐기는 그녀에게 얼마나 굴곡 있는 이야깃거리가 있을 것인가. 우리 중에 한두 명쯤은 그렇지만 뭐, 못 들어줄 것도 없지 하는 표정을 띠고 그녀를 바라보았다.

이미 중년에 이른 부부가 뒤늦게 얻은 첫 아이인 나는 선천적으로 퍽 허약체질이었다. 그래서 내 어린 시절의 기억은 줄곧 앓아누웠던 것들이 대부분이다. 감기나 수두·백일해 등 돌림병은 물론이고 폐렴이나 기관지염·결핵·소아마비 등 내 허약한 신체는 모든 병균에 노출되자마자 금방 감염되어 버렸다. 그러고도 결정적인 후유증 없이 생명을 잃지 않았던 것은 늦게 얻은 외동딸에 대한 헌신적인 부모의 정성 덕분이었을 것이다.

그런 내게 생은 어느 일부분인가를 잃지 않고 온전히 살아 있다는 것만으로도 참으로 아름다운 축복이었다. 밖에 나가 놀지도 못하고 학교에 결석하기도 일쑤였던 나는 집 안에서 혼자 할 수 있는 놀이, 이를테면 책을 읽는다거나 그림을 그린다거나 뜨개질을 하는 정적인 취미에 빠져들었다.

그중에서도 하루종일 앉아 꼼꼼히 만들어내는 인형이나 상보 같은 자잘한 수예품은 주변 어른들을 깜짝 놀라게 만들었다. 자신의 소질을 발견하고 그 일이 주변 사람을 즐겁게 한다는 것은 병약하고 자신감 없는 소녀에게 최초로 작은 자긍심을 주었다.

그후로 은연중 바늘과 실은 내게 마음의 의지가 되었다. 그것들을 손끝에 붙잡을 때마다 자신이 세상의 어느 한구석을 꿰매는 역할을 하고 있는지도 모른다는, 소박한 자기 만족감이 드는 것이었다.

어릴 적에 읽었던 동화에서 가시풀로 옷을 짜는 엘리자의 이야기는 바느질이 너무 좋았던 내게 가장 오래도록 남아 있는 이야기 중의 하나이다.

마녀의 주술에 묶여 흉악한 새가 되고 만 열두 명의 오빠들을 위해 엘리자는 가시풀로 열두 벌의 옷을 짠다. 다음 보름날까지 완성시키지 못하면 오빠들은 영원히 새가 되어 저 먼 하늘로 날아가버리고 마는 것이다. 숲속에서 옷감을 짜는 엘리자의 모습을 본 그 나라의 임금님이 그녀에게 반해 그녀를 대궐로 데려간다. 그러나 엘리자는 절대로 비밀을 털어놓으면 안되었으므로 한마디도 설명할 수가 없다. 거의 온종일 쉼없이 가시풀을 엮은 엘리자의 손가락은 온통 피투성이다.

영문을 모르는 임금님은 마침내 마녀의 딸이라고 하여 그녀를 화형에 처하도록 명령한다. 처형장에 끌려가면서도 엘리자는 묵묵히 바느질을 멈추지 않는다. 마침내 옷이 다 완성된다. 그러자 어디선지 열두 마리의 새가 날아온다. 엘리자가 하늘을 향해 가시옷을 던지자, 마침내 그 자리에 열두 명의 늠름하고 훌륭한 왕자들이 제 모습을 찾고 나타나는 것이다.

바늘을 들면 나의 눈에는 쉼없이 가시풀을 짜는 한 연약한 소녀와 그녀의 피맺힌 손가락들, 그리고 마침내 자신이 완성한 인고의 열매를 하늘을 향해 던지며 환희하는 한 조그만 성취자의 모습이 손에 잡힐 듯 떠오르곤 했다.

그러나 나의 삶은 비교적 평탄한 것이었다. 내 주변에는 저주받은 형제도 없었고 생계 수단으로 바느질을 해야만 할 가난도 없었다. 성장해 가면서 건강도 회복한 나는 영문학에 취미를 붙였고 점차 분주해진 일상사에 쫓겨 옷감을 만지는 일에서도 멀어졌다.

유학길에 나는 남편을 만났다. 우리의 만남이 그렇게 특별히 문학적이라거나 운명적이었던 것 같지는 않다. 그는 비행기값을 절약하는 수단으로 미국으로 입양되어 가는 젖먹이 아이를 맡았었는데, 아이가 너무도 보채는 바람에 악전고투를 벌이고 있었고 좌석이 근처에 있었던 내가 자연스레 도와줌으로써 첫 인연을 맺었을 뿐이다. 비행기에서 내리면서 우리는 헤어졌으나 우연히도—그런 우연이 바로 운명적인 것인지—대학에서 다시 만났다.

의학을 공부하는 그는 건강한 신체와 건전한 정신을 가진 꽤 괜찮은 청년이었다. 그의 주변에는 언제나 여자들이 들끓었고 내 주위에는 또 그런 정도의 남자들이 관심을 보이고 있었으므로 우리는 서로 꽤 신경전을 벌여야 했다.

나는 그가 마음에 들었다. 무엇보다 내 마음을 사로잡은 것은 그의 건강함이었다. 언제 어느 때 돌연히 엄습해 쓰러뜨릴지도 모를 질병에 대해 가지고 있던 나의 잠재적 불안과 콤플렉스를 그는 말끔히 보상해 주었다.

우리는 서로의 사랑을 확인했고 결혼을 했으며, 이후 모든 면에서 거의 풍족한 생활을 꾸려 나갔다. 내가 예전에 앓았던 그 숱한 병들 중 어느 하나의 후유증 탓인지 아이가 생기지 않았으나 우리는 별로 개의치 않았다. 아니 솔직히 말하자면, 아이가 있다면 좀 더 행복했을지도 모른다. 우리 둘은 아이를 몹시 좋아했으므로. 그렇다고 외면적으로 어떤 문제가 있었던 것은 아니다. 그런데 어느 날 남편이 갑자기 말했다.

「우리 얼마간 서로 떨어져 있기로 합시다.」

그가 예상했던 것보다 내가 너무 놀랐던가 보다. 그는 처음 보는 안타깝고 일그러진 표정으로 머리를 흔들며 말했다.

「당신에게 미안한 일이 있어서 그래. 이 문제가 해결되기 전에는 당신을 대할 수 없을 것 같아.」

나는 그가 혼자서는 해결하기 어려운, 또다른 사람과의 문제에 얽혀 있음을 알아차렸다. 그리고 그 상대가 여자라는 것도 직감적으로 느꼈다. 여자란 자기가 사랑하는 사람에게 민감한 법이다.

「아이예요?」

그렇게 물은 것은 순전히 나의 콤플렉스 때문이었을 것이다. 나는 내가 의외로 그 점에 매우 예민하게 신경을 쓰고 있었다는 것을 그때 처음 깨달았다. 남편은 부정하지 않았다. 그러나 그의 표정은 의외로 담담했다.

「그래. 어떻게 해야 좋을지 판단이 잘 서지 않아.」

그가 솔직히 말했다. 그는 원래 거짓말을 할 줄 모르는 사람이었다.

「아는 여자예요?」

내가 물었고 그가 고개를 끄덕였다.

물론 아는 여자일 것이다. 안면도 없는 여자와 그런 일을 벌일 남자는 아니었으니까. 나는 어리석은 질문을 했고 그는 어리석은 긍정을 했다. 우리는 그렇게 잠시 어리석은 문답을 짓씹으며 묵묵히 침묵을 지키고 있었다.

「얼만큼 아는 사람이에요?」

한참 후 나의 내부에서 나도 모르게 비집고 터져나오는 한숨을 삼켜내지 못하며 다시 신음처럼 어리석은 질문을 웅얼거렸다. 그 밖에는 달리 묻고 싶은 말이 떠오르지 않았다.

「무시할 수 없을 만큼.」

그 역시 낮게 한숨을 내쉬며 말했다. 그 목소리가 순간 말할 수 없이 비겁하게 느껴졌다. 일어서면서 그의 뺨을 한 대쯤 쳤는지도 모르겠다. 남편은 아무런 응대도 하지 않았다.

어쨌든 그와 나의 별거는 그날로부터 시작되었다. 나는 내가 받은 충격을 잘 다스릴 수가 없었다. 어떻게 그런 일이 있을 수 있는 것인지 어처구니가 없었고 분노가 들끓었다.

한동안 나는 몹시 방황했다. 이리저리 여행을 떠나기도 했고 정신과 의사와 상담을 하기도 했으며 가족과 친지들에게 울분을 털어놓기도 하였다. 드라마에서 흔히 그러하듯 옛 남자친구를 불러내어 술을 마셔보기도 했고 브리지 게임에 몰두해 보기도 했다.

남보다 더 많은 학식을 쌓고 적절한 가정교육을 받아 어느 면에서든 꽤 괜찮은 여자인 줄 알았던 '나' 라는 여자가 시장바닥의 여느 아낙네들과 조금도 다를 바 없다는 것을 깨달았다. 나는 내가 그때까지 가지고 있던 교양이라든가 학식에 대한 자긍심을 송두리째 버렸다. 보잘것없는 자신을 새로이 발견하자, 나는 더욱 형편없이 무너져 내렸다. 그런 나를 다시 붙잡아준 것은 바로 어릴 적 나의 유일한 의지였던 바늘이었다. 나는 오랫동안 가까이하지 않았던 바느질을 다시 시작했다.

바늘을 다시 붙잡자 이상하게도 소녀 시절의 안정된 상태로 서서히 회복되어 가는 것을 느꼈다. 주어진 고난을 극복하기 위해 손가락에 피멍이 들도록 가시풀을 엮던 동화 속의 한 연약한 소녀가 떠올랐다. 그녀는 그 엄청난 수고 끝에 마침내 환희에 찬 열매를 획득한 것이다. 그러나 소녀는 이미 바느질을 하는 그 일만으로도 행복했을 것 같다는 생각이 들었다. 그녀를 모함하려는 이들이 마녀의 딸이라고 수군거려도 바늘을 움직이며 하나의 창조물을 완성하는 희열은 누구도 빼앗아갈 수 없는 그녀만의 것이었을 것이다. 비록 손가락은 가시풀에 찔려 피가 맺혀 흐르는 끊임없는 고통의 연속이지만 소녀는 조금도 자신이 불행하다고 느꼈을 것 같지 않았다.

나는 비로소 마음의 평화를 되찾았다. 남편을 용서하고 그 여자를 용납할 수 있게 된 것은 그보다 조금 더 지난 후의 일이었다.

나는 남편을 다시 만났다. 그는 그 사이에 전보다 많이 핼쑥해져 있었다. 어딘지 병색이 깃들인 얼굴이었다.

「어디 불편하세요?」

우선 그렇게 묻지 않을 수 없었다.

「좀 좋지 않아, 곧 괜찮아지겠지.」

매사에 긍정적이고 밝은 성격의 그가 평소처럼 대답했다. 나는 더이상 그 점에 신경을 쓰지 않았다. 그리고 정작 내가 묻고 싶은 말을 꺼냈다.

「아이는 어떻게 됐나요?」

「모르겠어. 그 뒤로는 전혀 연락이 없어.」

나로서는 약간 의외의 대답이었다. 나는 그들이 어떤 식으로든 관계를 계속하고 있을 거라고 짐작했던 것이다.

「나는…….」

남편이 그때 조심스레 물었다.

「그 여자가 당신을 찾아가지 않았나 싶었는데…….」

나는 머리를 저었다.

그러면 그 여자는 어디로 갔을까. 그 여자가 원하는 것은 무엇인가. 우리는 잠시 미로에 빠진 사람처럼 침묵을 지키고 앉아 있었다. 한참 후 내가 물었다.

「도대체 어떤 여자예요?」

나의 목소리는 침착하고 낮았다. 내가 그렇게 물은 것은 질투나 적개심 같은 것 때문이 아니었다. 그 여자에 대해 너무 모르고 있었다는 데 생각이 미쳤을 뿐이다. 사회 생활을 하는 그에게 관심을 보이는 여자들이 적지 않았고 대부분 이상한 전화를 한다거나 선물을 보내는 식의 접근을 하는 그런 여자들에게 나는 그다지 관심을 두지 않았었다. 그는 대답 대신 곤혹스런 표정을 지었다.

「학교에 있을 때, 그리고 병원에서 줄곧 내 주변에 있었는데 나로선 짐작조차 못했어.」

나는 무심히 고개를 끄덕였다. 그렇지만 생각을 기울여보자 전혀 무심할 수 없는 일이었다. 그가 대학에 재직했을 때부터의 일이라면 그다지 짧지 않은 기간이었다. 여자는 나름대로 많이 고통스러웠을지 모른다. 나는 장본인들이 모르는 채로 줄곧 상처받고 있었던 한 여자에 대해 막연한 연민을 가졌다. 그런데 그녀는 어디로

간 것일까.

나는 남편에게로 다시 돌아갔다. 우리는 서로를 잊지 못하고 있었기 때문이다. 우리 부부에게 그 전과 달라진 점이 있다면 그녀를 맞아들일 준비가 되어 있다는 점이었다. 그녀가 어떤 식으로 우리를 방문하고 어떤 식으로 무언가를 요구하든 우리는 그녀의 삶을 있는 그대로 받아들이기로 했다. 이제 그녀가 아무것도 원하지 않는다 한들 또한 그녀의 뜻일 것이다.

은선이 담담하게 말을 이었다.
「한 가지 더 이야기할 게 있어요.」
우리는 그녀를 쳐다보았다. 은선이 자신의 손가락을 쭉 펴고 들여다보며 나직이 말했다.
「살아가는 일이 정말로 아무것도 아니었다는 느낌이 들어요. 내 어릴 적부터 느닷없이 뒷덜미를 치곤 하던 병마가 또 그것이에요. 남편에게 근위축증이라는 증세가 나타나고 있어요. 사지가 서서히 마비되어 가는 선천성 질병이라는데 현대 의학으로도 도저히 어찌할 수 없다고 하는군요.」
은선은 말을 마쳤고 우리는 반쯤 어리둥절한 채로 그녀를 바라보았다. 생활의 온갖 치사한 비애와는 아랑곳없을 듯 우아한 천성적 기품을 풍기는 그녀에게서 그런 엄청난 선고와 같은 이야기를 듣는다는 것이 얼핏 실감나지 않았다. 그러나 아무 일도 없었던 듯 다시 바늘을 잡는 그녀의 얼굴은 평온하기 이를 데 없었다. 마치 보이지 않는 어떤 갈망을 위해 손에 피멍이 맺히도록 혼신을 바쳐 가시풀을 엮는 동화 속의 어린 소녀 같았다.
「거짓말!」
우리 중 누군가가 마침내 그렇게 소리질렀다. 우리는 모두 여진이 온몸을 부들부들 떨며 일어서는 것을 보았다.

「거짓말하지 마!」

그녀가 마른 목소리로 다시 온 힘을 다해 부르짖었다. 이제껏 억눌려온 어떤 감정이 몰아친 듯 격정적인 몸짓이었다. 그리고 이내 그녀는 충격을 이겨내지 못한 사람처럼 무릎을 꺾으며 무너지듯 주저앉았다. 길고 검은 옷자락이 마신의 그것처럼 너풀거렸다. 그렇게 주저앉은 채 여진이 은선을 향해 쥐어짜듯 소리질렀다.

「그이가 죽고 말 거라니. 그럴 수 없어. 설마…….」

두려움과 의혹에 차서 창백하게 질린 여진의 얼굴을 고요히 내려다보는 은선의 얼굴에 약간의 곤혹이 어렸다.

우리는 갑자기 장면이 급회전된 연극 무대의 관객처럼 급격히 전개되는 사태에 어찌할 바를 모르고 망연히 두 사람을 바라보았다.

「그렇다면, 그게 사실이라면…….」

창백하게 질린 얼굴로 여진이 중얼거렸다.

「이런 식의 저주가……. 그게 사실이라면 내 인생은 어떻게 된 거야. 이럴 수가…….」

여진이 되는 대로 내뱉는 소리가 신음처럼 낮게 깔렸다.

잠시 주위에는 그 어느 때보다 침울하고 무거운 침묵이 흘렀다. 절규하는 한 여자의 얼굴이 또하나의 우리의 얼굴이 되어 불빛 희미한 창문에 되비쳤다.

비는 아직도 그치지 않았고 창문에 부딪혀 흘러내리는 그 무겁고 암담한 빗물 때문에 우리는 마치 깊은 바닷속에 가라앉아 아득히 침몰하는 난파선에 갇혀 있는 것처럼 여겨졌다.

보장된 것이라고는 아무것도 없었다. 우리에게 언제 미래가 있었던가. 우리는 이런 식의 위태로운 무대에서 날마다 헛된 연극을 하고 있는지도 모른다.

　그 음울한 빗소리에 섞여 낙망한 채 아무렇게나 내뱉는 여진의 목소리가 끊어질 듯하다가 다시 이어졌다.
「처음에 난 그 남자를 사랑했어. 그는 나를 여자로서 거들떠보지도 않았지만……. 난 내 자신을 어떻게 할 수가 없었어. 일방적으로 사랑해도 난 전혀 괴롭지 않았지. 내 방식대로 내가 할 수 있는 모든 짓을 다했으니까……. 사는 게 그렇게 고귀한 일만은 아니라는 걸 일찍 알았으니까……. 그러다가 그를 떠났지. 그는 내가 결코 어떻게 할 수 있는 사람이 아니었으니까. 내가 그의 여자에게 관심을 가지게 된 건 당연한 일일지도 몰라. 그 여자를 알면 그에게 더 가까워질 수 있을 것 같았고, 그 여자를 이겨낼 수 있는 길도 보일 것 같았지. 그래서 그 여자를 보러 다녔는데. 아주 오랫동안 그렇게 다니다가…… 난 이제 그 여자를 더 사랑하게 되었는데……. 그게 사실이라면 당신들 부부를 만난 건 내게 결국 저주가 되고 말아……. 이럴 수가…….」
　자기가 무슨 말을 지껄이고 있는지도 모르는 것처럼 넋을 놓고 앉아 있던 여진이 갑자기 비칠거리며 일어나더니 구석에 손질할 옷을 쌓아둔 재봉틀 쪽으로 다가갔다. 그리고는 무대 위에 올릴 오페라 가수들의 묵은 옷 무더기를 손으로 싸잡아 내던지며 미친 듯이 울부짖기 시작했다.
「이까짓 게 다 뭐야? 이런 게 다 무슨 소용이 있어? 이런 걸로 뭘 할 수 있냐구?」
　그녀는 오래 묵힌 채 쌓아두어서 매캐한 먼지를 일으키는 옷 무더기를 마구 휘저어 함부로 내던지며 한동안 광란하듯 몸부림쳤고, 우리는 말릴 엄두도 내지 못한 채 그런 그녀를 그저 우두커니 바라보기만 했다. 우리의 고뇌와 고통이 진실이듯 그녀의 어찌할 수 없는 몸부림도 진실의 한 가닥일 것이었다.

마침내 여진이 기진한 듯 움직임을 멈추고 두 손으로 얼굴을 감싸며 후들후들 주저앉았다.

「그래…… 내 인생이 이따위인 걸 뭘 어찌하겠어. 그래도 난 견딜 수 있을 거야. 이때껏 그래 왔으니까…….」

이제 우리들의 마지막 무대에는 그녀의 고즈넉한 독백만 남았다. 우리는 침묵한 채 빗소리를 들으며 그녀의 고단한 에필로그를 지켜볼 뿐이었다.

「엇, 저것 봐!」

인혜가 갑자기 어느 한 곳을 가리키며 비명을 질렀다. 우리는 모두 그녀의 시선이 멈춘 곳을 바라보았다. 시커먼 바퀴벌레 한 마리가 흉하게 꿈틀거리며 방의 한가운데를 가로질러 기어가는 게 보였다.

으앗, 엇!

우리는 주위를 둘러보고 저마다 낮은 비명을 잇달아 내지르지 않을 수 없었다.

바퀴벌레는 한 마리가 아니었다. 창고에서 그대로 옮겨온 옷보퉁이들의 틈새에 숨어 있었던 바퀴벌레떼들이 갑작스런 들쑤심에 놀라 대이동을 하는 것인지 크고 작은 수십 마리가 줄을 잇다시피 한꺼번에 기어 달아나고 있었던 것이다.

잡아라!

누가 먼저 시작했는지도 모르게 우리는 무언가를 한 개씩 치켜들고 순식간에 서로 뒤엉키며 벌레들을 때려잡기 시작했다. 황급히 달아나는 흉측한 벌레들을 덮치기 위해 저마다 한마디 말도 없이 씩씩거리며 기운차고 재빠른 몸짓으로 이리저리 몰렸다. 온 방안이 이내 난장판이 되고 우리들은 한참동안 마치 치열한 전투에 뛰어든 미친 투사들 같았다.

　우리가 그날 그렇게 맹렬히 때려잡으려고 매달렸던 것은 정말로 한두 마리의 더러운 바퀴벌레였을까. 그리고 그날 우리가 제각기 털어놓았던 비밀스럽고 불안한 사연들이 정말로 그 더러운 벌레처럼 분명한 형태를 가지고 있었을까. 우리는 어쩌면 미처 윤곽조차 잡을 수 없는 알지 못할 생의 축축한 서글픔에 대한 울분을 그런 식으로 털어놓지는 않았던가.

　그날은 정말로 이상한 날이었다. 그런 특별한 일은 그전에도 없었고 그후에도 더이상 벌어지지 않았다. 그래서 나는 지금도 그날의 모든 상황이 내 많은 꿈, 저 정체를 알 수 없는 혼돈 속의 어느 한 장면이었던 것처럼 여겨지기도 한다. 아무런 대본도, 연습도 없이 올랐던 어느 절박한 무대 위. 아니 사실 우리들 살아가는 순간순간들이 그처럼 깊이 모를 고즈넉함으로 감추어진, 온전하게 숨 가쁜 절박함 속에 내쳐진 게 아니던가.

　그날 우리가 실제로 무슨 말을 했고 어떤 몸짓을 보였던가는 사실 별로 중요한 일이 아니었다.

　소망, 존재가치, 죽음의 미학, 사랑 따위…… 우리가 그날 각자 쫓기듯 토해냈던 그런 낱말들이 이제는 탁한 빗물에 갇힌 것처럼 기억조차 희미해서 마치 하나로 뭉뚱그려진 잿빛 덩어리같이 추상적인 느낌으로만 남았다. 다만 그 잿빛 덩어리 위로 두드러진 뼈마디처럼 만져지는 건 우리가 저마다 견고하고 뚜렷한 자기만의 세계를 고집스레 소유하고 확장시키고 있다는 사실에 대한 확인인 것도 같다. 그 협소한 생애가 누군가와 누군가 사이에는 간혹 빗맞추어진 퍼즐 조각처럼 얼크러져 참혹한 상처를 빚는다 한들 새삼스레 무슨 대수랴.

　은선은 여전히 그 방 한귀퉁이를 고요하게 지키고 앉아 바느질을 하고 우리는 여전히 가끔 그곳에서 만난다. 우기가 끝나고 8월 들어 한두 차례 더 비가 내렸지만, 여진과 종민은 다시 나타나지 않았다. 새로 섞여 들어온 두어 명의 손님이 빗소리를 들으며 낯설게 웅크리고 서서 국수를 삶고 있을 뿐이다.

오늘도 비가 내린다.
이 알지 못할 생애에 깃들인 추레한 욕망, 햇빛 받지 못한 우리들 음습한 생의 이면을 만나러 그곳에 가야겠다.

《비 오는 날 국수를 먹는 모임》, 문이당, 1997년)

남한산성

어디로 가느냐고 물어도 대답이 들리지 않자 택시 기사는 뭐 이런 손님이 다 있어? 하는 듯한 표정으로 흘낏 정인을 돌아다보았다. 국가적 차원에서까지 해악(害惡)을 계몽해도 줄기차게 기호를 버리지 못하는 사람이 여전히 존재한다는 증거로, 그의 한 손에는 불을 붙인 채 거의 다 타 들어가는 담배개비가 들려 있었다. 빨다 둔 흰 엿가락 같은 그 담배개비가 들린 왼쪽 손목은 반쯤 열어놓은 유리창에 걸쳐놓고 그리고 나머지 한 손으로는 불성실하게 운전대를 붙잡은 채 기사가 묻고 있었다. 어디로 가느냐고.

정인도 가끔 끽연을 하지만 남이 피우는 담배 냄새까지 즐기지는 않았다. 그녀는 공기의 향방에 쓸려 차 안으로 송두리째 불어오는 담배연기에 이마를 찌푸리며 가늘게 대꾸했다. 아무튼 가요.

기사가 백미러로 다시 흘낏 그녀를 스쳐보는 게 느껴졌다. 습관적이고 직업적인 무표정으로 돌아가 있던 얼굴에 별 손님 다 있다니까, 하는 듯한 냉소가 얼핏 스치고 지나갔다.

창 밖으로 다 피운 담배꽁초를 내던진 기사가 시동을 걸자 거친 엔진음과 함께 택시가 출발했다. 잠깐의 대기시간을 벌충하려는 듯 서둘러 속력을 내던 차는 신호등 앞에서 급정거를 했고 무심히 앉아 있던 정인의 상체가 앞으로 급하게 쏠렸다.

「썅, 화냥년 같으니라구…….」

기사가 차창 밖을 내다보며 욕지거리를 퍼부었다. 정인이 바라보니 한 젊은 여자가 아이를 안고 건널목을 뛰어 건너는 게 보였다. 무슨 급한 용무가 있는 건지 신호가 바뀌자마자 뛰어내려 차에 치일 뻔하고도 항의 한마디 없이 달려가는 여자의 팔에 안긴 아이의 얼굴은 까만 크레용으로 칠해놓은 듯 검었고 머리카락은 짧은 곱슬머리였다.

아이가 흑인이 아니었어도 그따위 조소가 가득 담긴 더러운 욕을 했을까. 정인은 눈시울을 찌푸린 채 잠시 기사의 뒷머리통을 노려보다가 문득 제 차림을 내려다보았다. 늘 걸치고 다니던 짙은 갈색의 바바리 코트에 아무렇게나 휘두른 체크무늬의 스카프가 무릎 위에 길게 늘어져 있었다. 그리고 또 역시 아무렇게나 주워담아 무엇이 들어 있는지조차 막연한 숄더 백 하나.

그 사건이 있던 날 이후 며칠 동안 정말 무엇을 어떻게 하며 지냈는지 기억조차 아득했다. 헤어날 길 없이 깊고 더러운 늪에 빠져 있는 느낌. 억센 악몽에 질기게 붙잡혀 있는 느낌. 무언가 지독한 운명의 굴레에 꼼짝없이 발목을 묶인 느낌. 그 끔찍하고 추악한 느낌들만으로 정인은 무의식 상태의 혼령처럼 며칠을 보냈고, 그리고 기진하여 쓰러지기 직전 마지막 탈출구를 찾듯 서울행 비행기에 올랐었다. 그리고 긴 비행 끝에 김포 공항에 내렸고 막 출발하려던 공항버스에 올랐으며 버스가 서울 도심의 어느 호텔 앞에 마지막 손님을 쏟아낼 때 덩달아 묻어 나왔던 것이다. 유일한 기억은 그러면서도 줄창 끊임없이 몸을 씻어냈다는 것이었다. 무심코 내렸던 호텔에서는 사우나탕 표지를 보자마자 또 끌리듯 그 안으로 들어갔고 아주 긴 시간 꼼꼼히 몸을 씻고 나왔다. 그래서 드라이기로 대충 말리긴 했지만 어깨까지 늘어뜨린 정인의 긴 머리카락 끝에서는 아직도 이슬방울 같은 물기가 돌고 있었다.

도로가 갈라지기 전에 정인이 말했다. 남한산성으로 가주세요.

「남한산성요?」

전혀 뜻밖이었던 듯 기사가 되물었고 정인은 그 반문을 못 듣기라도 한 것처럼 아무 대답도 하지 않았다. 까슬까슬한 거스러미가 돋아 있는 핏기 없는 입술을 방심한 듯 가늘게 열고 정인은 멍하니 흘러가는 차창 밖의 풍경만을 내다보고 있었다.

「유학생이죠?」

사거리에서 신호 대기중이던 기사가 갑자기 그렇게 묻고는 슬쩍 쳐다보며 덧붙였다.

「핸들 몇 년 잡고 나니 딱 보면 척이죠. 그런데 지금은 방학 때도
아닌데…….」

신호를 받고 사거리를 건너며 무어라고 중얼거리려던 기사는 길가에 한 손을 쳐들고 있는 청년을 발견하자 대뜸 그 앞에 차를 세웠다.

「성남!」

청바지에 가죽 점퍼를 걸친 청년이 허리를 조금 구부린 채 기사쪽을 들여다보며 소리쳤다. 정인이 채 뭐라고 거부반응을 보이기도 전에 운전기사로부터 합승 허락을 받은 새 손님은 대뜸 운전석옆 자리에 올라탔다.

「고맙습니다. 아따, 거 되게 택시 잡기 힘드네요. 삼십 분은 서
있었지, 아마.」

「그럴 때가 있지요. 우리도 한나절 내내 손님 못 찾을 때가 있구요.」

삼십 분 만에 차를 잡은 청년을 이제 살았다는 듯 호기 있게 떠들고 합승객을 태운 기사는 기사대로 기분이 좋은 듯 맞받았다.

차들이 서서히 밀리기 시작하더니 갑자기 인파가 늘었다. 몰려선 사람들이 어딘가 한군데로 시선을 모으고 있어서 정인도 그쪽을 보았다. 플래카드를 든 한 떼의 무리가 천천히 이동하고 있는 모습이 보였다.

무심히 스쳐 지나려던 정인의 시선이 그들에게 다시 붙잡혔다. 길을 가는 행인들 사이로 섞여서 보이는 그 군중의 무리가 참으로 특이했다. 모두가 하얀 소복을 입고 있었고 모두가 늙고 쇠진해 보이는 할머니들이었다. 플래카드는 들었지만 여느 데모처럼 목청 높인 구호도 없고 아우성 섞인 몸짓도 없었다. 그저 아득한 정적처럼 고요히 이동하고 있는 침묵의 행렬.

「정신대 아냐?」

신기한 듯 핸들 위로 목을 내밀고 쳐다보던 기사가 내뱉었다.

「저어기 일본 대사관으로 가는구면.」

행렬의 움직임에 따라 펼쳐졌다가 겹쳐졌다가 하는 플래카드의 글씨가 얼핏얼핏 드러났다. 「일본은 사죄하라!」「배상도 필요없다. 우리 앞에 속죄하라!」「역사 청산 없는 협상은 거부한다!」「치욕의 내 청춘, 진심으로 사죄하라!」

「정신대라뇨?」

청년이 물었다.

「아따, 이 젊은 친구, 아무리 전쟁 안 겪어봤다구 그걸 모르나? 아 거 있잖아, 일본 놈들 위안부로 끌려간 우리나라 아가씨들 말이야. 순전히 왜놈들 그거 아니었어.」

「아, 그거 말이에요.」

두 남자는 갑자기 음침한 목소리로 으히힛 웃었다. 그리고는 호기심이 덕지덕지 묻은 얼굴로 입을 멍하니 벌린 채 행렬을 물끄러미 바라보았다.

소슬한 가을 오후의 햇살 아래 거리의 갖은 소음 속에서도 한 덩어리의 숨죽인 울음처럼 흰 소복 차림으로 묵묵히 지나가는 적막한 노인들의 행렬은 보는 이로 하여금 알지 못할 처연함을 품게 했다.

길이 뚫리기 시작하자 차를 빨리 몰면서 기사가 내뱉었다.

「쌍, 일본놈 개새끼들. 지난번 텔레비 뉴스 보니까 미군한테 저희 나라 여자 하나 당했다구 물러가라 어쩌라 생난리를 치더구만, 저 많은 우리나라 여자들 망쳐놓은 데 대해선 모른 척하잖아. 오죽하면 할마씨들이 부끄러운 줄도 모르고 나섰겠어?」

「그래 말이에요. 말만 들었는데 실제로는 첨 보네요.」

청년이 호기심 어린 어투로 맞받고 기사가 말을 이었다.

「그나저나 우리 할머니들 용감하시네. 아무리 억울해두 내 보기엔 얼굴 내밀 일은 아닐 것 같은데. 댁은 어때?」

「그래 말입니다. 나만 해두 계집애들 여럿 손댔어두 누구 하나 끽소리 않던데요.」

「히힛, 이 친구 순전히 바람둥이구먼.」

정인은 차를 세웠다.

「남한산성까지 간다면서요?」

어리둥절해 하는 기사에게 계산을 치르고 내려서 돌아서며 정인은 낮게 짓씹었다. 개새끼들.

오랜 시간을 기다려 다른 택시를 잡아탄 정인은 산성(山城)으로 가는 꼬불꼬불한 이차선 도로를 올랐다. 도로가 닦이기 전의 험난한 산길을 어떻게 오르내렸을까 싶게 산성은 높고 가파른 정상에 있었다. 평일 오후인데도 행락객으로 보이는 사람들을 실은 차들이 즐비하게 늘어서 있었다.

1천3백 년 전에 쌓았다는 성곽은 차 한 대가 겨우 빠져나갈 만큼의 둥근 입구를 남기고 거대한 돌 구조물로 둘러싸여 있었다. 장비도 변변치 않았을 시대에 도대체 얼마나 많은 피와 땀의 결실일까 싶게 견고하고 거대한 축성이었다. 가파른 산꼭대기에 이렇도록 완고한 성곽을 쌓았으니 출입구만 제대로 방비하면 어떤 적의 침입도 능히 이겨낼 만했을 듯했다.

그 거대한 축성 앞에서 정인은 택시에서 내렸다. 통행료를 지불하기 위해 밀려 있는 승용차들 사이에 정인은 무엇이 제대로 들어 있는지도 모를 커다란 숄더 백을 멘 채 잠시 묵묵히 서 있었다. 마치 왜 자기가 이곳에 와 있는지, 이제 어디로 가서 무엇을 해야 할 것인지 전혀 막연하다는 듯한 막막한 표정으로. 그러나 정인은 어느 순간 입을 꼬옥 다물었다. 그리고는 남문을 통과해 산성 안으로 또박또박 걸어 들어가기 시작했다.

겨울을 앞둔 산성(山城)은 청량하고 쌀쌀한 기운이 감돌았다.

드높은 남한산이 에워싼 넓고 둥근 분지로 뻗은 길은 야트막한 내리막이었다. 중심부의 로터리로 이어지는 그 외길가에는 행락객들이 세워놓은 승용차들이 줄줄이 늘어서 있고 배낭을 멘 등산객들과 멀리 점심을 먹으러 온 도시의 손님들이 무리지어 몰려다녔다. 산채백반, 도토리묵, 오리탕, 삼계탕, 잣죽, 약차 등의 간판을 매단 갖가지 식당들이 전통가옥 형태로 즐비한 사이를 정인은 사막의 한가운데를 걷듯 무심하고 삭막한 표정으로 걸어 내려갔다.

로터리가 끝나는 지점에서 잠시 망설이다가, 정인은 우체국 뒤편의 좁은 오솔길로 접어들었다. 산이 이제야 비로소 그녀를 싸안았다. 발에 밟히는 마른 낙엽의 소리를 들으며 정인은 문득 멈춰서 산의 냄새를 맡았다. 잎을 떨구고 선 정결한 나무들의 싸늘하고 그윽한 향내가 은밀하게 전신을 휘감아왔다.

새들의 지저귐조차 없는 적막함 사이로 어디선가 무당이 죽은 혼을 부르는 요령소리가 청청하게 울렸다. 정인은 성곽으로 길게 뻗은 산책로를 따라 천천히 올라갔다. 울창한 솔숲이 끝나면서 작은 사당이 나타났다. 정인은 그 속에서 울려나오는 징소리를 들으며 무심히 푯말의 안내문을 읽었다.

……인조 7년, 동쪽의 축성을 맡은 이회(李晦)가 공금을 횡령하고 축성 쌓기를 게을리하여 공기 내에 마치지 못했다는 혐의를 받고 처형당했다. 삼남을 돌며 축성을 위한 헌금을 모아오던 처첩(妻妾)은 그 소식을 듣고 강물에 투신자살하였다. 그 후, 재조사를 한 바 그가 쌓은 축성이 매우 견고하고 충실함이 드러나 억울한 중상 모략으로 죽음을 당한 그와 그의 처첩의 영혼을 위로하고자 이 사당을 세우니…….

어느 시대고 억울한 죽음이 없었으랴. 억울해라, 억울해라. 정인은 원통한 영혼 앞에 또다시 어떤 억울한 사연을 빌고 있는지도 모를 자리를 떠나 산중턱을 향해 걸어 내려갔다. 산책로를 벗어나 낙엽이 무성한 나무숲 아래로 들어간 정인은 숄더 백을 저만큼 내려놓고 개울가 마른 낙엽더미 위에 몸을 낮추고 드러누웠다. 긴 손으로 주변의 잎들을 더 끌어올려 천천히 자신의 몸을 덮었다.

이제 정인은 한 무더기의 긴 낙엽더미였다. 꼬리가 긴 다람쥐 한 마리가 그녀의 어깨 위를 재빠르게 달려 지나갔다. 잎 떨어진 나뭇가지로 줄무늬진 청량한 오후의 하늘이 올려다보였다. 정인은 눈을 감았다. 연한 그을음 같은 낙엽 냄새와 흙 냄새가 한결 진했다. 이렇게, 이대로 한줌의 낙엽이나 흙이 되어버릴 수 있을까. 오욕(汚辱)의 자취도 이대로 한줌 마른 흙가루로 산화되어 버릴 수 있을까.

정인은 눈을 떴다. 하늘이 다시 저만큼 청명하게 열려 있었다. 정인은 황량한 눈빛으로 그 하늘을 손으로 가렸다. 그리고 바위보다 무겁게 몸을 일으켰다. 떡갈잎을 문 갈색 청설모 한 쌍이 경쟁하듯 가지 위를 훌쩍 뛰어넘어 사라져갔다.

정인은 잠시 더 막연히 앉아 있다가 문득 손목시계를 들여다보았다. 가느다란 흰 팔뚝에 아직도 생채기 자국이 선명했다. 무표정한 정인의 얼굴에 칼을 긋듯 고통스런 기억이 지나갔다. 산을 오르던 등산객 서너 명이 숲 가운데 홀로 앉아 있는 그녀를 바라보았다. 중년 남자들은 호기심이 이는지 저만큼 오르다가 되돌아보았다. 정인은 자리를 털고 일어났다. 달라붙은 낙엽들이 비늘처럼 그녀의 몸에서 떨어져 내렸다.

정인은 좁은 등산로로 다시 나왔다. 서너 걸음 걸어가다가 되돌아가 가방을 주워 어깨에 다시 멨다. 젊은 청년 두 명이 지나가다가 휘파람을 휘익 불었다.

정인은 터덜터덜 길을 내려갔다. 멀리 잎을 떨군 숲 너머로는 검푸른 기와를 인 산성의 돌담들이 구불구불 이어지고 희고 선명한 몇 송이의 구름을 머금은 하늘이 옅은 비취빛으로 그 위에 자욱하게 펼쳐져 있었다.

영월정(迎月亭) 오르는 사잇길에 긴 나무의자가 놓여 있었다.

정인은 간밤의 서리가 아직 가시지 않은 듯 축축한 의자 위에 그대로 앉았다. 바짓가랑이에 아직도 질긴 비늘처럼 달라붙어 있는

나뭇잎을 대충 털고 헝클어진 머리칼을 손가락으로 두어 번 빗어
내리며 정인은 허탈한 눈으로 산 아래를 더듬었다.

바스러질 듯 마른 몇 개의 잎사귀가 낡아 해진 깃발처럼 군데군
데 매달려 있는 가로수들이 앙상한 모습으로 줄지어 선 사잇길로
저만큼 한 노인이 걸어오는 게 보였다. 멀리서 보아도 핼쑥하니 핏
기 없이 쪼그라진 얼굴과 기력이 쇠한 가느다란 몸피가 휘청거리
듯 걸어오고 있는 모습은 마치 그니 역시 한 그루 바싹 마른 늙은
가을 나무 같아보였다.

정인은 얽힌 칡넝쿨 가지가 얼기설기 어설픈 그늘을 만들고 있는
나무의자에서 일어나며 코트 주머니에 손을 찌른 채 눈을 가느스
름하게 뜨고 점점 가까워오는 그 여인네를 바라보았다.

그니도 정인을 보았다.

「왔구나이.」

가까이 다가온 그니가 노인답지 않게 수줍은 목소리로 얼버무리
듯 그렇게 중얼거렸다. 얼굴에 가득 잡힌 주름과 짓무른 눈자위가
가늘게 씰룩이면서 듬성듬성한 치아가 환히 드러났다.

「증말 왔구나이.」

정인은 아무 대꾸 없이 막연한 미소를 흘리며 두 팔을 내밀고, 그
니가 그 손을 덥석 싸쥐었다.

「그런디 뭔 일이냐? 뜬금없이?」

그니는 아직도 자신의 손에 쥐어진 상대방의 실체가 믿기지 않는
듯 쪼글거리는 얼굴에 반가움과 그리움을 넘치게 흘렸다.

가까이서 본 그니는 정말 한줌이었다. 나이 들면 키도 줄고 몸피
도 준다는 생물학적 이론이야 어떻든 서글픈 일이었다. 몸 안의
무언가가 곧 세상을 떠날 육신보다 먼저 빠져 달아나고 있는 것이
었다.

「얼굴이 왜 그러냐? 미국물이 별루 안 맞드냐이?」

보풀이 인 스웨터 깃 사이로 쇠진하여 앙상해진 가슴이 드러나뵈는 그니가 정인의 손을 아직도 싸쥔 채로 새삼스레 살피듯 들여다보며 그렇게 근심스러이 물었다. 정인은 여전히 아무 대답도 하지 못한 채 그니의 가녀린 어깨 위에 가만히 얼굴을 기댔다. 그러자 문득 소리 없는 통곡이 터져나올 것 같아 입술을 꼬옥 깨물었다. 이상한 일이었다. 그니의 어깨에 얼굴을 기대면 언제나 기묘한 향수 같은 그리움과 정체 모를 서러움이 문득 목구멍을 비집고 터져나올 것 같은 충동을 느끼는 것은.

「우선 여그 앉자.」

옆에 놓은 가방을 밀어놓고 그니가 여자의 어깨를 끌어앉혔고 막일에 손마디가 억세진 그니의 거친 손길이 부드럽게 뺨을 쓰다듬었다.

「정말 보구 싶었다이. 재작년에 니 미국 간다 했을 때 하늘이 다 노랗드란께. 늙은이 목숨이 을마 안 남았을 텐디 인제 가믄 은제 또 보겄나 싶어서 말이다. 그런디 질기게 살아 있은께 또 본다이. 벌써 공부는 다 마친 거냐? 아주 나온 거여?」

「예에.」

정인이 겨우 입을 열었다.

「할머니 모시구 살려구 아주 나왔어요.」

입을 열자 정인의 입에서 그 동안 한 번도 심각하게 생각해 보지 않았던 말들이 불쑥 튀어나왔다. 그러고 보면 정인은 자신의 입에서 어떤 말들이 튀어나올지 몰라 그토록 말문을 열기가 두려웠던가 보았다.

「그짓말 말어.」

그니가 새색시처럼 윗몸을 약간 비틀며 씨익 웃었다.

「요새는 늙은이들도 젊은 사람들이 같이 살기 싫어하는 거 다 알
  어.」

정인은 아무 반박도 하지 않았었다. 앞으로 어떻게 해야 할 것
인지, 어떤 경우 정말 그니와 함께 살 수도 있는 것인지에 대해 전
혀 진지하게 고려해 보지 않았다. 그녀는 단지 어떤 예기치 않은
계기로 무작정 미국을 떠났고 그리고 무작정 그니를 찾아왔던 것
이다.

그니는 정인이 마땅히 모셔야 할 의무가 있는 친조모가 아니었
다. 한참 손을 꼽아야 할 아버지의 고모님이었다. 그러나 그니는
이혼한 부모님 대신 어린 정인을 키웠다. 아무도 떠맡으려 들지
않는 정인을 혼자 살던 그니가 당분간 맡은 것이었는데 나중에 부
모님이 다시 결합하면서 정인은 그니의 손을 떠났다. 감수성 예민
한 시기에 감정적으로 보다 상처받은 정인에게 그니의 정성스럽
고 헌신적인 사랑은 많은 영향을 주었고 정인은 아직도 내면 깊숙
이 쌀쌀하고 이성적인 부모에게보다 그니에게 더 친화감을 느끼
고 있었다.

그러나 그니는 어떤 연유에서인지 집안에서는 감춰진 인물이었
다. 다른 친척들은 물론 어머니도 아버지도 그니를 몹시 꺼려하였
다. 심지어 언젠가 어머니는 그니 손에 어린 딸을 맡기는 게 싫어
서 할 수 없이 아버지와 다시 합쳤노라고 말씀하실 정도였다. 친척
간의 어떤 행사에도 그니가 초청받는 것을 본 적이 없었다. 그니의
이름조차도 입에 올리는 것이 금기시되어 있는 것이 집안의 불문
율이었다. 정인에게 더욱 이상한 것은 집안의 그 이해할 수 없는
홀대를 당사자도 당연한 듯 받아들이는 것이었다.

「시집은 안 갈 꺼냐?」

검버섯이 거뭇거뭇한 얼굴을 삭정이 같은 손가락으로 쓸어내리

며 그니가 물었고, 정인은 다시 입을 다물었다. 그니가 덧붙였다.

「잘 왔다이. 남잘 너무 오래 기다리게 하믄 안되는 거여. 뭐 꼭 어째서라기보다 세상 이치가 그렇단께.」

그니에게만 일찍이 비밀스레 털어놓았던 연인의 이야기를 꺼내며 그니가 자신의 표정을 주의 깊게 살피고 있다는 것을 눈치챘으나 정인은 어떤 방어도 하지 않았다. 아마도 정인에게서는 절벽 같은 암담함만 읽혀지리라.

정인은 잎 떨어진 나무들 사이로 하얗게 드러난 산성의 긴 돌담을 무연히 바라보았다. 지금의 정인에게 그니는 어떤 의미일까.

주차장을 꽉 메운 차들과 아직도 순환도로로 물밀듯 들어오는 자동차들의 행렬이 멀리 내다보였다. 배낭을 멘 등산객들이 서너 명씩 혹은 무리지어 걸어오고 있는 모습들도 여기저기 눈에 띄었다.

정인의 눈길을 따라 저 아래를 굽어보던 그니가 낮게 중얼거렸다.

「처음 여기 와서 살 때는 저 사람들이 꼭 피난 오는 것처럼 보였어야. 난리가 나지 않구서야 이 산구석지를 뭔 일로 저렇게들 몰려오나 싶었은께.」

「……」

「인제 살 만해진게 맑은 산바람도 쐬구 산채 같은 별미를 먹을려구 온다는 것을 알게 됐지만서두 아직도 사람들 몰려오는 걸 보믄 가슴이 먼저 철렁한다야. 우리는 전쟁을 안 겪었겄냐.」

「……」

「이 남한산성두 전쟁 땜세 만들었다구 하지야. 시상에, 이렇게 넓은 산을 저렇게 삥 둘러싸느라 을마나 노구가 많았겄냐.」

「……」

「그런디 결국은 싸움 한번 못해보구 임금이 제 발로 걸어나가서 항복을 했담시로야. 시상에, 나는 그 말 듣구 억울해서 혼났다야.
한 세상 지난 나도 그런디 그 당시 사람들은 얼마나 더 분통했을
끄나이.」
그니가 체머리를 완강히 흔드는 바람에 정인은 마지못해 비직 웃
었다.
「할머니도, 여기 사시면서 역사 공부하시나 봐.」
그니가 부끄럼 타는 소녀처럼 호호 웃었다.
「참, 나도 인제 와서 쓰잘데없는 소릴 하는구나. 그나저나 어여
내 사는 디로 들어가자. 흗하긴 하다만은……. 그나, 뭘 묵어얄
거 아니냐? 비행기에서 뭘 묵었는지 몰라도 시장하겠다.」
먼저 서둘러 일어서는 그니를 정인이 손을 내밀어 껴안듯이 도로
자리에 앉혔다.
「아뇨, 괜찮아요. 여기 더 있고 싶어요.」
그니가 물 바랜 낡은 치맛자락을 걷어쥐며 정인의 얼굴을 다시
살폈다.
「인제 도착했는디 바로 찾아오겠다는 네 전화 받고 깜짝 놀랐다
이. 아무도 마중 안 나왔다냐? 네 어머니랑 또 네가 사귀는 남자
랑 말이다.」
「아무에게도 연락 안했어요. 갑자기 왔거든요.」
정인이 아무 감정이 실리지 않은 목소리로 그렇게 중얼거렸다.
그니가 시선을 돌리면서 혼자소리를 했다.
「허긴 이제라도 전화 한 통화만 하믄 될 텐디 뭔 염려냐.」
늙고 젊은 두 여자는 잠시 아무말 없이 나란히 앉아 있었다. 둘
다 각자 다른 생각에 잠시 골똘히 잠겨 있는 것처럼 보였다.
「남한산성 얘기 더 해보세요.」
한참 후 정인이 그렇게 소곤거리듯 말했다.

「뭔 얘기?」

그니가 깜짝 놀란 듯 되물었다.

「꼭꼭 지키고 있다가 속내까지 몽땅 다 뺏긴 얘기 말이에요. 어리석고 멍청한 역사 얘기요.」

망연한 표정으로 잠깐 그니가 정인을 바라보았다. 정인이 누군가에게 항의하듯 격한 어조로 내쏘았다.

「저렇게 서리서리 성을 쌓고 지켰지만 한순간에 다 빼앗겨버린 거 아녜요? 그것두 제 발루 걸어나가 다 내줬지요.」

그니가 머리를 작게 저었다.

「누군들 내주고 싶어서 내줬겠냐. 워낙에 힘이 부족하다 보니께 그렇게 된 것이었지야.」

정인은 무릎을 세우고 거기에 얼굴을 깊이 파묻고 있었다.

힘이 부족하다 보니께. 맞는 말이었다. 물리적인 힘의 부족은 사태를 반이성적으로, 그리고 최악의 상태로 몰아갈 수도 있는 것이었다.

정인은 역사시간에 배웠던 어떤 기억을 더듬었다. 다른 부분은 생각나지 않았고 한 부분만 뚜렷이 머릿속에 부각되어졌다.

……병자호란이 끝난 후 나라에서는 순절한 전직 관료나 부녀자에게는 벼슬을 추종하거나 정문을 내려 그들의 절의를 길이 찬양하였으며 단을 설치하여 죽은 사람들을 위로하였다. 고아의 수양(修養)과 청군에게 강제 납치된 수만 양민의 속환은 나라의 가장 큰 문제였다. 청군은 납치한 남녀노소의 양민을 전리품으로 보고 속가(贖價)를 많이 받아내려고 하였다. 특히 부녀자의 경우 순절하지 못하고 살아서 돌아온 것은 조상에게 죄를 짓게 된다고 하여 속환 사녀(士女)의 이혼 문제가 정치사

회 문제로 대두되기도 하였다……..

그들 환향녀(還鄕女)가 '호냥년'의 어원이 되었음을 볼 때 그녀
들이 받았던 사회의 모욕적인 대접을 미루어 짐작할 수 있다. 절대
적으로 방어능력이 부족해서 강제로 끌려갔던 부녀자들에게는 오
직 수치를 뒤집어쓴 죽음만이 그녀들이 선택할 수 있는 유일한 방
법이었다. 그러나 어찌 자신의 연약함 때문이었다고 할 수 있을까.
그것은 결국 나라의 힘, 당시 사회를 온전히 지배하던 남자들의 능
력 부족 때문이 아니던가.

과오는 자신들이 저지르고 뻔뻔하게도 그들은 여자들의 대가와
희생을 당연시했다. 아무리 절박한 상황이었을망정 적에게 능욕을
당한 아녀자가 살아 돌아왔음을 수치로 여기고 죽음을 강요했던
것이다.

살고 싶다! 살고 싶다!

정인은 갑자기 수많은 원혼들의 아우성을 듣는 듯했다. 사랑하는
자식과 부모 형제가 그리워 천신만고 끝에 고향 산천에 돌아왔을
때 그들이 받았을 수모와 냉대. 그리하여 그리운 내 땅에 돌아왔어
도 어쩔 수 없이 죽음을 택할 수밖에 없었을 원통하고 억울한 심정
이 손에 잡힐 듯 생생했다.

억울하다! 억울하다!

정인은 머리를 세차게 흔들었다.

「바람이 찬디 내 일하는 집으로 들어갈끄나?」

그니가 다시 달래듯 조심스럽게 말했다. 정인이 고개를 들고 그
니의 초라한 입성을 새삼스러이 쳐다보았다.

「아직도 막일을 하세요? 사적지 청소하는 일이 보수도 좋고 편하
　다고 하셨잖아요?」

그니가 미안한 듯 작게 대꾸하며 고개를 외로 꼬았다.

「그만둔 지가 은젠디. 뭔 일이 있었거든. 지금은 쩌어그 식당에
서 일혀.」

정인이 이마를 찌푸렸다. 처음 그니가 자신을 거둘 때도 그러하
더니 아직도 젖은 일에서 손을 떼지 못할까. 평생 결혼할 생각은
해보지도 않은 듯 혼자 외롭고 험하게 살아가는 그니의 일생이 새
삼 안타깝기 짝이 없었다. 집안의 무시와 냉대도 왜 당연한 듯 참
아내는지 이해하기 어려웠다.

「연세가 어떻게 되시는데 아직도요? 그 일은 왜 그만두셨는데
요?」

정인이 투덜거리듯 물었다. 다들 어지간한 사회적 지위를 지니고
잘살고 있으면서도 가난한 친척은 나 몰라라 내치는 집안의 인심
이 새삼 몰인정스럽게 느껴졌다. 존경받는 부부 교수이며 매사에
지나칠 만큼 엄격하고 교조적인 자신의 부모가 그 표본이었다.

「암것두 아니다. 가서 뜨신 국에 밥 한술 뜨자. 니 얼굴이 영 못
됐다이.」

그니가 몸을 일으켜 세웠고 여자가 가방을 막 챙겨 들려고 할 때
였다.

수어장대로 뚫린 사잇길에서 내려오던, 남정네같이 우람한 체격
의 여자가 서둘러 지나가다 말고 이쪽을 쳐다보더니 우렁우렁한
큰 목청으로 소리질렀다.

「아니, 할머니 또 나와 있는 거예요? 할머니 땜세 내가 못살아.
지난달 내내 허구한 날 나가 돌아다니시더니 또 바람이 분 게구
먼요. 아유, 창피한 줄도 모르구. 제발 남부끄러운 줄도 아시라구
요.」

그니가 급히 허리를 굽실거리며 쩔쩔매는 시늉을 했다.

「내 일하는 집주인이시다. 니도 인사 올려라.」

그러나 그 여자는 바람을 일으키며 저만큼 뒷모습을 보이면서 내려가고 있는 중이었다.

「나쁜 사람이네요.」

정인이 앞뒤 영문을 알 수 없는 대로 집주인의 야멸찬 태도를 나무랐다.

「아니다. 그래두 나 겉은 노인네 거두어주니 을마나 고맙냐.」

두 사람은 맥이 빠져 도로 의자에 주주물러앉았다. 정인은 그니를 따라가고 싶은 생각이 말끔히 사라져버린 표정이었다.

「그런데 어딜 돌아다니셨길래 저 야단이래요? 그리고 무슨 부끄러운 일을 저지르셨어요?」

정인이 빤히 쳐다보며 물었다. 그 옛날 자기를 맡아 키울 때도 언제나 오직 부엌의 허드렛일만 하고 있는 듯하던 그니에게 뭔가 다른 일거리가 있었다는 사실에 갑자기 호기심이 일었다. 하긴 그니의 드러나지 않은 생애에 대해 정인은 그 동안 너무도 모르고 있었다.

「뭔 부끄런 일은, 그런 짓 내 맹세코 저지른 적 없다.」

그니가 얼버무렸다. 그 열없어하는 모습을 보고, 정인은 그니가 늦바람을 피우신 건가 생각했다. 하지만 아무래도 어색했다. 적어도 정인이 아는 한 그니는 그 방면으로는 전혀 관심이 없던 사람이었다. 더욱이 검버섯이 피도록 늙은 나이의 그니를 남녀관계 문제로 연관시켜 보는 건 아무래도 무리한 억지 같았다.

그렇다면 도대체 무슨 수치스러운 일을? 추측을 더듬다가 정인은 그만 머리를 내저었다. 지금은 자신의 문제만으로도 너무나 버거웠다. 혼란스런 머리는 아직도 갈피를 못 잡고 아우성치고 있었다.

「배고프쟈?」

그니가 또 말했다. 정인은 그만 역정이 났다. 그니에겐 배고픈 게 그토록 대순가.

「할머니, 나 죽고 싶어.」

정인이 갑자기 내던지듯 그렇게 중얼거렸다. 마치 지금까지 그 말을 하기 위해 혼신의 힘을 모아온 듯 또록또록하고 씻은 듯 말간 목소리였다.

그니가 정인을 바라보았다. 눈을 가늘게 뜨고 믿을 수 없다는 듯 겁먹은 얼굴로 바라보았다. 정인이 아주 어려운 부탁을 하는 아이처럼 다시 응석을 부리듯이 소곤거렸다.

「나, 죽으려고 여기 왔어. 그래도 되겠지, 할머니?」

한 떼의 남녀 등산객이 왁자지껄 올라오더니 저만큼 널찍한 공터에 텐트를 치기 시작했다. 여자들은 키득거리며 잔일을 거들고 삼십대 후반으로 보이는 세 명의 남자들이 부산스레 움직이는 모습이 눈에 들어왔다.

「야가…… 지금 뭔 소리냐?」

그니가 재우쳐 물었다. 목소리도 떨리고 손발이 후들거렸다.

「아냐, 할머니. 농담이에요.」

정인이 아무렇지도 않게 자신의 얘기를 번복했다. 남자들은 어느새 조립식 텐트를 다 쳤다. 원색의 둥근 무덤 같은 텐트가 시든 낙엽더미 위에 생경하게 서 있었다. 무리는 입구 쪽에 자리를 잡고 둘러앉아 소주병과 안주거리를 한 무더기 펼쳐놓고는 화투를 꺼내 돌리면서 시끌벅적하게 떠들어대었다.

「너 거기서 무슨 일 있었구나야.」

무연히 앉아 있던 그니가 잠시 후 맥빠진 작은 목소리로 중얼거렸다. 정인은 묵묵히 대답이 없었다. 아무 소리도 들리지 않는 듯 허공에 박힌 흐린 눈빛에 황량한 바람이 스쳤다.

「뭔 일인지는 모르겠다마는 질긴 게 사람 목숨이다. 뭔 일을 당해두 꼭 견디어야 해.」

그니가 말했다.

「함부로 목숨 끊는 게 아니다이. 나도 살고 있잖여.」

정인이 천천히 시선을 돌려 그니를 보았다.

「나도 살고 있잖여.」

그니가 자신의 마른 앙가슴을 쳤다. 그니의 얼굴에 갑자기 눈물이 넘쳤다. 주름진 골을 타고 눈물은 홍건히 흘러내려 가슴까지 적셨다. 정인은 갑작스런 사태에 망연히 그니를 바라보았다.

「할머니, 제 말이 그렇게 충격적이셨어요? 저 안 죽어요. 농담 한번 해본 거라고 했잖아요.」

「앙이다.」

그니가 끌어올린 치마 끝자락으로 눈시울을 훔치며 대꾸했다.

「니 때문에 운 게 앙이다. 내 설움에 울었다. 눈물이 다 말라버린 줄 알았더니 또 나오는구나이.」

잠시 침묵이 흘렀다. 맞은편 공터의 일행들은 몹시 즐거운가 보았다. 이따금 웃음소리가 자지러지게 터졌다. 여자들은 남자들 사이에 하나씩 끼여 있고 남자들은 여자들의 등을 어루만지기도 하고 허리를 껴안기도 했다.

「꼭 니 나이 때다이.」

그니가 더듬거리듯 문득 침묵을 깼다.

「나도 죽으려고 했니라. 목을 매려구 산으로 올라갔는디 진달래가 참 흐드러지게 피었드라. 결국 그 꽃 때문에 못 죽구 내려왔니라. 꽃들이 너무 이뻐서 도대체 죽고 싶지가 않드란 말이다이.」

그니가 꺼욱꺼욱 통곡하듯이 말을 이었다.

「왜 죽으려고 했는데요? 할머니두 참.」

정인이 어이없다는 듯 시선을 돌려 바라보았다.

「니는 왜 죽으려고 하냐?」

갑자기 그니가 정인을 정면으로 바라보았다. 세상을 오래 견디어 온 온화한 인고의 시선이 고요하게 정인의 얼굴 위에 머물렀다.

정인은 고개를 꺾었다.

「할머니가 아시면 기절하실걸요.」

정인이 내팽개치듯 방심한 목소리로 중얼거렸다.

「창피하구 기가 막혀서 도대체 살고 싶지 않아요. 난 열심히 공부하고 그리고 아주 도덕적으로 살았단 말이에요.」

정인이 입술을 악물었다. 시퍼런 핏줄이 입술가에 도드라졌다.

「동양인이라고 멸시할수록 더 여봐란듯이 충실하게 살았죠.」

여태 치맛자락을 움켜쥔 그니가 아릿한 얼굴로 정인을 지켜보았다. 정인은 이제 아주 종잇장 같아서 후욱 불면 날아갈 것처럼 가볍고 위태로워보였다.

「그런데……」

갑자기 윗몸을 돌려 세우더니 정인이 쓰러지듯 그니의 가슴에 얼굴을 파묻었다.

「당했어요. 그것두 여러 명에게. 깜둥이, 흰둥이들에게요.」

악몽에서 헤쳐나오려는 거센 몸부림처럼 정인의 여린 어깨가 거칠게 들썩였다.

「내가 잘못한 건 아무것도 없단 말이에요. 할머니, 난 그놈들이 긴히 할말이 있다고 해서 잠깐 방심했을 뿐이에요.」

어두운 밤이었다. 먹칠해 놓은 듯한 어둠 속에서 문득 그녀의 얼굴에 퍼부어지던 몇 개의 회중전등 불빛. 그 윤곽을 따라 어슴푸레하게 드러나는 여러 개의 희고 검은 그림자들, ……동양의 노랭이년, 낮고 음산한 지껄임과 웃음소리.

「그 자리에서 죽어버리려고 했어요. 더럽혀진 내 자신을 용서할 수 없었어요. 허지만…… 허지만 여기까지 왔어요, 할머니.」

세대가 같은 대학 동창이지만 전통적인 유교국가의 남자로 자라 지극히 보수적인 연인을 의식해 스스로 오직 학문에만 충실한 정결한 여자라고 자부했던 정인은 그제야 통곡을 터뜨렸다.

갈퀴같이 껄끄러운 그니의 손이 가늘게 떨리며 정인의 등을 쓸어 내렸다.

흐느낌 속에 정인은 연이어 신음하듯 꺼이꺼이 토해냈다.

「전에…… 그런 얘기를 들으면…… 왜 바보같이 죽으려고…… 하는가…… 그랬어요. ……헌데…… 정말…… 죽음밖에…… 생각나지 않아요. ……할머니. ……허지만…… 그럴 수 없어요. ……난 이제…… 겨우 스물세 살이에요. ……할머니.」

「오냐.」

그니가 더듬거리듯 말했다.

「나도 니 나이였다이. 정신대에 끌려갔다 온 게 말이다.」

흐느낌이 잦아지고 정인이 고개를 들었다. 온통 눈물에 젖은 눈으로 멍하니 그니를 쳐다보았다.

「할머니가…… 정신대……였다구요?」

「그래.」

정인의 얼굴을 내려다보는 그니의 꺼무스레하게 가라앉은 눈자위에 파르스레한 숨은 분노가 솟구쳤다. 무릎 위에 올려놓은 앙주먹을 불끈 쥐며 그니가 북받치는 목소리로 말을 이었다.

「정신대였느니라. 이 할미는…… 차마 치욕스러워서 말로 옮기지도 못하겠구나. 모진 목숨 끊지도 못하구 겨우 살아왔는디 집안에서 망신스럽다고 못 들어오게 하드라.」

말라버린 듯한 그니의 건조한 눈시울에 다시 그렁그렁 물기가 괴어오르더니 이윽고 주름진 골을 타고 핏방울처럼 진한 액체가 서너 방울 흘러내려 홀쭉한 뺨을 적셨다.

「……그러려니 하구 여태 견디어왔지만 이제야 억울한 생각이 든다. 너는 그렇게 살지 말아라. 니 잘못이 아니잖여.」

「……」

「내 지난달부터 일본 대사관 앞에 가서 데모헌다. 내 청춘 돌려 달라구 말이다.」

「……」

「첨엔 부끄러워서 못했니라. 그런디 가만 생각해 보니께 입 다물고 있는 거는 그놈들 죄를 눈감아주는 꼴이 되는 게 아니냐. 그래다 무릅쓰고 나섰다. 니는 억울하게 살지 말아라. 니는 그깟 일로 만신창이루 살지 말아라. 나두 떳떳하다. 내 잘못은 없었은게. 난 피해자구 피해자가 부끄러워할 게 뭐 있는 거냐. 당당히 놈들의 잘못을 따져야제. 진즉 그렇게 못한 게 새삼 억울하다이.」

그니의 꺼칠한 손마디가 정인의 가냘픈 손을 끌어당겨 꼭 쥐었다. 어느새 어스름한 보랏빛 저녁 기운이 스미며 바람이 무언가 하소연하듯 가지 사이를 우우 스쳐갔다. 그니가 정인의 목뒤로 흘러내린 스카프 자락을 끌어올려 따뜻하게 감싸주며 타이르듯이 말을 이었다.

「아까 병자호란 애길 했었쟈. 그때 죽은 여자들이나 너나 나나 똑같이 힘없이 당헌 처지지만 니는 그렇게 어리석게 살지 말어. 우리 죄가 아닌게. 우연찮게 여기 살게 되믄서 참 많이 느꼈다이. 청놈들헌티 억울하게 죽은 우리 조상들이 날더러 그러는 것 같았어. 니는 그렇게 살지 말어라 하구 말이다. 저 바람소리 좀 들어 봐라. 그쟈?」

두 여자는 귀를 기울여 바람소리를 들었다. 우린 죄가 없어. 우리처럼 억울하게 살지 말아라.

바람소리에 저만큼 여자들을 끼고 앉아 화투판을 벌이고 있던 일행들의 웃음소리가 왁자하게 섞여들었다. 노름판은 걷어치워지고 어느새 쌍쌍이 어울려 껴안은 채 뺑뺑이를 돌고 있었다. 술에 취해 흐느적거리며 스텝을 밟다가 일부러 껴안고 넘어지면서 터뜨리는 은밀한 웃음소리가 요란했다. 뿌리치는 여자의 손목을 완강히 붙잡고 텐트 속으로 기어들어가는 남자의 왁살스런 모습도 얼핏 비쳐들었다.

그니가 치마를 툭툭 털더니 자리를 떨치고 불쑥 일어섰다.

「가자이. 내려가서 뭐 좀 먹구 기운을 차리거라. 그리구 나서 천천히 앞일을 생각해 보자.」

아무렇지도 않은 듯 손을 내밀며 자신을 내려다보는 작은 몸집의 그니가 갑자기 거인처럼 커보여서 정인은 잠시 어리둥절했다. 어느새 자신이 겪은 끔찍한 일이 별것도 아닌 것처럼 여겨지는 것도 신기했다. 부당하게 당한 피해 때문에 움츠러드는 게 더 큰 피해이고 더 큰 잘못인 것 같았다. 정인은 눈두덩을 훔치며 씩 웃고는 가늘면서도 억센 할머니의 손목을 꼭 그러쥐었다.

그니와 정인은 손을 잡고 숲길을 걸어나왔다. 산책로로 빠져나가기 전에 갑자기 그니가 휙 돌아섰다. 눈에 띄는 두툼한 통나무 가지를 하나 주워들고는 끼리끼리 시시덕거리고 있는 텐트 앞으로 스적스적 걸어갔다. 그리고는 한가운데 딱 버티어 서더니 노인답지 않게 새된 목소리로 소리쳤다.

「여기가 어디라구 함부로 희롱 떨고 자빠졌어?」

놀라 쳐다보는 일행들이 채 어떻게 할 사이도 없이 그니는 들고 있던 막대기로 텐트의 한쪽 다리를 힘껏 내리쳤다. 조립식 텐트는 단번에 우르르 쓰러지며 일행들에게 쏟아졌다.

「여긴 남한산성이여! 니 조상들이 억울하게 끌려간 신성한 땅이
란 말이여.」
그니는 막대기마저 그쪽으로 내던지더니 정인을 앞질러 큰길을
향해 내려가면서 출전 준비를 마친 투사처럼 씩씩하게 외쳤다.
「가자!」

(《현대문학》, 1996년 1월호)

네 눈물이 마르는 곳

계단을 오르려던 그녀가 갑자기 무릎을 꺾었다. 주의를 주었는데도 불구하고 널빤지가 꺼져 나간 부분에 발을 헛디뎠나 보았다. 누런 황토바람이 흙먼지를 일구며 거칠게 불어왔으므로 그녀는 마치 그 바람에 떠밀린 것처럼 보였다. 나는 얼른 그녀에게 손을 내밀었다.

「괜찮아.」

그녀는 모래알이 서걱거리는 듯한 건조한 목소리로 짧게 내뱉고 혼자 일어섰다. 어깨 위로 흘러내린 스카프를 치켜올리며 얼굴을 찡그리고 약간 고통스럽게 일어서는 그 모습을 보고 있자니 느닷없이 〈개선문〉의 한 구절이 생각났다.

「내게는 살아가는 데 책임이 있어. 바람에 날려 보내고 싶지 않아.」

그런 생각이 떠오른 건 순전히 그녀에게서 받은 황폐한 느낌 때문일 것이었다. 거의 무표정에 가까운 창백한 얼굴뿐 아니라 근처

어디를 쏘다녔는지 머리와 어깨 위에 엷은 황토 먼지를 묻힌 그녀
에게서는 어딘지 바스러질 듯한 삭막함이 느껴졌다. 〈개선문〉의 라
빅이 길거리에서 주운 여자와 다른 점이 있다면 그녀와 나는 이미
십 년 전부터 알고 있는 사이라는 것뿐이었다.

　바람이 다시 우수수 불어왔으므로 우리는 정말로 그 바람에 떠밀
린 듯 급히 카페의 문을 열고 안으로 들어섰다. 마침 창 쪽으로 빈
자리가 나 있는 게 보여 우리는 그쪽으로 가서 앉았다.

　그녀는 한쪽 어깨에 메고 있던 크고 납작한 손가방을 옆의 빈 좌
석에 내려놓고 마치 오랜 여행길에서 돌아온 사람처럼 지친 한숨
을 나지막이 내쉬었다. 카운터에 서성거리던 종업원이 얼른 다가
와 커피를 주문받아 갈 때까지 우리는 잠시 그대로 말없이 앉아 있
었다.

　그녀가 뭔가 몹시 불편한 듯 속눈썹을 깜빡거리고 있는 것을 본
것은 내가 주머니의 담배를 뒤적이면서였다.

「뭐가 들어갔어?」

내가 물었다.

「아아니.」

그녀가 짧게 대답했다.

　나는 담배를 끄집어낸 뒤 이번에는 라이터를 찾기 위해 다시 주
머니를 뒤적이기 시작했다. 혼란한 음악 틈으로 바람이 유리창을
뒤흔드는 소리가 덜커덩거리며 지나갔다. 이 동네에 유난한 황토
먼지가 창틀 사이를 비집고 어딘지 거칠게 내려앉는 소리도 들릴
것 같았다.

「말랐대.」

갑자기 그녀가 말했다.

「눈물샘이……」

　　그렇게 내던지듯이 중얼거리고 나서 잠시 멍한 표정으로 앉아 있
던 그녀는 문득 탁자 앞으로 허리를 구부려 얼굴을 내 앞에 바짝
들이밀었다. 그리고는 자신의 양손 가운뎃손가락을 집게처럼 모두
어서 왼쪽 눈꺼풀의 위아래를 송두리째 벌렸다. 그러자 마치 살아
있는 생선의 아가미 같은 선홍빛 속살이 벌겋게 드러나면서 실핏
줄이 가늘게 얽힌 흰자위 위에 떠 있는 그녀의 작고 까만 눈동자가
내 시선에 선뜻 확대되어 들어왔다.
　　「봐, 이게 눈물샘이야.」
　　그녀는 당황한 내 눈빛에는 아랑곳없이 아이들에게 어떤 현상을
설명하는 과학 교사처럼 엄정한 목소리로 또박또박 말을 잇기 시
작했다.
　　「여기 실 같은 누선이 있어서 눈물이 흘러나오게끔 되어 있대.
이 큰 몸뚱이가 겪는 온갖 감정이 딱 요 바늘끝만한 통과 과정을
거치는 거야. 의학적으로는 안구 건조증이라나 뭐래. 이 누선의
분비 기능이 저하되면 눈물이 아주 조금밖에 안 나온다는 거 아
니니. 참, 기가 막히지. 요까짓 게 말을 안 들어 인간이 울지도 못
한다는 게.」
　　말을 마친 그녀는 다시 두 손을 탁자에 내려놓고 심상한 얼굴로
돌아가 있었다. 남의 두 배쯤 되는 자존심을 은연중 드러내는 새침
한 표정과 너무도 잘 어울리는, 한쪽에만 꺼풀이 진 그녀의 얇고
가느다란 눈매는 예전과 여전했다. 게다가 동갑내기 동기생으로
언제나 전혀 스스럼없던 그 말투.
　　그럼에도 불구하고 나는 방금 만났던 그녀의 낯선 눈동자가 조금
충격적이어서 입에 문 채 막 불을 붙이려던 담배를 질겅질겅 짓씹
고 있었다.
　　누군들 몇 년 전에 헤어졌던 옛 애인이 느닷없이 나타나 눈꺼풀

을 까뒤집어 생선 아가미 같은 속눈을 보인다면 당황하지 않으랴. 그리고 내가 아는 그녀는…… 글쎄, 어떤 여자였던가?

「어때서 그래? 울지 않아 좋잖니?」

종업원이 다가와 커피잔을 탁자 위에 내려놓았고, 나는 그제야 라이터로 담배에 불을 붙이며 자연스러운 척 맞받았다.

어느새 고개를 모로 꼰 채 창 밖을 내다보고 있던 그녀가 뭐라고? 하는 듯이 나를 쳐다보았다. 우리가 무슨 얘기를 나눴던가 싶게 공허하고 낯선 표정이었다.

나는 그녀와 이런 식의 어긋난 대화를 나누어야 하는 것이 마치 장소 탓이기나 한 것처럼 주위를 못마땅히 휘둘러보았다. 바람이 흔들 수 있는 모든 것을 뒤섞는 소리와 함께 재즈풍의 음악이 쿵쿵거리며 울리고 거리를 달리는 차량의 소음이 부실한 창문 사이로 부단히 새어드는 이 대학 부근의 카페는 우리가 오랜만에 만나는 장소로는 너무 어울리지 않았다. 우리는 적어도 운치 있는 교외의 찻집이나 캠퍼스 주변의 한적한 공원을 오랜만의 해후의 장소로 택했어야 했다. 그러나 강의를 끝내고 터덜터덜 교정을 걸어 내려오는 나를 기다리고 있던 그녀는 무엇에 쫓기기라도 한 듯 곧장 눈에 띄는 카페 안으로 올라섰다.

「그런 말 하지 마. 그런 큰 고통도 없어. 울 수가 없다니, 도대체 짐승과 다를 게 뭐니?」

그녀가 커피잔을 들어 한 모금 마시더니 얼굴을 찌푸리며 조그맣게 중얼거렸다. 이건 너무 뜨거워.

「그래, 넌 뜨거운 건 못 마셨지.」

나는 그녀에 대한 기억 하나를 되살린 것이 반가워 얼른 몸을 일으켜 유리컵에 든 식수를 약간 떨어뜨리듯 그녀의 찻잔에 섞어 주었다. 온기가 지나치게 떨어지거나 농도가 묽어지지 않게 아주

296

조금.

그녀가 익숙한 눈빛으로 나를 쳐다보았다.

「고마워, 여전히 친절하구나.」

한 손으로 커피를 젓고 다른 한 손으로는 이마 위로 흘러내린 머리카락을 쓸어올리면서 그녀가 짤막하고 메마르게 웃었다.

느낌표처럼 가볍고 짧은 웃음이었지만 그 순간 우리가 가졌던 옛 시간들이 냉소적인 흔적으로 한꺼번에 흘러드는 것 같았다. 짙고 어두운 데다 약간은 허망한 농도.

두 번째 담배에 불을 붙이면서 나는 너무도 오랜만에, 그리고 너무도 갑자기 내 앞에 마주앉아 있는 그녀를 가만히 들여다보았다. 그녀의 눈가에 가늘게 잡힌 잔주름들이 보였다. 이제 그녀도 나이를 먹었다. 그녀에게도 부친의 내력을 닮아 머리가 빨리 세는 나의 나이가 보였을 것이었다. 우리가 각기 떨어져 소리 없는 먼지 같은 세월의 더께를 겹겹이 쌓아가는 동안 우리에게 스쳐간 건 무엇이었을까. 그녀는 짐승이 되어가고 나는 그보다 더한 아주 이상한 어떤 생물체로 서서히 변형되어 가고 있었던 건 아닐까.

「저기 양로원이 있는 거 알고 있어?」

다시 창 밖을 흘낏 내다보고 난 그녀가 작게 중얼거렸다. 무언지 겁이 난 것처럼 들리는, 약간 질린 듯한 낮은 목소리였다. 나는 그녀를 따라 시선을 돌리지 않았다. 나의 오랜 직장인 B대학은 수도권의 변두리에 위치하고 있어서 카페와 하숙집과 대중교통 수단이 얽힌 정문 부근만 바글거릴 뿐, 시선을 조금만 멀리 던져도 황토흙이 보이는 미개발지였다.

저만큼 소나무가 성글게 자라고 있는 구릉 위에는 사회단체 시설인 벽돌색 가건물이 서 있었는데, 그녀는 아마 그곳을 지적하는 듯했다. 언젠가 나는 그 양로원 앞을 스쳐 지나가면서 치매증에 걸린

것처럼 보이는 노인들이 어린아이같이 무표정한 얼굴로 볕을 쬐고
있는 것을 본 적이 있었다. 폐기처분당한 인간들의 말로를 보는 것
같아 잠깐이었지만 기분이 몹시 언짢았었다.

「알아.」

그게 우리 사이에 무슨 상관이야, 하는 듯이 내가 무덤덤하게 대
답했다. 그녀가 여전히 너무 낮아 비밀스럽게 들리는 목소리로 빠
르게 지껄였다.

「갈 곳 없는 노인들이 저런 곳에 다 수용된다고 생각하면 오해
야. 저런 곳에도 엄격한 심사 기준이 있대. 그래서 그곳에서 거절
당한 사정이 불가피한 사람들이 저 앞에 노인들을 꽤 갖다 버리
기도 한대.」

「상관없어.」

내가 웃었다.

「난 노인이 되기에는 아직 멀었거든.」

「그래, 상관없어.」

절망적으로 들릴 만큼 우울하게 가라앉은 목소리로 그녀가 짧게
대꾸했다.

우리는 잠시 침묵을 지킨 채 고개를 떨구고 앉아 있었다.

어젯밤 어떤 연인들이 밝혔던 것인지 탁자의 중앙에는 촛농을 매
단 빨간 양초가 포인세티아 잎받침으로 장식을 두른 채 다소 어설
픈 몸짓으로 놓여 있었다. 그것은 마치 미처 정돈하지 못한 불투명
한 어떤 관계의 흔적처럼 보였다.

「생각난다. 그치? 우리 여기 앉아서 성냥개비 점치던 거.」

커피를 한 모금, 목마른 표정으로 들이마신 뒤 그녀가 문득 그렇
게 말했고, 나는 한참 후에야 머리를 끄덕이는 시늉을 했다. 이상
한 일이었다. 대학 4년 동안 줄곧 어디든 함께 붙어다녔을 정도로

그녀와 열렬히 사귀어왔음에도 불구하고 훗날 돌이켜 생각해 볼 때 그저 먼 풍경화 같은 막연한 감상뿐 도무지 이렇다 할 기억이 떠올라주지 않았던 것이다. 너무 가까웠던 건 너무 먼 것과도 같은 관념의 한계인가. 모르겠다. 나는 무언가 아슬아슬한 느낌으로 손가락 끝에서 곧 무너질 듯한 잿빛 가루를 찻집의 상호가 찍힌 성냥통과 나란히 놓인 재떨이에 떨어뜨렸다.

「기억 안 난다는 표정이네. 왜 우리 그 계룡산 도사를 섬긴다는 괴짜 친구한테서 이것저것 암시받았잖아. 우리 인연이 어떻게 될지도 보고, 취직할지 대학원에 진학할지도 보고……. 그땐 그저 온통 계시가 필요한 것들투성이였으니까. 하긴 그딴 게 지금 무슨 소용이겠어.」

그녀가 성냥개비를 집어들더니 무심한 동작으로 허리를 부러뜨렸다. 그러고 보니 이미 부러뜨려진 몇 개의 성냥개비가 그녀의 잔 앞에 수북이 쌓여 있었다. 그제야 뚜렷이 어떤 장면이 떠올랐다. 허리를 반쯤 꺾은 성냥개비를 다이아몬드 형태로 둥글게 모아놓고 그 위에 손가락 끝에 묻힌 물을 한 방울씩 떨어뜨려 점을 치던 그녀의 모습.

조심스럽고 수줍은 동작, 미래에 대한 꾸밈 없는 기대와 소망에 잔뜩 부풀어 있던 복숭아빛 뺨, 호기심에 유난히 반들거리던 검고 맑은 눈, 낭랑한 웃음소리, 그때 우리들은 참 무수히도 우리들이 아직 알 수 없는 것들에 대한 계시에 흥미를 가졌었다. 취직, 우정, 공부, 성공, 가족, 생명, 애정. 결혼, 심지어 저녁에 택해야 할 근사한 메뉴까지.

이루지 못한 갈망의 잔해 같은 마른 나뭇가지를 잔 앞에 잔뜩 흩뜨려놓고 그녀가 입가에 흐린 미소를 흘리며 무심한 어조로 중얼거렸다.

「그딴 게 그때는 뭐 그리 흥미 있었던가 몰라, 그치?」

나는 말없이 그런 그녀를 바라보기만 했다. 아무런 전조나 예고도 없이 근 십 년 만에 만났음에도 불구하고 그녀에게서는 어떤 격의도 느껴지지 않았다. 그러나 그 점이 나는 오히려 더 불편했다.

큰 바람이 우둑우둑 창을 치고 지나갔다. 내 신경의 어딘가도 우둑우둑 소리를 내는 것 같아 나는 불편한 자세를 조금 고쳐 앉았다.

「미안해.」

내가 말했다.

그녀의 뒤편 자리에 둥글게 몰려 앉아 있던 젊은이들이 갑자기 와르르 웃음을 터뜨렸다. 그룹 미팅인 듯 쪽지를 돌리면서 즐겁지만 약간은 긴장된 표정들이 이제 막 짝을 결정짓는 단계인 것 같았다. 인생의 결정적인 심판이 아직 주어지지 않은 가장 희망스런 시기였다.

「무얼?」

그녀가 젊은이들을 흘낏 스친 시선을 돌려 나를 맞바라보았다. 미소가 담긴 따스한 눈빛이 내게 방향을 틀면서 어느 순간 슬그머니 경직되는 것을 나는 느꼈다.

「방금 뭐랬니?」

커피잔을 들어 한 모금 마시면서 시력이 몹시 나쁜 사람처럼 그녀가 눈을 가늘게 뜨고 나를 바라보았다. 새삼 마주 쳐다본 그녀에게서는 윤택함이라든가 삶의 따스한 온기 같은 게 전혀 느껴지지 않았다.

사실 나는 진즉 알아차리고 있었다. 수줍고 자존심 강하던 그녀가 서슴없이 속눈을 까 보일 때 이미 송두리째 드러난 그녀의 불안하고 초조한 내면의 황폐함을. 그녀가 천연해 하면 천연해 할수

록 정작 꺼내야 할 무언가 심각한 문젯거리는 애써 감추려 하고
있음을.

우리는 다시 대화를 삼킨 채 잠시 그대로 마주앉아 있었다.

창문 사이로 비낀 저녁 햇살이 그녀의 등뒤로 엷은 갈색 그림자
를 드리우고 있었다. 그 때문인지 그녀가 마치 그림 속의 여인처럼
실체감이 전혀 느껴지지 않아 때때로 나는 상상 속에서 그녀를 마
주보고 있는 건 아닌가 이따금 머리를 흔들어보았다.

「아아냐.」

나는 마침내 고개를 저었다. 그리고는 재채기를 하듯 갑자기 일
어나는 심한 궁금증을 참지 못하고 얼른 물었다.

「그때 점괘가 뭐라고 나왔었지? 혜진이하고 나하고 말이야.」

호호. 그녀가 윤기 없는 목소리로 낮게 웃었다.

「십 년 후에 쪼끔씩 늙어가지고 요기 요렇게 나와 앉아 신세 한
탄을 할 거라고 돼 있었을걸, 아마.」

「……」

「그때 그 점이 쪼끔만 더 신묘했다면, 모교의 별 볼일 없는 시간
강사와, 막내를 초등학교에 집어넣고 감성이라고는 일찌감치 증
발해 버린 시든 여편네가 될 거라는 것까지 맞혔을 텐데 말이야.
아, 재미없어. 그딴 얘긴 그만두자.」

그녀는 자기가 지껄이고는 마치 자신이 그렇게 확인함으로써 그
사실이 움직일 수 없는 절대적인, 끔찍한 이치로 굳어지기라도 하
는 양 갑자기 진저리가 난다는 표정을 지었다. 그리고는 입을 다물
고 잠자코 찻잔을 만지작거렸다.

「왜 그렇게 됐대?」

손가락 끝까지 타 들어간 담배를 재떨이에 비벼 끄면서 조급하게
이어갈 말을 찾아낸 사람처럼 내가 다시 물었다. 온갖 시끄러운 소

음에도 불구하고 그녀와의 정적은 금방금방 그 흔적을 드러냈고
나는 마치 어둡고 무거운 그림자를 거느리고 있는 듯한 그녀의 침
묵이 왠지 몹시 두려웠다. 나는 조급하게 덧붙여 물었다.

「왜 울 수 없냐구?」

그녀는 잠깐 다른 생각에 빠져 있었던지 멍한 표정으로 나를 쳐
다보았고 시선이 마주치자 나는 어쩔 수 없이 생선 아가미 같던 선
홍빛 눈꺼풀 속에 떠 있던 그녀의 낯선 속눈을 다시 기억했다.

「몰라.」

그녀가 머리를 작게 흔들었다.

「오랫동안 울지 않았어. 그냥 우는 법을 잊어버린 줄 알았어. 아
니, 그보다 더 전에 해야 할 말이 있어. 언제부턴지 몰라. 뭘 봐도
슬프지가 않았어. 누가 아무리 슬퍼해두 도대체 뭐가 그리 슬픈
가 싶구. 알지? 나 영화나 연속극 따위 시시한 거 보면서 잘 울던
거. 근데 그게 언젯적인지 몰라. 아주 오랫동안 나두 내가 눈물을
잃어버린 줄 몰랐어. 그저 눈자위가 모래를 비벼넣은 듯 따끔거
려서 그런 줄만 알았어.」

「…….」

「눈물을 흘릴 수 없다는 걸 알았을 때의 그 황당한 느낌, 너는 잘
모를 거야. 마치 내가 조립된 인형 같아진 느낌이었어. 감정이 배
제된 로봇 말이야.」

「…….」

「병원에 갔더니 습지 같은 걸 눈 속에 집어넣고 시험을 하더라.
누액의 퍼센트를 조사한다나 뭐라나. 난 그냥 나와버렸어. 눈물
같은 거, 내 육신을 통제하는 건 어쨌든 나 자신이라는 생각이 들
어서.」

나는 그녀의 눈물을 기억해 내려고 애썼다. 영화나 연극 같은 공

연들을 보면서 잘 운다는 그녀의 말대로라면 나는 그녀의 눈물에 익숙한 많은 기억들을 가지고 있어야 했다. 그러나 아무리 생각을 모아도 그것 역시 아련한 풍경화처럼 불분명한 형태로 두루뭉실히 뭉뚱그려진 채 어떠한 추억의 형태로도 떠올라주지 않았다. 그러나 뚜렷한 하나의 기억은 근 십 년 전 나의 부모가 그녀를 불러 헤어지라고 말했을 때 그녀는 몹시 충격을 받은 것 같았으나 전혀 울지는 않았다는 사실이었다.

그때 우리는 정말로 왜 헤어졌던가. 나는 유쾌하지 않은 상처 자국 같은 어렴풋한 기억을 더듬었다. 의지의 지주로 삼는 가문의식 만큼이나 독선과 편견이 유난스러웠던 나의 부모는 늦게 본 독자인 아들의 배우자에 대해 지나치게 엄격한 선정 기준을 가지고 있었고 거기 그녀는 턱없이 부족했던 것이다.

그뿐이었다. 우리가 결합할 수 없었던 모든 이유는. 그러나 그 과정에서 자존심 강한 그녀는 너무 많은 상처를 안았다. 내가 알고 있는 그녀라면 아마도 일생 동안 그 고통을 지울 수 없으리라.

나는 어머니에게 뺨까지 맞는 모욕을 당한 채 늘어진 어깨로 타박타박 사라져 자취를 감춰버린 그녀의 마지막 모습을 희미하게 기억해 내고 지금 내 앞에 나타난 그녀를 새삼 유심히 지켜보았다.

원래의 빛깔이 많이 바랜 듯한 녹둣빛 코트에 같은 빛깔의 커다란 스카프를 목에 두른 그녀의 체구는 옛날과 같은 날씬한 느낌과는 달리 어딘지 빈약해 보이고 쇠진해 보였다. 시간이 그녀에게서 양분과 또다른 중요한 무언가를 앗아가버린 듯한 인상을 주었다. 그것이 그녀 스스로 고백했듯 막내를 초등학교에 넣고 난 나이 든 여자의 잃어버린 젊음 탓인지, 그 사이 어느새 삭막해져 버린 감성 탓인지, 나는 알 수 없었다. 어쩌면 그 두 가지 모두인지도. 그리고 처음부터 내내 어딘지 황망한 듯한 저 낯선 눈빛.

　그녀가, 기억 속에서 이미 뭉뚱그려져 버린 그녀가 느닷없이 나를 만나러 온 건 무엇 때문인가. 나는 다시 찾아든 적막한 그림자 같은 침묵 속에서 잠자코 새 담배를 꺼내 물었다. 이제 우리는 지나간 추억을 더듬기에는 너무 먼 거리에 와 있었다. 잃어버린 젊음을 되찾을 수 없듯 우리 사이의 모든 관계도 물살처럼 흘러가버리고 말았다. 도대체 무엇 때문에 그녀는 낡은 필름을 되감듯 다시 등장한 것인가.

　그녀 뒤편의 자리에 둘러앉아 떠들썩하게 짝을 이루던 젊은이들의 무리는 어느 사이 사라지고 여전히 국적을 알 수 없는 요란스런 음악과 거리를 질주하는 차량들의 소음만이 초겨울의 황량한 바람기운에 섞여 빈 의자들을 가득 채우고 있었다.

「부모님은 생존해 계셔?」

이번에는 그녀가 물었다.

「응.」

나는 고개를 끄덕이고 탁자 끝을 잠시 내려다본 채 짤막하게 덧붙였다.

「혜진이에게 그렇게 한 거 아직도 미안해 하셔.」

　와락 새어든 바람 한 자락이 탁자 위의 촛불을 일렁이게 했으므로 그녀의 표정은 잠깐 흔들리는 것처럼 보였다. 나는 이번에는 라이터를 꺼내는 대신 얼굴을 반쯤 숙이고 탁자 위의 성냥을 집어들면서 흘낏 그녀를 스쳐보았다. 그러나 나의 거짓말에 대해서 그녀는 더 깊이 생각하지 않는 것 같았다.

「내 아들…….」

갑자기 흔연히 고개를 들고 그녀가 말했다.

「내 아들도 효자야.」

막 불붙인 담배연기가 갑자기 목구멍으로 흡입되어진 바람에 나는 하마터면 밭은 기침을 터뜨릴 뻔했다. 가까스로 심호흡을 했으나 얼굴이 빨개진 것까지는 감출 수가 없었다.

'그렇게 놀라지 마. 나도 아들이 있어.'

그녀가 그런 말을 덧붙여 하고 싶어했는지 어땠는지는 잘 모르겠다. 그러나 그녀의 표정은 깊은 계절, 바람이 휩쓸고 가는 빙극(冰極)의 들판보다 더 쓸쓸하고 황량해 보였다.

「나는 딸만 둘이야.」

나는 그렇게 맞대꾸하고 얼버무리듯 웃었다.

「어때서 뭐. 딸이 좋아.」

「나도 알아.」

그녀가 미소 지었고, 우리는 마주보고 잠시 아무 뜻 없는 부딪침처럼 가볍게 웃었다.

「커피 한잔 더 할래? 아니면 저녁 먹으러 나갈까?」

나는 그녀의 시선을 피해버릴 마땅한 핑계를 찾는 양 얼른 손목시계를 내려다보며 말했다. 시계바늘을 내려다보는 나와 거의 동시에 스카프를 고쳐 매던 그녀가 고개를 살래살래 저었다.

「그냥 여기 더 있어.」

스카프 사이로 잠시 드러나는 그녀의 앙상한 목울대가 노인의 그것처럼 초췌해 보여서 나는 재빨리 시선을 옮겼다. 이제 이쯤에서 서로의 배우자에 대해 은연중 떠보며 상대방의 행복도를 타진해 볼 단계에 충분히 접어들었다. 그런데 웬일인지 그녀는 그런 것엔 전혀 관심이 있는 것 같지 않았다. 무언가 자신의 초조한 절박함에 붙들려 그녀는 아직도 핵심의 주변만을 빙빙 돌고 있었다.

「행복해? 남편은 뭐 하는 사람이지?」

마침내 참지 못하고 내가 잇달아 물었다. 뻔뻔스럽고 번들번들한 표정이 내 얼굴에 나타나 있으리라는 걸 뻔히 짐작하면서도 나는 마침내 삼류 소설의 빤한 대사처럼 그렇게 묻고야 말았다.

그녀는 무심코 성냥개비의 허리를 꺾던 손짓을 멈춘 채 전혀 예상 못한 질문을 받은 사람마냥 깜짝 놀란 표정으로 잠시 아무말 없이 내 얼굴을 물끄러미 바라보았다.

「이혼했어.」

그녀가 덤덤한 목소리로 대꾸하고 남의 말처럼 덧붙였다.

「몇 년 됐지 아마? 미국으로 공부 갔는데 안 오잖니. 거기서 교포 만나 잘산대.」

나는 담뱃재를 터는 것처럼 시선을 땅 밑으로 떨구었다. 마땅히 어디 둘 곳이 없어서 떨어뜨린 내 시선을 따라 그녀의 발이 보였다. 어디 먼 길을 헤매고 온 것처럼 굽이 낮은 검은 구두에는 뽀얀 흙먼지가 얹혀 있었다. 그리고 거기 담긴 그녀의 발등에 신긴 스타킹에 제법 큰 구멍이 뚫려 있는 것이 시선에 들어왔다. 극도로 얇아야 하는 특수성 때문에 가끔 누구나 줄 나간 스타킹을 신고 있을 수밖에 없는 경우가 있다는 것을 알지만, 그녀의 처지는 그렇게 어쩔 수 없이 자신도 의식하지 못한 채 당한 경우처럼 보이지 않았다. 을씨년스런 현재의 형편 같았고, 더 바라보고 있자니 마치 무언가 내압을 견디다 못해 터져나온 그녀 마음속의 상처받은 내장 같았다.

저녁을 먹으러 가자기보다 술을 먹으러 가자고 했어야 하지 않았는가. 나는 잠시 어쩔 줄 모르고 그대로 앉아 있었다.

「괜찮아.」

그녀가 말했다.

「내 형편 말이야. 직장에 나가고 있어. 개인회산데 먹고 살 만큼은 나와.」

「그렇구나.」

내가 무심한 것처럼 말을 받았다. 이번에는 그녀가 걱정스런 표
정으로 나를 쳐다보았다.

「근데 그쪽은 강사료 가지고 살림이 돼?」

「나야 부모님에게 얹혀사니까. 곧 전임될 것 같애. 그러면 분가
　도 할 것 같고.」

세상은 그런 것이다. 내가 그런 식의 미래를 설계해 놓고 있었다
는 것을 나는 그제야 깨달았다. 빨리 전임 발령을 받는 것은 나의
소원이었고 분가는 아내의 오랜 소원이었다. 그런 식의 작은 욕망
들이 미래라는 거창한 명제로 우리의 삶을 끌어온 것이리라.

그런데 내 숨은 목표의식이 그토록 확고했음에도 왜 이렇게 늘
사는 게 시들하고 허전했을까.

「손 좀 잡아봐도 될까?」

또하나의 성냥개비를 분지르려는 그녀의 손을 바라보며 내가 뜻
없는 한숨을 쉬고 물었다.

그녀가 대답 없이 승낙의 표정을 지어 보였다. 나는 두 손을 활짝
펴서 내 앞 탁자 위에 놓여진 그녀의 손등을 싸안듯이 가만히 쥐었
다. 그러자 불현듯 또하나의 기억이 뜨거운 분수처럼 분출되어 떠
올랐다. 그녀와 마지막 헤어지기 전에 나는 그녀의 차가운 손을 쥐
었었다. 지금이다. 나는 그때 생각했었던 것 같다. 지금이야말로
내가 그녀와의 사랑에 대한 결정적인 선택을 할 마지막 기회라고
깨달았던 것 같다. 아주 짧은 순간 나는 무섭게 갈등했고, 그러나
마침내 힘없이 그녀의 손목을 놓아주고 말았었다. 잘 가. 나는 그
렇게 포기함으로써 내 허약한 의지에 대한 반란의 기회를 허망하
게 떠나보내고 말았었다.

아아, 이제 생각해 보니 그 뒤로 한 번도 나는 그 같은 열정에 휩
싸여본 적이 없었다. 그렇다면 나는 여태껏 자주적인 욕구를 상실

한 채 한 번도 써본 적이 없는 시든 용기와 우유부단함으로 껍데기처럼 삶을 부지해 온 셈인가. 그리하여 일상의 작은 즐거움과 욕망 속에서도 그 밑바닥은 늘 그토록 건조하고 허전했었을까.

지금도 그때처럼 그녀의 손은 차가웠고 아무런 느낌도 전해오지 않았다. 그녀는 목석처럼, 마치 마지못해 잠시 주인이기를 유보한 것처럼 무감각하게 손목을 내맡기고 앉아 있었다. 그제야 나는 갑자기 그녀가 울 수 없다고 토로한 걸 깨달았다. 그녀가 호소하려던 건 단순히 그런 물리적인 고통뿐이 아니라는 느낌도 강하게 솟구쳤다.

생명 없는 나무토막 같은 손목을 쥔 채 나는 그녀의 깊은 내면을 더듬으려는 헛된 노력을 잠시 기울였다. 아니 어쩌면 그녀의 찬손을 영매로 나의 내면을 더듬고 있었는지도. 어느 땐가 기억도 없이 말라버린 내 영혼의 깊은 우물, 이제 나오는지 안 나오는지도 모른 채 살아가고 있는 나의 눈물샘을.

나는 그녀를 바라보았다. 기실 그녀와 헤어져 살았던 내내 그녀의 깊고 깊은 속눈이 언제나 나를 쳐다보고 있었던 건 아닐까 하는 터무니없는 추측이 내 정수리를 매섭게 내리쳤다.

「가야겠어.」

그녀가 손을 빼내며 말했다. 그리고는 무언가 급히 생각난 사람처럼 황망한 손길로 잘 매어진 스카프를 서둘러 고쳐 매었다.

나는 고개를 끄덕였다. 그녀는 안심했다는 듯이 옆 좌석에 놓여진 손가방을 찾아 쥐었다. 그녀가 막 일어서려고 할 때 나는 그녀를 똑바로 쳐다보며 나직이 물었다.

「한 가지만 말해봐. 오늘 무슨 일 있었지? 그래서 갑자기 나를 만나러 온 거지?」

그녀의 표정에 당황함이 스쳤다. 이어 그녀는 뿌리치듯이 벌떡 일어나면서 낮은 비명처럼 외쳤다.

「뭘 안다구 그래? 아직도 울타리에만 매어져 있는 주제에 뭘 안다구?」

잔뜩 억눌렀다가 터뜨린 듯한 그녀의 목소리는 소음과 음악의 울림 때문에 작았지만 그녀가 담고자 하는 최대한의 경멸과 멸시가 유감없이 실려 있었다.

그러나 그렇게 말하는 그녀의 얼굴은 창백하게 질려 있었고 두 손이 갑자기 부들부들 경련을 일으켰다. 내가 얼른 자리에서 일어나 그녀의 어깨를 붙들어 앉히려고 할 때 그녀는 스스로 무너지듯이 의자에 주주물러앉으며 신음처럼 뱉었다.

「가야 해. 시어머니를 버렸어.」

나는 그녀를 멍한 눈으로 바라보았다. 그녀가 이어서 중얼거렸다.

「보퉁이 하나 들려서 저기 양로원 앞 길바닥에 버렸어.」

「……」

「아들이 있어서 받아주지도 않는대. 그 아들은 연락도 없는데……. 난 힘이 부족해. 더이상 모실 수 없어. 그리고 무엇보다 문제는 내게 그분에 대한 애정이 없다는 거야. 나는 십 년 전에 이미 어른들에 대한 정을 버렸어.」

십 년 전에 그녀가 버린 것은 오래 사귀던 남자의 부모에 대한 신뢰이리라. 나는 주머니에서 꺼낸 빈 담뱃갑을 나도 몰래 짓구겼다. 그녀가 얼굴을 들고 호소하듯 간절히 중얼거렸다.

「그런데 기가 막힌 건 시어머니를 버리고 오는데도 눈물이 안 나오지 뭐야. 시어머니를 버리는 여자가 웬 눈물 타령이냐고 비웃지 마. 난 그랬어. 뒤돌아보니까 그 노인이 나를 쳐다보는데, 그 순간 그렇게 할 수밖에 없는 내 처지가 슬퍼서 미치겠는데도 눈이 그저 맨송맨송한 거 있지. 어쩌다 내가 이렇게 되고 말았을까. 난 짐승이 되어버린 게 틀림없나 봐.」

그녀의 조그만 얼굴이 이내 탁자 위에 묻히더니 조그만 어깨가 미처 제어할 수 없는 어떤 힘에 의한 것처럼 격정적으로 흔들렸다.

나는 주머니에 손을 찌른 채 아무 대책 없이 그녀의 마른 통곡을 아득히 바라보고 있었다. 그러자 내 몸의 모든 물기가 서서히 증발되어 가는 듯하면서 어느 순간 내 눈자위 역시 모래가 쓸고 가는 듯한 건조한 통증이 느껴졌다.

나는 눈물을 흘려보려고 의식적으로 애를 써보았다. 그러나 아무리 의지를 모아도 내 눈에서는 단 한 방울의 눈물도 나와주지 않았다. 그러자 나야말로 정말로 울어본 지가 너무도 오래되었다는 깨달음이 왔다. 그 순간 나는 세상에 대한 아무 기대도 없이 시든 용기와 흐린 열정으로 허깨비처럼 흘러오며 감성조차도 언제 잃어버렸는지 모르는 나 자신에 대한 막막한 절망감을 느꼈다.

「정말 가야 해.」

그녀가 주머니에서 꺼낸 손수건으로 코를 훔치며 일어섰다. 나도 자리에서 엉거주춤 일어섰다.

우리는 계단으로 내려섰다. 널빤지가 꺼져 나간 부분에서 그녀는 또 무릎을 꺾고 넘어졌다.

이번에 나는 그녀에게 손을 내밀지 않았다. 그녀는 어차피 혼자 일어설 것이었다. 그녀는 한참 동안 그 자리에 가만히 쭈그리고 앉아 있었다.

「괜찮아?」

내가 물었다.

「괜찮아.」

그녀가 대답했다.

거리에는 아직도 황토바람이 가득했다. 우리는 그 바람을 사이에 두고 아득한 눈으로 잠시 서로를 건너다보았다.

「잘 있어. 다시 찾아오는 일 따윈 없을 거야.」

그녀가 어색한 듯 씩 웃고 흙먼지가 일렁이는 거리 가운데로 먼저 내려섰다.

「어딜 가?」

왠지 가슴이 꽉 막히는 듯하여 언젠가 그러했던 것처럼 아무말도 못하고 서 있던 나는 포장도로의 반대편 흙바닥 길로 접어드는 그녀를 향해 절규처럼 물었다.

「저어기.」

그녀가 손가락으로 먼 산등성이 성근 소나무 숲 사이를 가리켰다.

「눈물을 찾으러 가는 거야.」

그녀가 말했다.

「아무래도 시어머닐 다시 모셔와야겠어.」

이어 벌건 흙바닥 언덕길로 껑충껑충 뛰듯이 사라지는 한 그루 앙상한 소나무 같은 그녀의 뒷모습을 나는 오래 지켜보고 서 있었다.

(《문학동네》, 1997년 봄호)

푸른 그네

초판 1쇄 인쇄일 · 1999년 4월 25일
초판 1쇄 발행일 · 1999년 4월 30일
지은이 · **김지수**
펴낸이 · **임성규**
펴낸곳 **문이당**

등록 · 1988. 11. 5 제1-832호
주소 · 서울시 성북구 동소문동 4가 111번지
전화 · 928-8741(영) 927-4991~2(편)
팩스 · 925-5406
ⓒ 1999 김지수

ISBN 89-7456-101-8 03810
천리안 · 하이텔 ID munidang

값 · 8,000원